文庫

革命前夜

須賀しのぶ

文藝春秋

革命前夜

眞山柊史（マヤマ・シュウジ）……ドレスデンの音楽大学でピアノを学ぶ日本人留学生。

父親の影響で、バッハの平均律に深い思い入れを持つ。

ラカトシュ・ヴェンツェル……ハンガリーからの留学生。気性は激しいが、
国際コンクールでも入賞するヴァイオリンの天才。

イェンツ・シュトライヒ……ヴェンツェルと並ぶヴァイオリン科の逸材。

恵まれた容姿を持ち、演奏は正確無比と称される。

クリスタ・テートゲス……マヤマが旧宮廷教会で出会った美貌のオルガン奏者。

李英哲（リ・ヨンチョル）……北朝鮮からの留学生。ピアノ科。

スレイニェット……ベトナムからの留学生。ピアノ科。

ハインツ・ダイメル……マヤマの父と長く親交があったドイツ人男性。

ゾフィー・ダイメル……ハインツの妻。夫の死後、ミュンヘンに移住する。

ヘルベルト・ダイメル……ハインツの息子で、カール・マルクス大学ライプツィヒの教授。

ニナ・ダイメル……ヘルベルトの娘。

第一章 銀の音

1

今日、昭和が終わったのだそうだ。日本から約九千キロ離れた東ベルリンの空の下、激しく揺れる車の中で、僕はその知らせを聞いた。

ドイツの誇る高速自動車専用道路《アウトバーン》は、ここが西ベルリンであったなら、評判通り時速二百キロで走ることも可能だろう。しかし、東ベルリン側の道路はひび割れだらけで、その上を走る車体もまた、頑丈なベンツではない。僕が乗っていたのは、東ドイツ外務省がまわしてくれたものなので、さすがに悪名高い国民車《トラバント》よりは大きく頑丈そうではあったが、二十年前から時を止めているとしか思えぬ代物で、道路の凹凸をそのまま伝えてくる。これ以上速度をあげれば、車体が分解するか、自分が舌を噛《か》むかのどちらかだろう。

僕は揺れに耐えるだけで精一杯だったのに、運転手も、助手席に陣取った外務省職員も平然としている。とくに、ハーケと名乗った恰幅のよい職員のほうは、はるばる日本からやって来た客人の気をほぐすつもりなのか、何かと話しかけてくるのが困る。この中でごく普通に喋ることができるのはたいしたものだが、あいにく車酔いもできぬほど心身ともに緊張しきっている僕の耳にはろくに入ってこない。だいたい、たかだか一介の留学生相手に外務省職員が出向いてくるなんて聞いたことがない。すっかり気後れしてしまい、僕はほとんど上の空だった。

しかしこれだけは、はっきり聞こえた。

「そうだ、ヘア・マヤマ。今日、ショウワが終わったんですよ」

耳に止まったのは、年賀状に昭和という文字をうんざりするほど書いてからまだ半月も経っていないせいかもしれない。とっさには意味がわからず、僕はまじまじとハーケ氏のいかつい顔を見つめてしまった。

「……ああ。陛下が亡くなられたんですか」

「日本時間の早朝だったそうです。あなたが飛行機のなかにいる間にね」

やかましい車内にあっても、ハーケ氏の言葉は聞き取りやすかった。声は深く艶があり、滑舌もよい。恵まれた体つきをしているし、声楽をやったらいいバリトンになりそうだと場違いなことを考えながら、僕は「そうですか、残念です」と言った。高二の時から死に物狂いでドイツ語の勉強をしてきた僕は、ハーケ氏にもお上手だと世辞を言われる程度には喋れると自負しているが、こういう時にどんな言葉がふさわしいのかは知らない。

　昨年九月に天皇が倒れて以来、日本では「自粛」が合い言葉だった。各地の祭が中止になり、テレビ番組やＣＭがいくつも差し替えられ、とくに歌舞音曲は自粛の筆頭で、音大時代の友人たちと計画していた室内楽のミニコンサートも取りやめになっている。まだ亡くなったわけでもないのに今は戦時中か、と憤慨する友人たちの中で、僕はただ、天皇とは時おり一般参賀や訪問外交のニュースで画面ごしに見るだけの存在ではなかったのだなぁと、ぼんやり考えていた。

　僕が日本を出て、東ドイツに向けて雲の上を飛んでいる間に、昭和そのものであった人物は、もっと高いところに旅立たれた。

「昭和なんてよくご存じでしたね、ヘア・ハーケ。日本にお詳しいんですか」

「付け焼き刃の知識ですよ。ただ、天皇が亡くなると、その名に元号がつくという話を聞きましてね。ニュースでも、明日から新しい元号に変わると言っていましたから。ヘイセイだそうです」

　ヘイセイ。どう書くのだろう。「平静」ぐらいしか思い浮かばない。

「日本の時代の変わり目にこちらに来るとは、なかなか運命的じゃないですか」

　ハーケ氏の言葉に、僕は頬がひきつりそうになった。ひとつの時代が終わると言っても、単に年号が変わるだけなので実感などないし、そもそもこんな日に来ることになったのは誰のせいだと思っているのだろう。

　予定では、十月に始まる冬学期に合わせてこちらに来るはずだった。大学卒業後、大使館を通じて留学準備を進めてビザをとり、いざ数日後には渡独という時になって、一方的に延期を告げられたのだ。住居が用意できていないというふざけた理由に茫然《ぼうぜん》とし、じりじりしているうちに年が明けてしまった。ドイツ人は約束事には忠実なものだと勝手に想像していたが、やはりヨーロッパ的というべきか、それともこれが共産圏というものなのか、土壇場で翻弄《ほんろう》されてこんな時期まで遅らせたことを運命なんて言葉に置き換えられるのは、我慢ならない。

東ドイツ留学は、長年の夢だった。高校生のころからこの日をずっと夢見てきた。敬愛するバッハが今なお息づく国。日本にいたままではその真髄まで届かない、彼を育んだザクセンの空気の中でただひたすらピアノに向き合いたい。願い続けて、去年ようやく入学許可を貰ったというのに、それからずいぶん時間が経ってしまった。昨日、家を出る時に僕の胸を占めていたのは夢が叶う喜びよりも、ようやくこれで周囲に義理が果たせるという安堵《あんど》だった。なにしろ、ほうぼうから結構な額の支度金まで用意してもらったのに、いつまでも日本にいては恰好がつかない。

「運命」に導かれてやって来た新天地が、輝かしいとは限らない。この国は輝くどころかどこもかしこも灰色だ。空港も薄暗く、壁にはポスターのひとつもない。がらんとした灰色の箱にいきなり放り込まれたような心地がした。ここは空港ではなくて本当は監獄なのではないかという妄想は、ハーケ氏に連れられて空港から出た後も、消えるどころかますます僕を悩ませた。とぶように車窓を流れゆく光景もまた、灰色なのだ。重く垂れ込めた雲も、並ぶ糸杉も、積み木のような団地も、すべてが黒ずんでいる。数年前に西ドイツの都市を訪れた時は、日本にはない柔らかな色彩に胸躍ったものだが、壁で分断されたこちら側はモノクロームで統一されている。東ベルリンの街中に入っても、その印象は変わらなかった。

ベルリンは、そもそも大きな街だ。しかし、壁の東側は、広いわりには充実していない。建物はある。ブランデンブルク門から延びる目抜き通り、ウンター・デン・リンデンの両側には、その名の通り菩提樹と、瀟洒《しょうしゃ》な建物がずらりと並ぶ。左手にはフンボルト大学、右手には国立歌劇場。シュプレー川沿いには、共和国宮殿がある。巨大な直方体の壁面は茶色のガラス張りで、真夏であれば陽光を浴びて燦然と輝くこともあるのだろうが、灰色の空の下では安っぽい玩具のようにしか見えなかった。さらに東へ進み、街の中心部であるアレクサンダー広場に出ると、有名なテレビ塔が僕を冷ややかに見下ろした。

車は、広場に面した無機質な外観のホテルの前で停まった。外国人専用のインターホテルはともすると西側の五つ星並みに高価で、たびたび自費で泊まるのは厳しいだろう。一時間後に迎えに来るからというハーケ氏と一度別れ、僕はエレベーターホールに向かってスーツケースを引きずった。ベルボーイは近くにいたが、黒のダウンに色あせたジーンズ、古びたスニーカーという若い客には見向きもしない。生活に必要なものは留学先であるドレスデンのアパートに送ってあるし、僕の荷物はリュックとさして大きくもないスーツケースの二つきりだから問題ないが、仕立ての良いスーツを着た西のビジネスマンや、品のよい老夫妻がロビーを行き交う様を見た後では、自分の恰好がにわかに恥ずかしくなった。日本にいたころは、親にみすぼらしいと嘆かれようが、友人に笑われようが気にならなかったが、シェーネフェルト空港に外務省職員が迎えに来るとか、ホテルがこれだけ立派だとあらかじめ知っていれば、僕だってジーンズとスニーカーをチノパンとブーツに替えるぐらいはしたかもしれないのに。

しばしの城となる814号室は一人で泊まるには広い。内装は西側のホテルと大差なかったが、どことなくがらんとしている。このそっけなさは、好みに合う。しみひとつない薄茶色のカバーに覆われたベッドへ腰を下ろすと、全身からかき集めたような大きな吐息が零《こぼ》れた。あのとんでもない揺れと、ハーケ氏から解放されただけでもありがたい。

ハーケ氏は親切だったが、そばにいるだけでどことなく息苦しい。体が大きいし、外務省という肩書きがそうさせるのだろうか。日本と東ドイツは友好関係を結んでおり、ここ東ベルリンにも日本の企業が建てたビルがいくつかある。フンボルト大学では医学部と法学部が交換留学を行っているから日本人学生もいるはずだが、まさか彼らが来るたびにハーケ氏は迎えに行くのだろうか。あるいは、四ヶ月も留学時期を遅らせたお詫びのつもりだろうか。彼の口からは、ついぞ謝罪の言葉は出なかったが。

このままベッドに寝転がりたかったが、そうなったら最後、朝まで動けなくなりそうだったので、僕はのろのろと腰を上げ、スーツケースを開けた。中身は三日分の衣服に洗面用具。僕の私物はそれだけで、空間の大半を占めるのは、東ドイツに住む知人への土産だ。もっとも知人と言っても、僕は知らない。父の知人——正確に言えば、知人の息子だ。しかも住んでいるのはベルリンでもドレスデンでもなく、ライプツィヒ。父だって会ったことはない相手に、なんだってスーツケースを半分以上占めるような大きな土産をもって会いに行かなければならないのか疑問だが、押しつけられたので仕方がない。

リュックのほうには、貴重品と雑貨、ウォークマン、カセットテープが六本。アパートにはコンポを送ってあるが、ドレスデンに着くまで何も聴けないのは耐えられない。テープはいろいろと取りそろえているが、やはりバッハが多い。心身が動揺している時にはやはりバッハがふさわしい。

ウォークマンのイヤホンを耳に差し込み、電源を入れると、ゴルトベルクが軽やかに耳に滑り込んでくる。窓際に寄り、妙に重量のあるカーテンをあけると、すぐそこにテレビ塔が見えた。

空を突き刺すような、細く鋭いコンクリートの円錐に、銀色の球形が居心地悪げにおさまっている様は、食べ残しの串団子のようだった。

「我々はこれをアスパラガスの茎と呼んでいるんですよ」

車から降りた時に、ハーケ氏は塔を見上げて言った。アスパラガスに見えなくもないが、やはりこれは団子だ。食べる途中で飽きられて、そのまま捨て置かれたもの。

整然としているにもかかわらず、灰色の靄《もや》に覆われた、廃墟じみた街。四十年以上前に破壊されつくした首都という点では東京と同じはずなのに、印象は正反対だ。

日本は、過剰だった。空前の好景気、日ごと札束が舞う金満社会。世界中からモノが集まり、外観は隙間無く埋め尽くされ、色彩が溢れかえり、呼吸すらままならなかった。裕福な友人は皆、アルマーニだのラルフローレンだのを纏《まと》って学校に来たし、夜になれば昼よりも鮮やかなネオンの空の下に消えていく。自粛といいつつ、浮かれ騒ぎはおさまらない。この世のあらゆることを食らいつくそうとする狂熱に比べ、この街はなんと静かに整っているのだろう。灰色に凍る空気は、極彩色の浮かれ騒ぎよりよほど肌になじむ。

銀の団子を見ていたら、急におなかがすいてきた。あれを齧《かじ》ったら、どんな味がするだろう。たぶん、僕の嫌いな味ではないはずだ。

2

扉を開けた瞬間、音の洪水が押し寄せる。

はっきりとした、力強い響き。この国の空気は、ピアノに合う。日本とは音が違うのだ。ひとつひとつの輪郭がクリアになり、凜《りん》と響く。

ラフマニノフ　絵画的練習曲『音の絵』

『音の絵』には一九一一年のop. 33、一九一七年のop. 39があるが、これは後者の五番だ。友人のスクリャービンの死を悼んで作曲したと言われる曲で、だからだろうか、和音の

だ。しかし、彼以外に学内で言葉を交わすのがドイツ語の教授、あとは李ぐらいというのは、どうなのだろう。もっとも最後の一人は、あれも言葉を交わすうちに入るなら、の話だが。

大学では多くの留学生を受け入れているが、留学生は練習室も住居も一般の学生と分けられている。おかげで僕は全く、他の学生と親しくなる機会がなかった。ドイツ語の授業には他の留学生も出席していたが、まだ親しく言葉を交わしたことはない。遠巻きにされているのは、おそらく気のせいではないだろう。留学生のほとんどは、共産圏の出身である。一番多いのは東欧とソ連邦、アジア方面からはベトナムが目立つ。東側ではない留学生がホルンにいるそうだが、ドイツ系スイス人なのでドイツ語の授業をとる必要はなく、顔を合わせたことはない。

住居も、エルベ河の南岸にある音大の寮ではなく、北岸の新市街にある新築のアパートをあてがわれた。1DKといえども日本のそれとは比較にならない広さをもつ部屋は清潔で、生活に必要な家具や電化製品は電話以外ほぼ揃っている。快適だが、このアパートには僕以外の留学生が住んでいる様子はない。そもそも、学生がいなかった。唯一交流があるのが隣室のフラウ・ファイネンで、彼女は教師一筋三十五年だとかで、四十代の母よりも十近く年上だ。他の住人も似たようなものらしい。

ただ大学とアパートを往復し、ひたすらピアノに没頭する日々。日本にいたころは、それをこそ望んでいたが、こうまであからさまに隔離されるとは思わなかった。西から東に留学するということを、僕は軽く考えていたかもしれない。十日前、ベルリンに到着した時には、牢獄に送られてきたのではないかと感じたが、あながち間違ってはいないようだった。

「ドレスデンに住む日本人は、今はヘア・マヤマだけですよ。何かあったら遠慮なく連絡を」

東ベルリンから僕を送り出す時、ハーケ氏は名刺をくれた。首都ベルリンにはかなわぬにしても、ドレスデンもライプツィヒに並ぶ大都市だと思っていただけに意外だったが、現状は日本人がいるいない以前の問題だ。

軽く指の曲げ伸ばしをしてから、僕は鍵盤に指を置いた。ゆっくりと弾き始めると、体に血が通うのを感じる。

バッハ　『平均律クラヴィーア曲集』第一巻

バッハの平均律一・二巻は、ピアノを本格的にやろうと思う者ならば早々に通る道だ。日本の音大ピアノ科受験には、ベートーヴェンやモーツァルトのソナタ、ショパンのエチュード、そしてバッハの平均律が定番として登場する。僕が最初にレッスンで弾いたのは小学生の時だ。

物心ついた時から、僕の傍らにはバッハがあった。父が大のバッハ愛好家で、家ではたいていバッハのレコードがかかっていた。三人の兄姉は揃いも揃ってクラシックアレルギーになってしまったが、父が四十を過ぎてから思いがけず生まれたらしい僕は、兄たちが言うような圧制を父から受けなかったせいか、すんなりとバッハを受け入れた。もっとも子供のころはバッハならばパルティータや半音階的幻想曲のようにくっきりとしたメロディが迫ってくるものが好きだったし、自分が弾くのならばむしろショパンを好んでいた。平均律曲集は、小学生時代に受けた不愉快なレッスンのせいでことさら遠ざけていたところもある。

転機が訪れたのは、高校二年の春だった。音楽でも私生活でも壁にぶつかり、いっそ音楽をやめようかと思っていた時に、たまたま家でかかっていたリヒテルの演奏に立ちすくんだ。

パルティータのような華やかさも、受難曲のような壮大なドラマもない。どちらかと言えば地味で穏やかな曲の数々は、この時も僕の胸に迫ってくるようなことはなかった。逆だ。

深く沈み、時には嵐のごとく荒れ狂い、僕自身でさえどうにもならない心を、かれらは静かに受け止めてくれていた。言葉で説明できない、そして誰にも受け止めてもらえなかったものを、水のように受け入れ、そのままやさしく流してくれた。

明るく躍動し、切なく揺れ惑い、深い瞑想に沈む。いずれもプレリュードとフーガで構成され、数分で終わる短い曲ばかりだが、あらゆる心の動きを受け止めてくれるその多様性に驚いた。そこには、過剰なものは何ひとつない。ただ、世界を見つめた、透明なまなざしがあるだけだ。

僕は夢うつつのままピアノにとびつき、ひたすら平均律曲集を弾き続けた。知れば知るほど、その完成度、対位法技法の凄まじさに感嘆した。これほど完璧であるのに、押しつけがましいところはどこにもなく、どんな時でも、どんな精神状態でも、そっと人に寄り添ってくれる。悩みが完全に消えたわけではなかったが、決して裏切らぬこの友がいるかぎり大丈夫だと慰められた。

ドレスデンに来て、最初の学内演奏会での希望はあるかと教授に訊かれた時に、僕は迷わず平均律と答えた。アルムホルト教授は面食らった様子だったが、受け入れてくれた。

四番　嬰ハ短調　ＢＷＶ８４９

四番のプレリュードは、切ないメロディで胸を打つ。簡単に言ってしまえば、同じ音型が続くだけだというのに、バッハはなぜこれほど深い憂愁を表現できるのだろう。なんといっても圧巻は五声部のフーガだ。平均律曲集の中で最もすぐれたフーガと言われるこの曲の主題は、〝十字架の主題〟と呼ばれる。音程が十字の形になっており、キリストの磔刑《たっけい》を表現しているらしい。四十九小節目からは第三主題が登場し、複雑に絡みあう三重フーガは圧倒的なストレッタを織りなし、一気に天上へと駆け上る。

深い孤独から苦悩、そして救いへ。装飾などいっさいない、限られた音をおそろしく精緻に組み合わせた短い曲に、人そのものが詰め込まれている。

「……ちがう」

手を止めた。

いつもなら、どんなに心が荒れていようと、バッハに触れれば心は鎮まる。日本にいるころは、そうだった。

それなのに、東ドイツに来てからはうまくいかない。弾けば弾くほど、バッハが遠ざかる。

僕は暗い目で、白と黒が並ぶ、つんと澄ましたピアノを見下ろした。僕の部屋にあるのも、そして日本で使っていたのも同じベヒシュタインだ。もともと家にあったのは国産ピアノだが、東ドイツ留学を志すようになってから、父に頼んで替えてもらった。

六年前、はじめてベヒシュタインのピアノを弾いた時には、自分がひどく下手になったように感じ、愕然《がくぜん》としたものだ。音の立ち上がりは立体的で、高音は美しく澄む一方、低音が日本製のものよりはっきり響き渡り、演奏のあらが露骨に出る。自分のテクニックにそこそこ自信があっただけに、とくに左手はこんなにいい加減だったのかと落ち込んだ。

しかし徹底して練習を繰り返すと、ベヒシュタインはバッハのポリフォニーをとびきり美しく奏でてくれるようになった。僕は自信を取り戻し、より音を純化させようと意気込んで東ドイツに乗り込んできたはずだった。

それが、ここに来てまた以前のような状態に陥った。全く、音が響かない。最初は、空気の違いのせいだと思おうとした。一因ではあるだろう。だが、それならば李のラフマニノフはどう説明する？

もともとラフマニノフはあまり好きではない。怒濤《どとう》のごとく連なる音符は、音の奔流といえば聞こえはいいが、何もかもうやむやにしたままの濁流が勢いよく駆け抜けていくように感じるのだ。とびきりの難曲だから演奏者の技術が追いついていないことも多いが、高く正確な技術をもつ演奏者でも、僕にはぼやけて聞こえることのほうが多かった。だから技術を磨くという目的以外で自ら弾くことはない。

しかし、ここで李のラフマニノフを聴いた時は衝撃を受けた。

圧倒的な技術から繰り出されるのは、突き上げるように力強い音だった。僕が求めてやまぬ、ひとつひとつが粒立ち、調和する、きわめて純度の高い音。

あんな無茶な奏法で、ラフマニノフで。しかも同じ留学生が。

部屋にはまだラフマニノフのかけらが残っているような気がして、僕は勢いよく窓を開けた。凍えるような風が一気に吹き込み、体が竦《すく》み上がる。火照《ほて》る頬を充分にさまして窓を閉め、再びピアノの前に陣取った。無性に乱れる心を落ち着かせようと、何度も深呼吸をする。

ヘイセイという言葉が、ふと頭に浮かんだ。

昭和が終わったと聞いた翌々日、僕はようやく、新しい元号をどう書くのかを知った。平成。平らかに成る。

昭和が終わった時に来たのは運命だとハーケ氏は言った。そうかもしれない。狂乱の時代は終わった。

そうだ。平らかになるために、僕はここに来たのだ。

3

首都ベルリンより南に二百キロ。エルベ河のほとり、ザクセン選帝侯国の首都として発展したドレスデンは、十八世紀に絢爛《けんらん》たるバロック文化が花開き、かつては芸術の都としてパリやウィーンと並び称された。

エルベの南側に立ち並ぶ、優美なドームや尖塔《せんとう》の群れを初めて目にした旅人たちは、誰もが心を奪われたはずだ。エルベのフィレンツェ、百塔の街――さまざまな名が捧げられたこの花の都ですごす時間が、人生で最もすばらしいものになるはずだと胸を高鳴らせたことだろう。

たぶん、その一人になるはずだった僕は、二十世紀も終わりに近づいた今、百塔の中で最も高い市庁舎の塔から街を見下ろしている。頭がぼんやりしているのは、高い場所が苦手であるにもかかわらず、隣人のファイネンさんに半ば強引に連れてこられたせいだ。

ドレスデンに来てからというもの、アパートと大学の往復だけでろくに市内観光もできなかった。初めての休日は荷ほどきで終わり、二度目は高熱を出して寝込み、三度目の休日である今日も出歩く気にならず、昼近くなってもベッドの中でぐずぐずしていた。認めたくはないが、本格的にホームシックにかかったらしい。高校の時、別にしたくもないホームステイを一年やらされた時は、行ってしまえばそれなりに楽しく、家が恋しいとは思わなかったから、まさかこの歳になってこんな状態に陥るとは思わなかった。もしこの部屋に電話があれば、毎晩のように電話をかけていたかもしれない。引っ越し当日、電話がないことに驚いて大家の部屋に駆け込んだところ、逆に怪訝《けげん》そうな顔をされてしまった。他の家電は西と遜色ないものが揃っているのに、電話だけは例外で、この国では引いている家のほうが少ないことをはじめて知った。よりによって一番重要なものがないことはショックだったが、今となってはなくてよかったと思う。僕の東ドイツ行きは、反対のほうが多かった。母の泣き落としも撥《は》ねのけてやって来たのに、もう帰りたいと泣いたらいい笑いものだ。

言葉にできない思いはどんどん内側に降り積もり、おかげで僕の体はすっかり重くなってしまった。もし正午にファイネンさんが部屋のドアを叩かなければ、この日も一歩も外に出なかったかもしれない。

「シュウジ、あなた目が死んでるわよ。さあ支度なさい、出かけましょう」

痩せた体に、幅の狭い顔。高い鼻の両側にはめこまれたブルーグレイの目は、僕よりやや高い場所にある。ザクセン特有の、少し鼻にかかった、語尾のきれあがるような喋り方は、まるっきり小さい子供を叱る教師だった。断り文句を探している間に、「十五分だけ待つわね、支度なさい」と彼女はさっさと自室に戻ってしまった。一方的な言いぐさには閉口したが、なにしろ隣人だ。これから最低でも一年は顔を合わせるのに、たった三週間で険悪になりたくない。ファイネンさんは出会った日から僕を何かと気に懸けてくれ、食事に呼んでくれた日もあった。多少鬱陶《うっとう》しくも思うが、親切な人物であることは確かだ。もっとも、夫とも離婚し、三人の子供もすべて独立した今、暇をもてましているだけのような気がしないでもないけれど。

右後頭部に根強い寝癖があったが直すのは諦めて、とりあえず外套《がいとう》とマフラーを身につけて隣室に迎えに行くと、彼女は先に立って歩き出した。定年まであと三年と言っていたが、まっすぐ背筋を伸ばし、踵《かかと》の音も高らかに石畳を歩く姿は、とてもそうは見えない。

カローラ橋を渡って旧市街に入り、まっすぐ市庁舎広場までやって来ると、ファイネンさんは何も言わず塔のエレベーターチケットを購入した。登るんですか、とおそるおそる尋ねると、彼女は何を当然なことをと言わんばかりの目で僕を見た。

「まずは一望して概容を説明。そこからひとつずつ巡る。このスケジュールが一番効率的なのです」

すっかり小学生に戻っていた僕には、引率の女教師に反論する気力はなく、唯々諾々《いいだくだく》と六十八メートルの高さをのぼった。

覚悟を決めて、できるだけ遠くに目を向ける。ドレスデンの中心部である旧市街、そしてエルベ河の対岸も一望できた。たしかに美しいバロック建築も多いが、フィレンツェのような明るさはない。建物が黒ずんでいるのは、何百年も経た歴史ある建築物ばかりだから――というわけではなかった。

四十四年前、ここには何もなかったはずだ。それは、ある写真が証明している。

「『慈悲』は――ああ、これですか」

展望台には、十六の像が立っている。その中でひときわ黒ずみ、腕を広げた恰好で街を見下ろすその像に近づくと、ファイネンさんは肩をそびやかした。

「よく知っていること」

「有名な写真ですから」

四十四年前のドレスデンを写したその写真は、まさに今、僕が立つ場所から撮られたものだ。

大戦末期、ドイツは連合軍の激烈な爆撃に晒《さら》された。その中で最も被害が大きかったのが、このドレスデンである。もはやドイツ降伏がほぼ確定となっていた時期に、たいした軍事施設もなく、無防備都市を宣言していたドレスデンがなぜそこまで攻撃を受けたのかは諸説あるが、真相はわからないらしい。

延々と広がる瓦礫《がれき》の中、かろうじて残った壁の一部や枠組みだけが、地面に突き刺さった骨のように無残な姿をさらしている。かつての花の都の死を、奇跡的に生き残ったこの塔の上から、『慈悲』が静かに見下ろす様を、僕は写真ごしに何度も見てきた。

「ポストカードが下の売店にありますよ」

「ああ、それじゃ降りたら買います」

「ご家族に毎日手紙は書いていますか」

「いいえ、まだ」

「それはいけませんね。必ずポストカードを買って帰りなさい」

家族への最初の手紙が、いくら有名とはいえそんな不吉な写真ではどうだろうかと思ったが、僕は「はい」と生徒よろしく返事をした。たしかにそろそろ手紙ぐらいは書いたほうがいいだろう。母か姉あたりが、心配して飛んできかねない。

「この街は、あの瓦礫の中からここまで再生しました。最盛期には及ばないけど、なかなかいい眺めでしょう。あれがツヴィンガー宮殿です。アウグスト強王はご存じ？」

ファイネンさんは、ひとつひとつ指さしながら、ガイドのように説明を始めた。要点をおさえた説明は、手慣れている。毎年のように学校の児童をここに連れてきては、説明をしているのだろう。

焦土の中から再建された建物たちが、いかにも長い年月を刻んだように黒ずんでいるのは、褐炭《かったん》のせいだ。西ドイツで採れるのは良質の石炭だが、東では質の悪い褐炭しか採れず、凄まじい黒煙を噴き上げるために建物が煤《すす》けるのだ。

地上に降りると、旧市街はバロック建築と残骸が混在していた。ファイネンさんは、ある一画で足を止める。塔の上からも、この場所は際だっていた。華麗な街作りの中、黒々としたクレーターが口を開けているように見えたからだ。

かつてのドレスデンの象徴、聖母教会《フラウエンキルヒエ》である。正確に言えば、教会があった場所だ。優美なドームを戴くバロック建築の傑作もまた、爆撃で跡形もなく破壊された。宮殿や旧宮廷教会は再建されたにもかかわらず、ドレスデンで最も美しいと言われた教会は、瓦礫が積み上げられたままだった。西ベルリンにも、空襲で破壊されたカイザー・ヴィルヘルム記念教会が半壊した姿のまま残されているが、外から見たかぎりではひどく破損しているのは上部ぐらいだったから、ドレスデン空襲がどれほど凄まじかったかわかろうというものだ。

なによりあちらには、すぐ隣に新しい教会が建築されていた。しかしここには何もない。黒々とした瓦礫が広がるばかりで、立ち入り禁止の札が立っている。

「ここだけ再建しないのは、やはり忘れないためですか」

僕は、中学生のころ修学旅行で行った広島の原爆ドームのことを思い浮かべた。

「ええ。でも、お金の問題も大きいわね。あれで精一杯」

ファイネンさんの痩せた指が示した先は、教会前広場の中央に聳《そび》えるマルティン・ルターの銅像だった。さきほどの『慈悲』とは違い、こちらはまだ青銅の色も鮮やかだ。爆撃の瓦礫を背後に控え、聖書を手にし、神の「正義」を問うように天を見上げるルター。正反対であるがゆえに、死の光景を見下ろしていた『慈悲』を否応なく連想させる。意図されたものなのかどうかは知らないが、皮肉としてこれ以上の光景はない。

「瓦礫を見ていてもつまらないでしょう」

ファイネンさんは言葉少なに、その場を離れた。再び滔々《とうとう》と説明を始めるかと思っていたのに拍子抜けしたが、棒でも仕込んでいるかのような彼女の背中を見て、初対面の時に生まれも育ちもドレスデンだと言っていたことを思い出した。ならば十代前半の多感な時期に、史上最大にして無意味な作戦と言われた空爆も経験しているはずだ。

広場に出ると、ぱっと視界が開ける。正面の堂々たる建物は、ドレスデン国立歌劇場《ゼンパーオーパー》だ。再建が四年前ということもあって、まだそれほど褐炭の被害も受けず、明るい外観を保っている。

足を踏み入れると、色の洪水に出迎えられた。赤、緑、青、白、黄金。他にもさまざまな色が溢れ、至るところに見事な彫刻がある。一瞬くらりとした。あの瓦礫と目と鼻の先ということが、信じられない。これほど無数の色が存在しているというのに、競い合うことなく調和しているのが不思議だ。

赤い絨毯《じゅうたん》が敷かれた階段を上ると、そこは美しい回廊で、青緑の大理石の柱が立ち並び、優美な紋様が描かれた天井を支えている。まるで古代ギリシアの神殿だ。

観客席は白を基調に、いたるところに黄金の装飾が施され、舞台を覆い隠す深紅の緞《どん》帳《ちょう》がよく映える。

「シュターツカペレはここで演奏するんですね」

僕は憧れをこめて緞帳を見つめた。

あれが開いた時、ここにはさまざまな色をも凌《しの》ぐ、華麗な音が満ちあふれるのだ。

建築家にちなんでゼンパーオーパーと名付けられた劇場専属の、ドレスデン国立歌《シュターツカペレ・》劇場管弦楽《ドレスデン》団は、ライプツィヒのゲヴァントハウスと並び、僕が愛してやまない楽団である。実家にはシュターツカペレのレコードが揃っていたが、それは父の宝でもあるので、こちらにはもってきてはいない。本物がいつでも聴けるのだから。

シュターツカペレ・ドレスデンの音を聴いていつも連想するのは、どっしりとした大木だ。長い年月をかけてゆっくりと成長し、青々とした葉を茂らせた、美しく威厳あるたたずまい。良質の木から生まれた弦楽器が年を経ても変わらず深い音色を奏でるように、シュターツカペレ・ドレスデンは常に正統派の、飴色の響きを聴かせてくれる。わかりやすい華美に走らず、ひとつひとつ正確に、重厚なハーモニーを響かせるのだ。僕が在籍するカール・マリア・フォン・ウェーバー音楽大学も、この楽団の偉大な指揮者にしてピアニストの名を冠しており、もともとはシュターツカペレ付属のオーケストラ学校だった。

「ようやく目に光が戻ったわ」

ファイネンさんは、僕の顔を見てかすかに口許を綻《ほころ》ばせた。

「以前、ベトナムから来たお嬢さんが、あなたのような顔をしていました。この国は暗すぎる、と泣いて。私は南国に行ったことはありませんから、暗いと言われてもよくわかりません。ただ、この地から生まれた音楽は、その暗さの中から生まれたのです」

ゼンパーオーパーの中で、彼女の声はよく響く。

「この国で、毎日浴びるほど生の音を聴きなさい。たとえ心が塞いで、体が鉛のように重くても音を求めて外に出なさい。街のいたるところに音があります。我が国の国立オーケストラの数は八十八で、世界で最も多い。その大半は、建国後に出来たものです。毎年千曲以上の新譜が上演されます。我が国ほど音楽を愛し、生活に根ざしている国はありません。シュウジが、音楽のためにこの国を、そしてこのドレスデンを選んだのは、正しいのですよ。私があの瓦礫を見せたのは、単に名所だからではありません」

あの醜い瓦礫とは全く異質の、輝く音楽の殿堂を、ファイネンさんは見渡した。

「爆撃によって、このドレスデンは全てを失いました。今まで当たり前のように存在していた生活、無数の命とともに、音楽も瓦礫の下に消えました。でも、それから数週間も経たないうちに、私たちは音を拾い集め、甦《よみがえ》らせたのです。はじめは瓦礫の上で小さな演奏会を、そして劇場を再建して、コンサート、オペラ、バレエ、演劇――どんどん上演しました。音とともに、私たちは復興したのです。そして、最後はここ。四年前に再建されました」

細い指が、まっすぐステージを指し示す。

「ここから生まれるものはいつだって、ドレスデンで――いいえ、ＤＤＲで最上のものです。あなたが目指すものは、ここにあります」

ＤＤＲ《デーデーエール》、と彼女は誇り高く発音した。日本にいたころ、僕は無造作に東ドイツと言っていたが、ここではそれは好まれない。ドイツ語の担当の教授も、僕が迂闊《うかつ》に東ドイツと口走った時、即座に「ドイツ民主共和国《ドイチエ・デモクラティーシエ・リプブリーク》」と訂正した。略してＤＤＲ。対して西ドイツは、「ドイツ連邦共和国《ブンデスリプブリーク・ドイチユラント》」。似たような名前でややこしいので、西ドイツでは西・東と当たり前のように呼び分けていたが、ＤＤＲ側では東と呼ばれることをよしとしなかった。西のことも、例の教授は「ＢＲＤ」と呼んでいた。独特のこだわりがあるらしい。

「四年前のこけら落としは二月十三日。爆撃があった日です。こけら落としの演目はご存じ？」

「いいえ」

「ウェーバーの『魔弾の射手』です。理由は、あの爆撃の前日まで上演されていたから」

知らなかった。僕は、幕が下りたままのステージを見下ろした。その日、ここに集まった人々はどんな思いでそれを聴いただろう。

「もう一度言います。DDRで最もよきものは、ここから生まれます。とくにあなたにとっては。忘れないように」

僕は昨日まで、よほど死にそうな顔をしていたのだろう。この、顔が少し怖い女教師は、たぶん心の底から心配してくれたのだ。そこから話題はオペラに移り、彼女の顔つきも多少柔らかくなった。たしかに音楽はいつだって最上のものらしい。

外に出ると、それまで街にのしかかるようだった鉛色の雲が切れて、ところどころ青い空をのぞかせている。しかし、劇場前の広場を見るなり、ファイネンさんの顔は再び曇ってしまった。

「デモだわ」

「デモ？」

言われてみれば、人が多い。しかも皆、若い。学生ばかりだ。よくよく見れば、胸の前に紙を広げている者もいる。目に入った言葉は、「旅行の自由を」。他にも紙はあったが、ファイネンさんに腕を引かれたので確認できなかった。

「最近、多いのです。学生たちがああやってたむろして」

「旅行の自由をと書いてありましたね」

「どこでも自由に行けますとも。壁は越えられませんが、それだけです」

彼女は汚らしいものでも見るような目で学生たちを一瞥《いちべつ》すると、次の瞬間には存在そのものを忘れたように、ツヴィンガー宮殿のほうへと足を向ける。

宮殿は、外見こそ美しく整えてあったが、中はひどいものだった。五〇年代に再建されたらしいが安普請《やすぶしん》宮殿と陰口をたたかれるほどで、内装までは手が回らなかったらしい。最大の目玉であるアルテ・マイスター絵画館まで崩壊寸前ということで閉鎖されていたのには参った。規模が段違いなので仕方がないとはいえ、ゼンパーオーパーとの差が切ない。

おかげでたいして時間も経たぬうちに外に出てくることになり、広場には相変わらず学生が群れていた。広場を突っ切り、旧宮廷教会に向かおうとした僕は、強く腕を引かれた。

「今日は教会見学は諦めましょう。たいしたものがあるわけでもないし」

肩が悲鳴をあげる。軽く手を引いてみたが、摑む力は緩まない。

「いえ、ありますよ。むしろここが本命じゃないですか」

笑って言った僕に、ファイネンさんは意外そうな顔をした。

「シュウジはカトリックですか」

ザクセン州にかぎらず、DDRでは圧倒的にプロテスタント教会が多い。ルター像が示すように、宗教改革の本場である。しかし、この旧宮廷教会だけはカトリックだった。

「いいえ。ジルバーマンのオルガンを見たいんです」

十八世紀、ザクセンに一人の天才オルガン製作者が現れた。ゴットフリート・ジルバーマンは、このザクセンを中心に多くのオルガンを生み出したという。その最後を飾ったのが、ここドレスデン旧宮廷教会のオルガンである。

「今日はやめておきましょう。またいつでも来られますから」

「でもせっかくここまで来たんですよ」

「駄目です。彼らに近づくのは危険です」

「先生」は再び僕の腕を引く。五十も半ばを過ぎているというのに、彼女の力は強い。

「おとなしいものじゃないですか。端のほうを通りますから問題ありません」

彼女が強く引くほど、こちらの不快指数もあがっていく。

そもそもデモというのはもっと騒々しく、何か叫びながら練り歩くものだと思うが、彼らは控えめに紙を掲げているだけだ。

「ええ、彼らはこれ以上は何もしないでしょうよ。いつもそうです。でも、そのうち警察が来ます。その時に万が一にでも関わっていると思われては困るんです」

言われてみれば、学生以外の人々は、みな遠巻きにしている。ああ、やはりここは共産圏なのだなと実感した。学生ですら声高に叫ぶことをためらうほどに、反体制と見なされるのは恐ろしいことなのだ。

「わかりました、じゃあさっき通った菓子店《コンディトライ》で待っていてください」

「私の話を聞いていなかったの？」

「聞いていましたよ。僕は留学生で、三週間前にこの国に来たばかりです。仮に彼らと話しているところに警察が来たって、反乱分子と疑われるようなことは間違ってもありません」

「でもね、シュウジ」

「僕はオルガンが見たいんです。音楽のためにドレスデンに来たのですから」

実のところ、それほどオルガンに興味があるわけではなかった。ただ、いったん火のついた反抗心は、簡単にはおさまってくれそうにない。僕は小学校に入りたての子供ではないのだと、彼女に訴えたかった。

「見かけによらず、強情なのね」

僕がてこでも動かないと知ってか、ファイネンさんはようやく腕を放してくれた。

「わがままを言って申し訳ありません。すぐ戻ってきますから」

昔から僕にはこういうところがある。普段はぼんやりしているのに、強硬に反対されると、むきになってしまう。DDR留学も、周囲にあまりに反対されたために意固地になって実現させたようなところがある。なぜあえて東ドイツ？　同じドイツ文化圏ならウィーンや西ドイツにだっていいところがいくらでもあるのに、おまえはどうしてすぐ極端に走るんだ？　耳にタコができるほど言われた。言われるたびに僕の意志は固くなり、ますますドイツ語に打ち込んで、準備を進めた。

できるだけ目立たぬよう広場の端を進み、僕は教会を目指した。学生たちの視線を時折感じたが、敵意のようなものは含まれていない。なにしろ紙を掲げて、立っているだけなのだ。少し離れた場所では、声高に議論している者たちもいたが、周囲に危害を加える様子はない。肝が据わっていそうなファイネンさんが何をそんなに恐れるのか理解できなかった。実際、僕はなんなく教会に辿りついた。

後期バロックのどっしりとした建物の屋根には、七十八体もの聖人像が並んでいる。西欧というものはつくづく彫像が好きだなと思いつつ、正面の扉から足を踏み入れると、そこは神の国だった。

決しておおげさな表現ではないと思う。純白と黄金で飾られた内装は、外界よりはるかに光が溢れている。

それだけではない。この空間を聖別しているもの、それはオルガンの音色だった。銀《ジルバー》の音がする。ジルバーマンのオルガンは、彼の名をもじって、そう称えられた。当時の管楽器より高いコーアトーン。バッハ時代のオルガンは、ほとんどこのピッチだ。音色は、銀色の粉をあたりに振りまいているかのようだった。明るく澄んだ輝き、しかしクリスタルのように冷たくはない。人の肌にふっと馴染むぬくもりがある。

バッハ《神の時こそ、いと良き時》BWV106　1.ソナティーナ

葬送用に作曲されたカンタータである。ソナティーナは、合唱の前に置かれる器楽のみのシンフォニアで、三分にも満たない素朴な曲だ。バッハが二十二歳の時に生み出したこの曲には、死の悲しみの彼方を見つめているような、不思議に明るい響きがある。

ああ、バッハだ。音を吸い込むように、僕は目を閉じ、深く呼吸をした。

どんな時も寄り添い、応えてくれる音。命そのもの。

二十二歳といえば、僕のひとつ下。この歳にして、どうしてこれほどの透徹した死生観をもっていたのか。素朴で、心を打つ響きは、今なお多くの者を魅了する。

曲が終わり、周囲から拍手が湧き起こる。オルガン席を見上げるが、ここからは奏者が見えないようになっていた。

しばしの静寂の後、鋭い一音が鳴り響き、空気が変わる。

遠い光に微笑んで手を伸ばしているようなソナティーナとは打って変わり、悲痛な叫びとともに縋《すが》るような響き。

《深き淵より、我、汝に呼ばわる》ＢＷＶ６８６

古様式による壮大なコラール・モテットで、バッハ唯一の六声のオルガン曲である。これは、懺悔《ざんげ》のコラールだ。深い苦しみの淵から罪を告白し、赦《ゆる》しを求める人々の叫び。断罪の鐘。重苦しいのに、耳を塞ごうとは思えない。苦しみもがきながらも、絶望に染まってはいないからだ。あまりに遠い救いを、なおも信じようとする心が見える。それが自然と背筋が伸びるような気高さを与えているのだ。

曲が終わっても、あたりはしんと静まり返っていた。しわぶきの音ひとつなかった。単に、僕の耳に届いていなかっただけかもしれない。それぐらい、放心していた。身じろぎひとつ、したくはなかった。

オルガン席を覆う欄干《らんかん》の上に、ふいに金色の光が現れた。

奏者が立ち上がり、ゆっくりと振り向いた。長い金の髪が揺れ、白い顔があらわになる。

二階のオルガン席は遠いので、顔の細かい造作まではわからない。しかし、彼女がまだ若く、美しいということは一目でわかった。人々を睥睨《へいげい》するパイプオルガンの前に立つ姿は、神々しくすらあった。

立ち去る前に、彼女は優雅に礼をした。階下からは、心のこもった拍手が捧げられたが、白いあまりに青ざめて見える顔には、最後まで微笑みが浮かぶことはなかった。

4

ピアノを前に、目を閉じる。

するとたちまちに、巨大なパイプオルガンに対峙《たいじ》する、華奢《きやしゃ》な背中が目の前に現れた。教会の中に反響する、銀の音。一度で刻みこまれたものを思い起こしているうちに、指が音を辿るように動き出す。

最初は力なくさまよっていた体に、いきいきと血が通い出す。疲れきって、深い眠りにつこうとしていたものが、目を覚ます。歌い出す。

だが僕が弾くのは、ソナティーナでもコラールでもない。

平均律一巻、四番だ。あの銀の音が、僕を導いてくれる。

啓示を受けた僕は、久しぶりに、満足のいくバッハが弾けたと思い、笑顔でアルムホルト教授を見た。が、痩せた知的な顔の上にあったのは、感嘆ではなく、戸惑いだった。

「今日はどうしたんだい、シュウジ。別人のようだ」

僕の顔をうかがうように、わずかに首を傾ける教授を見て、僕は体を強ばらせた。

「プレリュードが、女性の啜《すす》り泣きのように聞こえる。フーガも飛びがちだ。何かあったのかね？　それとも誰かの演奏を聴いた？」

僕は真っ赤になった。先ほどまでの充実感はどこへやら、穴があったら入りたい。

「申し訳ありません」

「謝ることではないがね、どう弾くも自由だ。だがそれは君が求めるバッハのスタイルではないだろう」

「……はい」

「平均律曲集は恐ろしいのだよ。バッハの中でも特に」眼鏡の奥の目が、穏やかに笑う。

「どうやっても弾き手が剝《む》き出しになってしまう。だからこそ、心してかからねばならないよ」

返事をするのが精一杯で、その後どんな話をしたのか、どうやって教授の前を辞したのか、よく覚えていない。気がつけば、足早に練習室を目指していた。

顔から火が出そうだ。女性の啜り泣きだって？　そんな馬鹿な。昨日の彼女は、そんなふうには弾かなかったはずなのに。

短い時間だったが、あの女性が相当な腕前なのはわかった。旧宮廷教会付のオルガン奏者なのだろう。練習に居合わせることができたのは、幸いだった。彼女が去った後も、僕はしばらくその場に立っていた。余韻に浸り、また戻ってこないだろうか、下に降りてこないだろうかという淡い期待もあった。しかし彼女は姿を現さなかった。教会を出た後も、銀の音と金の光は、ずっと僕をとらえて離さなかった。

オルガンの音にはそれなりに慣れ親しんでいるつもりだった。信仰には全く熱心ではないものの赤ん坊の時に洗礼は受けているし、子供のころは聖歌隊に所属していたこともある。中学あたりから教会には行かなくなって、オルガンの音色からも遠ざかっていたが、日本に空前の好景気が到来すると、なぜか凄まじい勢いで全国各地にパイプオルガンが増えていった。日本ではまだ数少ない、巨大で豪華なパイプオルガンは、文化的で手っ取り早い客寄せの道具にうつったのだろう。いたるところでオルガンを使ったコンサートが開かれたが、オルガンの数に比べ、オルガニストも技術者も不足している状態で、信じがたいことに調律もまともにできていないままに演奏されることもあった。オルガンブームがあっという間に終息したのは、当然の結果だった。

オルガンに限らず、あの国では全てがそうだった。真価もわからず、貴重だと聞けば手当たりしだい全てカネで奪い取り、味もわからず貪《むさぼ》り食い、すぐに飽きてまた次の獲物に手を伸ばす。音楽も、その例外ではない。

僕がこの国にやって来たのは、日本ではとうの昔に失われてしまったものが、きっと残っていると信じたからだ。だから、教会の扉を開け、思いがけず銀の音色が出迎えてくれた時、よく来たね、と言ってもらえたような気がした。

ゆうべはほとんど眠れず、オルガンと彼女のことを考えていた。長らく灰色の靄に覆われていた頭はいきいきと晴れ渡り、睡魔など寄せつけなかった。

しかし今は最悪の気分だ。

失敗して当然だ。僕はただ彼女の音をトレースしようとしただけなのだから。そんなもの、似合わない洋服をむりやり身につけているようなものだ。僕はお気に入りの服を着て満足かもしれないが、外から見ればひどく滑稽に映るに決まっている。

それでも、熱に浮かされたように音を追うのは、本当に久しぶりの経験だったのだ。リヒテルのレコード以来かもしれない。

ならば、あの銀の音を今度は自分のものにしなくては。消化して、再構築するのだ。

急ぎ足で廊下を進んでいた僕は、いざ練習室の近くまできて、足を止めた。ピアノの音が流れてくるのはいつもの通りだが、今日はヴァイオリンの音が加わっている。どうやら李は、学内演奏会でヴァイオリン科の伴奏を頼まれているようだった。ピアノ科にいればよくあることだ。

ピアノとヴァイオリンが絡み合う、情熱的なアレグロ。フランクのヴァイオリンソナタ第二楽章だ。

フランス系ヴァイオリンソナタの最高傑作と言われるこのソナタは、ピアノ曲としても傑作である。ヴァイオリンソナタではピアノはあくまで伴奏だが、フランクのソナタは二重奏といって差し支えない。中でも激しい第二楽章は、ピアニストにとっても大変な難曲だ。

自分の課題曲がラフマニノフで、伴奏がフランクとはなかなかすさまじい。李が毎度時間をオーバーするのは、いい迷惑だがわからないでもなかった。腕時計に目をやると、今日はまだ時間まで余裕がある。壁に背を預け、目を閉じた。

時々、曲が途切れては、鋭い声が飛び交う。再び曲が始まる。怒鳴る。それからしばらく、静かになった。

おや、と目を開いた直後に、再び音が流れ出す。

第二楽章は、ピアノの十三小節の演奏から始まる。最も難しいパッセージのひとつだ。たたきつけられる低音が奔流のようにうねる。そこに、荒々しいヴァイオリンの嵐が吹きつける。

うまい。

あの李が押されているとは驚きだ。いったいこの国はなんなのだろう。会う者会う者、みなその音で僕を圧倒し、打ちのめす。

突然、音が途切れた。続けて罵声が聞こえて、僕は慌てて時計を見た。そろそろ時間だ。今まさに罵声が飛び交っている場所に向かうのは気がすすまないが、背に腹は代えられない。近いうちに別の練習室を使えるよう学生課に交渉してみようと思いつつ扉を開けると、李の大きな声がした。

「ばかばかしい！　君とはこれっきりだ！」

白い紙が、いくつも宙を舞っている。李ははっとして僕を見たが、すぐに目を逸らすと、鞄を手にして大股でこちらに向かってきた。

「今日は遅れていないからな！」

通り過ぎざま、八つ当たりのように怒鳴られて、僕は飛び上がりそうになった。残された男はヴァイオリンをテーブル上に静かに置くと、床に散らばった譜面を一枚ずつ拾う。全て集めると、ようやくこちらを向いた。青白い顔の、痩せた男だった。癖の強いブルネット。緑がかったぎょろりとした茶色の目が、僕を見ている。

「朝鮮？　ベトナム？」

不躾《ぶしつけ》な問いをぶつけられるのは、初めてではない。店に立ち寄った時、店員や居合わせた客に、検分するような目で似たようなことを訊かれることが、数回あった。たいていはベトナムか中国かと訊かれ、日本人かと言われたことは一度もない。それだけここでは、遠い国なのだ。

日本だ、と答えると、彼は薄い唇を歪《ゆが》めた。

「聞いたことはある。中国だっけ、それともアメリカ？」

「本気なら家に帰って地図を見直せ、皮肉のつもりならありきたりすぎてつまらない。ところで李の時間はとっくに終わっている。出て行ってくれないか」

「何を弾くんだ」

男は勝手に僕の楽譜を手にとった。

「返せよ。出て行ってくれ」

楽譜を奪い取って、顎で出口を示した。ただでさえ今日は機嫌が悪いのに、いいかげん頭にきていた。男は眉尻を跳ね上げたが、結局何も言わず、楽器をケースにしまうと足音も荒く出て行った。

ようやく一人になったというのに、いざ練習を始めるとなかなか集中できない。どうしても、昨日のオルガニストがちらついてしまうのだ。

今日はもう切り上げようと席を立つ。その時、傍らのテーブルに楽譜が置いてあることに気がついた。フランクの第二楽章だ。

呆れた。あの男、拾ったくせに、忘れていったのか。それとも、李のものだからもう不要ということだろうか。楽譜には、びっしりと書き込みがある。何度も書いては消した跡があり、ドイツ語とハングルがまじっていて読めないが、激しい感情は伝わってくる。

僕は再びピアノの前に座り、楽譜台の譜面を取り替えた。ちょっと息抜きもいいだろう。もっとも、息抜きというには厳しい曲だが、李がこれだけ感情をあらわにしているものをなぞってみるのも面白い。

フランクのソナタを初めて演奏したのは、大学時代だ。ヴァイオリン科の友人に頼まれて引き受けたはいいが、第二楽章は譜読みだけでも骨が折れた。たいていの曲は初見で弾けるとはいえ、ソロと伴奏は勝手が違う。この曲のピアノパートは、オーケストラのような多様な色彩を備えており、加減が難しい。弱ければ、ヴァイオリンがどれほど際だっていようと単調になってしまうし、かといって強すぎれば荒々しくなってしまう。

フランク最晩年のこの傑作は、友人のヴァイオリニストの結婚祝いに作曲したと言われている。ショパンに激賞されたピアノの腕をもちながら、表に出ることを好まず、教会のオルガニストとして慎ましく生きてきた彼の名声は、この一曲で急激に高まった。

このソナタは、生真面目なオルガニストらしく古典以来の形式に忠実であると同時に、ロマン派らしい濃密な官能性とフランスの繊細な情緒も備えている。奇跡的なバランスがこの曲を希《け》有《う》な名曲たらしめているので、ヴァイオリニストとピアニストの息が合わないと、形式ばかりが目立つ硬い曲か、感情垂れ流しの下品に落ちるか、どちらかに偏《かたよ》ってしまう。

　ヴァイオリニストに人気が高い曲なので、僕も何度か演奏している。最後に頼まれたのは半年前だったか。一番好きなのは第四楽章だが、どこか不安げな、繊細な第一楽章の中で徐々に高まっていったフラストレーションが冒頭からいきなり爆発する第二楽章も悪くない。

　さすがに半年ぶりだと指が厳しいが、次第に興が乗ってくる。駆け抜けるパッセージに、呻くようなヴァイオリンが重なる。突き放し、時に暴力的に絡みつく、緊張をはらんだ掛け合い。

　もちろん、ここにヴァイオリンはない。響いているのは、あくまで自分の頭の中で――指を止めた。しかし音は鳴っている。扉のむこうから、かすかに。ほどなく、ヴァイオリンも止まった。扉が開いて、さきほどの男がヴァイオリン片手に現れた。

「なんで途中でやめる」

　怒ったように、彼は言った。

「君こそどうしてここにいる」

「楽譜を取りに来たら、楽しそうに弾いているから邪魔したら悪いかと」

「べつに楽しくはないよ」

譜面台から楽譜をとり、突っ返したが、相手は受け取ろうとしなかった。

「持ってろ。明日また来る。四時だ」

「は？」

「本番まで二週間を切ってる」

そう言い置いて、彼はさっさと行ってしまった。ぽかんとして見送っていた僕が、意味に気づいたのは、しばらく経ってからだった。

「ちょっと待て！」

慌てて楽譜を手に廊下に飛び出したものの、もう誰もいなかった。

悪い夢だと思いたかったが、翌日、練習を始めて一時間後、四時きっかりに彼はやって来た。僕はバッハの真っ最中で、闖入者《ちんにゅうしゃ》に一瞥もくれなかったが、彼はかまわず譜面台を横に置いた。

「なんでそんなに感情を押し殺して弾く？」僕が指を止めると、彼は言った。「水みたいだな。色も味もない。十字架の主題をあんなにあっさり弾いていいのか？」

反射的に、僕は男を睨みつけていた。

「君もあれは十字架の形をしていると言うのか」

「そう問うってことはあんたは思っていないわけか」

「そもそも僕には、あの和声が十字を形成しているようには聞こえないね」

自然と口調が荒くなる。平均律曲集一巻の四番には、不快な記憶がまとわりついていた。

小学生のころ、初めてこの曲を弾いた。当時の教師は、これはキリストの受難を表しているから、もっと重々しく弾かねばならないと僕に教えた。しかし僕には、そうは思えなかった。バッハはそんな、あからさまな苦悶《くもん》を表現せよと望んだだろうか。たしかにバッハは、熱烈な信仰をもつ人物だった。僕は信仰については正直よくわからないが、幼いころからカンタータはもちろん、二大受難曲も頻繁に聴いてきたし、バッハの情熱はそれなりに理解できると思う。だからこそ、神の子の受難をそんな安っぽい形で表現するとは思えなかった。しかし僕の反論に、教師はとりあわなかった。子供にはわからない、と一笑に付したのだ。頭にきた僕は、いっそう淡々と、むしろ軽やかにフーガを弾き、その日をかぎりに教室をやめた。

「ふうん」男は面白そうに僕を見た。「ま、バッハはもういいだろ。軽くいってみようか」

ピアノの譜面台からバッハをとりあげ、勝手にフランクを広げる。

「伴奏をやるとは一言も言ってない」

「昨日弾いていただろう」

「楽譜がたまたまあったからだ。李に頼めよ」

ソナタの楽譜を突っ返すと、彼は不思議そうな顔をした。

「弾けるならいいじゃないか」

「譜面通りに音は出せる、それだけだ。水みたいな演奏じゃつまらないだろ。どうやら君は、相当注文が多いようだしね」

「水みたいってのは、舞台であえて平均律をやるやつは思い入れが前面に出がちだから、不思議に思って訊いたまでだ」

「他を当たってくれ。僕は、この国に来て一ヶ月も経ってないんだ。学内演奏会に出してもらえるだけでもありがたい立場なんだよ。伴奏までやっている余裕はない」

「ここにいるかぎり、みな立場は同じだ。これも立派な勉強だろ。ここに来てすぐ、この俺の伴奏をできるなんてあんたは幸運なんだぞ」

「僕は君を知らないけどね」

「ヴェンツェルだ。ラカトシュ・ヴェンツェル。あんたは？」

俺を知らないのかと言わんばかりの態度だった。

実を言うと、彼のことは知っている。今日は、練習室に来ると李が珍しく扉の前にいて、僕の顔を見るなり人の悪い顔で笑った。

『ラカトシュの伴奏、引き受けたそうだな』

そう言って、訊いてもいないのにあれこれ教えてくれた。ハンガリーからの留学生ラカトシュ・ヴェンツェルは、昨年の国際バッハコンクールのヴァイオリン部門で二位をとった天才だが、わがままな変人としても有名で、伴奏者も頻繁に変わる。そのため、事情をよく知らない留学生は狙われやすいのだそうだ。

『なんだか勝手に楽譜を押しつけていったけど、僕は引き受けていない。断った』

僕が否定すると、李は鼻《はな》で嗤《わら》った。

『おまえが断りきれるとも思えないけどな。まあいい、おまえがラカトシュに木っ端微《こ》《ぱ》《み》塵《じん》にされるのも見物だ』

不穏な言葉を残して、李は去って行った。思い出したら腹がたってきて、僕は目の前のハンガリー人を睨みつけた。

「僕はマヤマだ。ヘア・ヴェンツェル、悪いけど」

「ハンガリーは姓が先だ」

「それは失礼、ヘア・ラカトシュ。とにかく、他をあたってくれ。光栄な伴奏は僕には荷が重い。さっきも言ったとおり、僕はまだここに来て日が浅いんだ」

「ヴェンツェルでいい。時間が問題か？　アルムホルト教授が学内演奏会に出してもいいと判断したレベルなら、問題ない」

「僕には問題なんだよ」

声を荒らげても、相手にはいっこうに効いた様子はない。

「やってみてから考えたらどうだ。何も、ずっと組めと言ってるわけじゃない。今回だけだ。これぐらいできないようなら、わざわざこんなところに留学してくるなよ」

時間の無駄だからさっさとしろと言わんばかりの態度に、舌打ちしたくなった。むりやり放り出したいのは山々だったが、あいにく体格はむこうが上だ。説得して平和的に出て行ってもらうのも、殺気だっている様子からしてまず無理そうだ。

今日はひとまず、合わせておくか。そう思ったのが、運の尽きだった。結局、僕はこの日からずるずるとヴェンツェルの練習につきあうはめになった。

もっとも、心の底から厭《いや》だと思っていたのなら、断ることはできただろう。僕の中に彼のヴァイオリンへの興味があったのは否定できない。扉ごしに聴いた時ですら、聞き惚れた。あの音色が、僕のピアノに絡んできたらどうなるのか。期待があったからこそ、昨日だって、つい楽譜に手が伸びてしまったのだ。

そして、その期待は裏切られなかった。同時に、李が激怒した理由もよくわかった。

初日は、悪くはなかった。何度か合わせて、テンポはこれぐらい、ここはこんなふうに入って、と希望を聞いて、僕はその通りに楽譜に書き入れた。しかし翌日には、書き込みは全て無効になった。テンポも全く違うし、そもそも譜面通りに弾いていない。僕は驚いて、途中で手を止めた。途端に、不機嫌そうにヴェンツェルが睨みつけてくる。

「なんでやめる」

「なんでって……君こそ何やってるんだ」

「このほうが恰好いいだろ」

何を当たり前なことをと言わんばかりの表情に、僕はしばらく絶句した。

「昨日話し合っただろう。ピアノでテンポを決めてるのに、ここでいきなり君があげてどうするんだ」

「ついてこられないのか」

「そうじゃない。そこからあげたらおかしいだろ。そもそも君、弾けてないじゃないか」

「こっちのほうがいいだろ。ヴァイオリンソナタなんだからおまえが合わせろ」

僕はますます唖然《あぜん》とした。

「担当教授はどう言っているんだ？」

「関係あるのか？」

関係ないわけがない。実技発表のための演奏会なのだから。しかし、ヴェンツェルがあからさまに殺気だってきたので、僕は口を開くタイミングを逸してしまった。翌日になると、今度はやたらテンポが遅かった。僕は書き込みをやめ、話し合いを放棄した。

癖は把握したので、ただひたすら彼の音を聴き、こうしたいのだろうと思って、進んで合わせてやった。調子づいて、彼はどんどん無茶をしてきたが、僕は黙々とついていった。ほとんど意地だった。なし崩しとはいえ、一度引き受けてしまった以上、途中で放り出すのは厭だった。

この十日あまり、僕は音楽に浸りきっていた。大学が閉まるぎりぎりまで練習し、アパートに帰り着くころには、食事をする気力もない。毎日まるっきり曲の感触が違うので、こちらも常に集中しなければならず、疲労が深かった。なんとか最低限の栄養だけはとりこんで、急いでシャワーを浴びベッドに倒れこむ。疲れきっているのに頭が冴えて眠れない。すると怒りが湧いてきて、ますます眠りが遠くなる。悪循環だ。なぜ僕がこんな目に遭わねばならないのだろう。しかし、ラカトシュ・ヴェンツェルという人間に腸《はらわた》が煮えくりかえっても、音楽に罪はない。

そう、罪はないのだ。同じ曲なのに、日ごと異なる響きを聴かせるヴァイオリン。一つ一つのフレーズに、このほうが恰好いいと思わないかと言われているようで、鼻につくこともある。それでも気がつけば、納得させられてしまうのが不思議でならない。やせぎすの猫背気味で、お世辞にも弾く姿が美しいとは言えない彼が奏でる強烈なリズムに、凄まじい勢いで惹きつけられて、煽《あお》られる。

ラカトシュ・ヴェンツェルは、僕が苦手とする種類の人間だ。技術の高さは疑いないが、情熱が先走り、はっきり音を立ち上げるべきところで流してしまうこともあって、精緻な演奏とは言いかねる。楽譜と深く対話するのではなく、直感でねじ伏せてしまうタイプだ。彼がハンガリー人だからかもしれないが、第二楽章で彼が荒々しく入りこんでくる箇所は、チャルダッシュを聴いている気分になる。彼のチャルダッシュはさぞ素晴らしいだろうが、逆に言えば、何を弾いても作曲家ではなくラカトシュ・ヴェンツェルという個性が際立ってしまう。

彼と練習を始めて、僕は一日たりとも怒りを感じない日はなかったが、心のどこかで、今日はどんなふうに引きずり回してくれるのかという期待もあった。腹を立てながら、昨日までそこにあったものが一瞬にして破壊され、瞬く間にまるで違うものに再構成されていく様に、ぞくぞくしていた。緻密に構成されたものではとうていない、演奏が終わった瞬間に消えてしまう色鮮やかなまぼろしに、惹かれるなというほうが難しい。

そんな状態だったから、しまいにはどこにいてもヴェンツェルのヴァイオリンの音がまとわりついているように感じて、夢の中でも魘《うな》された。音が消えるのは、バッハと向き合う時だけだった。バッハがいなければ、僕はそのまま引きずられっぱなしになっていただろう。

ようやく演奏会当日を迎えた時には、緊張よりなにより、安堵を覚えた。これで解放される。ピアノと弦楽器は日にちが分かれていて、弦が先だったのはありがたい。今日さえ済めば、少なくとも今夜はまったく静かな心でバッハに向き合うことができる。その瞬間が待ち遠しかった。

ヴェンツェルの出番は、最後から二番目だった。前日まではずいぶんとやかましかったくせに、いざ当日となると彼は静かなもので、練習室でも全く関係のない曲を弾き、あとはずっとぼんやりした顔で煙草を吸っている。僕はもう少し練習しておきたかったが、ヴェンツェルの新しい犠牲者としてそれなりに有名になっていたようで、ずいぶん多くの学生に話しかけられて、あまり時間がとれなかった。

賑やかな周囲に慰められているうちに、あっというまに出番を迎え、ステージに出てみて驚いた。ホールは満員で、立ち見も出ている。日本の音大時代でも、学内の演奏会には多くの聴衆がやって来たが、月一のいわば公開発表会にまでこれほど集まるとは思わなかった。

ゼンパーオーパーのような大きなハコに限らず、ドレスデンのいたるところで、毎日のように何かしら演奏会が行われている。この国ではそれほど音楽が日常に根付いているのだ。

ピアノの前に座り、高揚を鎮め、呼吸をする。いつもの通り。あまり色はつけず、しかし力強く。駆けるピアノの音に、ヴェンツェルの音が重なる。今日は、いつもより速い。なるほど、そういう気分らしい。

激しい主題を奏でる低音は、しかし決して乱暴ではなく、深い艶を帯びている。やがて疾走していたテンポが緩やかに落ち着き、ヴァイオリンは甘く切ないメロディを奏で始める。溢《あふ》れる叙情性、滴《したた》る官能は、聴いているこちらが時に恥ずかしくなるほどだ。その中に浸りきらぬよう、僕は力強く鍵盤に指を走らせる。酔っ払っているヴェンツェルに、起きろよ、と言うように。しかし主張はしすぎない。そうすると喧嘩になってしまう。

ヴェンツェルに引きずられても、力尽くで止めようとしても、曲は崩壊する。あやういぎりぎりの線を、ヴェンツェルは走っているのだ。僕は、彼が道を踏み外さぬよう、鍵盤を忙しく走り回る。

しかし後半、再び激しく荒れ狂うヴァイオリンは、容赦なくピアノに覆い被さってくる。うかうかしては飲み込まれてしまう。僕は、必死に踏みとどまった。手綱を引いて、時に軽く蹴りをいれる要領で目を覚まさせる。そしてなんとかいい形におさまった時には、何かに勝ったような気になった。

演奏の後、満ち足りた思いで顔をあげる。ヴェンツェルが僕を見て、どうだと言わんばかりに笑った。どうだと言いたいのは、僕のほうだ。

わずか八分。なんて短いのだろう。できることなら、全楽章通したい。ヴェンツェルに促されて立ち上がると、すぐ真横からも、足を踏みならす音が聞こえた。横目で見やると、上手《かみて》の舞台袖に学生が笑顔で立っていた。すらりとした長身をスーツに包んだ彼は、ヴァイオリンを手にしている。ヴェンツェルの次、つまりトリをつとめる学生だ。

青い目にはまじりけのない称賛がある。僕は軽く目礼し、続けて聴衆に向かって礼をした。ホールをぐるりと見渡して、あっ、と声が漏れる。

立ち見をしている人々の中に、見覚えのある白い顔があった。薄暗いホールの中でもわかる、金の髪。

5

旧市街はいつも人が多いが、今日はとくにごった返している。この街にはこれほど人がいたのかと、改めて驚いた。まだ街灯がつかない時間に大学を出るのは久しぶりのことで、違う街に迷い込んだような気分だ。

人々は皆、ひとつの方向を目指していた。その手には、花がある。一輪だったり花束だったり、あるいは花輪であったりと、形態はさまざまだったが、一年で最も厳しく色に乏しい季節に、色とりどりの花を携えていた。

二月十三日、爆撃記念日。四十四年前のこの日、ドレスデンは全ての色を失った。

今なおあの日のまま残る場所に、人々は数多《あまた》の色を注ぎにやって来る。僕が聖母教会に辿り着いた時、かつて塔の上から見た時は黒いクレーターのようだった瓦礫の山は、溢れんばかりの花で飾られていた。

以前ここで、頑《かたく》ななまでにまっすぐ伸びていたファイネンさんの背中を見た時、僕は父のことを思い出した。

六十半ばの父は、終戦を迎えた時、どこかの飛行基地にいたらしい。学徒出陣で海軍に入隊した大学生だったそうだが、父は当時のことを決して話さない。ただ、毎年八月になると、書斎にこもってバッハを聴く回数が増える。その時の父と、あの日のファイネンさんは、どことなく似ていた。

臭い物には蓋をしろを地で行く戦後教育にどっぷり浸かってきた僕の世代の、昭和史の知識などひどいものだ。それなのに、らしくなく僕が花屋に立ち寄り、DDRの人々にまじって瓦礫に花を捧げているのは、僕がこの国に降り立った時にハーケ氏に言われた「昭和が終わった」という言葉と、父が昔からバッハを愛し、この国に少しばかり繋がっていた縁が巡り巡って今、僕がここにこうして立っているのだという感傷のせいなのだろう。今朝、ファイネンさんはいつもと同じ時間に家を出た。今日ここに来るかはわからないが、彼女が抱える荒野にも、花が咲けばいい。

僕はしばらく手を合わせてから、その場を離れた。夜にかけて、ますます人は増えると聞いている。戦後四十四年も経って、ここまで多くの人が集まるとは意外だった。

これほど瓦礫が残っているのは聖母教会ぐらいだが、この街にはいたるところに残骸が転がっている。真新しいバロックと約半世紀前の瓦礫という、奇妙な時代の逆転が当たり前のように存在しているのだ。いったい、「戦後」という時代は、いつまでなのだろう。

日本は一度、焼け野原になった。東京大空襲の後、上野駅から海が見えたという話を聞いたことがある。木造建築の多い日本を満遍《まんべん》なく焼き尽くすために、アメリカ軍はナパーム弾を開発した。結果、全てが灰燼《かいじん》に帰した。石造りの欧州都市への爆撃は、また違う。まず最初の爆撃で堅牢な建築物の石の蓋を破壊してから、第二陣がスコールのように焼夷弾《しょういだん》を降らせ、内部から焼き尽くす。だから、建物の石造りの外壁は残ることも多い。残ったところで、それは風雨をしのぐことすらできない、ただの巨大な塵《ちり》だ。周囲にひろがるのは焼け野原ではなく、瓦礫の山である。

何もない焼け野原も地獄だが、何もかも押し潰す膨大な瓦礫が積み上がっている状態もまた、地獄だろう。それを取り除かなければ、何もできない。瓦礫はたかだか半世紀経ったぐらいでは、消えてはくれないのだ。

今なお残る瓦礫の上に、人々は花を捧げる。不思議な光景だった。黒くくすんだ破壊と、溢れる命の色彩と。ファイネンさんは、僕の愛する音楽はこの暗さの中から生まれたと言った。この相反するものから。

音楽に国境はないという言葉は、嘘だ。音楽ほど地域性、国民性が出るものはない。壁で隔てられた西ドイツと東ドイツは、今や明らかに音が違う。カラヤンは偉大だ。それは間違いない。しかし、ベルリン・フィルの音が商業的にどんどん洗練されていく過程で、僕は次第に彼らの音から遠ざかっていった。精力的に来日していた彼は、去年もサントリーホールで振ったけれど、結局僕は一度も行かなかった。

彼らの音は、今でも素晴らしいのだろう。最高の才能が集っている。ただ、僕の求める音ではなかった。ドイツのよき音色を受け継ぎ、いっそう純化していくようなＤＤＲのオーケストラに、僕はますます傾倒していった。

「音の純化か」

石畳に高く響く自分の足音が、耳に突き刺さる。

ピアノ科の演奏会は、昨日ぶじに終わった。結果は、上出来とはとても言えなかった。その前日に精も根も尽き果てて、うまく切り替えが——いや、言い訳だ。他人の伴奏で疲れて、自分の演奏ができないのでは、本末転倒だ。

平均律曲集は、ごまかしが一切きかない。なにも付け足す必要はないということと、ただ楽譜通りに弾くのとはわけがちがう。昨日、自分が思うように弾けたとは思えない。アルムホルト教授も、「まだまだ時間が必要だな」とおっしゃっただけだった。迷いは見抜かれていただろう。

本来ならば、今日こそ奮起して、がむしゃらにピアノに向かわなければならないはずだ。だがどうしても、そういう気になれなかった。体が、腕が、重くてならない。

時々、肉体という存在を疎《うと》ましく思うことがある。この肉体がなければ音ひとつ奏でることはできない、聴くこともできない。しかし、自分の思い描く音と現実に奏でる音には隔たりがあるし、なにより疲労にとらわれれば指が縺《もつ》れてしまう。それがわずらわしい。

それでも、ごく稀に、肉体と音楽の垣根がかき消える瞬間がある。たとえば、あの教会に入った時のように。一昨日の、ヴェンツェルとの舞台のように。それはいつだって、自分ではない者に与えられる喜びだ。全身に震えが走り、立ちすくみ、それからいつも打ちひしがれる。なぜ自分にはそれができない。どうして自分は一瞬も音楽になれないのか。

きっと、よけいなものが多すぎるのだ。もっと、純化しなければ。そうしなければこの壁を破ることはできない。この肉の檻《おり》は、僕をどうしようもなく閉じ込める。

足は自然と、教会前広場に向かった。半月前には、ここでファイネンさんがデモと称する学生の集まりがあったが、今は人もまばらだ。旧宮廷教会の扉を見れば、今夜の追悼ミサのお知らせが貼ってある。

大きく息を吸い込み、扉を開ける。またあの銀色の祝福が浄化してくれるのを期待していたが、僕を出迎えたのは、俗世間の続きだった。オルガン席を見上げても、誰もいない。

音はともかく、教会の内部は相変わらず明るい。カトリックの宮廷教会というからには、これでもかとばかりに飾り立てられているイメージがあるが、ここはルター派の教会のように簡素だ。白い大理石で統一され、金の分量もそれほど多くはないからだろう。柱の彫刻などはよくよく見れば精緻なものだが、やはり全体的にがらんとしている。銀の音がないとこんなに寂しげなものなのか、と未練がましく再びオルガン席を見上げる。いっこうに音が鳴る気配はないので、仕方なく奥の祭壇へと向かった。

祭壇付近には、さすがに厳粛な空気がある。熱心に祈りを捧げる信徒もいた。当たり前のことだ。ここは祈る場所なのだから。しかしこの国では、当たり前ではない。

半月前、ファイネンさんの案内で旧市街を回り、この旧宮廷教会にもやって来た。その翌週、僕は前回素通りした聖十字架教会や、ドレスデン中央駅の反対側にあるルカ教会にも足を運んだ。どちらも、音楽を愛する者ならば知っている有名な教会だ。シュターツカペレだけではなく、名だたる管弦楽団のレコードはルカ教会で録音されたし、聖十字架教会は十三世紀以来の少年合唱団で知られている。父が愛してやまない、マウエルスベルガー指揮のゲヴァントハウス管弦楽団『マタイ受難曲』のレコードも、合唱は同じライプツィヒのトーマス教会合唱団と、聖十字架教会合唱団が担当している。まさに天使の歌声だ。この名盤の録音も、ルカ教会だった。期待に胸膨らませて訪れた僕は、いざ中に入って目を疑った。

そこは、ただのホールだった。プロテスタントだから質素、という問題ではない。かろうじて祭壇はあったが、教会であることを示すものはそれだけで、祈りの場にふさわしい空気がいっさいない。ツヴィンガー宮殿のように、内装まで手がまわらなかったわけではない。明らかに、祈るためではなく、最高の音響をもつ演奏会場として再建してあるのだ。

もし、西の教会の手助けがなければ——いやそもそもDDRに音楽という至宝がなければ、そしてこれこそ外貨を荒稼ぎできる手段だと政府が気づかなければ、これらの教会も再建すらされなかったかもしれない。実際、国を復興する際、教会はよほどのことがなければ捨て置かれ、時には邪魔になるからと爆破されたらしい。

神父もいて、ミサが挙げられるこの旧宮廷教会は、相当に幸運なほうなのだ。キリストの昇天を描いた祭壇画を見上げ、僕は記憶の中の音楽を辿る。あの日、ここは神の国だった。栄光をあらわす装飾など、何ひとつ必要ない。バッハそのものが乗り移った銀の音が、高らかにそれを謳《うた》っていたからだ。

ひとりでこの場を輝かせていたのは、若いオルガニストだった。彼女を奏楽堂の客席で見かけた時は、本当に驚いた。見間違いではないと思う。たしかに目があった。青い目はいきいきと輝き、称賛と興奮を伝えていた。オルガン席から僕らを見下ろした、威厳ある姿とは別人のようだった。彼女も音楽がたまらなく好きなのだ。それが一目でわかる笑顔だった。

あれから僕は、ちょっとおかしい。ピアノの練習もせずにうろうろしているのも、そのせいだ。

――彼女にもう一度会いたい。

目下、僕の頭を占めているのは、それだけだった。

あれだけの腕前なのだ、ひょっとしたら音大の学生ではないか。年上に見えたが、大学には三十近い学生もごろごろいる。思い切ってオルガン科の学生に訊いてみたが、合致する人物はいなかった。卒業生かもしれない。

ここでオルガンを弾いていたのなら、ミサならば会えるだろうか。僕は一度家に帰ってから、六時過ぎに再び家を出た。外はすでに真っ暗だったが、旧市街に入ると人の数は昼よりもずっと多かった。そのまま聖母教会の前まで進んだ僕は、思わず足を止めた。

この教会は、見るたびに違う姿を見せる。かつて、ファイネンさんと塔の上から見下ろした時、聖母教会は街中に空いた黒い穴でしかなかった。今朝は、色鮮やかな花束だった。

そして今、僕の前にあるのは、光の大伽藍《だいがらん》である。

昼に来た時には花で飾られていた瓦礫は、今や蠟燭《ろうそく》で埋め尽くされていた。そしてその周りを囲むのは、同じく蠟燭を掲げた人たち。

数分立っているだけで、足の先から氷像と化してしまいそうな寒さの中、彼らはただじっと立っていた。風に揺らめく、無数の光。あまりの美しさに声も出なかった。光に誘われる蛾のように、瓦礫のまわりをさまよっていた僕は、途中で足を止めた。

光の中に、彼女がいた。

手にした蠟燭にぼんやりと浮かび上がる白い顔、ゆるく波打つ金の髪。厳しく瓦礫を見つめる青い目。まちがいない。

祈りが通じたのだろうか。一気に心臓の音が跳ね上がる。

今ここにいるということは、ミサでオルガンを弾くわけではないらしい。まっすぐ旧宮廷教会に行かなくてよかった。

僕の視線に気づいたのか、彼女が急にこちらを向いた。

「何か用？」

はじめて聞く声は、やや低めで、切りつけるようだった。あのオルガンに通じるようでもあり、かけ離れているようでもある。

「すみません、先日、旧宮廷教会でオルガンを弾いていた方ですよね」

僕はとっさに笑顔を浮かべて口を開いた。彼女の眉間に皺が寄る。

「旧宮廷教会？　ああ……そんなこともあったわね」

「やっぱり。とても素晴らしい演奏でしたので、もしお会いできたら、一言お礼を言いたいなと思っていたのです。思いがけずお見かけしたので、嬉しくてつい」

「お礼？　べつにあなたのために弾いたわけじゃない」

彼女はそっけなく言った。僕の引きつった笑顔を、警戒をこめて見つめる目は、蠟燭の儚《はかな》い光の中でもはっきりと青い。ブルーアイは珍しくもないが、ドイツ人の目の青さは、また特殊だと思う。なんと表現したらいいのだろう、まったくまじりけのない、しかし澄んでいると表現するのもまたちがう。明るいというより、容赦のない青だ。

「僕もバッハが好きで、この国に留学してきたんです。ホームシックにかかっている時でしたから、あのバッハは文字通り福音のように響きました。旧宮廷教会のオルガニストですか？」

「いいえ、あの時はたまたま。神父様のご厚意で触らせてもらっただけ」

彼女は僕から目を逸らした。もうここでひいておけ、眞山柊史《まやましゅうじ》。明らかに彼女は僕を迷惑がっている。頭の中で叫ぶ声がする。いつもの僕ならとっくに白旗をあげて逃げ出しているところだ。だが、僕は踏みとどまることを選んだ。

僕は他人との会話に飢えていた。そして、探していたまさにその人が目の前にいるのだ。簡単にあきらめたくはない。

「普段はどこで弾いているんです？」

「オルガンはただの趣味よ。……ああ、思い出した」

そこで改めて彼女は僕の顔を見た。

「どこかで見たことがある顔だと思った。あなた、ラカトシュの伴奏していた人ね」

「はい」

ほっとした。やはりあれは、思い過ごしではなかったのだ。

「ラカトシュの伴奏っていつも留学生ね。この間の人は北朝鮮って聞いたけどあなたも？」

「日本ですよ。僕はシュウジです。シュウジ・マヤマ。あなたは……」

「クリスタ」

彼女は金の髪をかき上げ、大きなため息をついた。

「名乗られたから名乗るけど、この情報は不要だと思う。私は今後あなたと会うことはないでしょう。悪いけど私、外国人は苦手なの」

息が止まった。

この国に来てから今日まで、外国人ということでじろじろ興味深げに見られることはあっても、ここまではっきりと排除されたことはなかった。

僕はひとかけらも、彼女からこんな形で拒絶される可能性を考えてはいなかった。ヴェンツェルと僕のフランクに素直な称賛を捧げる姿が頭に焼きついていて、音楽について楽しく語らえるんじゃないかとすら思っていたのだ。

「やあ、シュウジじゃないか」

茫然と立ちすくんでいた僕にとって、突然聞こえたその声は、天の助けだった。

右前方から、背の高い男が、小柄な女性と腕を絡めて近づいてくる。端整な顔立ちには見覚えがあった。

「君もデモ？　あれ、女連れか」

クリスタに目を留め、彼は悪戯《いたずら》っぽく笑った。

「ラカトシュに振り回されてばかりだと思ったけど、意外に隅に置けないね。こんばんは、彼と同じ音大の――」

「自己紹介は結構よ。彼とは友人でも何でもないから」

遮るように言って、クリスタは身を翻《ひるがえ》し、立ち去った。身も蓋もない態度に、僕はもちろん、新たに加わった二人も目を丸くした。

「まずかった？」

僕を見おろした男の目は、クリスタより薄い青だった。金髪も淡い。しかし表情はよっぽど豊かだ。

イェンツ・シュトライヒ。

先日のヴァイオリン科の演奏会で、トリをつとめた学生だ。今年のヴァイオリン科は豊作だそうで、ヴェンツェルと並び称される逸材らしい。舞台袖から僕らに称賛を送ってくれた彼のシューマンもぜひ聴きたかったのだが、あの後もヴェンツェルに連れ回されていたために、結局かなわなかった。いいやつだという話はよく聞く。その通りなのだろう。今も、クリスタの無礼なふるまいに怒るでもなく、アイスブルーの目にはただ僕を気遣う色があった。

「やあ、イェンツ。いや、むしろ声をかけてくれて助かったよ」

「そうかい？　きついねえ、彼女。喧嘩でもしたの？」

「それ以前だよ。そちらは？」

彼は右手に蠟燭を掲げていたが、左腕には背の低い女性が巻きつくように寄り添っている。栗色の短い髪に縁取られた顔は丸く、少し幼い印象があった。

「ガビィだよ。俺のパートナー。チェリストだ」

「よろしくね、シュウ。あなたのことは、イェンツから聞いてるわ。今度ぜひ私にもピアノを聴かせてね」

幼い外見に反し、声は低く成熟していた。チェロの音のように艶がある。

「ま、きつい彼女のことは忘れようじゃないか。それよりシュウ、デモに来たなら蠟燭ぐらい持たないと」

イェンツは僕に、手にしていた蠟燭を差しだした。

「君のだろ」

「ガビィも持っているから。俺らは二人でひとつだからさ」

「ごちそうさま。これ、デモなのか？　反戦デモ？」

「ちがう」イェンツは顔から笑いを消した。「自由へのデモだ」

「……自由？」

僕の言葉に応じたのは、ガビィのほうだった。

「この光のデモは、数年前から行われているのよ。どこかの市民運動グループが始めたものだけど、年々膨れあがってすごいの。政府への無言の抵抗ってやつね」

無言。そういえば以前、この近くの広場でも似たようなものを見た。彼らは声に出して何かを訴えるわけではなかったが、求めるものは明白だった。

「普通ならこれだけの人数が集まれば、すぐに警察が出動する。でもこの日ばかりはできない。だから皆、集まってくるのさ」

イエンツは愉快そうに、あたりを見回した。

「なんで」

「そりゃあ、英米軍による三日にわたる大空襲が始まったこの日を、反資本主義の恰好の旗印として、大々的に喧伝してきたのは他ならぬＳＥＤ（ドイツ社会主義統一党）だからね。我々はそれに則《のっと》って蠟燭を捧げている。なにも違反はしていないよ」

悪戯《いたずら》っぽく彼は笑う。

「なるほど。こんなに綺麗で静かなデモなら、彼らも歓迎しそうだけどね」

僕は改めて、揺らめく無数の蠟燭に目を向けた。じっと見つめていると、その揺らぎのうちに魂でも吸い取られてしまいそうだ。それほど焔《ほのお》はあやしく美しい。触れようとすればいっそう揺らぎ、へたをするとかき消えてしまう。

ああ、そうか。胸に迫るわけだ、と納得する。

ここの焔は、音に似ているのだ。

第二章　ベルリンの壁

1

朝ドレスデンを出るころは灰色の雲に覆われていた空は、列車がライプツィヒ中央駅に着くのを待って、冷たい雨を落としはじめた。

DDR最大と謳われる駅を出て最初の印象は、「暗い」「臭い」だ。

ドレスデンもたいがいだが、この街の汚れっぷりはひどい。DDRの電力の三分の二を生み出す褐炭《かったん》炭鉱が近くにあるせいだろう。褐炭は燃やす時に異様な臭いを出すが、その臭いはもう街の奥深くまでしみこみ、雨ごときでは流れはしないのだ。

さっそく憂鬱な気分になりつつ市電《トラム》に乗り、中心部へと向かう。車窓の陰鬱な街並みは、いくらか小綺麗なものに変わり、やがて堂々たるネオゴシック様式の教会が現れる。

バッハを愛する者にとっては聖地ともいえる、トーマス教会だ。トラムを降り、南側の小広場にまわると、丸めた楽譜を手にしたバッハ像が出迎えてくれる。バッハが二十七年にわたって務めた、トーマス教会音楽監督《トーマスカントル》の姿だ。

教会入り口はすでに長蛇の列である。毎週金曜と土曜には、ここで聖歌隊のコンサートが行われることになっていて、まだ開始三十分前だが、雨にもかかわらずこれだけの人が集まっているのはさすがだ。観光客も多いが、ざっと見たところ、大半は地元の人間のようだった。ＤＤＲの人々は本当に音楽が好きだ。僕ら学生の学内演奏会にまで人が詰めかけるのだから、相当だろう。

　時間が来て中に入ると、内陣に立ち並ぶ白い柱と、その上部からヴォールト天井に伸びる鮮やかな赤い線が目に入る。建築された十三世紀の中世ゴシック様式を模して改修された内装は、質素ながら威厳があった。内陣の床には、花輪がいくつも飾られた墓が静かに横たわっている。バッハの墓だ。もともとはヨハネ教会にあったものだが、第二次大戦の爆撃で教会が破壊されたため、ここに移されたという。

　ひしめく観客に揉まれながらどうにか席のひとつを確保したころには、一階も二階もすっかり埋まり、教会内はざわめきに包まれていた。しかし、二階背面のパイプオルガンの前に、揃いの濃紺のセーラーを纏《まと》った少年たちが現れると、あたりはしんと静まりかえった。彼らの前には、楽団もいる。こちらは大人。シュターツカペレと並び称される名門、ゲヴァントハウス管弦楽団の面々だ。

　指揮台に立つ恰幅のよい男は、第三十代トーマスカントル、ハンス＝ヨアヒム・ロッチュだろう。バッハから数えて十五人目のカントルである彼もやはり一流の音楽家であり、僕が尊敬するバッハ演奏家の一人だ。僕の師アルムホルト教授とは親しいらしく、彼のテノールがいかに素晴らしかったか耳にタコができるほど聞いた。

彼は今、自身が歌うかわりに、その指先で、天上のしらべを生み出していく。ロッチュの指揮のもと奏でられるのは、バッハのカンタータだ。聖歌隊の背後に聳《そび》える堂々たるロマンチック・オルガンの出番は残念ながらなかったが、ゲヴァントハウスの磨き上げられた音に、高く澄んだ少年たちの歌声が重なり、教会いっぱいに響き渡る時間は、至福の一言である。

かつてバッハが毎日のように歩いたであろう場所。彼はここで毎日オルガンを弾き、合唱団を指揮し、音楽という祈りを神に捧げたのだ。行き詰まっていた時、バッハの音楽が僕を明るく照らしてくれたのは、彼の音楽が信仰そのものだったからなのだと思う。文字を介在させずとも、文化も宗教の垣根も越えて、人間誰もが持つごく原始的で、もっとも純粋な部分を揺さぶる音。どんな福音史家だってかなわない奇跡だ。

DDRから宗教が失われて久しく、欧州の中で最も無神論者が多いと揶揄《やゆ》されても、ここにはバッハの熱烈な信仰が今も息づいている。強制し、圧迫するものではなく、明るく軽やかに僕らの手をとってくれるものが。バッハの祈りは、春の日射しに似ている。

七十五分のプログラムはあっというまに過ぎた。拍手のない、厳粛な空気のなか聖歌隊は去っていき、音楽に心身ともに浸りきっていた僕らも現実に戻る。祭壇前に眠るバッハに挨拶をし、外に出ると、今度はバッハ像の隣に長蛇の列が出来ていた。

「ヘア・マヤマ？」

突然、バッハ像から声がして、飛び上がりそうになった。慌てて目を向けると、バッハ像に寄り添うように、痩せた中年の男性が立っている。秀でた額の下の、眼鏡の奥の茶色い目は柔らかかったが鋭い光を宿しており、いかにも知的階級といった雰囲気があった。

僕は、この顔を知っている。家で見たアルバムに、彼はいた。正確には、ここにいる彼よりもう少し若い顔立ちの、よく似た別人だけれど。

「ヘア・ダイメルですね。お会いできて光栄です」

「ようこそライプツィヒへ。雨の中、大変だったろう」

彼は、右手を差しだした。DDRの人はよく握手をする。これほど頻繁に握手をするのは、アメリカ人とDDRの人間ぐらいだろう。

「本来なら私が今日一日ついて案内したかったのだが昼まで講義があってね。申し訳なかった」

「いえ、聖歌隊を聴けましたし有意義な時間を過ごしました。わざわざお迎え頂き、ありがとうございます」

「そう言ってくれると助かるよ。さあ、こっちへ」

ダイメル氏が向かった先には、チェコスロバキア製のシュコダが停まっており、扉には背の高い少女が寄りかかっていた。ふわふわの亜麻色の髪と理知的な茶色い目をもつ彼女を、ダイメル氏は「娘のニナだよ」と紹介してくれた。彼女は、少し厚めの唇にうっすらと笑みを浮かべると、すぐに車の中に入ってしまった。

「さて、家に来る前に墓地にということだったが……もうだいぶ暗い。行くかい?」

運転席におさまったダイメル氏は、あまり気がすすまぬ様子で言った。

「はい、お願いします。父のたっての願いでしたので」

たしかにこんな冷たい雨の降る夕暮れに墓地など行くものではないが、一人では場所がわからないし仕方がない。

街の中心部を一歩出ると、ライプツィヒはすぐにその本性をあらわにする。放棄され、板で囲われた商店が連なり、一部が崩れ落ちた住居も目についた。ダイメル氏の運転は丁寧だったが、なにぶん道路も穴だらけなもので、僕は車の天井に何度も頭をぶつけるはめになった。

「悪いね。ひどいものだろう」

運転席のダイメル氏が、申し訳なさそうに言った。

「ずいぶん寂しい区域ですね」

「ライプツィヒはどこもこんなものだよ。中心部以外は住めたものじゃない。おかげでずいぶん多くの人が他の都市に逃げていったよ。いくら言っても、政府は環境対策をしないからね」

やがてシュコダは、煙るような雨に閉ざされた墓地に到着した。案の定、人気《ひとけ》は全くない。車を降りて墓地に向かうさなか、うしろで「こんな時間にこんなところ」とぼやく声が聞こえた。ふりむくと、ニナははっと目を見開き、怒ったようにそっぽを向いた。自分でも口に出していたことに気がついていないらしかった。

やがて僕らは、目当ての墓石へと辿りついた。雨に濡れ、うっすら灰色がかった墓石が、僕を無言で見上げていた。

子供のころ、家に帰ってポストをあけると、淡いブルーの封筒が入っていることがあった。父宛の、なんということのない、ごく普通の封筒だったが、明らかに他の手紙とは違うたたずまいがあった。

形のよいアルファベットで綴《つづ》られていた差出人の名を、今、冷たい石の上に見る。

ハインツ・ダイメル
一九一六―一九八五

僕にとっては、よく知る人物でもあるし、まったく知らないとも言える。彼に会ったことはないが、父の書斎には彼からの膨大な手紙の束があった。

年代順に整理されたその手紙は一九四六年から始まり、一時途絶えていたが、一九七三年に復活している。日本とDDRが正式に国交を結んだ年だ。それから手紙はだいたい月に一度の割合でやって来て、ダイメル氏の死の二ヶ月前まで続いた。ポストに彼の手紙が入っているのを見るたびに、「ああ今月も来たんだな」と妙にほっとしたことを覚えている。人となりは知らないが、変わらぬ几帳面な筆跡に親しみをおぼえていた。

一九四三年当時、大学生だった父が出会ったダイメル氏は、在日ドイツ領事館に勤める書記官だったらしい。ダイメル氏と奥さんは父の一家と親しかったようで、学生服姿の父や祖父たちと一緒に写った写真が残っている。

「シュウジが来てくれて、父も喜んでいると思う。ありがとう」

花を捧げる僕に、現ダイメル氏——ハインツの息子ヘルベルトが言った。温和で知的という第一印象に違《たが》わず、カール・マルクス大学ライプツィヒの法学部教授だという。優秀な家系で羨ましい。ヘルベルトの背後で、こっそり欠伸《あくび》をかみころしているニナもきっと、とびきり優秀なのだろう。十四歳と聞いたが、日本の同世代の少女と比べるとほとんど大人のように見える。

「父も一度ぜひうかがいたいと言っていたのですが、手術をしてからは長旅がなかなか」

「気持ちだけで充分だよ。君がこうして来てくれたしね」

写真の日付の数ヶ月後に父は学徒出陣で出征し、ダイメル氏も二年後にドイツに帰った。以来、数えきれぬほどの書簡と荷物が行き交ったが、ダイメル氏が再び日本に来ることはなかった。

冷たい雨が降る墓地には、やはり人気がない。糸杉が風に揺れる様はどことなく不気味で、僕らは早々に失礼した。

ダイメル家の自宅は、街の中央部を囲む環状道路の中側にあった。ヘルベルト曰《いわ》く「多少マシ」な区域だ。大きな玄関で出迎えてくれたのは愛想のよい中年の女性で、近所に住むヘルベルトの妹シュテフィだと紹介された。兄とは正反対の、迫力ある体つきの女性だった。ヘルベルトの奥さんは医者で、今日は急な手術が入ったためにどうしても休めず、近くに住むシュテフィに準備を頼んだのだそうだ。

「あ、電話」

甘い香りの漂う廊下を奥に進んですぐ、飴色のキャビネットの上に電話を発見し、僕は思わず声をあげた。家の中に電話があるのを、ＤＤＲに来て初めて見た。

「三年前に電話線を引いたんだよ。私も妻も、職業柄ないと不便でね」

「うらやましいです」

ドレスデンに来てひと月半、電話がない生活にもだいぶ慣れたが、やはりそれなりの家にはあるようだ。自家用車もトラバントではなくシュコダだったし、案内された居間はずいぶんと広く、家具も重厚で、時代を経たものが多かった。壁の一面を占める棚には、漆器が飾られている。ハインツ氏は日本を去る際、かなりの量の漆器を持ち帰ったそうで、しまってあるものも多いという。金箔に桜を散らした飾り棚、月と秋草を金と青貝で描いた棗《なつめ》は、どちらも見事なものだった。ニナは自分の部屋から朱塗りの小さな飾り手箱を大切そうに抱えて持ってきて、「おばあちゃんにもらったの」と見せてくれた。父に持たされた土産も牡丹蒔絵《ぼたんまきえ》の文庫に露草《つゆくさ》蒔絵の漆《うるし》の万年筆で、僕からは寄せ木細工の秘密箱。七つある仕掛けを解いて見せると、歓声があがった。

僕は僕で、刺繍《ししゅう》の入ったテーブルクロスの上に並ぶ料理を見て、声をあげてしまった。肉の塊を実に久しぶりに見たからだ。

ドレスデンでの僕の食生活ときたら、我ながらひどい。このひと月半で一番食べたのは、豆だ。スーパーでそれほど並ばずに手に入るものが豆の缶詰だったからだ。主食たるパンすら、時々ないことがある。八百屋にはいつもじゃがいもとしなびたキャベツしか置いていない。運がいい時には、店主が形の悪いトマトや人参をそっとだしてくれることもあったが、たいていは「他にない？」と尋ねても、無愛想に「ない《ナイン》」と一言返ってくるだけだった。大学には一応カフェテリアがあるが、皿に盛られていたのはザワークラウトとマッシュポテトがどろどろにまじりあったもの——だけだったならまだしも、その下から蜘蛛が這い出てきたので、僕はその日から昼も豆の缶詰を食べることになった。

久しぶりの肉や、温かい料理に舌鼓《したつづみ》を打ち、勧められるままにワインの杯を重ねる。モーゼルワインも久しぶりだった。ＤＤＲの店にあるのはほとんどがザクセンワインで美味しくない。ザクセンワイン自体は悪くはないが、ましなものは全て輸出されてしまって、国内で流通しているのは味が数段落ちるらしい。ヘルベルトとシュテフィもよく食べ、なおかつよく飲んだが、ニナはダイエット中だとかで、ラタトゥイユをほんの少しつまんだだけで、あとはひたすらオレンジジュースを飲んでいた。

「ほう、平均律のレコードを聴いてバッハに開眼か」

僕がＤＤＲに留学したそもそものきっかけを語ると、ヘルベルトは興味深げに頷いた。

「父は日本にいたころのことをよく話していたが、君のお父さんもバッハが好きだったようだね」

「はい。子供のころはそれほど興味がなかったのですが、血なのでしょうかね」

「血か。私の両親はヴァイオリンとピアノをそこそこやったけれども、私は駄目でねえ。聴くのは好きなんだが、譜面を見ると頭が痛くなってしまうんだ」

「僕の兄と姉もそうでしたよ」

「はは、どこも同じか。娘は昔はピアノをやっていたんだが、今はさっぱりで。サッカーのほうが好きなぐらいだよ」

ヘルベルトが目を向けた先にはピアノがある。長らく使われていないことは見ればわかった。

「父さんと母さん、二人でよく演奏していたわよね。引退後は、ライプツィヒ音楽院の演奏会によく行ってたっけ。ドレスデンのほうでもやっぱり学内演奏会って頻繁にあるのかしら」

ヘルベルトの妹シュテフィは、ワインでほのかに赤らんだ顔で言った。二人の息子とともに住む彼女は、化学工業会社に勤めているという。僕が家で使っている洗剤は全部、シュテフィの会社のものだった。

「毎月ありますよ。他にも、教会や病院で演奏しています。日本にいたころもボランティアで演奏することはありましたが、こちらではその機会がずっと多いので、とても勉強になります」

「でもバッハならなんといってもライプツィヒでしょ。どうしてドレスデン音大のほうに？」

「日本の夏期セミナーに、ドレスデン音大の教授がいらして、推薦してくださったんです」

「まあどちらも素晴らしいことに変わりはないさ」

とりなすようにヘルベルトは笑った。

「今年は残念ながら国際コンクールの開催年ではないが、バッハ音楽祭にはぜひこちらに来なさい。トーマス教会でのマタイはどうするね？」

バッハ最大の宗教曲『マタイ受難曲』は、一七二七年四月十一日聖金曜日に、トーマス教会で初演されたと言われている。現在でもトーマス教会では、聖金曜日に必ず『マタイ受難曲』か『ヨハネ受難曲』を上演する。ドイツの他の都市でも同じだが、本場中の本場で、他ならぬ聖金曜日にマタイを聴く以上の贅沢《ぜいたく》があるだろうか。

「もちろん聴きに来るつもりです。相当な人が集まるでしょうから、早めに来ないと。今日もいっぱいでした」

「国外からもだいぶ来るからね。それなら我々と一緒にどうかね」

「いいんですか？」

「もちろん。他ならぬ君が『マタイ受難曲』をこの地で聴くと知れば、父も念願叶ったとさぞ喜ぶだろうから」

それまでつまらなそうにジュースを飲んでいたニナが、弾かれたように顔をあげた。

「おじいちゃんが？　どういう意味？」

「戦時中、シュウジのお父さんが、入隊直前に『マタイ受難曲』に合唱で参加したそうでね。あの時代、日本で外国の曲、しかもこんな大曲を演奏するということは大変なことで、父もその時のことをよく語ってくれたんだ」

「ドイツと日本って同盟国だったんじゃないの？　それでも大変だったの？」

「当時は外国語のものは全て禁止だったんだよ」

　僕が答えると、ニナは怪訝そうな顔をした。

「そうなの？　変なの」

「日本人には西洋の言葉は区別がつきにくいから。ドイツの作曲家だから上演は許されたけど、歌唱の部分は全て日本語に翻訳しなきゃいけなかったんだ。父も翻訳に駆り出されたとかで、その時の苦労話は僕も聞いたことがある」

「父さんも立場上、本番に行くことは許されなかったが、ゲネプロはこっそり観に行ったらしいよ」

「立場上行けなかったってどうして？」

　ヘルベルトは、一瞬間《ま》を置いてから答えた。

「指揮者のローゼンシュトックが、ユダヤ人だったからね」

　一九三六年に来日し、四六年にアメリカへ移住するまで、新交響楽団（現在のＮＨＫ交響楽団）専任指揮者として辣腕《らつわん》をふるった名指揮者、ヨーゼフ・ローゼンシュトック。ポーランド出身である彼は、当時すでに名声を確立し、近々ベルリン・フィルの指揮者に就任するという話もあったらしい。一九三三年にヒトラーが政権をとらなければ実現していたかもしれないが、現実にはユダヤ人は職を追われ、彼はベルリン・フィルはおろかドイツのどの楽団を指揮することもかなわなくなった。アメリカに亡命する予定を変更し、新響の依頼に応えて日本にやって来たローゼンシュトックは、以来十年にわたって滞在し、オケを一流に鍛え上げた。日本の音楽史に欠かせない偉人でもある彼は、来日以来ヘンデルやベートーヴェンの大曲に次々と取り組み、戦況が厳しくなってきた一九四三年に、この『マタイ受難曲』を演奏している。

「父はもともとローゼンシュトックのファンだったんだ。だから日本の領事館に赴任が決まった時は、内心喜んだと言っていたっけなあ。父はあの時代のことはほとんど話さなかったが、これは何度も聞いたよ。よほど嬉しかったんだろう」

「新交響楽団も、まさかローゼンシュトックほどの大物が承諾してくれるとは思わず、ダメもとで依頼の手紙を送ったそうです。だからたいそう驚いたらしいですよ。ハインツさんは、あのマタイをどう聴かれたのでしょう」

「人生三本の指に入る名演だったと語っていた。はじめのうちこそ日本語訳を奇異に感じたが、すぐにそんなことは忘れて没入し、四十七番のアリアではこらえきれず泣いたそうだ。マタイで泣いたのは、あれが最初で最後だと」

「父は、ハインツさんにお送りしようとレコードを探したのですが、見つからず残念だと零《こぼ》しておりました」

「ありがとう。しかしレコードはなくてよかったのかもしれない。そういう音楽を身の内にずっと抱えることのできた幸せを、祝福すべきだろう。それは、誰にでも手に入れられるものではないのだから」

彼の言葉に僕は感じ入ったが、ニナは小馬鹿にしたように肩をすくめた。

「パパってほんと小難しい言い回しするんだから。でもそれなら、シュウはこの国にいるかぎり、そういう音楽には出会えないんじゃない？」

「なぜ？」

「なにもかも停滞しているもの。戦争の時みたいに、破滅の足音がはっきり聞こえるわけでもない。進歩も破壊もないところで、そんな爆発するようなものは生まれないでしょ。シュウももったいないことをしたね。せっかく何でもできる国にいるのに、わざわざこんな未来のない国に来るなんて変わってる」

ニナの口調は、思いがけず厳しかった。僕が言葉に詰まっていると、ヘルベルトが娘をたしなめ、「これぐらいの年齢の時は、現状にいつも文句を言っていないと気がすまないからね」と僕に笑いかけた。

「年齢は関係ないでしょ。みんな思ってることよ」

ニナは拗《す》ねた様子でそっぽを向いた。すぐさま場を取りなすように、シュテフィが立ち上がり、ピアノの蓋を開ける。

「シュウ、せっかくだもの、あなたのピアノを聴かせてちょうだいな。母が引っ越してから、誰も弾く人がいなかったのよ。久しぶりに聴きたいわ」

ヘルベルトとニナにも促され、僕はピアノの前に座らされた。長年放置されていたのだろうと思っていたが、意外なことに調律はきちんとしていた。ひょっとしたら、今日僕が来るというので、わざわざ調律師を呼んだのかもしれない。平均律四番をはじめいくつか弾くと、ニナの目がにわかに輝きだした。ドビュッシーが好きだというので、『アラベスク』一番や『亜麻色の髪の乙女』といった定番を奏でると、とうとう彼女の頬がほころんだ。

「本当に上手なんだね。もしかしたら、おばあちゃんよりうまいかも」

「おばあさんはピアニストだったのか」

「ううん、市庁舎に勤めてた。でもピアノの先生より、ずっと上手だった。ねえシュウ、聖金曜日に来るなら復活祭までいるでしょ？」

「ホテルがとれればね。今からだと難しいかもしれない」

「うちに泊まればいいよ。ユーゲントヴァイエのパーティがあるから、ピアノを弾いて。パパ、どう？　おじいちゃんの友達の息子なら、おばあちゃんだってきっと喜ぶよ」

日常ではあまり聞かない言葉だったので、一瞬、意味をはかりかねた。その後すぐに、そういえばニナは八年生と言っていたと気づく。

十四歳に行う、ユーゲントヴァイエ。カトリックでいうところの堅信式、プロテスタントの信仰告白式に相当するもので、この儀式を通じて一人前の人間として扱われるようになるのは同じだ。

「ああ、そうだね。シュウジさえよければ……」

ヘルベルトは娘におされて同意したが、気が進まないのだろうなということは察せられた。この国では、客人は歓迎するが、よほどのことでなければ家に泊めることはしない。ましてや「西」の人間では。それから話題はユーゲントヴァイエに移り、さらに日本の成人式と振袖の話になってずいぶん盛り上がり、気がつけばいい時間になっていたので、慌てて暇《いとま》を告げた。今日中に東ベルリンに入り、そのまま西へ行く予定なのだ。早くしないと検問所が閉まる。

後ろ髪を引かれる思いで玄関に向かうと、ヘルベルトは僕に分厚い封筒を差しだした。中から出てきたのは直筆の楽譜で、驚いて目をあげると、彼は少し恥ずかしそうに笑った。

「土産というほどでもないんだが、父が作曲したヴァイオリンソナタの楽譜なんだ。ピアニストの君に言うのもなんだが、もらってやってくれないか。ピアノソナタの楽譜もあったが、あいにく母がもっていてね」

ハインツ氏は、もともと外交官より音楽家になりたかったという人物だったらしい。仕事から退いた後は、音楽家の友人にも助言を求めて、いくつか曲を書き上げたのだそうだ。

「そんな貴重なものを僕が頂いてよろしいのですか」

「我々がもっているよりも、君のように音楽が身近にある人がもっていてくれたほうがこの楽譜も喜ぶだろう。一度、父と母が演奏したのを聴いたことはあるんだが、凝りすぎて父も弾きにくいと笑っていたぐらいでね。君なら、腕のいいヴァイオリニストの友人も多いだろうし」

まっさきによぎったハンガリー人を脳裏からすばやく消し去って、ありがたく楽譜を受け取った。ヴァイオリンソナタだろうと何だろうと、新しい楽譜を受け取る時はいつもわくわくする。車で駅まで送ってもらい、東ベルリン行きの列車に乗った後も、僕はしばらく夢心地だった。カバーに穴のあいた椅子の硬さも気にならない。まだダイメル家の、質のよい革のソファに座っているような気がした。

久しぶりに家族というものを見た。DDRに来てひと月半、それなりに友人も出来て、部屋に遊びに行くような相手もいるが、ほとんどは寮に入っている。隣人のファイネンさんは一人暮らしだ。久しぶりに見た家族団欒《だんらん》は——いや、日本にいたころから、僕はほとんどそんなものを見たことがなかった。

僕の母は、父の前妻が病没した二年後に、十五も離れた父に嫁いだと聞いている。三人いる兄姉は歳が離れていたので、僕が物心ついたころ家にいたのは一番下の姉だけだった。僕の記憶にあるかぎり、とくに険悪な空気はなかった。そんなものが生まれるのは、それなりに密な関係にある家族だけだ。

そもそも父は、僕に関心がない人だった。兄や姉は、父は僕に甘いと言うが、単に興味がなくて、母に言われるまま金を出し続けただけの話だと思う。当時の父は人生でもっとも忙しい時期にさしかかっていたし、子供も四人目ともなると興味も湧かなかったのだろう。僕がピアノコンクールでたて続けに優勝し、子供たちの中で一番音楽への興味も素養もあると気がついてからは風向きは変わったものの、父と腹を割って話した記憶はない。家族が全員揃うのも、盆と正月ぐらいだった。それを気に病むほど僕も家族というものに期待はしていなかったが、ダイメル家の光景を反芻《はんすう》しているうちに、灰色の靄が胸に広がった。

この感覚は、覚えがある。ハインツ氏の死後、僕は父の書斎で手紙の整理を手伝ったことがあった。時々ポストでは見ていたものの、数十年分の膨大な量を見せつけられると、圧倒されるというより気味が悪かった。父とハインツ氏が日本で顔を合わせていた時期は、一年にも満たない。にもかかわらず、何をこれほど語ることがあるというのだろう。父は饒舌《じょうぜつ》なほうではない。僕が父との会話で覚えているのはほとんどがバッハ絡みで、それも決して多くはない。母と親しく語らっているところもあまり記憶にないし、そうした父の姿とあの膨大な手紙は、僕の中でまったく繋がらなかった。ダイメル家にも父からの手紙が同じだけあるのだと思うとなんともいえぬ気持ちになるが、ヘルベルトにとっては微笑ましい記憶のひとつにすぎないのだろうか。

愉快とは言えない回想に耽っているうちに、列車はベルリン中央駅に着いた。一時間半が経っていた。工事中の構内を移動し近郊電車《Sバーン》に乗り換えて、フリードリヒシュトラーセ方面へと向かう。ウンター・デン・リンデンを南北に貫くフリードリヒシュトラーセには、北と南に国境検問所がある。西ドイツへの入り口だ。南側が、ベルリンの壁に沿うように走るツィンマーシュトラーセとの交差点につくられた検問所、スパイ小説や映画で大人気のチェックポイント・チャーリーだ。

ひと月半前DDRに来てすぐ、東ベルリンに三日だけ滞在した時に、僕も当然のように足を向けた。観光客には親切だと聞いていたし、カメラ片手に気楽な気分で大通りを南下していくと、前方にどこまでも続く白い無機質な壁が現れる。その手前には税関と監視塔とおぼしき建物がいくつか聳えており、周囲は人気がなく、やたらと静かだった。四方から視線が体に突き刺さるように感じて、その瞬間、今までこの壁を越えようとして命を落とした無数の人々の逸話を思い出してしまい、反射的に回れ右をして逃げ出した。近づいてもとくに何も言われないという話は聞いていたのに、僕は自分がつくりだした妄想に屈してしまったのだ。

しかしあながち、あの予感めいた恐怖は妄想とは言い切れないのかもしれない。僕がここから逃げ出した一ヶ月後、二十歳の青年が壁を越えようとして射殺されてしまったのだから。

亡命者の悲劇については知っていたつもりだったが、だいたいは六〇年代に集中していることもあって、遠い戦争の資料でも読んでいる感覚に近かった。それが実際に壁を見て、しかもその後で銃による死亡者が出たと知って、僕はようやく自分がどんな国にいるのか理解した。

この日僕が向かったのは北側の検問所のほうで、フリードリヒシュトラーセ駅に隣接している。列に並んだ人々は、粛々と検問を待っていた。そこここに配置された警察官や兵士は僕らを威圧し、鋭い目を光らせているが、あののっぺりした壁の前に横たわる死のような静寂よりはまだましだ。薄暗い照明のホールを抜けると、まず最初のパスポートチェックを受ける。次に税関に進み荷物を調べられ、ようやく解放されると二度目のパスポートチェックが待っている。ここを突破してようやく、駅構内へと続く地下通路に進むことが許されるのだ。二十分程度だが、その十倍ぐらい長く感じられた。

ホームに滑りこんできた列車はあっというまに国境を越え、十分ほどでツォー駅に到着した。急ぎ足で地上に出ると、映画の画面がモノクロームから急にフルカラーに切り替わったような感覚に襲われた。空気にすら色がついているような気がする。歩いている人々の服も、東に比べてずっとカラフルだからだろう。足取りが自然と軽くなる。体を覆っていた緊張が、ふっと抜け落ちた。

僕が真っ先にしたのは、銀行で引きだしたDDRのマルクを西のドイツマルクに替えることだった。このために西ベルリンまでやって来たと言っても過言ではない。僕はDDRから月に五百マルク支給されているが、物価は格安だし、一日中ピアノに向かっているので金が減らない。西のドイツマルクに比べて貨幣価値が五分の一以下のマルクを後生大事に貯め込んでいても仕方がないので、替えることにした。買いたいものはたくさんあった。

僕は自分のことを、日常においては安かろう悪かろうでもまるで気にしない人間だと思っていたが、資本主義競争を勝ち抜いて店頭に並ぶ商品に本物の粗悪品など存在しないということを、ドレスデンのアパートでトイレに入った時に思い知った。翌日、DDR中にチェーンを展開しているスーパーに飛び込んでトイレットペーパーの棚へと走ったが、そこには昨日僕を絶叫させた紙やすりしか置いていなかった。ひと月以上経って、さまざまな粗悪な商品に慣れてはきたが、これだけは未だに無理だ。

両替の後は、インフォメーションで案内してもらった安めのホテルに荷物を置き、気ままに街を歩く。西ベルリン一の繁華街であるクーダムという場所柄もあって、日本人観光客もちらほら見かけた。ここでは、どの店に入っても無遠慮に見つめられることはない。充実したショーウィンドウは眺めているだけで楽しく、気楽なそぞろ歩きに心が軽くなった。入った店では久しぶりに代用品ではない、美味いビールを飲んだ。

灰色の秩序が好ましいと言っていながら、僕は今、モノの溢れる「こちら側」に来てほっとしている。好きなもので胃袋を満たせることを、素直に喜んでいる。音楽と同化したいと願いながら、結局パンがなければ生きられない。

話には聞いていたが、いざ生活してみて、DDRの物資不足は深刻だと身にしみた。月に一度、壁を越える。ドイツマルクへの両替という目的だけではなく、僕にはどうやら、それが必要なようだった。

2

超絶技巧によって自在に音楽を奏でる超一流の演奏家《ヴィルトゥオーソ》は、その天才的な技術ゆえに、しばしば楽譜を無視して演奏する。かつては自由奔放に音を奏でるその天才性こそが至上のものとしてもてはやされ、楽譜通りに弾くのは優等生的でつまらないと言われたそうだ。

実際には、楽譜通りに弾くことこそが最も難しいと僕は思う。楽譜には、作曲家の情報が全てこめられている。連なる音符、記号、短い言葉の中に、思想も情念も人生も何もかも。それを正確に汲み取ることが難しいからこそ、解釈という言葉を通して、形を変える。聴衆に、あるいは演奏者に合わせるために。とくに、多様な種類の楽器によって編成される交響曲において、全ての楽器が正確に楽譜を再現するということは、途方もない困難な作業である。

ソナタや少人数で演奏される器楽曲でも、楽譜から逸脱している場合は、実は演奏者の技倆《ぎりょう》の問題であることも多い。敬意をこめてヴィルトゥオーソと呼ばれる者はそうそういるものではないし、僕の好みとしては、いくら超絶技巧の主であっても勝手に改変する人間を尊敬はできない。

そういう意味では、イェンツ・シュトライヒは尊敬に値する人物だった。

三月上旬、二回目の学内演奏会。ステージでは今まさにイェンツが演奏しているところだった。

曲は、モーツァルトのヴァイオリン協奏曲第五番、第一楽章アレグロ・アペルト。モーツァルトの五つのヴァイオリン協奏曲の中で最高傑作との呼び声が高く、「トルコ風」の副題でも親しまれているが、あくまで第三楽章に流行のトルコ風をとりいれた箇所があるからで、第一楽章はモーツァルトらしい華やかで躍動感溢れる旋律が美しい。

ピアノが快活に提示部を示すと、一転してゆったりとヴァイオリンが歌い出す。甘く優美な旋律に陶然《とうぜん》としているうちに、力強く跳ねるような主題に移る巧みさは、さすがモーツァルトだ。なんの力みもなく、ごく自然に、軽やかに曲が流れていく。

ステージ上のイェンツは、正確にモーツァルトの世界を展開させていた。

彼の演奏は、よく端正と評される。容姿に恵まれた彼は姿勢もよく、こうして舞台袖で見ていても絵になるが、正装で舞台に立てばさぞ見栄えがすることだろう。

演奏スタイルは堅実かつ繊細。ゆるがぬ肘《ひじ》、スラーのボウイングの時の手首の柔らかさは驚くべきもので、どんな難曲もやすやすと手なずけてしまう。譜読みの速さ、技術の正確さという点では、校内で彼に敵《かな》う者はいないと聞いた。

「つまらん」

聞き惚れていた耳に、不粋《ぶすい》な声が突き刺さった。振り向くと、ヴェンツェルが言葉通りの表情でステージを睨みつけている。

先月の学内演奏会の後、ヴェンツェルは当たり前のように次の課題曲であるブラームスのヴァイオリンソナタをもってきた。僕にしては珍しくきっぱり断ったが、その翌々日、アルムホルト教授のレッスンで思いもかけないことを言われた。

「ラカトシュとのフランクはとてもよかった。室内楽や声楽伴奏の呼吸を覚えるのは、君にとっても有意義だろう。しばらく続けてみなさい」

耳を疑った。なにしろ僕は、翌日のピアノソロで失敗したのだ。伴奏をやめて専念しろと言われるならばともかく、伴奏の呼吸を覚えろとは？

混乱したが、結局僕は頷いた。ヴェンツェルと舞台に上がった時と、僕ひとりの時の拍手の数。熱気の違い。それが、全てを表している。なにより、留学してから僕が唯一満足した演奏が、他ならぬこのフランクだったのだから。

かくして、二回目の演奏会もとうとう本番を迎えてしまった。

今日は、僕らがイェンツたちの直後に演奏をすることになっている。舞台袖からイェンツを見ていた僕は、「何が」と小声で返した。

「シュトライヒの音だ。こいつは何を弾いても同じに聞こえる」

「君もある意味そうだけど」

「優等生の音だな。聞き流すにはいいだろうが」

僕の皮肉を聞き流し、ヴェンツェルは鼻を鳴らした。彼はイェンツを嫌っている。

二人は何かと比較されるので、面白くないのだろう。生み出す音も正反対だ。

ヴェンツェルが奏でるヴァイオリンが自在に――時に自由すぎるほど歌い、その奔放さで人を魅了する野性の歌姫ならば、イェンツのヴァイオリンはとてもよく躾《しつ》けられた良家の令嬢という印象がある。彼の腕に抱えられたカール・ヘフナーのヴァイオリンは、柔らかく落ち着いた声で歌い、どんなに弱い音でも大切に響かせる。高い水準で破綻なくまとまっている演奏や、楽譜に非常に忠実である点をつまらないという者もいないではない。それらをひっくるめて、最も似つかわしい言葉が、端正だ。

僕がイェンツを擁護しようとした矢先、ヴェンツェルは馬鹿にしたように続けた。

「まあ、仕方ないな。NVA（東ドイツ軍）に四年もいれば枯渇《こかつ》する。あいつも、まったく無駄な時間を過ごしたもんだ」

「え、彼、四年もいたのか」

驚いて訊き返した。

DDRの男子には兵役義務がある。大学に進む者は、たいていは大学資格試験《アビトゥーア》をパスしてすぐに入隊し、兵役を終えてから大学に入るそうだ。

期間は最低で一年六ヶ月で、兵役そのものを拒否することはできない。ピアノ科の同期には、兵役を厭《いや》がり、かわりに「建築兵士」なるものになって、二年近くひたすら工事をしていたという者もいたが、イェンツは軍に勤務していたらしい。しかも、四年とは。

「ああ、全く馬鹿げたことにな。あいつは定期士官だ」

「定期士官？」

「職業軍人じゃないが、四年の兵役義務で士官の位を手に入れられる。四年の研修期間中はもちろんだが、退役してからも予備士官としてかなりの金が手に入るし、なにより国家に従順であるという最高のアピールになるからな。賢い奴はこのコースをとるそうだ」

賢い、という箇所を厭味たらしく強調してヴェンツェルは言った。

「なるほどね。でも、もったいない気もするな」

たった四年で、生涯の安定が得られるのは得なような気もするが、心身ともに伸び盛りの十代後半から二十代前半の四年を犠牲にするのは、それはそれで厳しい。とくに音楽やスポーツといった分野では致命的だ。

「音楽をやろうって奴が定期士官なんざ、気がふれているとしか思えん。だがまあ、あいつは早々に自分の才能に見切りをつけて、保険をかけたんだろう。そう思えば、賢いか」

露骨に見下した口調に、僕はむっとした。

「僕は、彼の音は好きだけどね。表現力がないわけじゃない、表現の仕方が君と全く異なるだけだ」

「簡単に騙《だま》されやがって。表面だけはきれいに取り繕ってるが中身はなにもないぞ。あいつは不気味だ。つきあわされるニェットが気の毒なぐらいだ」

ヴェンツェルはますます眉間に皺を寄せ、ステージのピアニストを顎で示した。まっすぐな長い黒髪を揺らし、軽やかに指を走らせるのは、ベトナムからの留学生スレイニェットだ。

僕は数えるほどしか会話をしたことがないが、会えばいつもとびきりの笑顔で挨拶をしてくれる、大きな黒い目と美しい黒髪が印象的な女の子だ。年齢を考えれば、女の子と呼ぶのはおかしいが、周囲の体も態度も堂々とした女子学生にまざると、スレイニェットは際だって可憐なのだ。

前回の演奏会で彼女が披露したシューベルトは繊細で情感豊かで、やわらかい雨が咲き乱れる花々に降り注ぐような音色だった。同じく繊細でもやや硬質なイェンツのヴァイオリンによく合う。

「息ぴったりだと思うけど」

「そりゃあ、そこそこうまくまとめる技術ぐらいはあるさ。だが、ニェットが留学して間もないころ披露したシューマンは、凄まじかった。あそこまで繊細で、情緒溢れる音を出せるのはヨーロッパにはいなかった」

僕は驚いてヴェンツェルを見た。彼が手放しで人を褒めるとは。たしかに彼女の音は、東南アジア特有の、湿度が高く、匂い立つような濃密な空気に通じるところがある。

「だが、その時だけだったな。どんどんつまらなくなっていく。その上シュトライヒなんぞと組んだらいいことはない」

怒りもあらわに、ヴェンツェルは吐き捨てた。だったら自分が組んでみたらいいじゃないか、と言い返そうとしてやめた。そんなことになったら可憐なスレイニェットがあまりに気の毒だ。

イェンツのカデンツァに続き、ピアノとヴァイオリンが一気に終幕を駆け抜け、曲は終わりを告げた。観客の拍手に合わせて、僕も手を叩いた。それをさもくだらなそうにヴェンツェルが横目で見やる。先月は、イェンツがこうして僕らに拍手を送ってくれたというのに。

そして、いよいよ僕らの番。今回はブラームスだ。

結果は、演奏後の万雷の拍手とブラボーの嵐を聞けば瞭然《りょうぜん》としている。舞台が終わった後も、ロビーでさまざまな人に熱心に声をかけられた。ヴェンツェルは上機嫌だったし、僕も演奏がうまくいって気分はよかった。

しかしそれも、その日かぎりのことだった。

翌日のピアノ科の発表は、惨憺《さんたん》たる出来だった。前回の平均律も上出来とは言えず、僕は同じ曲で雪辱戦を挑みたかったが、アルムホルト教授が指示した課題曲はベートーヴェンの三十番だった。好きな曲だし、とくに第三楽章はバッハ好きにはたまらないものがあるのでほっとしたが、指定は第一、第二楽章のみで、最初から躓《つまず》いた。一拍ごとのアルペジオは僕がやると平坦になりがちだし、かと言って表情をつけようとすると、アルムホルト教授から「下品だ」と声が飛んでくる。

最終的にはなんとか無難にまとめて仕上げたけれど、観客は正直で、拍手はおざなりだった。

先月はまだ、ホームシックに加えて、ヴェンツェルという嵐に翻弄されたまま本番を迎えたという言い訳ができなくもない。だが今度は駄目だ。しかもヴェンツェルとの演奏は、全く問題がないのだ。自分で言うのもなんだが、息は合っていると思う。描く世界はいつだって鮮明だ。

それなのに、一人になると、過剰なほど溢れていた音が聞こえなくなる。鮮やかだった色が見えなくなる。僕はただ、教授に言われた通り、楽譜をなぞるので精一杯だ。もはや、音の純化などと言っている場合ではない。以前より悪化している。

舞台から見たアルムホルト教授の顔に浮かんでいたのは、明らかな失望だった。あの冷ややかな目には、覚えがある。

『おまえの演奏はつまらんな』

ため息まじりにそう言ったのは、父だった。

高校一年の時、僕はコンクールでプロコフィエフのソナタ七番を弾いた。難曲として有名なこの曲を、僕は完璧に弾きこなしたつもりだった。優勝する自信もあった。しかし結果は銀賞で、珍しく会社を休んで聴きに来た父に会うなり、つまらんと言われたのだった。

僕は茫然とした。そもそもコンクールの類いを聴きに来るのは母だけで、父はいつも結果だけを聞いて「そうか、たいしたものだ」と頷くだけだった。ごくまれに、家で所望されて演奏することもあったが、その時もやはり「たいしたものだ」とだけ言った。もともと口数が極端に少ない人だから、父なりの称賛だと僕は嬉しく思っていたのだ。

何も言えない僕のかわりに、母は必死に父に弁明した。技術の高さは審査員の誰もが認めていること、選曲がやや不利だったかもしれない等々。僕が天才だと疑いもしない母は、唾を飛ばす勢いで、父の誤りを正そうと詰め寄った。しかし父は、首を振った。

『つまらんもんは、つまらん。私に技術のことはわからんが、たしかにたいしたものだと思う。だが柊史の音は、私の心にはいっさい響かない。相性の問題かもしれんがね』

その時、僕は初めて気がついた。父が繰り返していた「たいしたものだ」の本当の意味を。

僕は、弾けなくなった。何をどう弾けばよいのかわからなくなった。

子供のころから、言葉に囲まれてきた。はじめは称賛だった。驚嘆すべき技術。子供とは思えない。天才。神童。それらの称号は、大人になれば、なんの意味もなくなる。同時に、長じるにつれ、異なるあだ名が僕に奉《たてまつ》られた。

『精密機械』

技術の高さを称えると同時に、なんの面白みもないと揶揄する言葉。眞山柊史の中に音楽はない、ただ楽譜通り指を動かす機械だ。

父につまらんと言われるまでもなく、そうした声は僕の耳に届いていた。僕は躍起になって、次々と難曲に挑んだ。感情をこめるべく、さまざまな方法も試した。それも全て、無駄に終わってしまった。

僕よりも、母のほうが衝撃は強かったのだと思う。母は新しい教師を探し回り、僕をよりいっそう拘束し、ピアノの前に縛りつけた。そして一流の音楽家やオケの公演には必ず連れて行き、彼らのセミナーがあれば必ずそこに僕をねじこんだ。プライベートがほとんどなくなった僕は、つきあいが悪いと言って彼女から別れを告げられ、いつしか友人たちも離れていった。僕にはピアノしかなくなった。

母も必死だったのだろう。今ならば、気の毒だと思えなくもない。母にとって、僕を世界に、いや父に認めさせることが、なによりも重要だったのだ。

しかし僕にとっては、あの時の母は横暴な独裁者そのものだった。僕を否定し、独裁者を放置する父は、もっと憎むべき敵だった。僕はこのまま、母が押しつけてくるピアノに押しつぶされて死ぬのだろうと思った。わかっていても逆らう気力もなかった。

それを救ってくれたのが、リヒテルの平均律だった。僕はバッハの音に導かれて、僕は再び世界に戻ることができた。それからは順調だった。自分が目指すべき道が見えるということは、こんなにも心を安らかにしてくれるのだと知った。バッハを通して父とは時々語らうようになり、母はそれをいたく喜んだ。大学に合格し、再び高い評価を得るようになると、海外の音楽家にまで繋ぎをとろうとした。僕のまわりには人が集まるようになり、最初のうちはよかったが、次第にそれが煩《わずら》わしくなり、僕はもっと真摯《しんし》にバッハに近づきたいと願うようになった。

修行僧のように、世間から隔絶し、ただ音楽だけを追い求めたい。

母が敷いたレールではなく、父に認めさせるためではなく、僕自身が選んだ道で、そこに行きたい。灼《や》けるように願って、ここまでやって来たのだ。

「……練習、しないと」

もっと、もっと練習を。その思いに突き動かされて、ふらふらと練習室に向かう。奏楽堂から、練習室のある別棟はだいぶ距離があり、僕は日本から持参してきた服の中でも一番マシなスーツの上にダッフルコートを羽織っただけという恰好で、零下の中を歩いてきたが、寒さもさして感じなかった。しかし、誰もいない練習室に入ってコートを脱ぎ、ピアノの前に腰を下ろした途端、暖房はきいているはずなのに今更のように体が震え、疲労が押し寄せてきた。

昨日、ここにこうして来た時、僕は疲れなど感じてはいなかったはずだ。ああ、昨日はどうやってベートーヴェンを弾いていたっけ？

僕の手はいっこうに動かなかった。蓋を開けることすらできず、ただ茫然とピアノと向き合っているだけ。

どれぐらい、そうしていたのだろう。突然、扉が開いた。のろのろと目を向けると、コートを片手に持った李が立っていた。

「やっぱりここか。教授が捜していたぞ」

「……ああ、どうも。今行くよ」

答えたものの、腰をあげる力がない。座ったままの僕を見て、李は片眉をあげた。

「なんだ、ひどい顔だな」

そう言う彼は、珍しく表情が明るい。僕の二番後にコダーイを弾いた李はたくさんの拍手を貰っていた。彼はその独特の奏法で、すでにファンをつかんでいる。

「演奏もひどいもんだったな。予想通り、おまえはラカトシュに木っ端微塵にされたんだ」

「ああ、そうかも」

我ながら、人ごとのような声だった。

「ラカトシュに目をつけられた時点でわかりきっていたことだ。おまえは、あいつに引きずられて、自分の音を完全に見失った」

僕を見下ろし、李はせせら笑う。

「その程度の才能で、こんなところまで来るからそうなるんだ。むしろ、早い段階で引《いん》導《どう》を渡してくれたラカトシュに感謝すべきじゃないか。わかったらとっとと帰れ」

「君に僕の帰国を決める権限はないよ」

「俺は忠告してやってるだけだ」

「それはどうも。考えておくよ」

僕が思ったような反応を示さなかったからだろう、李は笑いを引っ込め、目を細めた。

「気がつけよ、俺たちとおまえでは何もかも差がありすぎるんだ。能力も、覚悟も」

「覚悟？」

「俺は必ず成功しなければならない。実際、するだろう。で、おまえは何しにこの国に来た？　音の純化？　なに寝言を言ってやがる」

今まで、李と親しく語らったことはない。この国に来てすでに二ヶ月が経ち、今では他の学生や留学生と時々話すようにはなったが、李とは必要最低限の会話しかなかったから、留学の理由なども話した覚えはない。

「誰から聞いた」

「誰でもいいだろ。とにかく、おまえがここでできることは何もない。帰れ。おまえは、帰れるんだから」

その言い方にひっかかりを覚え、僕は「君も帰りたいのか？」と訊いた。

「まさか」李は鼻で嗤う。「おまえは日本のママのもとで、ままごとみたいなピアノを弾いているのが似合ってるってことさ、お嬢さん《フロイライン》」

厭味たらしい言葉を残して、李は去って行った。

「ままごとみたい、か」

力ない笑いが洩れた。

覚悟してこの国に来たつもりだった。理想の音を求めて、そのためならなんでもしようと思っていたはずだった。しかし現実はこのざまだ。

何を言われようと僕は、技術に関しては誰にもひけをとらない自信があった。しかしここには、超絶技巧も難なくこなす学生が揃っている。とくに留学生の質の高さは驚くべきものだ。

李はもとより、スレイニェットのプロコフィエフもやはり評判はよかった。二人とも、皆すぐにそれとわかる音色がある。彼らを前にして、これが僕の音だと言えるものはなんだろう。わからぬまま、ヴェンツェルの奔流に押し流されて、気がつけば何もない。

僕はピアノの蓋を開け、人差し指を鍵盤に置いた。

ポーン、と響くEの音は、場違いなほど明るかった。ふっ、と体から力が抜けた。

僕が何をなくしても、音は変わらない。あんなに冷たく感じたベヒシュタインが、しょぼくれた僕を見て笑っているような気がした。

たしかに、僕は今、真っ暗闇にいる。かつてバッハによって灯された光明も、消えてしまったかもしれない。

しかし李はひとつ思い違いをしている。僕は甘ちゃんかもしれないが、人にこうしろと強制されると全力で反発したくなるのだ。

3

「すまない、限界だ」

イェンツの声を合図に、ヴァイオリンの音が途切れた。僕はピアノを弾く手を止め、目をあげた。

「お疲れ。ほぼ初見でよくここまで弾いてくれたよ」

「難曲だね。重音と倍音奏法《フラジオレット》を組み合わせていたり、作曲者は凝り性だったようだ。トリルがまた多くて参る。ガビィ、どうだった？」

ソファに小柄な体を埋めるようにして演奏を聴いていたガブリエーラは、手にしていたマルボロを口に運び、ゆっくりと煙を吐き出した。

「いい曲なんじゃない？　たしかに後半、冗長で技巧をこらしすぎっていうのはあるわね。でも前半のカデンツァはロマンチックで素敵。後半短くまとめたらアンコールあたりにぴったりなんじゃないかしら」

曲を聴いている間、大きな焦げ茶の目は冷淡といえるぐらい鋭かったが、今は愛嬌をたたえてくるくる動く。童顔で学生に見えかねないが、ガビィはドレスデン・フィルハーモニーに所属するチェロ奏者だ。ドレスデンではシュターツカペレに次ぐ名門オケである。

「すぐカットに走るのは感心しないな。譜面には作曲者の意図が全て詰まっている。演奏する上は敬意をもって忠実に再現しなければ、その曲独自の世界も生まれないよ」

「出たわ、イェンツ君の黴臭《かびくさ》いご高説が。いまどき新唯物主義は流行らないでしょうに。戦前で時が止まってるんじゃないの」

「俺の担当教授はまさに新唯物主義の申し子だったからね」

「それは気が合うでしょうねえ」

ガビィは呆れ顔でソファから立ち上がると、煙草を手にしたままキッチンに消えた。グレーのニットにジーンズというシンプルな恰好でも、とびきりグラマラスなのがわかる。外ではどうか知らないが、部屋の中では彼女は明らかに下着をつけていないので、時々目のやり場に困ってしまう。ドイツ人――というよりDDRの人間は、肉体面では異様にオープンだ。まだ平均気温一桁《けた》の時期でこれだから、夏になったらどうなってしまうのか期待、いや恐ろしい。

無意識のうちにガビィの後ろ姿を眺めていた僕は、慌ててイェンツに意識を引き戻した。彼は眉間に皺《しわ》を寄せて譜面をのぞきこみ、問題の箇所をさらっている。ガビィも薄着だが、イェンツに至っては半袖のTシャツ一枚で、寒がりの僕は見ているだけで寒い。僕が先ほど渡した西ベルリンからの土産だ。

イェンツがリーバイスのジーンズを命より大事にしていたり、僕が毎日履いているVANSのスニーカーをやたら褒めあげるので、冗談で「NY」とでかでかと書かれたTシャツを土産に買ってきたら、彼は喜んでその場で着替えた。ガビィはTシャツには呆れていたものの、マルボロとダルマイヤーのコーヒー豆はお気に召したようだった。いずれも街中のインターショップで手に入るものではあるが、こちらでは目玉が飛び出るほど高いのだ。

二人は恋人どうしではない。夫婦だ。はじめてイェンツに部屋に招かれた時は、てっきり学校の寮かと思っていたので、街はずれのアパートに連れてこられて驚いたが、DDRでは学生結婚は珍しくないし、彼らの年齢を考えればおかしくはない。

一年前から住んでいるというアパートは、DDR特有のプラッテンバウだ。小さな窓やベランダがぎっしりと並ぶ、日本の団地に似たプレハブ工法の建物で、部屋も狭めで天井も低い。だが機能的ではあり、一時は国民の憧れだったそうだ。

ドレスデン中央駅広場から延びるプラーガー通りに、十一階建てのプラッテンバウが門番よろしく聳《そび》えているところからしても、国の誇りでもあるのだろう。実際、旧市街にあるプラッテンバウは手入れも行き届いているが、このあたりのものは古さが目立ち、外壁やベランダが崩れかけている建物も多い。以前ヴェンツェルから、イェンツは高給とりの定期士官だと聞いたから、てっきり他の学生よりずっといい部屋に住んでいるのかと思ったが、そうでもないようだった。

花をモチーフにした幾何学模様の壁紙は色あせていて、不自然な場所にポスターが貼ってある。今にも崩れそうな柵に守られた窓は閉められているはずなのに風を感じるし、雨漏りで天井の一部は変色していた。修理をしても追いつかず、業者に頼んでも一年以上は待たされるのだと、ガビィがぼやいていた。

だが、不思議と居心地がいい。以前、いい部屋だと褒めたところ、あんなにいい部屋に住んでいる君に言われると皮肉にしか聞こえないと苦笑されたが、本当にそう思うのだ。たしかに僕の住居はこのドレスデンでは高級な部類に入る真新しいアパートメントだし、雨漏りも隙間風もないが、彼らが心底うらやましいと思っているのは、ソニーのコンポぐらいだろう。

「悪かったね、いきなり来た上に楽譜おしつけて」

譜面に見入っているイェンツの横顔に、僕は小声で謝罪した。

「とんでもない。興味深い楽譜だよ。お父さんの友人の遺作だっけ？」

「ああ。ピアノで試し弾きはしてみたんだけど、どうも曲の輪郭が見えなくて。これをすぐに弾きこなせそうなのは、君ぐらいしか思いつかなくてさ」

譜面台に置かれた楽譜は、先月ヘルベルトから贈られたものだ。その後、正式にニナのユーゲントヴァイエへの招待状が届いたので、せっかくだからその時に彼らの前で披露しようと思ったものの、楽譜を追っただけではイメージがどうしても湧かない。ヴァイオリンソナタをピアノソロに編曲しなければならないのに、まずどうやってこの曲にアプローチしていいかわからなかった。

子供のころはただ、譜面通り、正確に弾けばよかった。解釈に困った時には、レコードを浴びるほど聴いた。

今回のソナタは、当然レコードは存在しない。世界でこの曲を弾いた者は一人もいないのだ。

そうなると、うまく暗譜もできない。

僕はもともと、暗譜が得意だった。しかし、子供のころにやすやすと行っていたそれは、今思えば暗譜ではなく丸暗記だ。ピアノを弾き続け、ある一定の年齢に達すると、曲を分析し、理解しなければ暗譜はできなくなってしまう。暗記しただけでは、指は思い通りに動かない。自分の中で曲を再現できなければ、きちんと弾くことはできないのだ。

僕は、この曲が理解できない。足がかりになるレコードもない。困り果て、藁《わら》にも縋る思いでイェンツを頼ったのだった。

「へえ。そりゃ嬉しいが、ラカトシュもいけるんじゃないか。最近ずっと組んでるんだろう」

イェンツがなにげなく出したヴェンツェルの名に、僕は一瞬、息を詰めた。この楽譜を流して見た時、まっさきに浮かんだのは彼のほうだったことを思い出した。

「どうせ楽譜通りに弾かないよ。それに休日にまで顔を合わせたくない」

「苦労しているようだ。他の演奏会にまで連れ出されているって？」

イェンツは明らかに面白がっている顔で言った。

「おかげで週末がほとんど潰れているよ。人前で弾ける機会が多いのは嬉しいことだけど、学外まではまだ勘弁してほしい」

「そりゃあずいぶん気に入られたもんだ。まあ、シュウほどすぐに弾ける奴はそういないからね、ありがたい相手だけど」

「僕が従順だから使い勝手がいいんだろう」

「そう捻《ひね》くれるなって。しかしもうすぐ二ヶ月か、そろそろ新記録かも」

話によれば、彼と二ヶ月以上もった学生はいないそうだ。李のように絶縁状を叩きつけるものもいるが、大半はヴェンツェルのほうが飽きるという。

「あまり嬉しくない記録だけど」

僕が苦笑すると、イェンツは探るように僕の顔を見た。

「シュウは大丈夫なのか？」

「何が？」

「ラカトシュに合わせるのは大変だろ。性格的なことだけじゃなくてさ」

彼にしては歯切れが悪い。さすがにずばりとは言いにくいのだろう。もう、誰もが知っている。僕のピアノが壊滅的なところまで落ちていることを。

「ああ、木っ端微塵にされたと李に言われたよ。その通りだけどね」

「それでも、まだ弾くのか？」

「ここでやめたら逃げるみたいじゃないか。ヴェンツェルに飲み込まれっぱなしじゃ、こんな所まで来た意味がない。僕はこのままで、自分の音を取り戻すよ」

言い終えた途端、僕はイェンツに抱きしめられていた。

「いいぞ、シュウ！　君は思ったよりもずっと根性がある」

「そりゃあどうも」

「ラカトシュの音に惑わされて、深刻なスランプに陥った者は少なくないんだ。中には、自殺未遂までした学生もいる。実はそれも留学生でね。彼らは背負うものも大きいぶん、傷も深くなりがちだろう」

「なるほど、木っ端微塵にされると李が繰り返していたのはそういうことか。命を絶とうとするとは、よほどのことだ」

「ラカトシュがまだ君を手放さないってことは、君の音は死んでないという何よりの証明だ。君は実にタフだよ、これからが楽しみだ」

「期待に添えるように努力するよ。まあ、気力より先に体力が尽きそうなのが心配だけどね。あと苦しい」

悪い、とイェンツは笑って僕を解放した。

「でもいつか俺とも組んでくれよ。君とバッハをやったら最高だろうね」

「ニェットがいるだろう」

「いつも彼女と組んでいるわけじゃないよ。やっぱりいろいろな人と組んでみないとね。そうだ、このソナタもぜひ一緒にやろう」

「本当に？　もちろん大歓迎だ」

「ユーゲントヴァイエ当日はどうするんだ？　俺はあいにく行けないが、クラスの連中に声かけてみようか」

「いや、あまり日数もないし今回はピアノアレンジで一人でやるよ」

「じゃあ編曲ぐらいは協力させてくれ。この曲、気に入ったんだ」

「もちろん。助かるよ」

やはりイェンツを頼ってみてよかった。今のところ、ヴァイオリン科で親しいと言えるのは彼ぐらいだが、音楽に対する姿勢は僕と近いところがある。楽譜からは想像もできない世界を繰り出すヴィルトゥオーソも結構だが、まずは楽譜ごしに作曲者と対話することから、音作りは始まるのだ。

イェンツは楽譜を丹念にさらい、ひとつひとつを解き明かしていく。高い分析力や理路整然とした話しぶりは、まるで数式を解いていくかのように淡々としている。

「少し休憩したら。放っておいたら深夜まで続けていそうだわ」

コーヒーの薫香《くんこう》とともにキッチンから現れたガビィは、ブルーのマグカップを僕に、黒いカップをイェンツに手渡した。僕が持参したダルマイヤーだ。その後でもう一度キッチンに行き、今度はトレイにクーヘンを載せて戻って来た。

「おすすめよ」

得意げに切り分けてくれたので、いただきますと両手を合わせて食べると、二人も真似して食べ始めた。たしかに美味しい。

「美味いね。これイチゴと何？」

「ルバーブ。私の実家近くにあるコンディトライなんだけど、ここのルバーブのシュトロイゼルは、世界で一番美味しいと信じてる。そう思わない？」

「ああ、僕が食べたシュトロイゼルの中で一番だ」

嘘は言っていない。もともと僕は甘いものがそれほど好きではないので、ＤＤＲに来るまではあまり口にする機会もなかったが、こちらに来てからは食べる習慣ができた。ファイネンさんがしょっちゅうシュトロイゼルだの何だのを焼いては僕を招くせいだ。舌が痺《しび》れるほどの甘さに最初は驚いたが、慣れてはきた。しかし、こちらの素朴な味のほうが僕には好ましい。

僕の讃辞に気をよくしたガビィは、にこにことシュトロイゼルを口に運んでいたが、ふと何かに気づいたように目を見開いた。

「思い出した。そうだ、シュウと一緒にいた人だわ」

「え、誰？」

「二月の、ほら爆撃記念日の夜。聖母教会の前で会ったじゃない。あの人、店にいたの。どこかで見たことあると思ってたんだけど、今わかった」

「……ひょっとして、クリスタのこと？」

その名前を口にするのには、少しばかり勇気が必要だった。聖母教会の一件があって以来、彼女のことは忘れようと努めてきたからだ。

「そんな名前だったわね。ゲルダに訊いたら、数ヶ月前からちょくちょく来るようになったそうよ。最近あの近辺に引っ越してきたんでしょうね」

ゲルダは店主だよ、とイェンツが説明してくれた。ドレスデンで生まれ育ったガビィにとって、店主や常連は全員気安い友人らしい。

「一瞬会っただけなのによく覚えていたね」

「なかなか強烈だったもの。店でも目立ってた」

「美人だしね。この間の演奏会にも来ていただろ」

イェンツは僕を見て、意味ありげに笑った。

クリスタが奏楽堂に来ていたのは、もちろん気づいていた。探すつもりはなかったが、客席に一礼した時に、自然に視界に入ってしまったのだ。たしかに彼女は妙に目立つ。

「あら、そうなの？　そういえばオルガンを弾くんだったっけ」

「相当な腕前だったよ。本人曰くただの趣味らしいけど、趣味であそこまで弾けるなら世界中のオルガニストは形無しだ」

僕の言葉に、ガビィとイェンツは顔を見合わせて笑った。おおげさだと思ったらしいが、彼らだって一度クリスタの音を聴いてみたら、そんな顔はできないだろう。

「それだけの腕ならプロになってもよさそうだけど、趣味っていうのは事実なんでしょうね。彼女は都市計画説明担当者《シュタットビルト・エアクレーレリン》みたいだから。今日みたかぎりじゃ年齢は私と同じぐらいだけど、それで都市計画説明担当者ってことは、いろいろ考えちゃうわね」

聞き慣れぬご大層な役職に、面食らう。

「なんだいそれ。公務員？」

「グループツアーのガイド《フューラー》よ。やっぱりおかしいわよね、この言葉」

フューラー。それだけで、この長ったらしい言葉の理由がわかった。

壁で分断されて数十年、DDRでは西には存在しない言葉がいくつもある。その中で最も僕を戸惑わせたのが、この徹底した「フューラー」排除だ。

フューラーと聞いて外の人間が真っ先に思い浮かべるのはもちろん、「総統《フューラー》」アドルフ・ヒトラーだろう。しかしドイツ語でフューラーは本来、指導者やガイドを指すし、動詞のフューレンは案内するという意味もある。このことごとくが禁じられたために、奇妙な新語が続々造られることになった。

「ガイドか。そりゃ大変だろう」

イェンツは同情まじりに言ったが、僕には皆目意味がわからない。目を丸くしている僕を見て、ガビィは「都市計画説明担当者は、失業中で生活に困ってる人が繫ぎでやるものよ」と言った。その直後、

「いや、君は間違っている」

イェンツが妙に重々しい口調で言った。

「失業中とはどういう意味かね、同志。この国に失業者など存在しないではないか。労働者の楽園なのだから。職業安定所の長い列は、並ぶ仕事なのだよ」

「ああ、エーリッヒなら言うわね！」

そろって爆笑する夫婦を、僕は戸惑って眺めるほかなかった。エーリッヒとは、SED書記長エーリッヒ・ホーネッカーのことだろう。

「エーリッヒと言えば聞いてくれよ、この間トイレであいつの話してたら、翌日いきな

り呼び出しくらって厳重注意。参ったよ。思い返してみたらあの時、掃除夫がいたんだよなぁ。あいつ密告者《シュタージ》だったんだ」

「ほんと、どこにでもいるんだから。シュウも気をつけなさいよ。ここでなら何話してもいいけど、外じゃ迂闊な話はしないことね」

「そうそう、君たちにドイツ語を教えているあの教師もシュタージだから。彼の前では間違ってもこの国の悪口を言っちゃ駄目だ」

脅しているのかからかっているのかわからないが、二人はいかにシュタージが鬱陶しく執拗かを語り始めた。

そう言われても、大学とアパートを往復しているだけの留学生にはぴんとこない話なので、僕はコーヒーを啜りながら彼らの愚痴を聞き流していた。それよりも、さきほど覚えた言葉のほうが、よほど気にかかっていた。

「都市計画説明担当者」

つまりクリスタは失業中なのだ。失業者が存在しないこの国において。

あれだけのオルガニストが？　あれほど純粋な銀の音を響かせる人が、音楽はおろか、職につけていないとはどういうことだろう。

DDRで優遇されるのは教師や医師といった職業だが、才能あるスポーツ選手や音楽家はまた別格だ。教会での演奏は、明らかな天賦の才とたゆまぬ努力を証明するものだったのに。

僕の目の前では、イェンツとガビィがまだ体制への恨み辛《つら》みを吐き出している。僕には羨《うらや》ましいかぎりの環境を当たり前のように享受する彼らも、特権階級と言えなくもない。

　では、クリスタは？　僕が羨むものそのものだと感じた彼女はなぜ？

あれだけ音は美しいのに、そして音楽を聴く時はあんなに幸せそうだったのに、音と離れた途端に周囲の全てを拒絶するように凍りついていた人。

　疑問と共に甦ったあの銀の音は、なまなかなことでは僕から離れてくれそうになかった。

4

　指が縺《もつ》れる。腕が、肩が痺れる。腰が痛い。

　ようやく曲が一段落ついたところで、「ちょっと休憩しよう」と声をかけると、ヴェンツェルが顔をしかめた。

「またか。最近、多いな」

「今日はじめての休憩だろ」

　僕らが今取り組んでいるのは、ヤナーチェクのヴァイオリンソナタだ。次の課題曲だが、今日はじめて合わせた。これまでも頻繁に顔を合わせてはいたが、フランクとブラームスと現代音楽ばかりやっていた。全てヴェンツェルの週末のおつきあいだ。

「最近、シュトライヒに連れ回されて遊び歩いてるって？　そんな暇があるならもう少し体を鍛えるべきだな」

イェンツは夜遊びが大好きらしく、しょっちゅう僕にも声をかけてくる。DDRにも日本に負けず劣らずディスコが多いのには驚いたが、僕は日本にいたころからその手のものが苦手なので、一度つきあいで行っただけで後は断り続けている。そんな時間があったら、ピアノを弾きたい。

「一度連れて行かれたけど、懲りて次からは断ってるよ。僕が疲れているのは、週末に連れ回されているせいで全く休めないからじゃないかな」

「日本人は皆そんなに虚弱なのか？　トレーニングしていないのか」

力をこめて後半部分を強調したのに、あっさり受け流された。いつものことだ。実際、体力の面で僕はイェンツやヴェンツェルとは大いに差がある。

音楽家は体が資本だ。演奏は完全に肉体労働だし、大曲をやった後は体重が三キロぐらい落ちるなどざらにある。

ここのところ、指が縺れることが多い。レッスンはなんとかもちこたえても、その後の練習ではしばしばつっかえてしまう。ヴェンツェルが来るとよけいに疲労は増して、息があがってストップをかけることもしばしばあった。

「家でストレッチぐらいは。君だって筋トレしないって言ってただろ」

「上半身によけいな筋肉をつけるとヴァイオリンを弾く邪魔になるからだ。おまえはやれ。俺は毎朝十キロのジョギングは欠かしていない」

「わかったよ。走るよ。でも週末の伴奏は他をあたってもらったほうが……」

「まあ体力のほうはともかくとして、シュトライヒには気をつけたほうがいい」

ヴェンツェルは僕の言葉を遮って、話を変えた。

「イェンツに？　なんで」

「今日、最悪なTシャツ着てたぞ。西ベルリンで買ってきたって？」

「……着てたんだ」

「いいカモだな。尻の毛まで抜かれるぞ」

見下した口調に、かちんときた。

「あのシャツはただの冗談だよ」

「冗談で済めばいいが。馬鹿みたいな話だが、この国じゃ西ドイツに親族がいて物を送ってもらえるだけで、立派なステイタスになる。コネをもたない人間にとって、西と自由に行き来できるマヤマみたいな立場の奴は、カモ以外のなにものでもない。とくにドレスデン周辺は『無知の谷間』だしな」

「無知の谷間？」

「エルツ山地のせいで、西ドイツ放送の電波が入らないだろ。まあ特殊なアンテナを使って見ている奴もいるようだが」

「ということは、他の都市は普通に入るのか？」

「知らなかったのか？」

「東ベルリンに泊まった時たしかに見られたけど、インターホテルだからだと思ってた」

ヴェンツェルは呆れた顔をした。他の都市では皆、当たり前のように西ドイツ放送の番組を見ているのだそうだ。もちろん露見すれば罰せられるが、ほとんど黙認状態らしい。

「SEDがいくら資本主義を批判しようが、テレビを見れば西がどれだけ豊かな生活をしているかは一目瞭然だ。だから皆この国がクソだってことはよく知ってるし、喉から手がでるほど西のものをほしがってる。だがドレスデンじゃ、他の街ほど情報は入らない。そこに舞い降りたマヤマは天の遣いってわけさ」

嘲《あざけ》りを隠そうともしない口調に腹が立ったが、彼に腹が立たない日のほうが珍しいので、僕はため息をついてやり過ごした。

「まあそういう側面はあるかもね。でも自分にないものを互いに補おうとするのは当然のことだと思うけど」

「だから物資を恵んでやるのか？　ならあいつはおまえに何をくれる」

「その言い方は気に入らないけど、彼のおかげでずいぶん助かってる。それに僕らは音楽への考え方も似通っている」

「考え方だって！」とびきりの冗談を聞いたと言いたげに、ヴェンツェルは笑った。

「あいつの音に思想があるとは驚きだね。後学のためにどんなものか訊いてもいいか」

「作曲者や他の演奏家に敬意があるよ。彼が試行錯誤の末に生み出すのは、誰にも媚《こ》びない、極限まで磨き抜かれた音だと思う」

「あの四角四面のつまらん音が？　言っておくが、あいつの頭の中は西へ行くことしかないぞ。ヴァイオリンはその手段にすぎない。シュターツカペレかゲヴァントハウスに入ることしか考えてないだろう。あいつからはそれ以外なにも感じられない」

ＤＤＲの双璧である二つの楽団は、当然、誰にとっても憧れだろう。音楽的にはもちろんだが、群を抜いて西への客演が多いからだ。

「ここで音楽やってる奴の動機なんて、たいていそんなものだ。あいつらの西への渇望はほとんど病気だね」

「君は違うのか」

ヴェンツェルは鼻で嗤った。

「ハンガリーをこんな国と一緒にするなよ」

「じゃあなんでＤＤＲに留学したんだ」

「さてね。ハンガリーと言えば、リストは得意か？」

言いたいことを言って勝手に話を打ち切ったヴェンツェルは、厚めの楽譜を寄越した。こちらとしてはもっと言ってやりたかったが、ヴェンツェルが話を蒸し返すことはないと身をもって知っているので、仕方なく楽譜を受け取る。

タイトルは、『前奏曲（レ・プレリュード）』。同じリストの超絶技巧練習曲一番の『前奏曲』とは違う。フランス語の複数形で書かれたこのタイトルは、彼の交響詩の中で最も有名な第三番、交響詩『前奏曲』のほうだ。

交響詩なのに前奏曲とはややこしいが、リストによってスコアに付記された序文を読めば、意味はわかる。曰く、人生は死への前奏曲であり、全ては愛によって始まるが嵐の中で苦闘せねばならず、自然の美しさは心に平安を与えてはくれるが、ひとたび戦いのラッパが鳴れば人は必ず戦場に帰るものなのだ。フランスの詩人の言葉らしいが、そのままの曲をつくりあげるあたりいかにもロマン派らしい。

ヴェンツェルが僕に渡したのは、オケのスコアではない。超絶的なピアノの腕をもつリストは、自作他作問わず多くの交響曲をピアノ曲に編曲しており、この楽譜もピアノ用に編曲したものだ。彼の編曲は、独奏、四手、二台、二台八手とさまざまだが、これは四手。連弾用だ。僕はおそるおそるヴェンツェルを見た。

「まさか君が弾くのか？」

「リストはハンガリー人だ。俺が弾けないわけがない」

「その理屈は全くわからないけど、なんでこれを？　ヴァイオリンじゃなくてわざわざピアノだなんて」

「さすがにこれをヴァイオリンでやるのはきつい」

「だから、なんでそこまでしてこれをやりたいのかって訊いているんだよ。この曲はまずい」

「恰好いいからに決まってるだろ。来月下旬にクライシャで老人中心のコンサートがあるから、そこでやる」

僕はぎょっとして譜面から顔をあげた。

「老人中心？　よけいに前奏曲はまずいんじゃないか」

「田舎のおっさんたちの集まりだ。ハンガリー系の参加者も多い。ヴァイオリニストも加わっていきなり連弾なんて盛り上がるじゃないか。いい余興だ」

いかにも、目立ちたがりのヴェンツェルが考えそうな余興だ。彼のピアノの腕前は知っている。練習中、僕のピアノが気に入らないと乱暴に遮ってがなりたてるのが常だが、一度だけ、なかなか伝わらず業を煮やしたのか僕をおしやってピアノを弾き始めたことがあった。他のピアニストたちが彼を毛嫌いする理由が、改めてよくわかった。教師でもなんでもない学友、しかもヴァイオリニストに、完璧に弾きこなされたあとで「こうやるんだよ。なんでできない？」と言われて、腹が立たないピアニストはいないだろう。

しかし、今はそれは問題ではない。まずいのは、曲のほうだ。

「どうしても余興でリストの連弾をやりたいなら他にあるだろ。ハンガリーものなら、それこそ『ハンガリー狂詩曲』の連弾でいいんじゃないか」

「当日は『ツィゴイネルワイゼン』なんかもやる。そこに狂詩曲をぶつけたら、くどいだろう。バランスも盛り上がりも、『前奏曲』のほうがいい」

「この国で『前奏曲』がどういう位置づけにあるかは知っているだろう。客に気まずい思いをさせたいのか？」

リストの『前奏曲』で最も有名なのは、第四部だ。序文の「ひとたび戦いのラッパが鳴れば人は必ず戦場に帰る」に相当する箇所で、壮麗なファンファーレで始まる。華々しい戦いと勝利を予感させるこの曲はナチスの宣伝に使われていたため、ドイツ国民は、かつてはラジオで毎日これを聴いていた。日本なら大本営発表の時に流れる陸軍分列行進曲や軍艦行進曲にあたるだろうか。日本では今も自衛隊が演奏しているが、ドイツでは『前奏曲』は長らくタブーとなっていた。

「ナンセンスだ」ヴェンツェルは僕の心配を切って捨てた。「国内でもとっくに解禁になってる。ゲヴァントハウスが演奏したのは、十四年も前だぞ」

「でも、ドイツ人はもちろん、欧米の指揮者は非難を恐れて誰も引き受けなかった。結局、指揮をしたのは日本のマエストロだ」

「知ってるよ。だからマヤマなら問題ないだろう」

「演奏するほうはそうでも、聴き手はどうなんだ。とりわけお年寄りなら、この曲にいい思いなんてあるわけがない」

「ナチがこれを好んで使ったから、なんだっていうんだ。いい曲だから使った、それだけだろ。なのになんで、四十年以上経って眉を顰める必要がある？　曲によけいな情報を入れるべきじゃない」

「最後の意見には賛成だ。だが僕らはただの留学生で、ドイツ国民じゃない。安易に触れていい問題じゃないんだ。当事者でなければ、その痛みはわからないだろう」

「当事者ねえ。マヤマ、ちょっとどけ」

ピアノの前に陣取ったヴェンツェルは、楽譜も見ずに例のファンファーレの部分を弾いた。戦いを告げる、高らかな響き。流れるように、しかし力強く一気に弾き上げると、彼は何も置いていない譜面台を見て言った。

「俺の父方の祖父はアウシュヴィッツで死んでいる。親戚もだいぶやられたらしい。ナチスはいまだに一族の間じゃ禁句中の禁句だ」

硬直した僕を、ヴェンツェルは嘲笑《あざわら》うように横目で見た。

「だがそれとこれとは別だ。リストはハンガリーの誇る偉大な音楽家だし、前奏曲は名曲だ。誰が聴いてもわかる美しい旋律に響き、テーマも明快で、だがいくらでも潜りこめる底なしの深みがある。子供のころから俺は夢中で、ピアノで弾いていたら親父にぶん殴られた。だがすぐに椅子に戻って弾き続けた。そしたらまた殴られた。俺はまた戻って弾いた。母親からも説教されたが、俺にはどうしても納得がいかなかった」

彼は『前奏曲』の冒頭を弾き始めた。オーケストラならば、低弦が不穏に歌い出すところだ。誕生、それは死の始まり。おずおずと手探りで世界に這い出たものは、世界の美しさに胸を高鳴らせ、トロンボーンが生の喜びを高らかに謳いあげる。しかしそれはすぐに、激しい嵐に突入する。苦難の連続に、愛は常に試され、たやすく失われる。それを守り、あるいは勝ち取るには、人は戦い続けなければならないのだ。

いつもはヴァイオリンの弦に触れ、自在に弓をあやつる指が、縦横無尽に白と黒の世界を駆け巡る。たたき出される戦闘の光景の激しさに、僕は圧倒される。ああ、やはり連弾なんて厭だ。まちがいなく飲み込まれる。楽器が違えば、僕はかろうじて自我を保てるし、場合によっては荒れ狂う彼を宥《なだ》めることもできるが、同じ鍵盤の上でこの凄まじい嵐に巻き込まれたら、逃げようがないではないか。

「価値観なんて、たった一日で簡単に反転する」

一区切りついたところで、ヴェンツェルは言った。あれほど激しい旋律を弾いた後でも、息ひとつ乱れていなかった。

「国中から愛された曲が、犯罪の権化《ごんげ》として唾を吐かれる。曲はなにひとつ変わっていないのに妙な話だ。スコアに書かれていないものを勝手に押しつけてぎゃあぎゃあ喚《わめ》いているのは、自分たちじゃないか」

「その通りだけど、親御さんの気持ちももっともだ。こういうことに正解はない」

自分でも、いかにももっともらしくて、中身のない言葉だと思った。あまりにくだらなかったからだろう、ヴェンツェルは鼻で嗤うことすらしなかった。右手で即興のメロディを弾きながら、唐突に「今の音楽界で出世する条件、知っているか？」と言った。

「知らない」

「ハンガリー系ユダヤ人であること、そしてゲイであること。かつては害虫として蔑《さげす》まれ、虐殺されても文句を言えなかった特質が、今や芸術界ではもてはやされるってわけだ。まあ、よくあることだな」

最近活躍がめざましい幾人かの指揮者が、頭に浮かんだ。言われてみれば、条件にあてはまっている。

「幸運なことに俺はどっちもあてはまる。だからこの流行が続くうちに、一気に頂点まで駆け上がる」

「へえ、よかった……え？」

うろたえる僕にかまわず、ヴェンツェルは相変わらず片手で適当なメロディを弾き続ける。

「だが明日にはSEDの政策が変わって、いきなり矯正施設にぶちこまれるかもしれない。時代がつくる価値なんてのはその程度のものだ。西へ行く手段にしようが、出世の手段にしようが構わない。音楽は変わらない。ここにある音が全てだ。ちがうか」

彼の手が奏でる音はいつだって激しい。過剰に思えても、気がつけば飲まれてしまう。それは彼が、戦っているからなのだ。僕は忽然《こつぜん》と悟った。

「DDRには、純化した音を求めて来たんだったな。だったらよけいなことは考えるな。楽譜から読み取って、マヤマから生まれた音がマヤマの音だ」

昔からずっと、そしてこれからもおそらく彼は、くだらない能書きで音を汚す連中に怒り、本物の音を叩きつけるために戦うのだろう。

僕は黙って、リストを弾き続ける彼を見た。緑がかった褐色の目は、冷え冷えと澄んでいる。陶酔とは無縁の横顔は、造作はまるで違うにもかかわらず、真剣に楽譜に取り組むイェンツと同じものだった。しかしその指から生まれる音は、まぎれもなくヴェンツェルの音だ。楽器が違っても、彼の音はすぐにわかる。

――楽譜から読み取って、僕から生まれた音が、僕の音。

それが一番、難しいのに。

5

六時過ぎ、コンディトライはそこそこ混み合っていた。煙草の煙が充満している店内で、僕は体を縮めて冷めたコーヒーを飲んでいた。おすすめだというルバーブのシュトロイゼルクーヘンも食べたし、コーヒーも二杯目だ。入り口近くの席に陣取って、もう二時間近く経つ。本をもってきてはいたが、この店はなかなか繁盛しているらしく頻繁に客の出入りがあり、そのたびに顔をあげていると、まったく集中できない。

残り少ないコーヒーを見て、急に自分が情けなくなってきた。こんなところで何をやっているのだろう。ガビィに店の場所を聞いて足を延ばしてみたはいいが、だからなんだと言うのか。

ため息とともにマルクをテーブルにおき、コートを手に立ち上がった時、勢いよく扉が開いた。

暗闇から、クリスタが長い金髪をなびかせて現れる。いつか見たキャメル色のコートに黒いマフラー。うっすらと赤らんだ顔がこちらを向き、明るい青い目が僕をとらえた。彼女は一瞬だけ目を見開いたが、あっさり僕の傍らをすり抜けて、カウンターごしに短く「コーヒー」と告げた。コートを着たまま奥の席に腰を下ろすと、ポケットから煙草を取り出し、火をつける。馬鹿みたいに惚《ほう》けて立ち尽くしていた僕は、たちのぼる紫煙を見て我に返り、コートをひっかけて外に出た。途端に、凍った風が矢のように突き刺さる。舌と喉に濃い苦みがまとわりついて、気持ちが悪い。

クリスタに会うために来たのに、当人が現れて逃げ出すなんて馬鹿げた話だが、あれでは反応は目に見えている。そもそも、会って僕はどうするつもりだったのか。

衝動に突き動かされて行動するのは、やめるべきだ。十中八九ろくな結果にならない。こんな無為な時間を過ごすなら、ソナタの編曲を進めたかった。

近くのバス停まで歩き、時刻表をのぞきこむと、どうやら次のバスが来るまで三十分近く待たねばならないようだった。つくづくついていない。かといって今さら店には戻れない。仕方なくその場に立ち尽くしていると、やがて店のほうから足音が近づいてきた。

「ここ、バス少ないのよ。街外れだから」

やや低めの声に、振り返る。冷たい風に舞う金髪が、ぼんやりした街灯を浴びて淡く光っていた。

「そうみたいだね」

「こんなところで会うなんて奇遇ね」

口許は笑っていたが、僕を見据える目は油断なく光っていた。ドレスデン全体が灰色とはいえ、新市街の外れにあるこの界隈は街灯も少なく、とくに暗い。建物はひどく黒ずみ、バルコニーはどれも錆《さ》びついて、触れただけで崩れ落ちそうだった。旧市街にある大学からは距離があるし、音大の学生がうろついているのは明らかにおかしい。僕は彼女と会った時のためにいくつも言い訳を考えていたが、ここは正直に話すのが一番いいと判断した。

「奇遇じゃないよ。あのコンディトライに君がよく来るって聞いたから」

「誰から？」

「僕の友人、この近くの出身なんだ。この間、教会の前でちょっと会っただけだから覚えてないだろうけど」

「覚えてるわ。ヴァイオリン科のシュトライヒと、そのパートナーね。ドレスデン・フィルのチェロだったかしら」

僕はまじまじとクリスタの顔を見つめた。

「よく知ってるね」

「ここは音楽ぐらいしか娯楽がないもの。大学の演奏会は無料だし、よく聴きに行ってる。でも次からはやめるべきかしら。こんなところまで来られるんじゃあ」

寒風にさらされて白茶けた唇から飛びだす言葉は、辛辣《しんらつ》だ。

「悪かったよ。でも、どうしても訊いてみたかったんだ」

「何を？」

「君ほどのオルガニストが、どうして都市計画説明担当者なんてやってるのかって」

形のよい鼻の頭に、皺が寄る。

「そんなことまで知っているの？　シュタージみたいね」

「シュタージはどこにでもいるらしいね」

「ええ。あまり近づかないほうがいいわよ。私は本当に監視されているから」

思わず周囲を見回した僕を見て、彼女は少しだけ笑った。

「今はいない。でも冗談で言ってるんじゃないわ。言ったでしょう、外国人、苦手なの」

「それは、監視されていることと関係があるのかな」

「いいこと教えてあげる。この国の人間関係って、二つしかないの。仲間か、そうでないか。より正確に言えば、密告しないか、するかよ」

クリスタは薄い笑いを口許に貼りつけたまま言った。

「だから、立ち位置が全くわからない外部の人間は警戒するの。とくに西の人間はね。西から送りこまれた工作員かも知れないし」

「ただの学生が？　まさか」

「そうでなくとも、この国のルールを知らないから、無遠慮にプライベートに踏み込んで暴き立てようとして迷惑なのよ」

冷ややかな目は、深い青だ。このぼんやりした街灯の下でも、ここまではっきり青とわかるのは、珍しい。あのデモの日も、全く同じ目で僕を見ていた。

「ここのことを知ったのは、ただの偶然だ。嘘じゃない」

「それでわざわざ会いに来たの？　運命でも感じちゃったの？」

クリスタの口調には明らかな揶揄《やゆ》の色があった。

「僕はこっちに来てから、自分の音がよくわからなくなってしまったんだ。あれこれ試してみても悪化する一方で、かなうなら君の音をもう一度聴いてみたかった」

「良質の音が聴きたいならいくらでもあるでしょう。その点だけは、この国は誇れるんだから」

「でも君の音ほど、響いたものはないんだ」僕は少し迷った後、つけたした。「それに、僕のまわりの学生は、西に行きたくて音楽をやっているらしくて」

「それは悪いこと？」

「悪くはない。でも西は、彼らが思うような理想郷じゃない」

クリスタは目を眇《すが》めた。そんなことは知っている、とでも言いたげだった。

「DDRから生まれる音は素晴らしい。だからこそ僕はこの国に来たのに、彼らは西を目指している。それが悔しいし、君みたいな人が音楽をやっていないのがいっそう理不尽に思えるんだ」

クリスタは何も言わず、じっと僕の顔を見ていた。まるで揺らがない視線は、彼女が生み出す音に似ている。なんの衒《てら》いもなく、最短距離で人の心に届いてしまう。

強い風に髪が揺れ、一瞬、青い目が隠れた。うるさそうに髪をかき上げると、もう一方の手でコートのポケットから何かを取り出す。くしゃくしゃになった煙草の箱だった。一本引き抜いて口にくわえると、ライターで火をつける。店で見た時と同じ動作なのに、スローモーションを眺めているようだった。一瞬、煙草の先が赤く輝き、煙が揺らめく。彼女は天を仰ぎ、大きく煙を吐き出した。天を目指す蛇のように、白い煙が這いのぼる。

「だったら、私のところに来たのは間違いね。私はたぶん、あなたのお友達よりずっと、西に行きたがっていたから」

クリスタは薄く笑った。

「そうなのか？」

「ええ。まずオルガンのことだけど、たしかに三年前までポツダムで弾いてたわ。オケに同行して西に行ったこともある。でもある日突然、教会から解雇された」

「どうして」

「西への移住申請を出したから」

思いがけない言葉だった。

「申請？　できるものなのか？」

「するだけなら何度でも。今、許可待ちが十万ぐらいいるんじゃない？　で、その結果ポツダムを離れて、二年ぐらい北のほうの工場にいたかしらね」

広げた左手を、クリスタはじっと見下ろした。大きな傷はなかったが、僕の目から見ても、肌が荒れているのはわかった。指先が少しひび割れただけでも、鍵盤を弾くのは大変な苦痛を伴うものだ。僕は手が荒れやすいので、今回も西ベルリンでニベアを買い占めてきたが、ひとつぐらいもってくればよかったと後悔した。音楽家にとって、自分の手がどんどん荒れていくのは、心の荒廃をそのままあらわすことに他ならない。

「申請を出すだけで解雇は厳しすぎるんじゃないのか」

僕の疑問に、クリスタは首をすくめた。

「申請のせいで職から追われた話は、珍しくないけど」

「じゃあ十万人が失業者じゃないか」

「そりゃあ、全員が全員そういう目に遭うわけじゃないわ。私も、クビまではいかないと無邪気に信じていた。当時、私は若手のオルガニストとしてそれなりに期待されていたから、教会も私を手放さないだろうと思っていた。馬鹿よね。オルガニストのかわりなんていくらでもいるのに」

「ポツダムの教会は今ごろ死ぬほど後悔しているにちがいないよ」

僕は心の底から言ったが、彼女の表情を見るに、安易な慰めとしか受け取ってもらえなかったようだ。

「私はそれからどこに行っても、雇ってもらえなかった。それが現実よ。だから仕方なく、職業安定所で唯一紹介してもらえた工場に行った。そこにいた二年で、自分がどの程度の人間か、身に沁みたわね」

「なら、申請を取り下げれば、オルガニストに復帰できるんじゃないのか？」

「そうかもね。周囲にはそう説得されたわ。でも、そう簡単に取り下げるぐらいなら、最初から申請なんてしない」

クリスタは強い語調で言った。

「なぜそんなに西に行きたいんだ？　演奏旅行でも行けるんだろう？」

「行けるけど、ホテルからは一歩も出られないわ。昔はそのまま抜け出して亡命する人もいたようだけど、今はどこのオケにだってたいてい一人か二人はシュタージがいるから無理。だから、時間はかかってもいいから合法的に出ようと思ったの。甘かったけどね」

「……そんなに、西がいい？」

「ええ」

クリスタは即答した。

「この国で築いたキャリアを全て捨てても？　手をそんなに傷だらけにしても？」

煙をぼんやり見ていた青い目が、こちらを向いた。

「ええ」

もう一度、より明瞭に彼女は頷いた。

「君も、西に行くために音楽をやっていたのか？」

「それだけが動機ではないけど、もちろん大きな理由だったわ。あなたが苦労してわざわざDDRまで来たのと同じことじゃないかしら、ヘア・マヤマ」

「名前、覚えててくれたんだ」

「最近まで忘れてたけど、ここ数日、あの店に日本人が来てるって聞いてね。ドレスデン音大のピアノ科シュウジ・マヤマ。年齢は二十三歳。まだ本当に坊やね」

淡々と彼女は情報を並べ立てた。なるほど、とくに親しくもない人間が自分のことをよく知っているというのは、たしかに気味が悪いものだ。

「誰からそれを？」

「言ったでしょう、この国の人間関係は二つしかないって。誰もが互いに監視しあっているのよ。それを報告するかしないかの違いだけ」

「監視……」

背中に氷を押し込まれたようだった。今まで、シュタージだの何だのと聞いても、まったく現実感はなかった。ただの学生である僕には関係のない話だと思っていた。

しかし監視するのは、何もシュタージだけではない。ここでは僕が思うよりもはるかに遠くまで、情報が伝わってしまう。

目の前の女性が、急に得体のしれない生き物に思えて、僕はとっさに顔を伏せた。

鈍い地響きの音が聞こえたのは、双方にとって救いだったかもしれない。目をあげると、彼方からぼんやりとした灯りが見えた。スクラップ寸前のバスが、ひどい道に体を揺らしながら近づいてくる。

「やっと来た。足、動く？」

クリスタは、からかうように僕の足下を見下ろした。言われてはじめて、靴の中で指先が固まっていることに気がついた。

「君こそ。つきあってくれてありがとう。君の家は近いの？」

「歩いて五分ぐらい」

バスが激しく上下に揺れながら、バス停の前で止まる。ドアが開く前に僕は言った。

「店にまた行ってもいいかな」

クリスタは面倒くさそうに髪をかきあげた。

「懲りない人ね。私の店じゃないのに、私に許可を求めるの？」

「たしかにおかしな話だ。シュトロイゼルが気に入ったんだ、また行くよ」

荒々しい音を立てて開いたドアから、僕はバスの中に乗り込んだ。

「焰《ほのお》を守れ」

突然、彼女がつぶやいた。

「もし焰を守らねば、思いもよらぬうちに、いともたやすく風が灯を吹き消してしまおう。そして、汝、憐れ極まる魂よ。痛苦に黙し、引き裂かれるがよい」

闇に溶けるような低い声に、ふと、彼女に冷たく拒絶された日のことを思い出した。

夜の闇の中、揺らめいた無数の灯り。か細い焔を掲げて立ち尽くしていた人々の群れ。クリスタはあの時じっと、焔を見ていた。

「誰の詩？」

「さあ、誰だったかしら」

開いた時よりももっと大きな音をたてて、ドアが閉じる。汚れたガラスのむこうに立つクリスタは、すぐにバスに背を向けた。その直前、首の動きに遅れた髪が、口許を隠すまでのわずかな間に、唇がかすかにほころんでいたのが見えた。

6

二月下旬に訪れた時、ライプツィヒは冷たい雨に濡れ、物憂げな顔で僕を出迎えた。しかし一月後には、街は別人のように朗らかに僕を抱擁《ほうよう》した。街が華やいで見えるのは、ユーゲントヴァイエの飾りつけ、そして正装に身を包んだ少年少女たちのおかげだろう。先日会った時には茶色いセーターとジーンズに身を包んでいたニナも、今日は水色のタフタワンピースを纏い、月並みな表現だが天使のように可憐だった。党の青少年組織が主催する式典に出席した後、両親とレストランに向かう彼女に誘われて、僕も昼食に同行した。DDRに来て、プラスチック製ではない皿に料理が盛られている店に入るのはこれが初めてだったが、ニナも「レストランなんて、何年ぶりかな」と嬉しそうだった。

ダイメル家に戻るとすでに親戚や近所の人々が集まっていて、ニナは祝福とプレゼントの嵐に嬉しい悲鳴をあげていた。ひとりひとりにお礼のキスをする彼女は、まちがいなく皆から愛され、幸せそうだった。

僕の家でも時々、こうして親族が集まることがあったが、僕はこんなふうに心から祝福された記憶もないし、誰かを祝福した記憶もない。パーティは華やかで、人数も多かったが、当時は早く終わらないかと時計ばかりを気にしていた。普段は控えめな母がこの時ばかりは妙にはりきって人々の間を渡り歩き、僕を紹介して回るのも、厭でたまらなかった。

ニナの母親は、ごく自然に娘に寄り添っていた。今日ようやく会えたダイメル夫人アデーレは、鋭い顔つきに似合わず物腰のやわらかな女性で、少し話しただけでも非常に聡明であることがわかった。

「素敵なお友達ができて嬉しいわ。ニナとどうぞ仲良くしてやってくださいね。この娘《こ》、人見知りなのにあなたにどうしてもユーゲントヴァイエに来てほしいってきかなくて。もしかしたら私、日本人の息子が出来てしまうのかもしれないわねぇ」

悪戯っぽく笑うあたり、さばけてユーモアもある女性のようだった。ニナが真っ赤になって怒り、ヘルベルトが笑ってたしなめる光景を見て、僕はただ羨ましかった。

僕の家では、こんな他愛ない冗談はついぞ聞かれなかった。僕の母は愛情深いがやや不安定なところがあって、僕が誰かとつきあえば不機嫌になったし、ＤＤＲ留学を口にした時にはほとんど半狂乱になった。その後なんとか僕が留学できたのは、複雑だが父のおかげと言っていい。

もし僕の両親がＤＤＲの人間だったら、どうなっていただろう。以前、ファイネンさんと家族について話していた時に、母が短大卒業後に数年働いて父と結婚したこと、姉も同じように銀行で五年働いて結婚してやめたと言うと、怪訝そうな顔をされた。

「それでは女性は、離婚した時にどうやって生活をしていくの？　日本では、子供は全員父親が引き取る決まりなの？」

その時はなぜそんなことを訊かれるのか困惑したが、今ならば彼女の疑問も納得できる。なにしろ、ここにいる女性の半数が離婚しているのだ。今日は子供を連れてきたシュテフィも、たしか七年前に離婚したと言っていた。ＤＤＲでは女性の社会進出率は百パーセントで、子供は六ヶ月から無料の国営保育園に預けられるし、女性に極力負担がかからないようになっているらしい。日本のフェミニストが知ったら羨望のあまり卒倒するんじゃないかというぐらい、女性の社会保障制度は万全だ。裏を返せばそれだけ労働力の確保が切実な問題ということだから、恵まれているとは一概には言えないが、もし僕の母がこの国にいたら――と考えてしまう。母はさっさと離婚して家を出て、僕をひとりで育てていただろうか。いや、これは仮定としてもばかばかしい。ＤＤＲなら、そもそも母は父と結婚していないだろうから。

ニナは幸せだ。彼女の両親は、どこの国だろうと変わらず強く結びつき、我が子を慈しんだだろう。きっと、ハインツ・ダイメルが、子供たちを愛したように。

ただ、幸せな一族の光景の中、ひとつだけ気にかかったことがあった。

部屋の隅に、ひとりの女性が佇《たたず》んでいる。きちんとセットした白髪、ベージュのノーカラーのツーピースにスカーフという恰好はとくに目立つものではないものの、招待客の中では垢抜《あかぬ》けた印象がある。ゾフィー・ダイメル——ハインツ氏の奥さんだ。今は遠くで一人暮らしをしているそうで、ニナは祖母が現れると飛び跳ねんばかりに抱きついた。孫を抱きしめる彼女も、目に入れても痛くないというような顔をしていた。

しかし今、上品なこの老婦人は、人の輪から外れて壁際に立っている。客人からプレゼントをもらってはしゃぐ孫娘を愛おしそうに見つめているが、彼女に近づく者は一人もいない。子供であるヘルベルトやシュテフィもだ。一度気になるとどうしようもなく、僕はできるだけ自然に彼女に近づいた。ゾフィーはすぐに僕に気がつき、やわらかく微笑んだ。

「シュウジ、この後であなたのピアノを聴かせていただけるそうですね」

「はい。ハインツさんの曲です。ヴァイオリンが弾ければよかったんですが、あいにく僕はピアノしかできませんので。ハインツさんとよく二人で演奏されていたそうですね」

「ええ。仕事をやめてからはあの人、もう音楽にどっぷりで」

「ピアノソナタもたくさん作られたとか。楽譜はあなたがお持ちだと聞きました。ピアノの名手だとニナが自慢していましたよ。ぜひお聴かせ願えませんか」

僕がピアノに目を向けると、ゾフィーは苦笑して首をふった。

「ドレスデン音大の方に聴かせられるようなものじゃありませんもの。ニナには昔、せがまれてよく弾いたものですが」

「ニナはおばあちゃんっ子ですね。昔はお二人もここに住んでらしたんですか」

「いいえ、私と夫はこの近所に。息子の家とはよく行き来しておりました」

「では今はそちらにお一人で？」

彼女の顔から、ふっと笑みが消えた。

「いいえ。今はミュンヘンに住んでおります」

予想外の地名に、僕は一瞬、言葉を忘れた。西ドイツの南部、バイエルン州の州都。ライプツィヒからはずいぶん距離がある。

「ミュンヘンということは、移住の申請をされたんですよね」

「はい。私はもともとミュンヘンの出身なんです。一人になったら、無性にバイエルンの空が恋しくなってしまって。それにライプツィヒの煤煙《ばいえん》はね……。ハインツも、肺を病んで死にましたし」

彼女は、周囲を憚《はばか》るように声を落とした。

「たしかに、ここの空気はひどいですね。ですが、大変だったのでは？　許可がおりるまで何年も待つと聞きました」

「いいえ、許可はすぐにおりましたよ」

僕はたぶん、間抜けな顔をしていたのだろう。ゾフィーの笑顔は、悪戯めいていた。そんな表情には、古い写真の中でハインツ氏の隣で微笑んでいた女性の面影がくっきりと表れていた。

「私は六十歳を過ぎていますもの。簡単に申請が受理されるのですよ」

「なぜ？」

「国民でなくなれば、DDR政府は年金を払わなくていいでしょう。国の財政は火の車ですから。要は厄介払いです」

「……なるほど」

「私の年金は西ドイツ政府が払っています。この国は、西の頼もしい兄弟がいなければ一日だってもちませんよ。ここは本当に空気が悪いし、できれば皆と一緒に暮らしたいのだけど……」

ニナを見つめる薄茶の目は、うっすらと涙ぐんでいた。ヘルベルトたちがなぜ彼女によそよそしいのか、ようやくわかった。彼らにとってゾフィーは、四十年以上暮らした土地を家族ごと捨てて、自分ひとり豊かな西へ移住した裏切り者になるのだろう。西に親族がいればそれだけでステイタスになるとヴェンツェルは言っていたが、移住となるとまた話は別なのだ。

「ニナぐらいですよ、いまだに私を慕ってくれるのは。今日も来ないほうがいいのかしらと思ったけれど、あの子の晴れ姿がどうしても見たくて」

「ニナも喜んだでしょう。しかし、ミュンヘンからでは大変ではありませんでしたか」

「ええ、本当に。老体には応えます」

DDRの国民は西に旅行をすることはできないが、西から東に来るぶんには問題はない。とはいえ、ミュンヘンとライプツィヒではそう簡単に行き来はできないだろう。

「やっぱり来てよかった。ニナはもちろん、あなたにも会えたんですもの。ぜひそのうちミュンヘンにもいらしてね」

「はい、ぜひ。ミュンヘンは三年前に一度行きましたが、美しい街ですね」

「ちょっと、どうして二人ともそんな隅っこで話しているの？」

突然、甲高い声が僕たちの会話を遮った。ワンピースを翻して、ニナがこちらにやってくる。

「今日は私が主役なんだから。さあ二人ともこっちに来て。シュウ、ピアノを弾いてくれるでしょ」

「もうプレゼントはいいの？」

「シュウが最後よ。おばあちゃん、今日はシュウがおじいちゃんの曲を弾いてくれるの。自分でつくったくせに、難しすぎておじいちゃんが途中で投げちゃったあの曲！」

ニナは両腕で僕とゾフィーを捕まえて、ピアノのほうへと引きずっていく。強く絡めた腕は、ゾフィーを放すまいとしているのか、守ろうとしているのか。ニナもこの空気を感じていないはずはない。彼女が僕をここに呼んだ本当の理由が、わかったような気がした。

拍手に迎えられてピアノの前に座った僕は、最初にニナが好きなドビュッシーを弾いた。いつもよりタッチをやわらかく、天使のような亜麻色の髪の乙女にふさわしいように。ゾフィーと腕を組んだまま、年代もののアップライトピアノによりかかっていたニナは、微笑んで僕にキスをくれた。

「次は、ハインツ・ダイメル氏が作曲された曲です。ヴァイオリンソナタなのですが、今回はピアノアレンジでご容赦ください」

前置きして、一度大きく深呼吸をする。無題のヴァイオリンソナタ。ニナに、そしてゾフィーに捧げる曲。

曲は、ヴァイオリンのカデンツァで始まる。イェンツが弾いた時、不安げに低音から歌いだした旋律が、繊細に世界を広げていく様に、これからどんな景色を見せてくれるのだろうと胸が高鳴った。ゆったりと哀愁を帯びた旋律で、聴衆を存分に甘く感傷的な気分に浸らせたところで、曲は急にテンポをあげる。ここから、イェンツが「超絶技巧の博覧会」と苦笑するほど技巧をこらした楽節が次々と現れる。嵐が荒れ狂うかと思えば、ピチカートが飛び跳ねて踊り、ふいに唸《うな》るように沈みこんでは、ためこんだ力で四方にはじけ飛ぶ。

タイトルがないこともあって、めまぐるしく変わる曲調は時にやや突飛《とっぴ》で、まとまりに欠けているように思われた。これはどう解釈するべきだろうかとずいぶん悩んだが、今の僕にははっきりとしたヴィジョンが見えている。

きっかけは、認めるのは悔しいが、ヴェンツェルの『前奏曲』だ。そして二日前の聖金曜日、トーマス教会で『マタイ受難曲』を聴いた時、僕にははっきりと、このソナタを切り開く焔が見えたのだ。

ゲヴァントハウス管弦楽団の演奏はどちらかというと控えめで、序盤は淡々としすぎているように感じた。しかしいざコラール《来たれ、娘たちよ、われとともに嘆け》が始まると、重苦しい十字架の道行きの光景が鮮やかに眼前に浮かび上がった。

オーケストラは聴衆の感情を煽るでもなく、端正に曲を奏でていく。どんなに弱い音も正確に、意味を明白にして響かせる彼らは、嘆きのアリアも、怒りが爆発するコラールも、揺るぎなく支え、物語を紡《つむ》いでいく。バッハ四十二歳の時の作品である『マタイ受難曲』は、彼がもつ全ての技法を駆使した大曲である。聖句、レチタティーヴォにアリア、そしてコラール。それらには、人のもつあらゆる感情が凝縮されている。『マタイ受難曲』は、イエスという一人の男をとりまく壮大な人間ドラマだ。

バッハの情熱が詰め込まれた名曲でありながら、『マタイ受難曲』は長らく忘れ去られていた。この曲だけではなく、バッハは死後、急速に人々の記憶の中から消えてしまったのだった。

しかし、死から七十九年後、弱冠二十歳の青年によって、大バッハは再び息を吹き返す。メンデルスゾーンがベルリン市民にたたきつけ、絶賛を博したのが、他ならぬこの『マタイ受難曲』だ。ベルリン・ジングアカデミーに詰めかけた聴衆は、どれほどの衝撃を受けただろう。『マタイ受難曲』は瞬く間に欧州を席捲《せっけん》し、空前のバッハブームが起きた。後世の人間として、メンデルスゾーンにはいくら感謝してもしきれない。彼が、幼いころに祖母に渡された『マタイ受難曲』のスコアに魅入られなければ、バッハの数々の名曲は埋もれたままだったかもしれないのだから。

劇的な復活を果たしたマタイは、聖金曜日の定番となると同時に、いつしか困難な試練に立ち向かう者への讃歌となった。

マタイには名演と呼ばれる盤がいくつかあるが、おそらく筆頭にあげられるのは、一九三九年、メンゲルベルク指揮によるアムステルダム・コンセルトヘボウ管弦楽団のライブ録音盤だろう。現代と異なるスタイルや大胆なカット、悲劇を強調した大仰《おおぎょう》な演奏を批判する者も少なくない。しかし、露骨に芝居がかっていようが何だろうが、やはりこれが名盤であることに変わりはないのだ。おおげさな悲劇性には理由がある。この演奏の数ヶ月後、ナチスドイツはポーランドに侵攻するのだ。

そして四年後、日本ではローゼンシュトックがマタイを振った。

ローゼンシュトックがアメリカ行きをとりやめて、なんの接点もない日本にやってきた理由は、日本にはユダヤ人差別がまったくないと聞いたからだ。かつてマタイを甦らせたメンデルスゾーンもまた、ユダヤ人である。幼いころから神童として世に聞こえた天才は、その血ゆえに生前も、そして死後も、才能を否定された時期があった。

ドイツでリストの『前奏曲』が鳴り響くころ、彼らと日々緊密になっていく日本で、ローゼンシュトックはどんな思いでこの曲を選んだのだろう。そして、死の影に怯えながら舞台に立った楽団員や合唱団は、何を想っていたのか。

父は、学徒出陣の壮行式の一ヶ月後に、日本初のマタイに合唱で参加した。そして三週間後、入隊した。舞台の上にいる者にも、そして聴衆にも、入隊を控えた者は多かったはずだ。これが、人生最初で最後のマタイ。最後の音楽。そう思いながら、彼らは全力で受難曲をつくりあげた。

人生三本の指に入る名演だったと、ハインツ・ダイメル氏は言ったという。メンゲルベルク盤とは違い、ローゼンシュトックの日本でのマタイが名演だったという話は、あまり聞かない。すでに徴兵で交響楽団には欠員が多く出ていただろうし、練習も充分にできなかったはずだ。重要なのは、そこではない。これは、時代に抗い、試練に立ち向かう者たちの、ファンファーレだ。抵抗する言葉を奪われた者たちが、命懸けでつくりあげた音。容赦のない世界に挑戦すると宣言する声なのだ。

父は、戦地のことは何も語らなかった。ハインツ氏も、ヘルベルトにやはり話さなかったという。しかし二人とも、この生涯一度のマタイについては我が子に伝えた。それに気がついた時、僕はこの無題ヴァイオリンソナタの正体を知った。

相反する要素が平然と入り交じる、複雑怪奇な構成は、ハインツ・ダイメルという男の人生そのものなのだ。

会ったこともない人物が、楽譜の中から僕の前に立ち現れる。彼の喜びが、悲しみが、愛が、挫折が、絶望が奔流のように僕の中に流れ込む。人生という名の果てのない戦場で、彼は戦い続ける。ある時は友や愛する人と、ある時はたったひとりで。第二次世界大戦、敗戦、そしてＤＤＲという時代を生きた人の、誰にも明かせなかった想い。おそらくは本人すら知らなかった、深淵の声。人は時にたやすく自分自身から目を逸らす。彼はこの曲を書く時に、遠い昔に封じたものをいくつも拾い出し、苦しんだことだろう。その形跡が見てとれる。それでも戦い、ペンを握った。ナチス時代、そしてＤＤＲの時代も、口を噤《つぐ》むことを選んだ彼は、五線譜の中に全てを注ぎ込んだのだ。

曲に没入していくうちに、脳裏に焔が浮かんだ。闇の中、揺らめいていた無数の蠟燭。

あの追悼の晩、若者たちは無言で立っていた。冷たい風に吹かれても、どれだけ深い闇に覆われようと決して消えぬ灯りを手にして、立っていた。ひとつひとつの光は弱くとも、集まればまばゆく人を圧倒する。

変幻自在のメロディの中、明るく跳ねる音に、ニナが楽しげにステップを踏み始める。祖父がこのピチカートにどんな思いをこめたのか、彼女には伝わるだろうか。

これがハインツ氏の人生ならば、一堂に会した人々も、またこの曲の一部であるはずだ。そんな場所で、日本人である僕が曲を紡ぐ。奇妙な光景だが、おそらくこの曲は、ハインツ氏に近しい者には弾けないようにできているのだ。彼らには知らせたくない。あるいは知らせるべきではない。しかし誰かに伝えたい。作曲者たる彼ですら弾きこなせなかったのは、こだわりが行きすぎた結果ではなく、わざとそうしてあるのだろう。

ひょっとすると彼は、僕がDDR留学を目指していると父から聞いて、この日を予測していたかもしれない。そう考えるのは、思い上がりだろうか。父の書斎には、ハインツ氏の手紙が残されているが、おそらくそこにも彼の本心は記されてはいないだろう。DDRには検閲がある。

ならば、やはりいつかはヴァイオリンでこの曲を弾くべきだ。ヴァイオリニストであるハインツ氏が、まだ見ぬおのれの分身に向けて書いた曲を、ピアノで再現するには限界がある。イェンツには楽譜のコピーを渡してあるから、彼はいずれ弾きこなしてくれるだろう。端正に、慎重にハインツ氏の人生を描いてくれるにちがいない。

ではヴェンツェルならば、どう演奏するだろう?

先日、彼は『前奏曲』をピアノで弾いた。ヴェンツェルのことはやはり好きになれないし、ひとりよがりな演奏に苛《いら》つくこともしょっちゅうだ。それでも僕がなんだかんだと伴奏につきあっているのは、やはり聴きたいからだ。こんな時ですら、無意識のうちに彼の音を探ってしまう。恐ろしいのに、強烈な引力をもつその音の奥にひそむものを知りたいからだ。

『前奏曲』を聴いた時、おぼろげながら、それが何かわかったような気がした。僕にはなくて、彼にあるもの。それは、ローゼンシュトックのマタイに宿っていたであろうもの。この無題曲から聞こえるもの。

そしておそらくあの日、クリスタのオルガンから響いてきたもの。

第三章　監視者

1

何もなかった五線譜の上に、音符を書き込んでいくのは、心躍る作業だ。

写譜は始めるまでは億劫《おっくう》だが、いざ始めると時間を忘れる。鍵盤を弾くのも手ならば、音符を書くのも手。やはり手は脳と繋がっているのだろう、譜読みした時よりも濃厚な音の世界に触れられる気がする。

写しているのは、ハインツ・ダイメルのヴァイオリンソナタだ。ただし、ユーゲントヴァイエで弾いたものではない。あの日、僕の演奏はダイメル家の面々にいたく感銘を与えたらしく、帰宅する時には楽譜をいくつも持たされた。さらに、ドレスデンに戻った翌々日に、今度はミュンヘンから大きな封筒が届き、開いてみるとピアノソナタの楽譜がたくさん入っていた。こちらはさすがにコピーだったが、夫の大切な曲を託してくれたゾフィーの想いに、胸が熱くなった。

『この曲たちは皆、あなたに弾いてもらうのを待っていたのだとわかったの。いつかミュンヘンに来て、聴かせてちょうだい』

そこまで言われたら、はりきらないわけにはいかない。ライプツィヒの楽譜は直筆なので、僕は猛然と写譜にとりかかった。なにしろこのドレスデンには、コピー機は一台しかないらしい。その一台がどこにあるのかもわからないので、頼れるのはこの手だけだ。

いや、もうひとつ。目の前に、僕より迅速に、正確に写していく大きな手がある。イェンツの手だ。

先日ソナタの編曲を手伝ってくれた礼に、イェンツの家へワインを持参した際、量が膨大で手が壊れそうだと冗談めかして零したら、その場で手伝いを申し出てくれた。彼は写譜も早く正確だったし、なにより初見の曲を弾きこなすのに、高い分析力は頼もしい助っ人となる。

僕らはしばしば互いの家で写譜をしながら、ああでもないこうでもないと議論しあった。まっさらの曲を、二人でひとつずつ解き明かしていくのは楽しい。同時に、イェンツの思考や行動には全く無駄というものがないことを思い知らされた。

彼はなんでも淡々と、効率的にこなす。なぜそんなに効率がいいのかと尋ねると、「合理化なくしては、遊びもできないよ」と笑って答えられた。

実際、彼はほぼ毎日のように夜出かけている。大学では、成績優秀な学生のみが選ばれる選抜オケのメンバーに入っているため毎日遅くまで練習があるし、その後で僕の写譜を手伝うこともあるのに、さらにその後もディスコだの何だのと出かけていく。ヴェンツェルの体力も底なしだったが、イェンツに至ってはいったいいつ眠っているのかわからない。

人生は、思ったよりも長くはない。だから時間は最も効率よく使うべき。それが彼の持論だった。

「なんたって俺は、一番いい時期を四年も無駄にしちまったからね。そのぶんを取り戻そうと、今はやれることは全部やることにしているんだ」

この日も、手を休むことなく動かし続けながら彼は言った。大きな手の下では、形のよい音符が魔法のように次々と生まれていく。

「ああ、兵役のこと？　定期士官ってやつだったか」

「二年以内で済むところを、国家に四年も青春捧げるなんて、馬鹿なことをしたよ。でもまあ、あの無駄がなかったら、音楽でいこうと覚悟は決められなかったかもしれないな」

「昔は違う道に進むつもりだったのか？」

「兵役につく前は、法律をやるつもりだった。シュウはなんの迷いもなく音楽一筋？」

「僕は子供のころから本当に音楽しかやってこなかったから、それしかなかったというのが正しいかな。しかし法律なんてすごいね」

イェンツの合理的な思考には、法の世界は合っている。そもそも彼ならば、なんでも器用にこなしそうだ。

「単に親戚に多かったってだけさ。だがあの四年でいろいろ人生観が変わってね、娑婆《しゃば》に戻ってから必死に勉強してどうにか今の学校にひっかかった。入学したのが、今のシユウと同じ年齢のころだよ」

「四年間兵役についていて、帰ってきてから大急ぎで勉強して入れるのが凄いと思うんだけど」

　四年のブランクは、致命的だ。まったく楽器に触らなかったわけではないのだろうが、軍ともなればそうそう練習できるとも思えない。音大の倍率はだいたい十倍から二十倍と他の大学に比べて飛び抜けて高いのに、やはり彼も天才ということなのだろう。

「はは、これでも昔は神童扱いだったんだ。最初から音大を薦める教師もいた。でもあのころは、怖かったんだよ。自分のヴァイオリンに自信がもてなかったし」

「君でもそういうことがあるのか」

「そりゃあるさ。でも軍で四年過ごして、やっぱり音楽しかないと確信した。迷った時はいきなり自分を極限状態に放り込むのも手かもね。答えがシンプルに見えるから」

「じゃあ日本に兵役があったら僕ももっとシンプルに見えたかも」

　冗談のつもりだったが、イェンツは手を止めて、まじまじと僕を見た。

「西じゃ良心的兵役拒否ってのがあるのは知ってるけど、兵役そのものがない国があるとはなあ。じゃ日本は有事の際はどうやって身を守るんだ？」

「自衛隊と、あと在日米軍がいるから」

　こころなし声が小さくなる。こういう話題は苦手だ。

「ふうん、自ら首に縄かけているようにしか聞こえないけど。米軍ねえ……まあソ連軍よりは二パーセントぐらいはマシなのかな」

アメリカ製品をこよなく愛し、アメリカンポップスも喜んで聴くくせに、それでもイェンツはアメリカ合衆国そのものにはいっさい憧れを抱いてはいないらしい。

この国の人間は、おおよそそんな感じだ。何がほしいのか、何を望んでいるのかが、よくわからない。

体制に不満はある。シュタージは大嫌い。西の物資に憧れる。だが西は嫌い。ソ連はもっと嫌い。

そこまではわかる、だがそこから先に進もうとすると、途端に霧がたちこめた迷路に迷いこむ。

かつてクリスタが、この国の人間関係は仲間かそうでないかの二種類しかない、と言った。親しくなれば親切だし、どんどん内側にも招き入れてくれるのに、それでいて全く本心が見えないのは、そのせいなのだろうか。イェンツにかぎったことではない。誰も彼もがそうだ。

こういう点では、留学生のほうがよほどわかりやすい。李やヴェンツェルなどは、もう少し韜晦《とうかい》というものを覚えてもいいぐらいだ。

「まあ、そんな話はいいとしてさ」イェンツはあっというまに一枚書き上げ、五線譜をひらひらと振った。「せっかくこれだけ楽譜があるんだから、写すだけじゃ味気ない。この間のソナタは大好評だったんだろ？」

「僕の人生であそこまで熱烈なブラボーを貰ったことはないぐらいだったよ。できればちゃんとヴァイオリンで聴いて貰いたいと思ったけどね」

「じゃあ今度、俺も行っていいかい？　この間のソナタと、あといくつか選んでダイメル家でリサイタルなんてどうかな」

思いもかけない申し出に、僕は身を乗り出した。

「いいのか？　じつは前から誘いたかったんだけど、君、体が三つぐらいあるんじゃないかってぐらい忙しいだろ」

「だから、やりたいと思ったことは全部やらないと。試験が全部終わった六月の週末ではどうだろう」

僕は大喜びで承諾し、翌日さっそくニナの家に電話をかけた。あいにく留守だったので、改めて次の日にも電話をかけてみたが、やはり誰も出なかった。仕方なく、都合を尋ねる手紙を書いて投函し、それからも大学の授業の後でイェンツの家に寄る日が続いた。時にはガビィも加わり、酒が過ぎて仕事にならないこともあったが、それもまた楽しい時間だった。

そんな日が十日ほど続いただろうか、その日、僕は少し早めにイェンツの部屋を出た。もう少し粘りたかったが、豆の缶詰のストックが切れていたことを思い出したからだ。閉店間際のスーパーに駆け込んでなんとか最低限の食料品を購入して、帰路につく。ハムやビーツの缶詰がまだ残っていたのはラッキーだった。今日の夕飯が決まった。

「シュウジ！　やっと帰ってきた！」

いくぶん浮かれてアパートに帰ってきた僕は、扉を開けるなり、ヘア・クルマンの大声に迎えられた。管理人室から巨体を揺らして突進してきた彼は、はげあがった頭まで赤く染めている。

「どうしたんですか？」

「彼女が昼から待ってるよ！　駄目じゃないか、約束しておいてこんな時間までほっつき歩いてちゃあ」

「は？」

「今、ファイネンさんのところにいるよ。早く迎えに行ってあげなさい」

一方的にがなりたてて、彼はさっさと管理人室に戻ってしまった。入り口にひとり残された僕は、エレベーターの灰色の扉を眺め、途方にくれていた。

僕に彼女がいたとは知らなかった。思いつく相手といえば、大学時代につきあっていた朱実《あけみ》だろうか。あれから何か思うところがあっていきなりＤＤＲに――いや、来るはずがない。では大学の誰か？　住まいを知っているのは、イェンツとガビィぐらいだが、もちろんガビィが恋人などと名乗ってくるはずがない。

わけがわからず、とにかく部屋に戻ると、扉を開ける音が聞こえたのか、隣からファイネンさんが顔を出した。

「お帰りなさい、シュウジ。あのね、今――」

「シュウ！　会いたかった！」

大きな声とともに、ファイネンさんの後ろから、ふわふわの亜麻色の塊が飛び出した。

と思ったら、勢いよく僕に飛びついた。

突然のことでよろめいたが、すんでのところで尻餅をつくのをこらえた。首っ玉にかじりついている腕は、赤いセーターに包まれている。その上で揺れる亜麻色の髪が、首と頬にあたってくすぐったい。顔は見えないが、この髪はまちがいない。

「……ニナ？」

「久しぶり！」

彼女は体を離し、僕の顔をのぞきこんで嬉しそうに笑った。化粧をしていることにも驚いたが、以前見た時よりずいぶんと痩せている。

「シュウ、いつでも遊びにおいでって言ったよね。だから来たの」

たしかに言ったが、連絡ぐらいしてほしい。しかし、まるで似合わない化粧をした顔で、今にも泣き出しそうな十四歳の女の子を前にしてそう言う勇気は僕にはなかった。

「うん、言ったね。そうだ、君の家に何度か電話したんだよ。でもずっとつながらなくて」

途端に、ニナの目が潤んだ。

「電話、くれたの」

「ああ」

「なんで？」

「楽譜をたくさん頂いただろう。今ヴァイオリンの友人と練習していてね、君たちの都合がよければ、六月にでも彼と一緒に曲を……」

僕は口を噤んだ。ニナの顔が歪み、両目から一気に涙が溢れ出したからだった。

「何か、あったんだね？」

声を落として訊くと、ニナはうつむいた。僕の袖をつかんだまま、肩を震わせる。さっきは勢いよく抱きついてきたというのに、今はこれ以上近づくことも、つかんだ手を離すこともできず、途方にくれているようだった。

「とりあえず、中に入ろうか。そうだ、ファイネンさん、ちょっと朝の件で」

悪戯を見つけた教師のような顔で立ち尽くしていたファイネンさんは、怪訝そうに僕を見た。僕らは今朝、顔を合わせていない。が、すぐに合点したように「ええ、あれね」と頷いた。

ニナを先に部屋へ入れ、ちょっと待っているように告げて扉を閉める。

「預かっていただいてありがとうございます。ニナ、何か言ってましたか？」

「いいえ、何も。自分はシュウの恋人で、来る約束になってたって、それだけよ」

「ちがいます。知人の娘さんなんです」

「わかってるわ。十八だって言ってたけど、どう見ても子供だもの。クルマンはどこに目をつけてるのかしら。彼の老眼も深刻ね。まだ五十前なのに」

「先月ユーゲントヴァイエを済ませたばかりです。おそらく両親に黙って出てきたんでしょう」

「じゃあ早く連絡しないと」

「それが、先日から全く電話が通じないんです」

ファイネンさんは眉をひそめた。

「変ね。もう一度かけてみなさい。電話ボックスは遠いからクルマンに借りるといいわ」

僕は大急ぎで管理人室へ行き、クルマンさんに電話を貸してくれるよう頼み込んだ。クルマンさんは渋い顔をしたが、僕がニナの年齢を告げ、切羽詰まった顔で頭をさげると、「面倒ごとは避けてくれよ!」と言いつつも貸してくれた。

急いで電話をかけたはいいが、やはり通じない。もう一度試しても同じだった。クルマンさんに礼を述べて三階まで戻ると、部屋の前でファイネンさんが待っていた。どう、と目だけで訊いてきたので、僕は黙って首を横に振る。

「そう。困ったわね。あの子も、かなり深刻な状態よ」

「はい。十四の女の子が一人でライプツィヒからここまで来るのはよほどのことでしょう。ひとまず落ち着かせて、話を聞いてみます」

「警察に任せたほうがいいんじゃないかしら」

「状況を考えればそれがいいのかもしれません。ですが、まずは話を聞きたいんです」

あの状態のニナを、いきなり警察に引き渡すのは酷《こく》なように思われた。

何があったかは知らないが、彼女はわざわざ僕を頼ってきてくれたのだ。たかが二度会っただけの、外国人の僕を。そう考えると、このまま突き放すことはできなかった。

「わかったわ。でももし泊めるつもりなら、私の部屋に泊めなさい」

鋭い目が、僕を見据える。

「ファイネンさんの?」

「私はあなたを信用している。でも私は教師であの娘は未成年。見過ごすわけにはいかないし、これはシュウジのためでもあるの。このアパートの住人の大半が、あの娘がここに来たことを知っているんだから」

ここは、良い意味でも悪い意味でも、東京よりよほど人間どうしのつながりが強い。父の郷里に遊びに行った時などに感じる独特の空気と、同じものがある。誰かに何かあれば、翌日には近所じゅうが当たり前に知っている、あれだ。

ドレスデンに来て間もないころは、僕もファイネンさん以外に接触をもつ人はいなかったが、掃除当番などで顔を合わせたり、電話がないために何かあるたび行き来したりしているうちに、三ヶ月経つ今ではアパートの住人全員の顔と家族構成、職業まで知っている。

「わかりました。お願いします」

「あと、あの娘、お茶は飲むけど、食べ物にはいっさい手をつけないわ。どうも胃が受け付けないみたい。スープでも飲ませてあげなさい、たぶん倒れる寸前よ」

教師の顔で言い含め、ファイネンさんは部屋に戻っていった。僕も胃が痛い。ため息をついて部屋に入ると、仁王立ちのニナに迎えられた。

「私、帰らないよ」

僕を睨みつけて、彼女は言った。

「ああ。何か飲む?」

身構えていたニナは、拍子抜けしたように僕を見た。足を踏み出すと、素直に道を空けてくれる。

「怒らないの？」

「僕も家出ぐらいしたことがある。一日で終わったけど。だから、そういう時に怒られても何もならないことは知ってる」

「なんで家出したの？」

「ピアノのないところに行きたくて」

彼女はじっと僕の顔を見た。澄んだヘイゼルの瞳。色は少し異なるが、ヘルベルトによく似ている。

「なんで一日で終わったの？」

「お金すられちゃったんだよ。どこにも泊まれないから仕方なく帰った」

「ダサい。野宿すればいいじゃない」

「まったくだ。僕もニナみたいに行動力があればよかったんだけど」

「……シュウって、相手のこと否定しないね。やさしいんだ」

「そんなことない。腹が立つ相手には結構言うよ。何か飲む？」

「ううん、ファイネンさんが紅茶いれてくれた。シュウ、今から晩ご飯なの？」

僕がダイニングテーブルに置いた紙袋から、ニナは勝手に品物を取りだしている。

「そう。ニナも食べる？　缶詰のスープとハムだけだけど」

「ありがとう、でもいらない。部屋、見ていい？」

僕が許可を出す前に、ニナはテーブルから離れ、部屋の探検を始めた。

「意外に殺風景なんだね。もっと、西のものがたくさんあるのかと思った」

「寝に帰るだけだから」

「このコンポ、いいなぁ。ソニーだ」

ニナは、棚にあるミニコンポを羨ましそうに撫でた。以前やってきたイェンツとガビィも同じ反応をしたなと思い出す。

「何かかけようか。ドビュッシーとか」

「ヘロウィンある？」

「ヘロウィン？」

「ヘヴィメタの。知らない？」

そう言われてようやく、西ドイツのバンドのことだと思い至った。

「曲は聴いたことはないけど、名前だけは。好きなんだ？」

「うん。クラシックは退屈。でも、この間のシュウの演奏は興奮した」

「喜んでもらえて嬉しいよ。その功績の大半はおじいさんのものだ」

「でも、あんな曲だったなんて思わなかったな」

ニナはコンポを撫でながら、遠くを見るような目をして言った。

「楽譜は見たことあるから、どんな曲かは知ってるつもりだった。でも全然知らない曲みたいだった。おじいちゃんは無口な人で、あんまり感情を表に出すこともなかったんだ。つくる曲もロマンチックなものばかりで。あんな曲をつくっていたなんて」

「おじいさんは激動の半生を歩んでこられたようだからね。僕らが想像もできないこともたくさん経験してきたのだろう」

「そうだね。本当のことは、口には出せないもの」

声が急に重く沈んだような気がして、僕はニナを見た。が、ニナはすぐに繕うように笑い、「ねえ、またあのソナタ弾いてくれない？」と小首を傾げてねだった。

「もう夜も遅いから、明日でよければ」

「本当？」

「午後からは大学に行くから、午前中ね。ただし、君もスープを飲んだら」

ビーツのスープ缶詰を立て続けに二つ鍋にあけ、火をつける。途端にニナは渋い顔になった。

「いらない」

「ニナ、君、ひどい顔色しているよ。化粧しててもわかるぐらいに。それに驚くほど痩せた。ろくに食べてないだろう」

「そんなことない。大丈夫」

「これを食べないのであれば、僕は君を病院に連れて行く」

ニナは眉を寄せ、僕を睨みつけた。窶《やつ》れているせいで、まったく迫力がない。不服そうだったが、しぶしぶといった様子で「食べる」と言った。

「よし」

鍋の中の赤い液体をかき混ぜ、ハムを切って皿に並べる。沈黙が重い。

こんな時、僕ならば迷わずバッハ平均律を聴く。

かつて、うちひしがれてわずか一日の家出から帰ってきた時、自宅でかかっていたのが、平均律のレコードだった。あの時、バッハという生涯の友にして師を得なければ、僕はどうなっていたかわからない。少なくとも、今ここにはいなかっただろう。

しかし、僕には最高の友であっても、今の彼女に有効とはかぎらない。自分を取り巻くすべてのものをはねのけ、威嚇《いかく》するような、そのくせ弱々しいこの空気は、親とはぐれた小さな子猫のようだ。

火の通ったスープを、二枚の皿に移し、テーブルへと運ぶ。ニナは親の敵《かたき》でも見るような目で、ビーツで真っ赤に染まったスープを睨みつけていたが、やがて意を決したようにスプーンを手にし、一口啜った。なんとも言えない顔をする。

それでもゆっくり、彼女は食事を進めた。顔つきを見るに本当に食欲はないらしかったが、ここに置いてもらうために必死なのだろう。

「シュウ、訊きたいことあるんでしょ？」

沈黙に耐えかねたのか、それともどうにかして食事を中断する理由がほしいのか、スープが三分の一ほど減った時点で、ニナは口を開いた。

「食事が終わったらね」

「永久に終わる気がしないから、今訊いて」

「じゃあ、お言葉に甘えて。何があったんだい？　ヘルベルトとアデーレは君がここにいることを知っているのか」

両親の名を聞いても、ニナの表情は変わらない。しかし、彼女を取り巻く空気ははっきりと硬化した。

「何があったか知らないけど、心配してると思うよ。学校もあるだろう。警察にも捜索願が出ているかもしれない」

「それどころじゃないから大丈夫。二人とも家にいないし」

「いない？」

「ママは、国家保安省《シュタージ》に連れて行かれちゃった。亡命するつもりだったんだって。西側の……たぶん、愛人と」

動きを止めて、ニナを見た。

彼女は薄ら笑いを浮かべていた。目は僕を見てはいない。こちらを向いているが、焦点が合っていない。そして右手は、猛然とスープをかき回し始めた。

「パパも、ずっと怖い顔してたけど、何度も呼び出されて、最近帰ってこなくって。それで私、シュテフィのところに預けられたの。シュテフィは腫れ物に触るみたいにして鬱陶しいし、子供はどっちもうるさいし、学校にも行けないし、冗談じゃないって感じ。耐えらんなくて出てきちゃった」

学校の愚痴でも零すような口調で、彼女は言った。たちの悪い冗談と思いたかった。

虚ろな表情、あまりに軽い口調、びちゃびちゃと音をたて、赤い飛沫《しぶき》をあげる右手。ニナ・ダイメルという存在は、今まったく統制がとれていない。

「……亡命？　移住を申請していたのではなく？」

「うん。パパとシュテフィが話しているの、聞いたの。ママと相手の人、メッセで知り合ったみたい」

ライプツィヒもドレスデンも、ザクセン州内有数の歴史と文化を誇る大都市でありながら、かたや十二世紀から続く国際見本市《メッセ》の本場であり、こちらは電波もろくに入らない「無知の谷間」だ。この街にいると、本当に西と隔絶していると感じるが、ライプツィヒはある意味もっとも西に近い街なのだ。

「おばあちゃんはそんなことなかったけど、移住の申請を出すと、いろいろ大変なんだよ。ママはたぶん今の職を失うね」

「そういう話は、聞いたことがあるよ」

「そっか。田舎にとばされたりしたら、ママ、浮気相手とも会えないでしょ。だから申請はしなかった。ほんとは、ママとパパが離婚しようとしてたこと、私も知ってた。二人とも私に気づかれてないと思ってただろうけど、そんなのわかるよ。うちはもともとお客さんが多かったけど、最近は異常なペースだったし。家族三人でいる時間がほとんどないぐらいに」

ニナの頬が引き攣《つ》れたように動く。たぶん、笑ったのだろう。

ユーゲントヴァイエの日、清楚な水色のワンピースを纏う彼女は、たくさんの愛と祝福を受けて、幸せそうに笑っていた。あちこちに毛玉のついた安っぽい赤のセーターに、聡明そうな目をくろぐろと囲い、濃い影をいれた頬を震わせる少女との間に横たわるのは、たった半月という時間だ。それだけで、これほど人は変わってしまう。

「……でもあの日は、本当に楽しかった」

遠くを見つめ、ニナは言った。

「私が小さいころ、おじいちゃんとおばあちゃんが演奏するのを皆でよく聴いていたの。私が演奏に加わることもあった。楽しかったんだ。パパもママも一緒で、笑ってて。シユウがはじめてうちに来てドビュッシー弾いてくれた時、みんな聴き入ってて、昔の光景が浮かんで……だから、ママやおばあちゃんがいる時にピアノを弾いてくれたら、パパもママも思い出してくれるかもしれないって思ったの」

だから彼女は、半ば強引にユーゲントヴァイエに誘ったのか。

僕にとって苦痛になりつつあったピアノが、あの時の彼女には幸福の象徴のように思えたとは、なんて皮肉だろう。

「でも、そんなの無駄なんだよね。ママはもうすぐ、ボンの学会に参加することになってた。そのまま帰ってこないつもりだったんだと思う。ママは浮気は隠して、慎重に進めてたみたいだけど、パパのほうが上手《うわて》だった。パパはずっと前から気づいてて、二人まとめてシュタージに引き渡す時を待ってたってシュテフィが言ってた」

喉が大きく鳴った。唾がうまく飲み込めない。

「ヘルベルトが？　つまりそれは……」

「うん。シュタージに密告したのはパパ」

ニナは左手で、左目を擦った。眼球が傷つくのではないかと思うほど乱暴にぐりぐりと擦ると、ぱたっと手を落とした。あらわになった目は、赤くなってはいたが、涙はなかった。片方だけ充血した目が、ぼんやりとあたりをさまよう。さきほどまで意味もなく皿の中をかきまぜていたスプーンは、今は動きを止めていた。

虚ろな人形のような彼女を前に、僕は何度か口を開いた。が、どうやっても言葉が出てこなかった。

頭の中では、ライプツィヒのニナの家を訪れた時の記憶が、いくつも浮かんでは流れていく。そのどこにも、今の話をにおわせるような影はなかった。たしかに母親は、最初に訪れた時には急な手術が入ったとかで不在、聖金曜日に訪れた時も宿直でおらず、ユーゲントヴァイエの朝にようやく会えた。医者で多忙なのだろうと思っていたし、話したかぎりではとても聡明な人だった。ニナを見る穏やかな目を見て、僕の母もこうだったらとため息をついたほどだ。

それが亡命？　西の愛人と？　ならばニナは置いていくつもりだったのか？

「それは……辛かったね」

なんとか絞り出した言葉に、ニナは力なく首をふった。

「パパとママのことは、もういいの。どっちかいなくなるのはわかってたし。それよりも、シュテフィが厭で」

ニナの顔が歪んだ。

「シュテフィは、本《もと》を正せばおばあちゃんのせいだって言うの。おばあちゃんが西に移住なんかしたから、ママは自分も西に行きたくて我慢できなくなったんだろうって。そうじゃなきゃ、亡命なんて馬鹿なこと考えるはずがないって」

「そんなわけないだろう」

突然、ニナは立ち上がった。

「そうだよ、そんなの関係ない。誰が聞いたって、馬鹿な話。シュテフィは昔から西に死ぬほど憧れてて、もういいおばさんのくせに、西に行ったおばあちゃんに捨てられたって恨んでる。それで勝手に私と自分を重ねて、かわいそうだって言ってるだけ」

それまで虚ろだった目が、一気に燃え上がる。

「おばあちゃんとママは違う。おばあちゃんはもともと西の人で、おじいちゃんが死んじゃったから、ただ故郷に帰っただけ。ママなんかとは違う。もし西の生活に目が眩《くら》んだって、そんなのもともとママがそんな人間だっただけだよ！」

血を吐くような叫びだった。くすんだ顔が歪み、そのくせ涙は一滴も流れていなかった。

ああ、僕は何を見ていたんだろう。初めてダイメル家を訪れた時、ニナは居間にいてもどこかつまらなそうだった。年齢が年齢だからそういうものだろうと思っていたが、祖父母の話には異常なぐらい食いついていた。ユーゲントヴァイエの時も、祖母にはまるで幼い子供のように甘えていた。なによりあの時、彼女はとても幸せそうだった。まるでよくできた芝居のように。

「もう、あんなところ、一瞬だっていられない。シュテフィは大嫌いだしパパは帰ってこないし、外に出れば皆が私を見てひそひそ話をする。一度、シュタージにも尋問された。本当になにも知らなかったのかってしつこく訊かれた。同じことを近所の人にも訊かれた。本当はママのこと知ってたってわざわざ言ってくるやつもいた。冗談じゃない。あいつらみんな死ねばいいのに。みんな頭がおかしい。この国の人間は、イカれてる」

ニナの口は、蛇口のこわれた水道みたいに言葉を吐き出し続けた。大きく目を見開いてまばたきもせず、両腕をだらりと垂らしたまま喚く彼女をこれ以上見ていられなくて、僕はニナを抱きしめた。

ニナは全く逆らわず、あっさり僕に体を預けた。すらりと背の高い彼女は、最初に会った時には大人びた子だなと思ったが、すがりついてきた仕草は、やはり子供だった。身長こそ僕とあまり変わらないが、痛々しいほど痩せて、頼りない。

何か気の利いたことを言いたかったのに、胸が詰まって、僕は結局、彼女の頭を撫でた。ニナの肩が震えて、僕のシャツをつかむ手に力がこもるのがわかった。

「シュウ、西に連れていって」

かぼそい声が、顔の横から聞こえた。

「おばあちゃんに会いたい。おばあちゃんしかわかってくれない。お願い、ミュンヘンに連れて行って」

「できるならそうしたいよ。でも、無理だ」

「シュウは行けるでしょう？」

「僕は行ける。でも君を連れて行くのは難しい」

それまで僕の肩に頭を預けていたニナが、ふいに顔をあげた。潤んだ目が近くにあり、少し体を離そうと思った瞬間、唇をふさがれた。

「私、なんでもする」

唇を離し、ニナは囁《ささや》いた。

「家のこと結構やるよ。私のこと、好きに使って。何してもいい。だからお願い、ここに置いて。それで、私が結婚できる年齢になったら、結婚してよ」

僕は慌てて彼女を引き剝がした。ニナが言っていることがめちゃくちゃすぎて、逆に冷静になれたのはありがたかった。

「落ち着け、ニナ。無茶苦茶だ」

「無茶じゃない。そもそも、私がこの国を出て行けるっていうのが無茶苦茶なんだから。これしかない」

ニナは切羽詰まった表情で、たたみかけてくる。

「卒業までどうせ二ヶ月だもん。今は行ける状態じゃないし、あと二ヶ月ぐらいどうでもいい。上の学校にも行く予定だったけど、どうせこんな状態なら行けないもの。だから この街で働く。ちゃんと家賃だって払うよ。だから一緒にいて、ねえ私、シュウの役に立つよ。本当に何してもいいよ。シュウは私のこと嫌い？」

「嫌いじゃないけどそれとこれとは」

「私は初めて会った時からシュウが好きだよ。シュウはきれいでやさしい。ピアノもすごくやさしいもの。だから、これは少し時期が早くなっただけ。私はいつか必ず、こうするつもりだったんだから」

できるだけ体を離そうとする僕に対して、ニナは強引に体を押しつけてくる。後がないだけに必死だ。さっきはまだ子供だと思ったが、欧州の十四歳は発育がいいことも事実で、さすがに焦った。

突き放してしまうのは、簡単だ。どれだけニナが押してこようが、さすがに力は僕のほうが上だろう。しかし、追い詰められて行き場をなくした彼女を冷たく突き放すこともできなかった。

「落ち着くんだ、ニナ」

力をこめて、しかしできるだけ丁寧に、ニナの体を引き剝がす。これ以上近づけないように、彼女の肩をつかんだ。

「悪いが、僕は一介の留学生にすぎない。そういうことは考えられないし、何もできない。DDRに留学するのに、ずいぶん苦労した話は前にしたよね」

「……聞いたけど」

「留学が遅れたのは、住居が確保できないって理由だった。このアパートが完成してようやく、僕は留学することが許されたんだ。なのに、ここに女の子を住まわせたなんて知れたら、追い出されかねない。それは君にとっても意味がないだろう？　かわいそうだとは思うけど、ここに置くのは無理だ」

ニナは傷ついた顔をしたが、目の異様な熱はまだ燻《くすぶ》っていた。

「じゃあ、一緒に住まなくてもいい。この近くで仕事もアパートも見つける。それで毎日ここにくる。週末は一緒に過ごすの。これならいい？」

「駄目だよ、ニナ。ここにいたって、なんの解決にもならない」

肩をつかむ手に力をこめる。ニナの顔が歪んだ。

「整理しよう。君が会いたいのは僕じゃなく、ゾフィーだ。国境を越えて、ミュンヘンに行きたい。そうだろ？」

ニナは口を動かしかけたが、結局黙って頷いた。

「まずはゾフィーに手紙を書いたらどうだろう。きっと会いに来てくれるよ」

気を引き立てるつもりが、ニナは力なく首をふった。

「電話も通じないのに……投函しても、たぶん無駄だよ」

「なら、僕がミュンヘンに行ってこよう」

弾かれたように、ニナは顔をあげた。

「シュウが？」

「すぐには難しいけど、そうだな、来月の頭なら行ける。それでよければ、ゾフィーに手紙を渡すよ」

「二週間後？　本当に？」

「ああ。この間、ピアノソナタの楽譜を送ってもらったから、住所もわかる。行って、君のことを話して来る。そしてゾフィーに会いに来てもらおう」

日程はかなり強行軍になるが、行けないことはないだろう。

ミュンヘンには、夏休みになったら行くつもりだった。しかし今のニナに、三ヶ月待てというのは酷だろう。できれば明日にでもとんでいってやりたいぐらいだ。

「ほんと？　じゃあ手紙書かなきゃ」

「便箋はある？」

「もってきてない」

「じゃあ、僕のでよければ使ってくれ」

ニナは茫然と僕を見た。何度もまばたきをする。

「本当におばあちゃんを連れて来てくれるの？」

「行くよ」

首のあたりに衝撃が来た。ニナが僕の首っ玉にかじりついていた。

「ありがとう！　やっぱりシュウ大好き！」

頬に唇を押しつけると、勢いよく離れて「顔洗ってくるね」と笑った。

洗面所からかすかに聞こえる水音を背に聞き、僕はようやく息をついた。机の引き出しを引き、なんの変哲もない、薄いブルーの便箋を取り出す。僕がこれを手に入れたのは、DDRに来てから一ヶ月が経とうとしているころだった。それまでは、ひどいホームシックにかかっていたにもかかわらず、家族に手紙を書こうという気になれなかったのだ。いや、書き出したら最後、何枚にわたって泣き言を綴るかわからなかったから、目を背けていた。まさかあの家を懐かしいと思う日が来るとは思わず、自分自身に動揺していたといったほうが正しいかもしれない。たしか最初に書いたエアメールは、市庁舎の塔から爆撃の瓦礫を見下ろしたポストカードだった。ファイネンさんに言われて購入したものだったが、今思えば、あれは実によく当時の心境に合致していた。

ざらりとした質感の便箋を、指で撫でる。ニナはここに何を綴るのだろう。溢れる音は、ハインツのあの楽譜から迸《ほとばし》るものに似ているかもしれない。

気がつけば、水音がやんでいる。すでにニナが洗面所に向かって二十分近く経っていたが、まだ戻ってくる気配はない。心配にはなったが、倒れたような音もしなかったので、僕は二人ぶんのコーヒーをいれて待つことにした。

それから五分後、コーヒーの香りに誘われるようにして、ようやくニナは戻ってきた。

「シュウ」

洗面道具とタオルを両手に抱えたニナは、おずおずと僕を見た。白い肌に血の気はなかったが、目は怜悧《れいり》な色を取り戻している。

「ごめんなさい、私どうかしてた。シュウの都合も何も考えないで……」

僕は、コーヒーに砂糖とミルクをたっぷりいれて、彼女に差し出した。ほとんど反射的にカップを受け取り、ニナは目を伏せる。

「そんな状況で人の都合なんて考えなくていいんだよ。でも、少し落ち着いたようでよかった。便箋、出しておいたよ」

ダイニングテーブルの上の便箋を見て、ニナは口許を綻ばせた。祖父が使っていたものと全く同じだと気がついたのだろう。彼女はもう一度「ありがとう」と言って、さっそく手紙を書き出した。

少なくとも今夜は、ニナは大丈夫だろう。僕も続いて顔を洗い、写譜の続きをやってしまおうかと思ったが、今になってどっと疲れが出て、とてもではないがペンを動かす気力がなかった。コーヒーと、適当な本を手にしてソファに陣取り、気乗りしないままページを開く。もともと、自分の部屋に他人がいるという状況が、あまり得意ではない。しかも相手は、九歳年下の女の子。今までにないシチュエーションだ。そうだ、ファイネンさんを呼びに行かないと。ヘルベルトとシュテフィには、ひとまず明日電報を打とうか——全く頭に入らない字面を追いながらつらつら考えていると、ダイニングテーブルのほうから聞こえていたペンの音が消えていることに気がついた。

顔をあげると、ニナは突っ伏して眠っていた。

「ニナ、寝るならベッドに行かないと」

声をかけてみたが、微動だにしない。赤いセーターに包まれた背中が、かすかに上下している。その光景を見て、僕はようやく、全身から力を抜いた。

2

翌日、僕はけたたましいインターホンの音で飛び起きた。

目を開けて、周囲の光景に違和感を覚える。殺風景な僕の部屋ではない。僕の体の上から滑り落ちたキルトと、棚に並ぶ色とりどりの瓶を見て、ファイネンさんの家だと思い出した。

ニナが眠った後で彼女を呼びに行ったはいいが、熟睡しているニナを起こすのは忍びなかったので、どうにかニナをベッドに運び、ファイネンさんと僕が一晩だけ部屋を交換することになったのだった。

ファイネンさんはベッドを使っていいと言ったが、さすがにそれは憚られたのでソファで眠っていた僕は、鳴り止まぬ音に慌てて床に飛び降りた。

手首にはめたままの時計を見れば、朝の五時半。六時には部屋に戻る約束をしていたが、明らかに何かあったのだ。急いで扉を開けると、ファイネンさんが蒼白な顔で立っていた。

「やっと起きた！　早く来て！」

「何があったんです」

「警察よ！」

僕が廊下に飛び出したのと、僕の部屋からニナが体格のいい女性に拘束されて引きずり出されるのがほぼ同時だった。ニナは、テレビのニュースで見る犯人のように上着を頭からかぶせられ、もがいている。

「ニナ！　あんたたち何をしているんです！」

僕の声に、ニナはぴたりと動きを止め、それからまたいっそう激しくもがいた。押さえつけていた女性が、舌打ちして僕を睨みつける。

「それはこちらの台詞《せりふ》ですよ、ヘア・マヤマ。なぜすぐに通報しなかったのです」

「家に連絡したのですが繋がらなかったのです。疲れているようでしたから、まずは落ち着かせようと」

「それはこちらの役目です。何か間違いがあったらどうするのですか」

「さっき説明したでしょう、ゆうべは私がこちらに泊まりました。ニナを説得し、今日自分の意思で帰らせるつもりだったのです」

ファイネンさんが援護射撃をしてくれるが、警官は鼻で嗤った。ファイネンさんは眉をつり上げ、「私は教師です！」と怒鳴った。

「存じています、フラウ・ファイネン。教育者であるあなたが、未成年の家出を黙って見過ごすとは嘆かわしい。家族は彼女を必死に捜しているのですよ」

「嘘よ！」

服の下から、ニナが金切り声をあげた。

「ママはあんたたちが連れて行ったんじゃない、パパだって帰ってこない。シュテフィは家族なんかじゃない！」

「気持ちはわかるけどね、あんたは子供。私たちは家族のもとに連れ戻さなきゃならないのよ」

口調をいくぶん和らげ、警官は言った。しかし僕らを見据える目は相変わらず冷たかった。

「私は大人よ！　ユーゲントヴァイエだって済んだ！」

「卒業してから言いなさいね、そういうことは」

ニナと警官がやりあっていると、開いたままだった扉から、もう一人現れた。女性警官より背が低く、温和そうな顔をした男だった。彼は僕を見て、軽く目を瞠《みは》った後、笑みを浮かべた。

「ヘア・マヤマですね。朝早くからお騒がせして失礼しました」

「……あなたは？」

「デュフナーと申します。ニナ・ダイメルを保護して頂き、ありがとうございました。後はどうかお任せを」

　彼は笑顔を消し、女性警官に向け顎をしゃくった。彼女は頷き、ニナを抱えたまま階段のほうへと去っていく。とっさに後を追おうとした僕の前に、デュフナーは立ちはだかった。

「お任せをと言ったはず。ああ、あとニナ・ダイメルが暴れましたので、部屋も少し荒れてしまいました。お詫び申し上げます」

　僕の前に立った彼は再び顔に笑みをはりつけていて、口調は気味が悪いほど丁寧だった。慇懃無礼《いんぎんぶれい》を絵に描いたような男だ。

「……それは？」

　僕は、彼が抱えているものに目を向けた。昨日ニナがもちこんだバックパックと一緒に、大きな封筒が抱えられている。それが何か、僕はよく知っていた。

「ニナ・ダイメルの荷物ですよ」

「その封筒は違いますよね」

「ダイメル家から送られたものですね？　あなたは今あの家がどんな状態にあるかご存じのはずだ。なに、念のため預かるだけですよ。何もなければすぐに戻しますとも」

「何もありません、それはただの楽譜です」

「念のためと言ったはずです」

デュフナーの白い顔がうっすらと紅くなる。ファイネンさんが僕の腕を引いた。

「ニナをどうか、頼みます」

彼女の固い声に、デュフナーは鷹揚《おうよう》に頷いた。

「もちろんですとも。我々は常に国民の安全を願っております。ましてや子供は国の宝。フラウ・ファイネン、子供の心を重んじるあなたの姿勢はご立派ですが、時と場合によります。なにより安全が優先される場面もあることをご存じのはずです」

次にデュフナーは、僕を見た。笑ってはいるが、小さな灰色の目には誠実という色が全く欠けていた。

「ヘア・マヤマ、あなたは才能ある留学生だ。学生の本分を果たしなさい。あなたがすべきことはそれだけだ。いいですね、これは忠告ですよ」

僕の返事も待たず、デュフナーは去って行く。僕は後を追いたかった。ニナを取り戻したかった。しかし、ファイネンさんの手の力は強い。振り払うことができない。

この場に立ち尽くす自分を、僕はそうやって許そうとした。以前、ファイネンさんに同じように止められた時、強引に引き離したことも忘れて。

「部屋に入りましょう、シュウジ」

労《いたわ》るように促され、僕はうなだれて部屋に入ることにした。廊下は静かだったが、いくつもの扉ごしにこちらをうかがう気配があるのは、気づいていた。

そして部屋に入るなり、絶句した。

デュフナーは少し荒れていると言った。ドイツ語の少しとは、ずいぶん控えめな表現らしい。台風でも直撃したのかと思う有様だった。

「なんだこれは」

　立ちすくむ僕の肩を、ファイネンさんがそっと撫でた。

「ごめんなさい、寝ているところに急に来られて、止められなくて」

「ずいぶん横暴な警察じゃないですか」

「あれはシュタージよ」

　息が止まった。国家保安省《シュタージ》？

「まさか。ただの家出なのに？」

「その前に親がしたことが問題ね。そしてあなたは西側の留学生」

　今度は血の気が引いた。

「僕は何も……」

「知ってるわ。間《ま》が悪かったのよ」

「ニナはどうなるんですか」

「おとなしく戻ればどうってことはないでしょう。しばらく監視はつくでしょうけど」

「抵抗するなら？」

「……賢い子だもの。今必要なのは、冷静になることだけ」

　僕は口を引き結んだ。冷静になる？　この場合、それは諦めることと同義語ではないのか。どうして親の不始末を、なんの罪もない子供がかぶらなければならないのだろう。

　僕に縋らねばならなかったのは、他に誰も信じることができないからだ。僕のことだって信じているわけではないだろう、だが僕は西に行く手段をもっている。ただそれだけで、肉親や友人よりも、今の彼女には誰より必要なのだ。それほどに追い詰められている。

元は同じ国であった土地に住む肉親に会いたい、唯一信じられる祖母のもとに行きたいと願うのが、ここでは狂っていると見なされるのか？

僕はふらふらと、引かれたままの椅子に座りこんだ。昨日、ニナが熱心に手紙を書いていた場所だ。が、便箋も封筒もどこにもない。僕の表情を見て何を捜しているのか察したのだろう、ファイネンさんが申し訳なさそうに言った。

「彼らが持ち去ったんだと思うわ」

予想通りの答えだったが、こみあげる怒りをどうすることもできず、僕はテーブルに拳をたたきつけた。

あれは、ニナの最後の救いだ。ぼろぼろに傷ついた少女に残された、最後の、かぼそい光明だった。僕は何がなんでも、それをゾフィーに届けなければならなかったのに！

「シュウジ」

シュタージと、無力な自分への怒りに震える僕に、ファイネンさんはやわらかい声をかけた。

「ニナはたしかに気の毒だわ。でも、彼女はもうdu（きみ）ではなくSie（あなた）で呼ばれる身なの」

ユーゲントヴァイエを終えると、生徒の呼称も変わる。それが一人前となった証《あかし》なのだ。

「これからは、大人の庇護がなくとも、自分でどんどん道を切り開くことができるのよ。この国は努力を怠らない才能ある者には、とびきりやさしくできている。昨日少し話したのだけれど、彼女は大変な数学の才能があるわ。それに、行動力だってある。きっと大丈夫よ。信じましょう」

しかし、今この瞬間、彼女が傷ついた無力な少女であることは事実だ。そして僕が何もできなかったことも。

僕は震える両手を握りしめ、押さえつけるようにして顎にあてた。

「……通報したのは、ヘア・クルマンでしょうか」

我ながら、唸り声のような声だった。わかっている。これは八つ当たりだ。通報した者が悪いのではない。だが、この怒りの矛先を一瞬でもどこかにずらさないと、どうにかなってしまいそうだった。

「それはわからないわ。もしくは誰も通報していないかもしれない」

「どういう意味ですか」

「ニナが最初から監視されてたかもしれないってことよ。亡命者の娘が家出してここに来るまで誰も気づかないなんて、考えられないもの」

それではなぜ、すぐに彼女を連れ戻さなかった？　ここに来ることを知っていたのか？　一晩待ったのは、ここに踏み込むもっともらしい口実を手に入れるため？

さまざまな憶測が次々と巡り、頭を抱えた僕を、ファイネンさんは根気強く慰め、部屋の片付けまで手伝ってくれた。

荒らされていたのはやはり郵便関係で、ハインツの楽譜はあらかた消えていた。ゾフィーから送られたピアノソナタもだ。

せっかくダイメル家の人々が、僕に託してくれたものなのに。ハインツの人生がまた国に奪われたような気がして、やるせなかった。デュフナーはすぐに返すと言ったが、まずないだろう。

救いは、例の無題ヴァイオリンソナタを含めいくつかの楽譜は、イェンツの家にあるということだ。手分けして写譜を行っていて、本当によかったと思う。

「シュウジ、ひどい顔色よ。今日は休んでいたほうがいいわ」

出勤時間が間近に迫り、ファイネンさんは僕にコーヒーとパンを用意すると、大急ぎで部屋に帰って行った。

この親切な女性が隣人だったことに、今日ほど感謝したことはない。夕べだって、もしファイネンさんが心配してニナについていてくれなければ、おそらく僕も一緒に連行されていただろう。

彼女のおかげで、だいぶ片付いた部屋は、妙に広く感じられた。つい数時間前までここにニナがいたことが信じられない。

冷めていくばかりのコーヒーとパンを前に、僕はただ、ぼうっとしていた。激しい怒りが過ぎると、指一本動かすのも億劫だった。一度クルマンさんが様子を見に来たが、立つのも面倒で無視してやり過ごしてしまった。

どれだけ時間が過ぎたのだろう。気がつけば、真っ暗だったはずの窓からは、薄日が差し込んでいる。腰に鈍い痛みを感じ、僕はようやく立ち上がった。すっかり冷たくなったコーヒーに少しだけ口をつけ、洗面所で顔を洗う。鏡の中の僕は、ひどい顔をしていた。夕べ、泣いたニナの目の下が落ちたマスカラで真っ黒になっていたが、ちょうどあんな顔だ。

部屋に戻り、僕は吸い寄せられるようにピアノの前に座った。連中が蓋を開けっ放しにしていたベヒシュタインは、少し怒ったように僕を見上げていた。

ひとつ息をつき、指を走らせる。

甘い、感傷的なカデンツァ。楽譜がなくとも、全て頭に叩き込んである。

ニナはこの曲を喜んでくれた。彼女だけではない、ダイメル夫妻も、ゾフィーも、あの場にいた人全てが、心からのブラボーをくれた。あれは僕ではなく、ハインツに――ハインツ・ダイメルの人生に捧げられたものだと思っている。

あの時の一体感は、僕にとっても得がたい感動だった。あの日、熱い拍手と抱擁を受けながら、知ったのだ。僕は、こんなふうに家族と何かを共有したかったのだと。

しかし、全てはまやかしだった。僕は何も見えてなどいなかった。

鍵盤を走る指に、意思はない。頭の中の楽譜をただなぞるだけだ。こうして機械的に弾いていると、無駄が多い曲だとしか感じない。

これでは、ニナも喜ばないだろう。無味乾燥な音の連なり。だが、今彼女がいるのは、まさにそんな世界なのだ。

嵐は去ったように見えたが、その日から僕の周囲でも何かが変わった。先日までは、会えば挨拶をかわしていたアパートの住人たちが、どうもよそよそしい。態度が変わらないのはファイネンさんぐらいだ。

くわえて、大学から帰ってくると、アパートの近くに見慣れぬ車が停まっているのをよく見かけるようになった。

それだけと言ってしまえば、それだけのことだ。だがこの些細《ささい》な変化が僕に与えた影響は、甚大だった。

部屋にいようがどこにいようが、常に誰かに見られているような錯覚に陥り、夜もろくに眠れない。ピアノにむかっていても集中できず、ミスタッチを連発した。頭痛は去るどころか日ごとに重くなり、いつも体がだるかった。

おかげで、三回目の学内演奏会はさんざんだった。

幸いと言うべきかはわからないが、僕は前回の不出来のせいで今回ピアノ科の発表に加わることはなかったので、被害は最小限で済んだが、気のない伴奏をされたヴェンツエルの怒りは並大抵のものでなかった。怒り心頭の彼は、舞台袖から楽屋に続く廊下で僕の腕を摑み、ありとあらゆる罵声を浴びせた。ところどころハンガリー語がまじっていたが、罵声というのは不思議なもので、どこの国の言葉であっても、たいてい何を言っているのかわかってしまう。覚悟していたとはいえ、汚い言葉の洪水は応えた。ついでに、廊下を行き交う人々の、好奇心と恐怖がないまぜになった視線も、辛かった。

「何があったか知らんが、音楽によけいなことを持ち込むな。普段は色も何もない水みたいな音しか出さないくせに」

十分ほど罵詈《ばり》雑言《ぞうごん》の嵐に耐えると、ようやくヴェンツェルは僕の腕を解放してくれた。僕は腕をこすりながら、もう何度めかわからぬ「悪かった」を繰り返した。たぶん、摑まれていたところは痣《あざ》になっているだろう。

ヴェンツェルは自分が摑んでいた場所を見やり、舌打ちをした。

「腑抜けやがって。最近、ずっと裏で何かしてただろう」

「風邪ひいたんだよ。疲労が抜けなくてね」

「マヤマは嘘をつく才能がないことをいいかげん自覚したほうがいい。月曜、何があった」

僕は驚いてヴェンツェルを見た。ニナが連行されたのは月曜だ。当然、大学関係の人間には言っていない。

「明らかにおかしかった。翌日はいきなりサボるし。先週までは妙に意欲的だったくせに、マヤマは露骨すぎるんだ」

「……そうか」

「言え、何があった」

爛々《らんらん》と光る目は、一瞬たりとも僕の面から離れない。こうなっては、退《ひ》かないだろう。僕は諦めて口を開いた。

「日曜の晩に、遠くに住んでる友人が突然うちに来たんだよ。ちょっとただごとじゃなくてね。巻き込まれたってほどじゃないんだが、僕には衝撃的だった。悪かったよ」

あの日、どうにか昼から大学に行ったものの、ピアノどころではなかった。

翌日に至っては、朝一のドイツ語の授業もさぼって、ライプツィヒに行ってしまった。行ってどうなるものでもないが、動かずにはいられなかった。予想はしていたが、ダイメル家には誰もおらず、シュテフィの家も同様だった。居留守を使われた可能性はあるが、ニナがいればなにかしら反応はあるだろう。不安は募るばかりだった。

「遠くに住んでる友人？　日本からか」

ヴェンツェルは眉間に皺を寄せたまま言った。

「いや。前に話しただろ、父親の友人の家族だよ」

「自分には関係のない相手のために、ピアノも投げやりか」

「関係なくはない。友人だ。友人が困っていたら助けるだろう」

「助けない」

即答した。あまりに堂々と否定されたので、僕はぽかんとして彼を見た。

「留学生を頼ってくる友人なんてろくなもんじゃないだろ。マヤマはいったいこの国に何をしにきたんだ」

こう訊かれるのも、もう何度目だろう。

「音楽だよ。でも普通に生活しているかぎり、僕が助ける場面はあるし、友人に助けられる場面もある。今回はたしかに悪かったけど、友人まで馬鹿にされるいわれはない」

「ふん。カモにされるわけだ」

「前にも言ってたけど、べつにカモになんてされてない」

「気づいてないだけだ、御しやすい日本人。とにかく気合いを入れ直せ。クライシャの演奏会は来週だ。あんな醜態晒したら殺すぞ」

凄まれて、自然と腰が引ける。ヴェンツェルが殺すぞと言ったら、本当になんのためらいもなく殺しそうだから困る。

「そのことだけど、やっぱり『前奏曲』はやめよう」

ヴェンツェルは露骨に顔をしかめた。

「まだ言うか」

「言うよ。僕は今まで、君の言うことはたいてい聞いてきた。でもこれは無理だ」

イデオロギーは、言葉で形成される。それは本来、理性の分野に属するものだ。だから一度、過ちであったと否定されたなら、人は理性によってそれを封印することができる。

しかしそこに音楽が付随していたならば、そう簡単にはいかない。音は最も原始的なもので、人の本能から生まれ、本能に突き刺さるもの。否応なく人を動かすものであり、だからこそあらゆる場面で音楽は使われる。ナチスはとくに効果的に使ったとはいえ、同じことは太古の昔からあらゆる場面で行われてきた。

言葉を否定しても、体の奥深くにしみこんだ音は残る。それはそれで、その人にとっては純粋な「音」だ。彼だけの、音楽である。

「記憶と結びついた音楽は、記憶そのものだ。それがよいものであれ悪いものであれ。

それは時に、人の心を痛めつける凶器になる」

悲痛なニナの顔が忘れられない。シュウがピアノを弾いてくれれば、また昔みたいに戻れるかもしれないと思った。似合わぬ化粧をどろどろに崩しながら、彼女は言った。

果たして彼女の願いは叶った。一時はたしかに、彼らは昔の心を取り戻した。そしてその直後、一気に瓦解したのだ。

僕はあれから、恐ろしい妄想にとりつかれている。

ひょっとしたら、僕が演奏したあのソナタが、とどめの一撃となったのではないか。僕はただハインツの心を暴き、あの家の中に眠っていたものを呼び起こしてしまっただけではないのか。

外国人はこの国のルールを知らないから無遠慮に踏み込んでくる。そう言ったのはクリスタだった。僕は、ただあの曲を摑みたい一心で、彼らが触れてほしくない場所に、無造作に触れてしまったのではないか。そんな妄想が、頭を離れない。

「リストの『前奏曲』は素晴らしい曲だ。だが、聴衆にとってそれが苦い曲であるならば、それは彼らの音として尊重すべきだ。これは素晴らしいんだ、もう目を覚ませと僕らが押しつけるのは、傲慢でしかないだろう」

悔いを込めて、僕は言った。しかし予想通り、ヴェンツェルは鼻で嗤うだけだった。

「問答無用の演奏を聴かせれば、人は簡単に評価を変える。彼らの記憶を塗り替えるだけの演奏をすればいいだけだろ」

「僕は、とてもそんな演奏はできそうにない。戸惑いしかないんだ」

ヴェンツェルはおおげさにため息をつき、軽蔑しきった目で僕を見る。

「これを日本でやるとしたら、おまえは戸惑うか？」

「いや。でも、そういう差異も含めて音楽だ。君の主張は正しいが、僕も間違ってないと思う。悪いが、僕は弾かない」

今回ばかりは譲るものか。僕は決意をもって、ヴェンツェルの目を見据えた。

ヴェンツェルは不愉快そうに眉をひそめると、「わかった」と顔を背けた。予想外にあっさり退いたものだから、僕は目を瞬いた。

「本当に？」

「ああ。クライシャの演奏会には、他のピアニストを連れて行く。今後もマヤマに頼むことはない。今までご苦労だったな」

ヴェンツェルはもはや僕を見もせずに、背中を向けた。そのまま大股で去っていく。

僕は茫然と、後ろ姿を見送った。

「ヴェンツェル」

一度だけ、名を呼んだ。

彼は当然、ふりむかなかった。

3

店に入ってきたクリスタは、僕の顔を見て、目を瞠った。

「死にそうな顔ね」

「風邪でね」

「そうみたいね。この間のヤナーチェク、ぼろぼろだったもの」

「やっぱり来ていたんだ」

この間はさすがに客席で彼女を探す余裕もなかった。そもそも客席に顔を向けることすら苦痛だった。

「ええ。それでラカトシュに切られでもした？」

僕は表情を変えたつもりはなかったが、テーブルの向かい側に腰をおろしたクリスタは「図星ね」と言った。

「それは、別にいいんだ。今日来たのは別件だ」

「ふうん。シュトロイゼル奢《おご》ってくれる？」

「いくらでも」

「ひとつでいいわよ」

クリスタは笑い、シュトロイゼルとコーヒーを注文した。僕も二杯目のカフェオレを頼む。胃が痛くて、今日は名物のシュトロイゼルも、濃いドイツコーヒーも受け付けないのだ。

「それで、別件って何かしら、ヘア・マヤマ」

「皆シュウと呼ぶから、そう呼んでくれると嬉しい。少し近くに寄っていいかい」

できるだけ小声で話したかったので、ほぼ対面だった椅子を、クリスタの近くに寄せる。シュトロイゼルとコーヒーが運ばれてきたのをきっかけに、僕は語り始めた。

突然ニナが現れたこと。ニナに降りかかった現実について。本当は、亡命のくだりはぼかすべきなのかもしれない。実際、ファイネンさんは管理人に話す時にそうした。しかし、クリスタには全てを知ってもらいたかった。

彼女は移住希望者だ。

今の生活を失わず、家族とごく普通に暮らしたまま、西の愛人の助けを借りて亡命しようとした女と、生活も将来も全て捨てて、いつ来るかわからない移住許可を待ち続ける女。

「気の毒に」

話を聞き終えたクリスタは、つぶやいた。僕の話を聞いている間、彼女はコーヒーには二度ほど口をつけたが、シュトロイゼルにはいっさい手をつけなかった。そのことにようやく気づいたのか、クリスタはフォークを手にとり、気のない様子でシュトロイゼルをつついた。その様子は、あの晩ひたすらスープをかきまぜていたニナを彷彿《ほうふつ》とさせた。

「ああ。本気で西に行きたいのなら、ニナのお母さんも、君のように許可を求めるべきだったんだよ。そうすれば、こんなことにはならなかったのに」

「どうかしらね。どっちにしろ、生活は失うわ。家族もちりぢりになる」

「君もそうだったのか？」

クリスタは口許だけで笑い、シュトロイゼルのかけらをようやく口に運んだ。たいした大きさではなかったが、ゆっくりと時間をかけて味わい、飲み込む。すんなりとした白い喉が、上下に動いた。そういえば、こんな間近で彼女の首を見るのは初めてだった。今まで話をする時はいつも、ここは黒いマフラーに覆われていたから。

「私は家族から絶縁されたわ。家族総出で、果てには親戚までつれだして、申請を取り消せって説得されたけど、言うこときかなかったから。でも、しょうがないのよね。私と家族だと、あっちにまでいろいろ弊害が出るもの。だから、両親は残った家族を守るために、私を切り捨てるしかない。わかってたから、なんとも思わなかったわ」

「君は強いな」

「全然。ただ、申請する以上はそれぐらいは覚悟するもの。それぐらい勇気がいるものなの。だから、いちかばちかの亡命に賭ける気もわからないでもない」

クリスタはここで一気にシュトロイゼルを片付けることにしたらしく、しばらく黙々と口を動かしていた。僕はカフェオレを飲み、時々彼女の首に視線をやりながら、待っていた。

結構な時間をかけてシュトロイゼルを胃の中におさめると、クリスタはコーヒーをひとくち飲み、ようやく喋るために口を開いた。

「それで、シュウのほうに何か変わったことは？」

「……気のせいかもしれないけど」

僕はうつむき、ここ最近の出来事を語った。

「なるほど。それで繊細なピアニスト君はますます弾けなくなったのね。もちろん、それは気のせいじゃないわよ」

あっさりとクリスタは言った。

「やっぱりそうかな。君は自分が監視されていると言ったね。それは、移住を申請したから？」

「そうなんじゃないの？」

「申請したらみな監視されるのか」

「さあね。ただ私の場合は、昔から少しばかり西と接点が多かったから、もともと警戒されていたのだと思う」

「どういう接点？」

「恋人が、西の人間だったの。もっと昔には、イタリア人とも文通の延長でつきあってた」

こともなげに言った彼女を、僕はまじまじと見つめた。

「外国人は苦手なんじゃなかった？」

「今はね。私、音楽院はライプツィヒだったの。あそこは外国人と知り合う機会には事欠かないのよね。外国人と結婚して西へ逃げたいと願っている人間は、少なくないし」

そこでクリスタは意地の悪い顔で、僕の目をのぞきこんだ。

「だから、彼女を助けられなかったと気に病むことはない。ニナだって、西の人間なら、たぶん誰でもよかったんでしょうから」

「……わかっているよ。君もそうだったのかい」

「いいえ。二人とも音楽的にすばらしいものをもっていた。新鮮だったわ。でも、彼らが西の人間であるということは、魅力のひとつであったことはたしか。顔が整っているとか、お金をもっているとかと同じようにね」

そうか、と僕はため息をついた。神格化していたつもりはないが、クリスタの口からあまり俗っぽい話は聞きたくない。

「でも結局、そういう関係は、私ばかりじゃなく相手も被害に遭うから。どっちも自然消滅よ」

「被害？」

「この国に来るたびに、シュタージにつけ回されるんだもの。そりゃうんざりするわよね」

クリスタは手をあげ、コーヒーをもう一杯頼む。僕もそれにならった。

「大丈夫。今の時点では、監視の車はあくまで脅しでしょうから。ニナのことはすっぱり忘れて、真面目にお勉強してれば、そのうち消える」

「真面目にといっても、さっぱり弾けないんだ。いつも誰かに見られてるような気がして。部屋の中にいたって……」

あの荒れた光景を思い出す。

ひょっとしたら、どこかに盗聴器でも仕込まれているのではないか。隠しカメラもあるのではないか。そんな妄想にとりつかれ、もう何度、部屋の中を探し回ったことか。

「慣れる」

「慣れる前に潰れそうだ」

「なら日本に帰りなさい」

にべもない。僕は首を振った。

「厭だ」

「じゃあ慣れるしかない」

僕は両手をきつく握りしめた。わかっている。それしかない。囚人は、冷たい監獄に慣れなければ生きてはいけない。だが、どうやって慣れればいいのか。世界中からそっぽを向かれ、ただ凍るような監視を受けるような罪を、いったいいつ僕が犯したというのだろう。

「……納得はできないが、慣れるしかないならそうするさ。時間はかかるけど」

「打たれ弱いのに頑固って、厄介だこと」

クリスタは呆れたように笑った。

「悪かったね」

「まあ、せっかくこの国に留学してくれたんだもの。都市計画説明担当者としては、少しは気晴らしできる場所に案内すべきかしら」

彼女は鞄から分厚い手帳を取り出した。革の表紙にひっかけられていたボールペンを手にとると、手帳の紙を一枚ひきちぎり、何かを書きつける。

「気が向いたら、明後日の夜、ここに」

紙には、住所が書いてあった。トラムの路線番号と駅も記してある。ここよりずっと東のほうだ。

「君の家？」

「いいえ」

「じゃあ何？」

クリスタは愉快そうに微笑んだ。

「来ればわかるんじゃない？」

翌日は朝一番から、ドイツ語の授業があった。

眠れぬ夜が続いている僕にとっては、猛烈な睡魔と戦う過酷な時間だ。なんとかやり過ごし、昼まで仮眠をとろうと教室を出かけたところで、いきなり腕をつかまれた。誰かと思えば、李が恐ろしい顔で僕を睨みつけている。彼のほうから近づいてくるのは、非常に珍しいことだった。

「ちょっと付き合え」

地を這うような声で告げると、僕の返答も待たずに引きずっていく。痛かったが、だるい体では抵抗するのも面倒で、僕はずるずると人気のない非常階段まで連れて行かれた。

「いったいどういうことだ」

踊り場の柵にたたきつけるようにして僕を放すと、李はますます険しい顔で切り出した。

「それ僕の台詞なんだけど」

「ラカトシュのことだ！」

李は声を荒らげた。やっぱりな、とため息が零れる。彼が僕に話しかけてくるような案件といえば、それぐらいしか思いつかなかった。

「三日前に、晴れてお役御免になったよ。また君が伴奏頼まれたのか？」

「俺じゃない。ニエットだ」

意外な名前だった。

まっすぐな黒髪と、繊細な音色が頭に浮かぶ。そういえば、ヴェンツェルはやたらと彼女を買っていた。

「へえ。それはちょっと興味があるな」

「ふざけるな。土下座でもなんでもしてとっととラカトシュの機嫌をとってこい。なんなら仲裁に入ってやらんでもない」

「君が？　驚いたね。けど、遠慮するよ」

「おまえの遠慮なんかどうでもいい。ニエットをこれ以上壊されてたまるもんか。留学して間もないころ、ニエットは一度ラカトシュの伴奏をやった。一度だけであの糞野郎は彼女を見限り、ニエットはおかしくなったんだ」

「組んだことがあるのか？」

「ラカトシュから聞いてないのか」

「聞いてない。でもヴェンツェルが、彼女のシューマンを絶賛していたことはある」

李はいまいましげに舌打ちした。

「ふん、それを自分で壊したくせにふざけた奴だ」

「何かあったのか」

「何も。おまえと同じだ。ニェットはラカトシュの音に食い荒らされて、自分を見失った。ラカトシュはとっとと彼女を見捨てたんだ。あの時のニェットは本当に、死にかねない勢いだった」

吐き捨てられた言葉に、以前イェンツが言っていたことを思い出した。

「もしかして、自殺未遂した留学生って」

「それは知っているのか。ああ、ニェットだ。なのにあの野郎、恥知らずにもまた声かけやがって」

「……ニェット、なんでまた引き受けたんだ?」

すると李は苦虫を噛みつぶしたような顔になった。

「忘れられないんだろ」

その言葉は、僕の胸にも深く刺さった。

一度でも彼と演奏すれば、否応なく理解できる。李も同じだろう。彼は、最終的にヴェンツェルを拒絶した。それでも、あのめくるめくような時間は、たしかに味わったはずだ。そしてあまりに鮮烈な世界に、おそれをなし、自ら逃げ出したのかもしれない。

「最近はずいぶんよくなってきたんだ。それなのにこれじゃ元の木阿弥だ。どうにかしろ」

胸ぐらにつかみかからんばかりの勢いには、焦り以外の色が感じられた。

李も、当時のニェットの音に魅せられた一人なのだろう。異国に来たばかりの孤独の中、シューマンは香り高い慈雨のごとく彼を包んだにちがいない。

この時はじめて、僕は目の前の留学生に親近感を覚えた。アジアの中でも隣国からやってきた彼と、この留学中にはわかりあうことはないだろうと思っていたが、ニェットのために怒り、脅しているくせに泣きついているように見える彼が、クリスタの音を未練がましく追っている自分に重なった。

「どうにかしたいのはやまやまだが、無理だ。言ったろう、僕がヴェンツェルに切られたんだ。ああなったら彼は無理だ」

「先日の伴奏の不出来か？　あれは体調が悪かったんだろう。命懸けで謝れ」

「そうじゃない、ちょっと見解の違いがあってね。僕の意見に彼が激怒して、いきなりポイさ」

「何を言った」

「何でもいいだろう」

「言え」

李は詰め寄った。両目は血走り、いつしか本当に胸ぐらをつかまれていた。断ったらここから突き落とされかねない迫力に、僕はしぶしぶ口を開いた。

「馬鹿馬鹿しい」

リストの一件を聞いた李は、耳が汚れたとでもいいたげに、小指で耳を掻いた。

「僕もそう思う」

「おまえが馬鹿だと言ってるんだ」

「歴史感情にもっと配慮すべきというのも事実だろう」

「ほう、それをおまえが言うわけか」

唸るような声だった。僕は意味がわからず、怒りに染まった彼の顔を惚けたように眺めていた。李は大きく舌打ちする。

「まあ、いい。ここはDDRだ。俺は、国の音楽界の未来のためにここに来ているからな、ろくに議論もできそうにない馬鹿相手に胸くそ悪い過去をほじくり返すつもりはないが」

そこでようやく僕は、何が彼の怒りに触れたのか理解した。息を呑んだ僕を見て、李は大きく口許を歪めた。

「その程度の意識で、よくこの国のことに口出しできたもんだな。おまえが頭を使って考えた意見なら一理あるとも言えるが、違うことが今のでよくわかった。おまえが案じているのは、観客の痛みでもなんでもない、彼らの怒りが自分にぶつけられることだけだ。彼らを納得させる演奏が自分にはできないと知っているからだろう」

李は容赦なく僕を弾劾《だんがい》した。胸が苦しいのは、襟元をつかまれているせいだけではない。

「おまえが覚悟をもって反論するなら、ラカトシュの反応も違っただろう。納得はしないだろうけどな。だが、おまえはただ敵前逃亡を選んだ。おまえの卑劣さに、奴も見切りをつけたんだ」

敵前逃亡なんて、まるで戦争みたいじゃないか。そう言いかけて、僕は納得した。けばけばしい狂乱に背を向けてやって来た、灰色の秩序が支配する、バッハの国。だが、そうだ、ここは戦場なのだ。色がないぶん、本質が剝き出しになってぶつかり合い、少しでも曖昧な箇所があれば、容赦なくたたきのめされる。

「……ニェットは、クライシャの客層も承知で、『前奏曲』の連弾も引き受けたということだよな」

「当たり前だ」李は吐き捨てた。「知ってるか、ニェットは子供のころ、防空壕の中で、鍵盤を書いた紙でピアノの練習をしていたんだ」

防空壕。そんな言葉を聞いたのは、歴史の授業以来だ。

「毎日のように米軍の空爆があって、ピアノは焼けたそうだ。だから、爆音を聞きながら、紙で練習するしかなかった。音は自分の頭の中にしかない。そうして、あの飛び抜けて繊細で美しい音が生まれたんだ。はじめて彼女の音を聴いた時、誰もが立ちすくんだ。そして確信したんだ、彼女は必ず成功すると。なのにあんな奴のせいで」

口惜しげに、李は唇を嚙みしめた。

「俺も一族の――国の未来を背負ってここに来た。俺たちは必ず成功しなければならない。そうでなければ帰れない。おまえは、帰れるんだろう。日本でも、他の国でも、やり直しができるだろう。なら、せめてその前にニェットを助けてやってくれ」

無茶苦茶だ。しかし、あきらかに馬鹿にされているのに、僕は不思議と怒りを感じなかった。横暴きわまりないことを言っているくせに、李の表情が切実だったからだ。

彼は以前にも、僕に言った。帰れ。おまえは、帰れるんだから。

あの時はただ、彼もホームシックにかかることがあるのかと思ったが、ようやく意味がわかった。

この国における僕のスタンスは、アメリカの犬となるかわりに繁栄を手にいれた国から来た、甘っちょろい東洋人。

なんのためにここまで来た？　何を求めて来た？　何度も同じ問いをぶつけられた。

おまえは、戦う覚悟があってここに来たのかと。

「悪いが、僕も簡単には帰れない」

僕は、李の目を見て言った。

「ニェットに奉仕する余裕もない。友人として話を聞くぐらいはできるけど」

「ニェットには近づくな。おまえはラカトシュをどうにかしろ」

「ああ、君はニェットに惚れてるのか。でもニェットはきっとヴェンツェルが好きなんだね。人の心はどうにもならないよ」

李の表情がはじめて揺らいだ。が、すぐに彼は怒りに目を燃やし、声を張り上げた。

「そんなことはどうでもいい！　俺はただ、ニェットにあの音を取り戻してほしいだけだ」

「ヴェンツェルのもとに戻ったのは、彼女の意思だ。今のニェットなら、負けないという自負があるんだろう。信じたらどうだい」

「おまえに何がわかる」

「僕は僕のことしかわからない。ニェットだってそうだろう。君のそれはお節介でしかないんじゃないか？」

いっそう剣呑《けんのん》になる彼の顔に負けじと、僕も目に力をこめる。

「何もできない怒りを僕にぶつけるのはやめてくれ。それに、そんなに気になるなら君がヴェンツェルと組めば済むことじゃないか」

「俺とあいつの音はぶつかるだけだ。無理なんだ」

「なら、人のことに口を出すな。結局僕らは、ひとりで勝つしかないんだ。そうだろ」

僕は引き止めようとする李の腕を渾身の力で振り払い、その場を後にした。罵声が聞こえたが、振り返らなかった。

4

メモを頼りにトラムを乗り継いで行き着いた先は、似たような家が建ち並ぶ住宅街だった。ぐるぐると歩き回ったあげく、僕が足を止めたのは、周囲の家よりは少しばかり大きめの、暗褐色の建物だった。そっけない壁にはりついた鈍い銀の十字架は、ここが教会であることを示している。

教会といえばたいてい広場に面した場所にあるという先入観があるので、こんな薄暗い場所で、他の家屋に挟まれるようにして建っていることに面食らう。

教会は誰にでも開かれた場所ではあるが、このDDRでは必ずしもそうではない。今なお信仰を守っている者は決して多くはないだろうし、この国で上を狙うのであれば、むしろ教会からは徹底して距離を置くべきだろう。共産主義というものはとかく宗教と食い合わせが悪い。でなければ、昔バチカンはヒトラーと組んでソ連の脅威に対抗しようなどという愚は犯さなかったはずだ。

褐炭で黒ずんだ壁に浮かぶ十字架は、救いというよりもむしろ何かの刻印のように見えて、かぼそい街灯の中ではただただ不気味だ。

もし、この無味乾燥な直方体の中から、かすかにオルガンの音が聞こえてこなければ、僕は回れ右をして逃げ出していただろう。

音に誘われるまま、僕は意を決して扉を開けた。鍵はかかっていなかった。

開けた途端、オルガンの音が押し寄せる。この教会は中扉などはなく、すぐに開けた空間に出た。

内部は思いのほか広々としているが、信徒席はベンチではなく、ごく普通のパイプ椅子だった。そのほとんどは壁際に畳んで置かれ、今はいくつかが中央に引き出されているだけだ。

だが僕の目はそれらを一瞬とらえただけで、すぐに奥の祭壇に向けられた。正確には、祭壇横のポジティフ・オルガンだ。

旧宮廷教会のジルバーマンとは比ぶべくもないが、ぬくもりのある柔らかい音が湧き出てはこの空間を満たし、僕を包み込む。おかえり、と誰かが囁いた。

幻聴なのはわかっている。オルガンを一心に弾いているクリスタは、こちらを見てすらいない。

バッハ『ゴルトベルク変奏曲』ＢＷＶ９８８

ピアノやチェンバロでは数えきれぬほど聴いてきたが、オルガンはこれが初めてだ。ゴルトベルクの僕の今までの印象は、軽妙でありながら静謐《せいひつ》ということだった。二段鍵盤の機能を駆使し、カノンや対位法に代表されるバロックの変奏曲技法を網羅した、最高難易度を誇るこの曲を依頼したカイザーリンク伯爵の要求は、「眠れぬ夜の気晴らし」だったという。

その要求通り、明るい生命力を感じさせつつも、大きく逸脱するようなこともなく、全ては完全な円の中にある。だが人によっては、あまりの技巧に耳がひっかかることもなくはない。そんな曲だ。

クリスタのゴルトベルクは今まで聴いてきたどれとも違った。グールドの情緒溢れるものともちがう。もっと柔らかく、穏やかで、心地よくまどろんでしまいそうな音だ。この音こそ伯爵の要求に最も近いのではないか。バッハはもともとオルガンを想定してこの曲を書いたのではないか。そう思ってしまうほど、この教会の中は静かな平和に満たされていた。

ここにいれば、安心だ。無条件にそう信じられるような。

音を奏でるクリスタも、見たことがないほど穏やかな表情でオルガンに向かっている。もし命を音にしたなら、きっとこうなるだろう。クリスタの生み出す音楽は変幻自在、絶えることなく僕らを満たす。揺さぶる。突き放し、包み込む。

どんなに突き放されようと僕が彼女を忘れられなかったのは、この音があるからだ。これが彼女の本質だからだ。命をどうして、嫌いになれようか？

ゴルトベルクのアリアは、僕の中に突き刺さっていた棘《とげ》を溶かし、ぽっかり開いた傷口を癒やしていく。

彼女の音は、僕を巻き込まない。征服しない。誰もが心にもつであろう、暗闇の中のほのかな灯火《ともしび》を示すものだ。

もう少しだ。もう少しで僕の手は、焰に届く。久しく見ることのなかった深淵へ——

曲が終わり、僕は目を開いた。

クリスタがオルガンから立ち上がり、こちらを見ている。目が合うと、彼女は唇の端をつりあげた。

「寝てたんじゃなかったの」

「寝るものか。すばらしかった」

「寝ていいのに。夜もろくに眠れないって言うから、ゴルトベルクを選んだんだから」

「ありがとう。オルガンがこんなに合うとは思わなかった」

「私はオルガン曲だと思っているぐらいよ。さあ、私の友人を紹介するわ」

そう言われてはじめて、僕は室内にもう一人いることに気がついた。振り向くと、むかって左の壁によりかかるようにして、大柄な男が立っている。古びたチェックのシャツにチノパン、血色のよい顔の上には申し訳程度の薄い金髪が載っている。丸い眼鏡をかけた奥の目は、驚いて立ちすくむ僕を見て、線のように細くなった。

「ようこそ、福音教会へ。牧師のクリストフ・ヘルマーだ。よろしく、シュウ」

どっしりとした見た目を裏切らぬ、豊かな低音とともに、大きな手が差し出される。

「初めまして、ヘルマー牧師。お邪魔してすみません」

「教会はいつだって開かれているよ。いつでも好きな時に来てくれていい。オルガンだけ弾きに来て、礼拝には一度も出たことのない人間もいることだし」

牧師が笑ってクリスタに目をやると、彼女はそっぽを向いた。

「クリスタはいつもここでオルガンを弾いていたんですか」

「一月《ひと》前に、いつもお願いしているオルガニストが入院してしまってね。その時に紹介されたのが彼女なんだ。うちはこの通り閑古鳥が鳴いているから、正式な礼拝は週末だけで、それ以外の日は自由に練習してもらっているんだよ」

「家だと週末ぐらいしか弾けないから、助かってるわ」

クリスタは嬉しそうに言った。柔らかい笑顔は、彼女がオルガンを愛している証明だ。

「じゃあここに来れば、君のオルガンが聴けるってこと」

「火・木のこの時間はだいたい来てる」

「そうか。嬉しいよ」

心からの言葉だった。クリスタがオルガンを愛しているのが嬉しい。また聴くことができて嬉しい。これからは人目を気にせずこうして会えると思うと、飛び上がりたいほど嬉しかった。

「シュウ、君や君の友達を襲った不運については、クリスタから聞いたよ」

水を差したのは、ヘルマー牧師の気遣わしげな声だった。ぎょっとしてクリスタを見ると、彼女は黙って肩をすくめた。

「彼女を怒らないでやってくれ。クリスタは、君を助けたいからこそ、君にここを教えたのだろうから。ここはね、避難所なんだ」

「避難所？」

「ここでは誰も監視しない。密告もしない。そういう場所なんだ」

「……それは夢のようですね」

「どうしようもなく息苦しさを感じた時に、息をつく場所がほしい。そう思う人は、この国には多いのだよ。そんな時に、教会は場所を提供する。皆、勝手に来ては好き好きに過ごしているよ。少しは礼拝にも出て欲しいものだけどね」

ヘルマー牧師は両手を広げ、がらんとした室内を誇らしげに示した。オルガンと質素な十字架、それから素っ気ないパイプ椅子が並ぶだけの寂しい空間。

避難所。息をつく場所。素晴らしい。ただし、彼の言っていることが真実ならば。

「なぜ、教会は自由なのですか？」

我ながら、声が尖《とが》っていた。教会は、迫害とまでは言われぬまでも、ＤＤＲではは っきりと冷遇されてきたはずだ。

「君の疑問はもっともだ。今やＤＤＲは、カトリック・プロテスタント両教会にとって布教対象となっているほどに、信仰が衰退してしまった区域だ。宗教改革の本場だというのに哀しいことだが、むしろ政府に捨て置かれているがゆえに自由が残されているとも言えるのだよ」

「ですが共産主義は、宗教を放置するよりむしろ弾圧するものではないですか。最も厳しく監視されそうなものなのに」

「あなたの疑問はもっともね」

今度はクリスタがからかうように言った。

「シュウはライプツィヒには何度か行ってるでしょう。ニコライ教会には？」

「いや。トーマス教会は行ったけど」

「ニコライの月曜礼拝は有名よ。もともとは東西の軍拡競争に反対する祈りだったんだけど、いつしか反体制派が集まる平和の祈りとなった。牧師自身が、人権活動家としてシュタージにも目をつけられているぐらいだから。でも警察が踏み込んできたことはない。ドレスデンで言えば、あの光のデモに近いかしらね。目的はわかっていても、警察は介入できないってこと」

無数の蠟燭が揺れる聖母教会。僕がクリスタと初めて口をきいた日。

自由へのデモだ、とイェンツは言っていた。爆撃記念日を定め、資本主義非難のための式典を始めたのはＳＥＤなのだから、この日ばかりは警察も介入できないのだと。

「あれは理由はわかるけど、教会にシュタージが介入しない理由って？　教会はシュタージの弱みでも握っているのか？」

「ずいぶん疑い深くなっちゃって。シュウも立派にDDRの人間ね」

クリスタは苦笑し、まかせた、というように牧師を見た。ヘルマー牧師の穏やかな灰色の目が、僕を見つめる。

「では少し説明しようか。まだ西といっさい国交がなかったころ、教会はDDRで唯一西に開かれた窓口でね。西の兄弟たちは、信仰が失われ、朽ちていくばかりの東の教会を嘆き、助けようと手を尽くしてくれた。西の政府も、当時はDDRを国家として認めていなかったから、我々の貧窮ぶりを知っても国としては援助ができず、そこで教会を通じて、ずいぶんいろいろなものを送ってくれたのだよ。とくに良質の石炭や石油、鉄鉱石といった資源だね。あれらがなければ、DDRは国際市場に出ることはできなかっただろう」

「へえ……」

初めて知った。こういう時、世界規模のネットワークをもつ巨大宗教は強い。

「それと、亡命の窓口でもあった」クリスタは説明を引き継いで言った。「壁が出来て間もないころ、当局に捕らえられた聖職者を、西が保釈金を払って引き取ったの。これが結構いい値段でね。以来、喉から手が出るほど外貨がほしい東にとっては、言葉は悪いけどこの人身売買は恰好のビジネスになったってわけ。この方法で亡命した政治犯はたくさんいる。それを目当てにわざと捕まる人たちもいたぐらい」

それなら君も一度捕まってみればよかったんじゃないのか。そう言いかけてやめた。保釈金をあてにできるのは、よほどの大物だけだろう。危険な賭けに出て、二度と戻ってこなかった人間のほうが圧倒的に多いに決まっている。

ヘルマー牧師は「人身売買という言い方はどうかと思うが」と咳払いをして言った。

「そうした事情もあって、政府はあまり教会には強く出られないんだ。放置という名のもとに、いろいろ見逃してくれているというわけさ」

「では、ここも反体制派の牙城なのですか？」

「とんでもない！」ヘルマー牧師は慌てて否定した。「ニコライ教会は極端な例だ。ただ我々は、そういった人々でも拒まず受け入れる用意があるということだよ。誰も、ここでは捕まることはない。自由にふるまえる。人としての当然の権利を享受できる。そういうことだ」

　人としての当然の権利。

　その言葉が、胸に深く刺さった。そうだ。僕は今、当然の権利を侵害されているんだ。そして僕をじっと見つめているクリスタも。途方に暮れている僕のために、ゴルトベルクを弾いてくれたこのやさしい人も。

「君もここに来て息をつけた？」

　僕が尋ねると、クリスタは悪戯っぽく笑った。

「ええ。オルガンもあるし」

　彼女は僕の前に立つと、右の人差し指で眉間をぐいと押した。

「ここの皺、少しは薄くなったかしら？　ペンでも挟めそうだったわ」

「心配してくれてたのかい」

「言ったでしょう。都市計画説明担当者として、息抜きの場所を紹介しただけよ」

「ありがとう。助かったよ」

僕はしみじみと教会を見回した。避難所。ここには、監視の目はない。入ってきた時にはあまりにがらんとしているように感じたが、今はむしろ、どこもかしこもくっきりと見えるこの空間が好ましかった。

「都市計画説明担当者は、リクエストも聞いてくれるのかな」

「あら、元気が出てきたらさっそくわがままね。何？」

「もう一曲、弾いてくれないか？」

「お望みは？　平均律？」

「君が好きな曲を」

クリスタは肩をすくめて立ち上がり、再びオルガンの前に座った。

溢れ出したのは、ゴルトベルクとは正反対の、とびきり甘い音だった。なんと叙情的な旋律だろう。聴いたことがあるような気はするが、誰の曲かは思い出せない。DDRに来るまでオルガンにあまり興味がなかったのが悔やまれる。

おそらくは取り壊されたどこかの教会から移されたのであろう、時代を経たポジティフ・オルガンはいかにも気むずかしそうなたたずまいなのに、クリスタの白い指に従って、甘美に歌い続ける。

甘く切ない演奏はひたひたと心に迫る。やがて最後の音が響き、空気に溶けるように消えていく。一瞬の間を置いて、拍手が起きた。ヘルマー牧師だった。

「今のはラインベルガーだね？」

ラインベルガーは、ドイツロマン派オルガン作曲家の大家だ。もっとも今では、フルトヴェングラーの師といったほうが通りはいい。生前はドイツ帝国の音楽界で高い地位につき、オルガン曲を始め膨大な曲を残したが、死後は忘れ去られた。バッハと似ている。

「はい。オルガンソナタ十一番第二楽章、カンティレーナ。ロマンチックでしょう？あなたには甘すぎたかしら、シュウ」

「いや、とてもいい曲だ。ラインベルガーのオルガン曲は教習用っていうイメージがあったから、意外だったよ」

「バッハあたりと比べるとペダリングが易しいからそうなっているだけで、曲自体はすばらしいわ。今は不当に貶《おとし》められていると思う。私は昔から大好きなの」

僕は思わず驚いた顔をしてしまったのだろう、クリスタは不服そうにため息をついた。

「みんなそういう顔するのよね。そんなに意外？　音楽院にいたころも、課題でラインベルガーをやりたいっていうとあんまりいい顔されなくて。乙女趣味って笑われたっけ」

宗教的情熱を爆発させていてもどこまでも端正なバッハとはちがい、ラインベルガーはロマンチックに過ぎるきらいがある。聞き覚えがあると思ったのも道理で、オルガンブームの時に何度か聴いた。やたらとメロディアスで甘ったるく、流行の歌謡曲でも聴いているようで辟易《へきえき》したものだ。

このカンティレーナも、気恥ずかしいぐらい感傷的な旋律を備えている。奏者がそこに溺れてしまうと、聴くに堪えないべたべたの曲ができあがるだろう。しかしクリスタの抑制が利いた演奏は、純粋にその旋律の美しさを際立たせていた。

「でも、笑われるとよけいむきになって演奏したわ。結局は解釈次第だと思うのよ。一時は、私がラインベルガーのオルガン曲を復興させるんだなんて意気込んでいたっけ」

「バッハだって死後七十九年経ってからメンデルスゾーンの手で復活したんだ。ラインベルガーが君の手によって復活するなんて素敵じゃないか」

「私もクリスタのおかげですっかりラインベルガーにはまってしまってね。こういう出会いはいいものだ」

ヘルマー牧師は微笑み、僕らを交互に見つめた。

「少し視点を変えれば、世界は常に美しい。どこまでも広がるものなんだよ、シュウ。ゴルトベルクがオルガンだと全く違う顔を見せるようにね。だから、今が辛いからといって、決して悲観してはいけないよ」

「はい」

「きっとここは、君のピアノにとっても助けとなる。そう信じているよ。いつでも我々を頼ってくれ」

僕は深々と頭を下げた。

「ありがとうございます」

この国に来て、お辞儀をする癖は改めたが、この時は自然と頭《こうべ》が垂れた。

第四章　水の音

1

五月のミュンヘンは、なにもかもが明るい。

同じく季節は春でも、ドレスデンとはまるで違う。色彩の豊かさ、空気の柔らかさ。空の色もどことなく甘い。ドレスデンは、少し天気が悪ければまだコートもマフラーも必要だが、ここはどこもかしこも春だ。ミュンヘンに辿りついたのは夕方だったが、まだ風にはぬくもりが残っていた。

僕が訪れたアパートでは、薄いピンクのクレマチスが今が盛りと咲き誇り、無骨な鉄柵をすっかり覆い隠している。家の外壁が淡いクリーム色ということもあって、妙にメルヘンチックな空気が漂っていたが、出迎えてくれた部屋の主は、ひどく暗い顔をしていた。

「よく来てくれたわね、シュウジ」

ゾフィーは微笑んで抱擁してくれたが、目は落ちくぼみ、充血している。予想以上の憔悴《しょうすい》ぶりに、僕はここに来るまでに用意していた数々の慰めの言葉を投げ捨てた。

「申し訳ありません、まだニナたちと連絡がとれなくて」

「いいのよ。そうして気に懸けてくれるだけでありがたいことだわ」

ゾフィーは僕を促し、自宅へと招き入れた。彼女の部屋は、コの字になったアパートの、ちょうど折れた部分にあり、日当たりはよくない。しかし、小さな部屋は充分に掃除が行き届き、よく手入れされた家具が、おさまるべきところに心地よさげにおさまっている。

ライプツィヒのダイメル家には重厚な家具が多く、伝統を感じさせたが、ゾフィーの家は全体的に色が明るく、軽やかな印象だった。オレンジ色のソファに置かれたクッションやカーテンも黄色で、日当たりの悪さはあまり気にならない。

彼女の脳裏には今、ライプツィヒでの日々がめまぐるしく浮かんでは消えているのだろう。

僕は西に渡る直前にライプツィヒに寄ってみたが、やはりニナたちには会えなかった。人がいる気配はあった。しかし、呼び鈴を押しても出てこない。電話はとうの昔に不通になっていたし、手紙を送ってもなしのつぶてだったから予想はしていたが、胸が痛かった。あまりしつこく呼び鈴を鳴らしていても、近所の不審を買うだけなので、僕は早々にダイメル家を後にした。ライプツィヒの滞在時間は、三十分にも満たなかった。

ＤＤＲの中では盗聴されるかもしれないと危惧した僕は、西に渡ってから、ゾフィーに今日の訪問を知らせた。僕からの突然の連絡にゾフィーは驚いたが、待っていると快く返事をしてくれた。彼女はアデーレの亡命未遂をすでに知っており、すぐにライプツィヒに向かおうとしたものの、入国の許可が下りないのだと嘆いていた。

「ニナは学校に行っているのかしら。ヘルベルトは問題ないでしょうけど……。せめてニナの卒業まで待てなかったのかしら」

電話では話せなかった詳細を語ると、ゾフィーは視線を落としてため息をついた。淹《い》れてくれたコーヒーは、僕のものも彼女のものも、全く減る様子はない。

「本当に、ニナが気の毒です。アデーレがなぜこんなことをしたのか不可解です」

カップを満たす黒い液体を見下ろしていると、ますます気分が落ちこんでくる。いつもは煩悶《はんもん》を和らげてくれる香りも、この日ばかりは役に立たなかった。

母は亡命、密告者は父。ニナは針の筵《むしろ》だろう。

うんざりして出て行ったのなら、まだいい。それが自分の意思でならば。

この国には、矯正施設がある。もしニナが、シュタージの説得を受け入れず、移されてしまったとしたら？　そんな想像が、頭から消えてくれない。それほど、あの家の空気は荒《すさ》んでいた。

「大丈夫よシュウジ、そんな顔をしないで」

ゾフィーは微笑んだ。しかし彼女のほうが、よほど青ざめている。

「ひどいことになりはしないわ、あの子たちは悪いことは何もしていないんだもの」

「もちろん、そうです。でも、シュタージにあんな連れ去られかたをして……」手がかすかに震え、カップの中のコーヒーがさざ波をたてた。「彼女は、あなたに手紙を書いていたんです。それも、持ち去られてしまいました」

「仕方がないわ。それにこうしてあなたが来てくれたんだもの、なんの問題もない。けれど、シュウジにも迷惑をかけてしまったわね。私たちと出会ったばかりにこんなことに巻き込まれて」

「僕は何もしていません。ただ、それこそ出会って間もない僕を頼らねばならなかったニナがあまりに気の毒で」

「生まれた時からそばにいる家族や、長い時を過ごした友人たちよりも、出会ったばかりの異国の友のほうが信じられる。そういうことも、あるものです」

ゾフィーは目を伏せた。

「皆、本来は善き人々なのです。信頼に足る友人です。ですが、時にそういう人をも疑わねばならない。そういうものだと慣れていたのに、ハインツが死んで、ふと、それまで普通だったことがとても恐ろしくなってしまって……でも、やっぱり私は、あの国を出てはいけなかった。こんなことになるなんて」

「あなたに責任はありません。故郷に戻りたいと願うのは自然なことです」

「でも、大事な時にあの子たちを守れないなんて。一つの国だったはずなのに、あんな壁ひとつに隔てられるなんて」

とうとう、こらえきれぬ涙がゾフィーの目から転がり落ちた。

かつて、一夜にして壁が出来てから、家族が離ればなれになってしまったという話はよく聞いた。東に取り残された子供は四千人だとも言う。東西分裂が家族や友人、恋人たちを襲った悲劇は、遠い日本にまで伝わってきた。

そして今、まさに僕の目の前で、同じことが起きている。壁が出来てからもう三十年近くが経つというのに。

泣き濡れる彼女を抱きしめて慰めるべきだろうか、いや年上の婦人にそれは失礼だろうと葛藤しているうちに、ゾフィーはハンカチを取り出して涙を拭いた。

「ごめんなさい、取り乱して」

彼女はひとつため息をつき、すっかり冷めたコーヒーを口に運んだ。僕もつられてカップに口をつける。冷めたせいで、酸味がひときわ強く感じられた。

「悲観する必要はないわ。以前に比べてずっと希望はあるはずだもの。この間のあの特番、見たでしょう?」

「番組?」

思い当たるものがない。僕の反応に、ゾフィーは、「ああ、ドレスデンは『無知の谷間』だったわね」と苦笑した。

「四日前、こっちで特別番組があったのよ。ハンガリー兵が、国境の鉄条網を切断したの」

そう言われてようやく、四日前のニュースを思い出した。

「ああ、ニュースはありました。ハンガリー政府が、オーストリアとの国境の一部を開放すると宣言したというものですね」

「そうよ。てっきり大変な騒ぎになったと思っていたのだけど」

「多少は話題になりました。でも、おっしゃる通り、ドレスデンでは映像が入らないので……。ベルリンやライプツィヒでは騒ぎになっていたかもしれません」

DDRの番組でもハンガリー国境開放のニュースは扱っていたが、鉄条網を切断する映像などはなかったし、あっさりしたものだった。

だがもし、そんな映像が流れていたら、たしかに騒ぎにはなっただろう。

東西を隔てる《鉄のカーテン》。そこに穴が開く日が来るなど、誰も想像すらしなかったはずだ。

いや、そう思っていたのは、DDRの国民だけだったのかもしれない。不満はあれども国家への服従が本能として染みついているような彼らは、一九五三年の暴動以来、おおっぴらに政府に楯突くようなことはしなかった。

しかし現にハンガリーは、一部とはいえ、鉄のカーテンをこじ開けたのだ。

「新聞もとってあるのよ」

ゾフィーはいそいそと棚からスクラップファイルを取り出した。言葉通り、国境開放の記事が写真入りで報じられている。

鉄条網は、DDRと西ドイツの国境にも当然張り巡らされている。亡命を望む者たちが、一見たやすく越えられそうな鉄条網を避けて、ベルリンの壁をどうにか越えようとするのは、鉄条網の周辺には無数の地雷が埋まっているからだ。人を感知すると自動的に発砲する銃もある。鉄条網をこじ開けるのは、確実な死を意味していた。

それが、国は違うとはいえ、警備兵自身によって、切断される。言葉で聞くよりも、写真の説得力は凄まじく、僕はしばし息を止めて見入っていた。

「これは、ニナたちも見たでしょうか」

「あの家なら西の番組は見られるはずよ。普段から、西のものしか見ていなかったもの」

「この夏の旅行先は、ハンガリーに決まりかもしれませんね」

僕の言葉に、ゾフィーは嬉しそうに笑った。

「ふふ、それはもう決まっているの。ハンガリーは、DDRの人間にとって憧れの避暑地だもの。ハインツが生きていたころはいろんなところに行ったけれど、私が移住してからは、夏の休暇はバラトン湖で一緒に過ごすことになっていたから」

西も東も同じドイツ人、嗜好《しこう》は同じということなのか、西の人々からもハンガリーは人気が高い。夏はドイツ人だらけになるから帰っても何も変わらん、と以前ヴェンツェルが忌々《いまいま》しげに吐き捨てていたことを覚えている。

「ハンガリーならシュタージも来ないもの。去年のうちに、いつもの宿は予約しているから、キャンセルしていなければ会えるはずよ。そうだわ、よかったらシュウジも来て。夏休みの予定は決まっていて?」

「まだ何も。ご一緒できれば、ぜひ」

「嬉しいわ！　ニナも喜ぶでしょう。いつも泊まっているホテル、ピアノもあるのよ。今日も後で弾いてもらおうかしら」

ゾフィーはうきうきした様子で言った。

今朝、彼女に連絡した時点で、ここに泊まることは早々に決められた。ゾフィーは、東の人間と話すことに飢えている。僕にとっても、彼女の申し出はありがたかった。宿代が浮くというだけではない。僕自身、「自由に」話すことに飢えていたからだ。

僕が来る前にゾフィーは存分に腕をふるっていたらしく、夕食には「つくりすぎちゃった」と彼女がはにかむほど大量の料理が卓上に並んだ。

ホワイトアスパラガスに、ピクルスや野菜を牛肉で巻いたルーラーデン、山盛りの巨大ソーセージにじゃがいも、チーズとたまねぎのキッシュ。そしてDDRでもほぼ毎日食べているビーツはサラダに。

田舎の祖母はとにかく大量に料理をつくるという現象は、どこの国でも同じなのだろうか。どう考えても、ゾフィーと僕で消費するのは無理だ。

しかし、ここにヘルベルトやニナ、シュテフィあたりが加われば、ちょうどいいだろう。かつてゾフィーが家族に向けて用意していたのが、これぐらいだったのかもしれない。DDRでこれだけ彩り豊かな食事を用意するのは奇跡に近いが、ダイメル家ならば可能だっただろう。

実際、ゾフィーは「ルーラーデンはヘルベルトが好きでね。黒ビールで煮るのが本当は一番美味しいけどあっちではなかなかね」だの「ニナはキッシュに目がなくて」と嬉しそうに説明してくれた。家族を思い、気がつけば家族の好物をつくってしまっているゾフィーが切なくて、僕は胃が破裂しそうになるまで、家族のかわりに次々と料理を口に運んだ。味は素朴だが、美味しかった。

食後、コーヒーを飲んで一息つくと、ゾフィーに「ピアノを弾いてくれないかしら」と頼まれた。

来たな、と思った。居間の隅にひっそりと佇《たたず》むピアノを見た時から、予感はしていた。

正直言って、気は進まない。しかし、一宿の恩を受けて頼み事は断るというわけにもいかないだろう。僕は「喜んで」と微笑んで、ピアノの前に座った。

ライプツィヒのダイメル家にあるものと同じ、グロトリアン。きらきらと輝く高音と迫力ある低音で生み出される響きは、人の歌声のように伸びやかで豊かで、シンギングトーンと呼ばれている。

「これはライプツィヒから持ってきたのですか？」

「いいえ。娘の家に置いてきたわ。これは、私の実家にあったもの」

ゾフィーは愛おしげに、グロトリアンの艶やかな表面を撫でた。よく見れば、細かい傷がいくつもついている。

「子供のころから弾いていたの。ずっと、甥とその娘が弾いていたようなんだけど、その娘も大きくなってもう弾かないっていうから、譲ってもらったの。私は時間だけはあるから」

家族と遠く離れ、ひとりで暮らす彼女の心を、グロトリアンは優しく慰めてくれることだろう。ゾフィーが弾くところを聴いたことはないが、彼女そのもののようにおっとりとした音色であるにちがいない。

しかし、ゾフィーのよき友であるグロトリアンは、果たして僕の手でも歌ってくれるだろうか？

不安は、適中した。

以前、ダイメル家で絶賛を博したヴァイオリンソナタ。ピアノで弾く場合は、最初のカデンツァが肝だ。そこからさっそく躓《つまず》いた。

あれほど繰り返し練習してきたはずなのに、指がうまく動かない。音は出ているのに歌が聞こえない。曲が進めば進むほど違和感は大きくなり、僕は焦った。せっかくこの気持ちのよい家で、ゾフィーの心づくしの夕食を食べ、ビールもたっぷり飲んだというのに。あるいは飲みすぎてしまったのだろうか。体とピアノがてんでばらばらに動いている。鍵盤はただ僕の指を冷たく押し返すばかりで、いっこうに溶け合う気配がない。指先から伝わる違和感が腕に蓄積され、這いのぼり、肩へと届いた途端、鋭い痛みを感じた。

突然不粋にとぎれた曲に、ゾフィーが驚いた顔をした。

「申し訳ありません。ちょっと、体の調子が良くなくて」

僕の声は、みっともなく掠《かす》れていた。全身、汗にまみれている。この曲を弾いた後はいつも汗まみれになるが、こんなに纏《まと》わりつくような不快な汗は初めてだ。

「ごめんなさい、そうよねドレスデンからわざわざ来てくれたんですもの、疲れているに決まっているのに。無茶なお願いをしてしまったわ。今日は早く休みましょう」

ゾフィーはすぐに僕を客室に案内してくれた。シャワーを浴びる気力もなく、顔を洗って歯を磨くと早々にベッドに潜り込む。

ゾフィーを慰めに来たのに、気を遣わせるなんて。自己嫌悪で頭をかきむしりたいほどなのに、シーツの感触に、これ以上ないぐらいほっとしているのも事実だった。

ここは、西。安全だ。眠っている間に誰かが忍び込んでくるかもしれないと怯《おび》えることもない。

ブランケットの中から右腕を出し、手の上に掲げる。節くれだった指を握っては広げる。やはり微妙に強ばりを感じた。

この一ヶ月、僕のピアノは悪くなる一方だった。今日のように体が痛みを感じることもあれば、逆に浮かれ騒ぐように指が飛び跳ねることもある。

アルムホルト教授も困惑し、あれこれ指導をしてくださるが、『いったい、どうしたんだね。最近の君は毎日が別人のようだよ』と最近はすっかりお手上げのようだった。

彼にこれ以上失望されたくないと焦れば焦るほど、指は動かなくなる。

ヴェンツェルに振り回されていた時よりも練習時間はずっととれるし、休日は休めているはずなのに、まったくコントロールがきかない体を、僕も持てあましていた。

僕の体が、音楽を拒否している。いや、音楽のほうが拒否しているのか。

苦しむ僕に、クリスタは「避難所」を紹介してくれた。気遣いは本当に嬉しかったし、ヘルマー牧師も信頼に値する人物だと思う。実際あれから何度か教会に通い、そのたびにクリスタのオルガンに迎えられて幸せだった。あそこにいる時だけは、現実を忘れられる。

しかし一歩外に出れば、見えざる目をいくつも感じてしまう。銀の音が遠くなる。以前も、ヴェンツェルとデュオを組んでいた時はあれほど音がはっきり響いていたのに、一人になった途端に音が見えなくなることがあった。あれと同じ。いや、もっとひどい。教会の外に出た途端に、クリスタすらも疑わしく思えてしまうのだから。

僕はずいぶん彼女を信頼して喋ってしまったが、クリスタが監視者ではないとどうして言える？　教会だって、本当に安全なのか？　やはりあそこだけは聖域だなんて不自然じゃないか。僕を陥れようとしているのでは？

答えのない疑問がぐるぐると回り出す。そしてますます僕は閉じこもる。何も見ない、何も聞かない、何も感じない。それが一番安全だと。

いつのまに僕はこんなに疑い深くなったのだろう。何もかもこのスランプのせいだ。僕は今、自分自身すら信じられない。

あの腹立たしい、デュフナーとかいうシュタージの男は言った。学生の本分を果たしなさい、すべきことはそれだけだ。ああ、その通りだ。本分を果たせていたのなら、僕は周囲の目をこれほど気にすることはなかっただろう。

ピアノを失ったら、僕には何も残らない。この国に残る理由だって失うのだ。

僕は一度も戦ったことがない。何かをつきつけられれば、無難なほうへと逃げた。今思えば、DDRに来たのも、ただわずらわしさから逃げたかっただけなのかもしれない。

イエンツやクリスタが、僕からすれば虚飾の塊である西へと憧れるように、僕は彼らが冷ややかに批判するDDRに憧れた。ここに来れば何かが手に入ると信じて。

それなのに、何も得られないどころか、今まで手にしていたわずかなものさえ奪われたままでいる。このまま逃げ帰ったら、僕は生涯、自分を許せはしないだろう。戦わなくてはならない。それはわかっている。だが、逃げ続けた僕には戦いかたがわからない。

僕の音。それを見つけることさえできれば、きっとここでも生きていける。もう逃げなくて済む。突破口を見つけようと、僕はがむしゃらに練習を続けてきた。だが未だ、何も見えない。

いつかこの暗闇から抜ける日が来るのだろうか？　苦しい。早くこの苦しみが終わってほしい。

僕は手を下ろし、目を閉じた。何度も深く、呼吸をする。

せっかく久々に手に入れた、穏やかな夜だ。今日は少なくとも、外の敵はいない。せめて、何も考えずに眠りたかった。

最近、体が変容する夢をよく見る。たいていは、硬直化だ。ピアノを弾いていると足の先から鉛や石に変化していき、最後には鍵盤に置いた指に至る。僕は必死に抗《あらが》ってピアノを弾くが、途中で耳が聞こえなくなり、目が見えなくなり、やがて指も完全に止まる。だが意識はある。残酷な感覚だ。僕はたしかにそこにいるのに、何も見えず聞こえず歌うこともできない。朝起きるたびに、何度もまばたきをし、荒い呼吸に耳を傾け、がちがちに強ばっている指が動くか確認するのが日課になった。

今日も同じで、僕は朝目ざめた時、自分ががたがたと震えていることに気がついた。起きようとしてもめまいがひどくて、なかなか動けなかった。どうにか起き上がっても、本当に鉛になってしまったかのように体が重く、頭が痛い。

「シュウジ、あなたひどい熱じゃないの！」

朝、顔を合わせたゾフィーは、僕の顔を見るなりぎょっとした様子で額に手をあて叫んだ。

「……熱、ですか？」

問い返す声もひどく掠れている。喉も痛い。

「ああやっぱり無理していたのね、本当にごめんなさい。今日も泊まっていきなさい。食欲はあるかしら？　昨日あなたの調子が悪そうだったから、念のためにと思ってチキンスープをつくっておいたの。コーヒーはやめてハーブティーにしましょう」

ゾフィーは僕を席に着かせると、てきぱきとスープをよそい、テーブルに置いた。そういえば、僕がDDRに来て二週目に風邪を引いた時、ファイネンさんもわざわざチキンスープをつくってもってきてくれた。日本のおかゆに相当するものなのだろう。

チキンスープの淡泊な味は、熱で鈍った舌にはちょうどよく、震えていた体の奥をほのかにあたためてくれる。僕がいつもの何倍もの時間をかけて朝食を食べている間に、ゾフィーは客室の換気をしてシーツも取り替え、再び僕をベッドに放り込んだ。

「後は薬を飲んで寝ていなさい。今日も泊まっていくのよ、いいわね」

有無を言わせぬ口調は、やはりファイネンさんに似ている。僕は小学生よろしく「はい、先生」と返事をした。

「よろしい。ごめんなさいね、私はこれからミサに行ってくるけど、終わったらすぐに戻ってくるから」

ミサ。当たり前のように出てきた言葉に、ああここは西だったなと今さらながら思い直す。

「DDRにいたころは教会なんて全然行かなかったけれど、もともとこのあたりは皆カトリックなのよ。昔はよく教会や修道院の手伝いに行ったわ。このへんの子供はみんな先を争って行ったのよ」

「敬虔《けいけん》だったんですね」

「そんなんじゃないわ。ご褒美に、お手製のとても美味しいクッキーをもらえるからよ」

ゾフィーは愉快そうに笑った。

「あのころはインフレがひどくて食糧もなかなか手に入らなかったから。まだ当時は修道院にはバターも小麦粉もたくさんあったからね。ヒトラーが首相になってからは修道院も弾圧されて、私たち以上に辛い目に遭ったけれど。近くにあった女子修道院もなくなってしまったわ。戦後も復活しなかったみたいね」

そういえばナチス時代、教会はずいぶん弾圧を受けたのだった。ナチで被害を受けた後、さらに共産主義の嵐に晒《さら》されたDDR内の教会は、苦難の連続だったことだろう。

そうか、彼らも戦ってきたのだ。だからあそこは、国で唯一の「避難所」となり得たのかもしれない。

「ニナたちも洗礼は受けているのですか？」

掠れ声で尋ねると、ゾフィーは寂しげに首を振った。

「いいえ。ヘルベルトとシュテフィは洗礼を受けたけれど、いつのまにか教会に行かなくなったの。だから孫たちは、ほとんど教会とは縁が無いわね。私ももう何十年も行っていなかったし。信徒は出世できないという噂があって、いつしか控えるようになってしまった」

以前、ファイネンさんと教会を訪れた時のことが脳裏に浮かんだ。彼女にとって教会は、ただ歴史を伝える建築物でしかなく、説明もごくあっさりしたものだった。

あれが、あの国でのごく一般的な反応なのだ。ルターの像も何もかも、かつてここが宗教改革の本場であったことを伝える遺物でしかない。

「でも、こうして一人になってみて改めて思うのよ。神から遠く離れ、自分たちだけで生きているような気になっていた私たちはなんと傲慢だったのかとね。シュウジも、もし機会があれば、一度教会に行ってみるといいかもしれないわ。信仰の是非は関係ない。DDRにおいて教会は、最後の自由の砦《とりで》よ。こっちに来ると、それがよくわかるの」

ゾフィーは微笑み、ミサへと出かけて行った。

実はすでに何度か行っているのだ、とは言えなかった。

ゾフィーが今の僕の年齢のころ、この国は凄まじい動乱の中にあった。それこそ、今のDDRで僕が感じた苦痛など足下にも及ばぬほどの。僕らが教科書でほんの数行程度で触れた歴史を、彼女たちは生きた。ゾフィーはそのころ何を考えていたのだろう。今の僕のように、出口が見えぬ焦燥に身を灼《や》くことはあったろうか。それとも、それどころではなかっただろうか。

結局、僕はその日のほとんどをベッドの中で過ごした。睡眠不足は思ったより深刻だったのか、とにかく僕はこんこんと眠り続けた。

汗だくで夕方に目を覚ましたころには、だいぶ体は楽になり、頭痛も軽くなっていた。そのかわり喉の痛みは増し、鼻水も凄かったが、明日は充分動けそうだった。そもそも明日には帰らないとさすがにまずい。

この日の夕飯は胃にやさしいメニューで、ほっとした。ピアノ演奏を求められることもなく、昨夜に比べるとはるかに和やかに夜は更けていく。音楽にも造詣の深い彼女との会話は弾んだが、いつも見るのだというニュースの時間にテレビをつけた時、和やかだった空気は一変した。

画面に映し出されていたのは、DDRだった。

映し出された部屋にはテーブルがあり、そのテーブルの前にはスーツ姿の男女が三人座っている。部屋の出口には箱があり、人々はそこに折った紙を次々と入れていた。そういえば今日は、地方選挙の日だった。

画面が切り替わり、選挙委員会の責任者が淡々と結果を報告した。SEDとその姉妹政党の候補者による「統一リスト」が九十八・八五パーセントを獲得し、「労働者階級政党の清和と社会主義の政治に対する支持を、感銘深く表明する」と慇懃《いんぎん》に述べると、またすぐに画面が切り替わり、別の男が「これは明らかに不正です」と憤《いきどお》る。表示を見るに、どうやらベルリンの牧師らしかった。

「我々の監視によれば、少なくとも十パーセント近い有権者が、反対票を投じました。これがいかに勇気ある行動か、皆さんもご存じでしょう。しかし当局が発表した数字では、二パーセントにも満たない。そんなはずがありません。そもそも、現状に百人に一人しか反対しないということが、この国でありえるでしょうか！」

どうやら、投票で何かが起きたらしい。僕は、隣に座っていたゾフィーがさきほどから全く声を発していないことに気がついた。体を前に傾け、大きく目を見開いて画面を凝視している。

「これは大変なことよ、シュウジ」

彼女は、画面から目を離さぬまま言った。

「国民の一割が、反対票を投じるなんて。すごいことよ。しかも投票に、選挙委員会以外の監視がつくなんて」

そのままゾフィーが激しい身振りをまじえて教えてくれたＤＤＲの選挙の実態は、驚くべきものだった。

投票といえば、普通は投票したい候補者の名に印をつけて箱に入れればよい。しかしＤＤＲの場合、まず選挙委員会が待ち構えるテーブルへと進み身分証を提示し、投票用紙を受け取る。そして会場を出る際に、紙を折って投票箱に入れる。これだけだ。

「何も書かないんですか？」

僕が驚いて尋ねると、ゾフィーは頷いた。

「ええ。それで、公式名簿にある公認候補に投票したことになるの。さっき責任者が言っていた、統一リストの候補者たちにね」

「他に候補者はいないんですか？」

「もちろんいるわ。でも彼らに投票する時は、手順が違うのよ」

と、ゾフィーがちょうど画面に映っている投票所を指し示した。部屋の奥には、緑の制服の人民警察《フォーポー》が立っており、ブースが仕切られている。

「公認以外の人には、あのブースまで行って、投票する必要があるの。選挙委員会と人民警察が見ている前でよ。もちろん氏名は把握されている。このブースに行くこと自体がどういう結果をもたらすか、わかるでしょう？」

「……移住申請を出した人のようなことになるのでしょうか」

「その通りよ。降格、解雇。学生なら放校。そして生涯、シュタージの監視から逃れられない」

ゾフィーは自分の言葉におそれをなしたように、我が身をかき抱いた。

「だから誰も、反対投票なんてしなかった。私も四十年近く、ただ紙を折って入れてたわ。そしていつしか、疑問にも思わなくなった。得票率はいつもほぼ百パーセント。誰も投票に興味なんてなかった。なかったはずなのよ」

「一気に十パーセント近い人が反対票を投じたということは、事前にそういう動きがあったということですよね」

「ええ、ご覧なさい、投票ブースの近くに委員会でもフォーポーでもない人たちが立っている。あの牧師さんの言う監視団よ。彼らがいたから、皆、勇気を出せたんだわ」

番組はそのまま、開票の場面も映し出した。西ドイツのテレビ局は、ＤＤＲのテレビ局が映さぬ部分も、あまさずとらえている。

中央に大きなテーブルを置いた白い部屋で、壁際にはずらりと人が立っていた。彼らが見守る中、選挙委員とおぼしき男が大きな箱をひっくり返し、テーブルの上に無数の紙をばらまくと、テーブルを囲む他の委員が集計を始める。その様を、壁際に並ぶ人々が、鋭い目で見つめていた。

『彼らは、全てを見ていた』

ナレーションが重々しく告げる。

『勇気ある人々が、反対票を投じたことも、そして集計も、何もかも。だからこそ、党の集計結果が嘘であると、瞬時に見抜いたのである』

『彼らは今までの選挙は全て不正であると確信しており、全土の市民運動グループがいっせいに立ち上がった』

映る投票所はひとつではない。ＤＤＲの各地の投票所に切り替わるたび、同じように険しい顔の面々が開票を見守っている。

「市民運動グループ、こんなにいるんですか」

「初めて知ったわ」

ゾフィーも、信じられないと言いたげに頭を振った。

「もちろん、いることは知ってたわ。ライプツィヒには環境運動のグループが多かったし。でも、こんなに……」

しかも、こうして一斉に監視に立ち会ったということは、完全に連携がとれているということだ。

「これもDDRには流れているんですよね」

DDRでは、党の大勝利を伝える公式ニュースと、そのからくりを全て暴いていく西のニュースが同時に流れているのだ。手品とその種明かしを、人々は同時に見ている。

「ええ。ああ、信じられない」ゾフィーは呻《うめ》くように、同じ言葉を繰り返した。「こんなことがあるなんて。こんなにたくさん、いたなんて」

ゾフィーは譫言《うわごと》のように繰り返すとやおら立ち上がり、興奮気味に叫んだ。

「シュウジ、凄いわ。DDRの人たちは、もう黙ることをやめた。《鉄のカーテン》の破れ目から吹く風は、確実にあの国にも吹いているのよ!」

ゾフィーの目は、内側に焔《ほのお》を宿したように輝いている。

闇夜を照らしていた、無数の蠟燭の光が思い浮かんだ。

あの時も彼らは、声高に叫ぶようなことはしなかった。その前に、広場で見たデモもそうだった。ブラウン管のむこうにいる彼らのように、口を噤み、ただじっと、強い意思をもって前を見ていた。

「焔を守れ」

無意識のうちに、僕はつぶやいていた。

焰を守れ。もし焰を守らねば、思いもよらぬうちに、いともたやすく風が灯を吹き消してしまおう。

彼らはずっと、守り続けた。どんなにか細い焰でも。

そしてハンガリーから吹く風が、か細かった焰を揺らし、いっそう鮮やかに燃え立たせるのだ。

2

身のうちに燃える焰に急き立てられるように、僕は帰路を急いだ。

一刻も早く避難所に行って、この素晴らしいニュースをクリスタやヘルマー牧師に知らせたかった。今日は月曜だから、クリスタがいる可能性は低い。それなら避難所の後に、あのコンディトライに行ってもいい。とにかく、彼女の夢が一歩実現に近づいたことを知らせ、あの白い顔に心からの笑みが浮かぶところを見たかった。

このニュースは、避難所の他の面々も関心を示すだろう。僕があの教会に通うようになってまだ半月程度だが、訪れるたびに違う面子《メンツ》がいる。ヘルマー牧師と談笑している老婆の近くには寝転んで本を読んでいる学生がいて、その本が明らかにＤＤＲ内では流通していないはずのものだったり、またその近くにはキャンバスに向かって前衛的なヌードを描いている者がいたりした。中庭に出た時には、やたら密着している女性二人とかち合って、ちょっと気まずい思いをしたこともある。みな好き勝手に過ごしているが、全員が「はみだし者」であることは共通している。そして僕も、この国では立派にその一員なのだ。そう思うと、おかしくてならない。日本ではごくごく平凡で、社会からはみ出すことなど一度もなかったのだから。

彼らはいったい、どんな反応をするだろう。うきうきしながら東ベルリンに入った僕は、パスポートを見せた途端、いきなり「こちらへ」と列から外された。わけがわからぬまま別室に連れて行かれた僕は、四方が灰色の空間に屈強な警官が二人待ち構えているのを見て血の気が引いた。

「荷物をあらためさせていただく」

警官の一人が吐き捨てるように言った。上から見下ろされる恐怖に僕が何も言えずにいるうちに、一人が僕の鞄を奪い、中をぶちまけ、長らく獲物にありつけなかった野犬のように執拗に、ひとつずつ調べはじめた。実際に彼は、ドーベルマンに似ていた。もう一人はどちらかというとシェパードで、こちらは表情の読めない目で僕を見下ろし、衣服の上から丹念に体を調べた。何もないとわかると、近くにある椅子に座るよう指示し、何の意味があるのかわからないほど細かい質問をした。

旅行の理由、誰に会ったかまではともかく、西に渡った瞬間からここに至るまでの細かいタイムスケジュールを要求されたのには驚いた。なぜ初めて会う警官に、何をどこで食べたかとか、トイレに行った回数まで教えなければならないのだろうか。そうこうしているうちに、僕の持ち物はどんどん細かく分解されていた。カメラをやられた時には、思わず叫んだ。

「なんてことをするんです！」

「組み立てますからご安心を。フィルムはいくらでも買えるでしょう、ずいぶんお金をお持ちのようだから」

口調だけは慇懃に、ドーベルマンは言った。

「いったい僕が何をしたって言うんです。今お話しした通り、僕はただ、友人に会いに行っただけです。あとは風邪をひいて寝てました！　なんのハーブティーを飲んだかも必要ですか？　友人に会うだけでいちいちこんな目に遭わなきゃいけないんですか？」

「友人は人生の宝です。ですが選ばねば、破滅させる猛毒となる」

僕が何か話すたびに紙に書きつけていたシェパードは、そこでようやく手を止め、立ち上がるように顎で示した。

「身をわきまえたほうがいいですよ、ヘア・マヤマ。ご協力感謝します」


ドレスデンに着くころには、僕はすっかり疲弊していた。

このままアパートに帰ろうかとも思ったが、やはりこういう時こそ避難所が必要だ。素晴らしいニュースとともに、この怒りを、誰かに聞いてほしくてしかたがなかった。

勢いこんで扉を開けた僕は、予想もしていなかった光景に立ちすくむことになった。

いつもはがらんとして、せいぜい二、三人しかいなかった教会内には少なくとも二十名近い人々がいて、興奮気味に語り合っている。中央には細長いテーブルがいくつも引き出され、その上には紙がばらばらに積まれており、猛然とチェックしている人たちもいた。

時間は月曜の夜六時過ぎ。平日にここまで人がいるところなど初めて見た。オルガンに目をやったが蓋は閉じられたままで、クリスタの姿もない。ヘルマー牧師は、大柄な彼に負けず劣らず立派な体格の男と話し込んでいたが、僕に気づいてこちらを向いた。が、目が合った途端、なんともいえぬ顔をする。いつもはすぐに「やあシュウ、待っていたよ」と両手を広げてくれるのに、どうもまずい時に来てしまったらしい。

落胆しつつ、会釈だけして帰ろうと思った矢先、こちらに背を向ける形で牧師と話していた男が振り向いた。

第一印象は、熊だ。

頭頂部に、白っぽい金髪が薄くはりついているヘルマー牧師とは対照的に、癖の強い黒々とした髪と髭がぐるりと顔を覆っている。肌も浅黒く、その中で明るい茶色の目が星のように輝いていた。

彼は僕を認めると、さらに目を輝かせ、笑顔をつくった。黒い髭の中から、真っ白い歯が零《こぼ》れる。

「やあ、君が噂の日本からの留学生だね！ ようやく会えて嬉しいよ。僕はヴィクター・リュッケ。よろしく頼むよ」

体格にふさわしい豊かなバリトンは、教会内でことによく響く。あっけにとられているうちに、僕は勝手に右手を握られていた。痛い。

「ヴィック、落ち着け。シュウが驚いているじゃないか」

ヘルマー牧師が止めてくれなければ、僕の手は潰れていたかもしれない。

「君がなかなか彼を紹介してくれないからだよ。ずっと頼んでいたのに」

「彼はピアノのために留学しにきたんだ。悪の道に引きずりこまれちゃたまらないからね」

「だとしたら君は悪に協力している大悪人だね。聖職者のおきまりだ！」

僕は二人を見比べ、「リュッケさんは何をなさっているんですか」と訊いた。

「ヴィックと呼んでくれよ。僕は十年以上前から市民運動をやっていてね。昨日は、我々の水面下の長い活動が実った記念すべき一日なんだよ！」

「投票のことでしょうか。ミュンヘンで見ていました」

「おおミュンヘン！　あの世紀の瞬間を西で見た人間が今ここにいるというのは奇跡のようだよ。どう思った？」

「僕は正直よくわからなかったのですが、一緒にいた方が、これはすごいことだと教えてくれました。皆が諦めなかった結果だと。ヴィックも開票の場にいたんですか？」

「いたとも！　全国の同志たちと共に乗り込んだんだ。もうSEDの好きにはさせない。昨日のあれは、開戦の狼煙《のろし》さ。選挙結果に不正があることはわかりきっていたが、今まででは証明するすべがなかった。だが今回からはそうはいかない。当局は我々が集計を公表するのを妨害するに決まっているが、そんなことで屈するはずがないのさ」

芝居がかった仕草、朗々たる美声。レチタティーヴォのようだ。明らかに、人前で演説することに慣れている。

市民運動グループには、さまざまな種類があると聞いた。よく見かけた旅行の自由を訴える人々、人権保護、環境保全、さらに亡命の援助まで。規模もさまざまだが、彼は十年以上と言うだけあって、筋金入りの闘士なのだろう。

堂々たる体軀《たいく》は、ひっきりなしに動いているせいか、威圧感よりも弾けるような生命エネルギーを感じるし、髭にまみれた顔もよく見れば愛嬌があり、笑顔は人懐っこい。まだ出会って五分も経っていないのに、ヴィックは十年来の旧友に会ったような顔で僕に語りかけている。

ここではなかなか珍しいタイプだ。僕はただ圧倒され、ヴィックの話を聞いていた。

一見年齢不詳だが、口ぶりから推しておそらく三十半ばだろう。五十過ぎのヘルマー牧師をはじめ、ここにいる人々とは親しいらしく、彼の大きな声につられるようにして次々にやって来ては、僕に挨拶をしていく。その中には、今まで教会で見かけた人も二人ほどいたが、他はまったくの初対面で、一気に紹介されて僕は頭がパンクしそうになった。

「皆さん、ここにはよく来るんですか」

ようやくそれだけを絞り出すと、ヴィックは誇らしげに頷いた。

「ああ、月曜夜と決まっているんだ。ニコライ教会の月曜礼拝に合わせて集まっているんだよ」

「うちの礼拝にも来てくれるといいんだけどな」

ヘルマー牧師が小声で口を挟んだが、ヴィックは悪びれた様子もなく笑い、彼の肩を叩いた。

「悪いね、まず神のことより人間だよ。この国が変わったら、ちゃんと洗礼も受けるさ。シュウ、君も『革命前夜』に加わらないか」

「革命前夜？」

「僕らのグループさ。この国に疑問をもつ者なら誰でも歓迎だよ」

「ヴィック、彼は留学生だ。君の活動に口を出すつもりはないが、無関係の人間を巻き込むんじゃない」

僕がどう対応すべきか困っているとヘルマー牧師が助け船を出してくれたが、ヴィックは不思議そうに首を傾げた。

「でもここによく来るということは、シュウもまた体制の犠牲者だろう。彼もとっくに巻き込まれているじゃないか」

「よけいなことさえしなければ、彼はなんの問題もなく過ごせるんだよ。強制送還にしたいのか」

「なにも留学生に危険なことをさせるわけじゃないさ。ただ、彼がここに来る曜日に月曜も加えてみたらどうだって話だ。せっかくこの国に来たんだ、いろんな友人がいてもいいだろう？　いい土産話になる」

ヴィックは同意を求めるように僕に笑いかける。

「グループ名は物騒に思えるかもしれないけど、なにも革命を起こそうってわけじゃない。いや、限界を迎えたこの国を変えなければならないのは事実だけど、クーデターみたいな手段に頼りたいわけじゃないんだ。僕らはいつだって、沈黙をもって抵抗してきた。今回は行動に出たが、暴力は用いないし、これからもそれはしない。当局と同じことはしたくないからね」

再び、レチタティーヴォの独壇場が始まった。

「ただ、僕らはもはや従順な羊ではないということ、抑圧と監視だけでは何も生まれないこと、我々はただ人として当たり前の権利を手に入れたいだけだということを理解してもらいたいんだよ。僕らと西の兄弟は、同じ十字架を背負っていたはずなのに、気がつけば西の兄弟たちより厳しく辛い荊《いばら》の道を歩んでいる。いくつかの不運が重なったせいでね。僕は、人々がこの国に生まれたことを不運だと嘆くような国であってほしくない。君にもDDRを愛してほしい。本当のDDRの姿を知ってもらえればと思うんだ。それに日本には以前からとても興味をもっていてね。同じ敗戦国ながら、空前絶後の繁栄を誇る国。全く異なる文化をもつ国。ぜひ話を聞いてみたかったんだよ」

立て板に水のように、彼は語る。彼と同じ空間にいるだけで言葉の奔流に飲み込まれるが、それが決して厭《いや》ではない。人を惹きつける話し方というものを、心得ているのだろう。抑揚の利いた口調で語られる明瞭な言葉は、そのまま音楽になり、簡単に心に入り込む。

なおも続く彼の演説に魅入られたように耳を傾けていると、扉のほうから大きな音がした。

「何してるの、ヴィック。今すぐその口を閉じなさい」

肩をいからせたクリスタが、ヴィックを睨みつけていた。今の音は、彼女が扉を叩いた音らしかった。

「やあクリスタ、遅かったじゃないか」

「仕事よ。シュウ、そいつから離れなさい。あなたには関係のないこと。クリストフ、どうしてヴィックを近づけたのよ」

クリスタは、申し訳なさそうな顔をしているヘルマー牧師にも鋭い視線を向ける。すまん、と謝罪する彼に、今度はヴィックが大袈裟に嘆く。

「やれやれ、揃って過保護なことだな。同志に対してひどいじゃないか」

「クリスタも仲間なんですか？」

同志という言葉に反射的に尋ねると、ヴィックは嬉しげに笑った。

「もちろんさ！　彼女はじつに勇敢な同志だよ」

「やめてよ」

「恥じることはないのに。自分の亡命は後回しで人の援助ばかりしているお人好しだ」

亡命という言葉に引っかかった。彼女はたしか、移住申請をしているはずではなかったか。そんな疑念が顔に出ていたのか、ヴィックは苦笑して説明を続けた。

「移住許可なんてどうせおりないんだから、亡命すればと言っているんだけどね。承知しないんだよ。ならもっと切羽詰まった人を優先すべきだってね」

「くだらない話を聞かせているんじゃないわよ」ぴしゃりとクリスタが言った。「それより、サミズダートの準備はまだ？　不正選挙の正確なデータは集まったの？」

「これからやるところだよ」

「急ぐべきよ。おしゃべりしている場合じゃないでしょう? シュウ、今日は忙しいから明日また来て。ごめんなさいね」

クリスタはおざなりに謝罪すると僕の傍らを通り過ぎ、テーブル上に散乱する書類を手にとった。それきり、こちらを振り向こうともしない。ヴィックも困ったように天を仰ぎ、「じゃあまたね、サムライ君」と肩を叩くと、テーブルに向かった。周囲の人々も、僕の存在を忘れたように作業に戻った。その合間に強い語調で言葉が飛び交うが、早すぎて何を言っているのかわからない。クリスタやヴィックも、僕の前ではずいぶんゆっくり喋ってくれていたのだと思い知る。

「シュウ、すまないね。事務室でコーヒーでも飲まないか?」

立ち尽くしている僕に、ヘルマー牧師が声をかけてくれた。心遣いはありがたかったが、僕は首を振った。

「ありがとう、結構です。また日を改めて来ます」

軽く会釈をして、教会を後にした。

夜道を歩く足取りは、重い。歩くそばから、地面が泥に変化していくように感じる。避難所。ようやく、この国で居場所を見つけられたと思った。他ならぬクリスタが僕に教えてくれたことが、嬉しかった。

しかしクリスタが市民運動グループに所属していたなんて知らなかった。先日、ニコライ教会の話をしたのは彼女のほうなのに、自分は活動にまったく関係ないという顔をしていたし、ヘルマー牧師も何も言わなかった。心臓の痛みが、ますます足を重くする。やはり彼らだって、僕を信用しているわけではないのだ。当然だ、僕はここでは異分子なのだから。

彼女たちが抱き続けた焔を知って、喜びを共有したくて教会に駆けつけてきた僕は、あっさりと追い出されてしまった。共有したくて？　部外者である僕に何が共有できるというのか。おめでとうと言って、それからどうするつもりだったのだろう？　入国審査での理不尽な体験を面白おかしく話して、大変だったねと慰められたかったのか？　彼らはずっと、もっと理不尽な目に遭っているというのに。

自宅に辿りついた僕は、すぐにテレビをつけた。もう習慣となっている、無意識の流れだ。ここに来たころ僕は、あまりテレビを見るほうではなかったが、最近は無音が怖い。ピアノを弾いていない時は、必ずコンポかテレビをつけている。DDRの番組はたいていつまらないが、音楽などの教養系は非常に質が高い。西よりもずっといいぐらいだから、つけていても損はなかった。

しかし今日は月曜だということを、僕は家までの寂しい道のりで忘れていたらしい。

画面に映ったのは、眼鏡をかけた初老の男。きっちり背広を着込んだ彼は、妙に気障《きざ》ったらしい印象を受ける。実際、彼の名は気障ったらしい。

カール＝エドゥアルト・フォン・シュニッツラー。

共産主義のこの国において、貴族の称号「フォン」を名字に持つ彼は、おそらくDDRで最も嫌われている人物だろう。彼の一族は皇帝、そしてナチスと密接な関係をもっていたが、若くして共産主義に傾倒し、反ナチを貫いてきた彼は、今やSEDの広報を一手に担っている。彼自身はフォンの称号を嫌っているそうだが、SED初代書記長のウルブリヒトは姓をいじることを許さなかったという。英断だ。階級差の撤廃を目指そうが、欧州の人々は高貴な血《ブルー・ブラッド》に憧れる。それは本能のようなものだし、ドイツ人においてはとくに顕著だ。

共産主義の優等生たる国家において、貴族の名をもつこの男は、三十年近くも月曜のこの時間になると決まって画面に現れ、西ドイツの虚飾と堕落を弾劾《だんがい》し、DDRがいかに優れているかを熱心に語る。彼自身の設定からして矛盾が多すぎ、もはやコメディかと思うぐらいだ。

今日の話題は、昨日の開票についてだった。開票現場に入り込み、あたかもSEDに不正があるように見せかけた西側テレビ局の卑劣さをこれでもかとばかりに詰《なじ》り、自分たちは常に公正であると訴えていたが、失笑ものだ。もっとも、失笑している者もいないだろう。この国で、まじめにこの番組を見ているものがいったいどれほどいるのか。

イェンツは、この時間になるとどの家庭もいっせいにテレビを消すので、発電所は一気に逆流してくる電流で電源が落ちぬよう、月曜のたびに警戒態勢を敷いていたのだと、本当なのか冗談なのかわからない話を聞かせてくれた。

SEDの支持者であるファイネンさんですら、「週の最初からエドの顔は見たくないわ」と毒づくぐらいだから、この『黒いチャンネル《シュバルツェ・カナール》』は本当に嫌われているのだろう。虚偽だらけの内容はもとより、フォン・シュニッツラー自身がいちいち高慢な物言いをするのがいけない。

僕もＤＤＲに来た当初は、これが悪名高いエドかと面白がって見ていたが、二回ほど見ただけでうんざりしてしまった。ユーモアのない皮肉がこれほど苦痛とは思わなかった。当局も、もっと喋りがうまくて好感を抱かれそうな人物を配置すればよいものを、それほどに「フォン」の威力は絶大だということなのだろうか。あるいは、反感を一身に集めて本筋への不満を逸らす道具として、一番目立つところに配置されたのか。

もともと重かった気分は、フォン・シュニッツラーによってとどめをさされ、僕は何もかもが厭になってベッドに転がった。そのまま注意深く部屋を見回す。

先週末、部屋を出た時と何か変わっていないか。棚の上の小物の配置が、少しずれてはいないだろうか？　いや、気のせいか。あそこのコンセント、異質な気配がする。先日見た時は盗聴器の類いはなかったが、ひょっとしたら――

僕は舌打ちし、むりやり目を閉じた。疑いだしたら、きりがない。

避難所から帰れば、すぐこれだ。安らぎなんてない。

もしこのまま、「革命前夜」とやらが勢いづいて、オルガンの音に満たされたあの完璧な空間がなくなってしまったら。僕はどこに行けばいいのだろう。

不安は消えなかったが、ミュンヘンまでの強行軍がたたったのか、僕はいつしか眠りに落ちていった。

夢の中で、僕はようやく焦がれていた音楽に迎えられた。

しかし、それを奏でていたのは、クリスタではない。

あのポジティフ・オルガンの前に陣取り、ゴルトベルクを弾いていたのは、どういうわけかラカトシュ・ヴェンツェルだった。

3

不正選挙で燃え上がった焔は、各地でデモを巻き起こし、やや遅れてこの無知の谷間にも到着した。

ヴィックや避難所にいた人々は、選挙の翌日にはすでに知っていたが、やはり西ドイツの映像が見られる家庭はごく限られているせいか、着火には少し時間がかかったのだろう。

最近はあまり見かけなかったデモを、しばしば目にするようになった。『我々は真実を望む』『公正な選挙を』などと書かれたプラカードを持った若者たちが練り歩き、一度その中にヴィックの姿も見た。意気揚々と歩いていたが、あまり関わり合いになりたくないので、僕は早々に立ち去った。

ここはまだおとなしいが、ベルリンでは人民警察《フォーポー》が出動し、デモの参加者から怪我人や、拘束される者も出たという。

もしこれが、もっと大きな衝突になったらどうなるのだろう。抵抗者たちが沈黙から言葉へ、さらに力へと頼るようになったら。

不穏な予感はあったが、一介の留学生が案じても仕方がない。へたに関わって強制送還などという事態はまっぴらだ。僕にできるのは、とにかく距離を置くことだけだった。

避難所にも、あれから行っていない。ミュンヘンから帰ってきた時、一刻も早くクリスタたちに伝えたいと燃え立っていた心はとっくに冷えて固まり、今はむしろ、焔を煽《あお》るヴィックらを疎《うと》ましく思う。

身勝手なのは承知だが、安住の地を奪われたのは悔しかった。彼らは、それこそ今までの生涯をかけて安住の地を求めて戦ってきたのだろうが、僕はあいにくこれ以上シュタージの脅威に耐えられそうにない。

今まで、DDRでは多くの人が、脅威から遠ざかるためにこうして心の一部を犠牲にしてきたのだろう。彼らの心に自由を取り戻すためには、ヴィックたちが仕掛けようとしている戦いはきっと正しいのだ。

しかし、それは僕の戦いではない。クリスタだって言っていた、あなたには関係のないことだと。

今は、音だけで構成される、馴染み深い戦場に集中すべきだ。こいつを片付けなければ、僕はここから一歩も動けないのだから。

僕は以前にもまして練習に取り組み、夜には毎晩のように音を求めて街をさまよった。この街に来てまもないころ、ファイネンさんは、どれほど体が重くとも街に出て音を聴きなさいと言った。この国の最も素晴らしい部分に触れ、帰ってくればすぐにピアノに向かい、これはと思ったものを片っ端から試してみた。

この広大無辺な音の海から、果たして僕は自分の音を見いだすことができるのか。わからない。だが、これだけは諦めるわけにはいかなかった。

そしてとうとう、その時はやって来た。きっかけは、往々にしてそうであるように、ごく近いところに転がっていた。

その日僕は、朝一番の授業を終えてからずっと練習室に籠もり、汗だくで練習をしていた。来月の学内演奏会には久しぶりに出演することになっている。不調ながらも鬼気迫る勢いで課題のショパンに取り組む僕を見て、アルムホルト教授が出てみなさいと言ってくださったのだ。今度こそ、期待を裏切るわけにはいかない。

しかし、あと三十分というところで、突然扉が開かれた。

「シュウジすまない、この部屋を貸してくれないか？」

申し訳なさそうな顔で立っていたのは、アルムホルト教授だった。彼の背後から、興味深そうに若い男女が部屋をのぞきこんでいる。

「ああ、受験生ですか？」

僕の質問に、教授はますます申し訳なさそうに頷いた。一方、その背後の男女は、僕の練習時間を邪魔したことに対して何も感じていないらしく、ずかずかと部屋に入ってきた。

「そうなんだ、今しか時間がなくてね。一時間、わけてくれ」

「わかりました」

本当は厭だったが、教授相手に断ることはできない。僕はおとなしく楽譜をまとめ、部屋を出た。

来月には、入学試験がある。わずか十分の演奏のために、学生たちはあらゆるコネを使い、音を磨き上げる。最近こうして、受験生を引き連れた教授がやってくることが多くなった。それは結構だが、練習時間を邪魔されるのはかなわない。

時間が余ってしまったので、写譜でもしようと図書館へ向かう。その途中で、開け放たれた窓から、優しいピアノの音が聞こえた。

バッハ　『イギリス組曲』第二番　イ短調　ＢＷＶ　８０７

ちょうどサラバンドをやっているところで、ゆるやかなテンポがしっとりとした音の響きによく合う。朝靄の中、湖畔で静かに佇む美しい女性を思わせる。リピート部の装飾音は、ひとつひとつの音がくっきりと浮かび上がるように響き、靄が晴れて明るい空が現れたかのようだ。色彩豊かに展開される世界を優美にまとめあげているのは、この独特の水気ある音色だ。

僕も水のような音だと言われたが、この音は色鮮やかな東南アジアの光景に馴染む、華やかさがある。

しばし聞き惚れ、レッスンが終わるころを見計らい扉のほうに回ると、果たして中からは、白いシャツを着たスレイニエットが現れた。僕に気付くと、丸い頬にえくぼを浮かべる。

「あら、シュウじゃない。こんにちは」

「やあ、ニェット。お疲れ様。昼食は?」

「まだよ」

「じゃあ一緒にどうかな」

ニェットは軽く目を瞠《みは》った。それもそうだろう。今までの僕らの関係は、挨拶のついでに一言二言話す程度だったのだから。しかしニェットはすぐに笑顔になって頷いた。

「学内のカフェテリアは厭よ」

「僕もあそこはご免だ、安心してくれ」

そこからなぜか互いの国の食べ物の話になり、結局僕らは大学前のキオスクでパンとハムを買い、中庭のベンチに落ち着くことになった。外で食べるには最高の季節だし、天気もいい。パンは固く、ハムも紙のように薄いが、この国ではこれでも上等だ。なにしろ虫が入っていないし、たぶんこれなら食中毒も起こさないだろうから。

「DDRのたいていのことには慣れたけど、食べ物に関してだけはいまだに慣れないわね。ベトナム料理の店も、あるにはあるんだけど」

顎の力が鍛えられそうなパンをなんとか飲み込み、ニェットはため息をついた。澄んだメゾソプラノの声は、ほっとする。

「あるんだ? どのへん?」

「行かないほうがいいわよ。まずドイツ語は通じないと思うし。それに本国とじゃ味がまるで違う。良質の食材がなかなか手に入らないからしょうがないけど」

出稼ぎのベトナム人たちは、自分たちだけで固まって暮らしている。ドイツ語も全く喋れないというのは聞いたことがある。留学に来ているニェットとは、全く世界が違うのだ。

「それは残念だ。日本食の店は最初からないからまだ諦めがつくけど、なまじあると歯がゆいかもしれない」

「そうね。それにしても、シュウとこうして話すなんて初めてじゃないかな」

ニェットは微笑んで僕に目を向けた。彼女はとても姿勢がよい。小柄だが手足はすんなりと長く、こうして間近で見ると可憐という表現は相応《ふさわ》しくない。えくぼのできる笑顔はかわいいが、凜《りん》として気品がある女性だ。

「最初は君たち、僕を遠巻きにしていただろう。僕も人見知りだから、近寄る勇気はなくてね」

「だって、日本からの留学生なんて警戒するじゃない。スパイなんじゃないかって言われてて」

「学生が何をスパイするって言うんだ」

「ここじゃ他人はまず警戒しないと。治安はいいけど、誰が味方かわからないし」

こんなに輝くような笑顔をもつ彼女も、やはりＤＤＲの洗礼は受けたようだ。

「ただのスランプに悩む学生だから安心してくれ。ニェットはここに来て半年くらいだっけ？」

「ええ、来たのは十月。私もここに来てすぐ頭が真っ白になって、ずいぶん苦しんだの。だからシュウが辛そうに見えて、胸が痛かった。気持ちはわかるつもり」

「ありがとう。ここに来て、そんなふうに言ってもらったのは初めてだよ。李なんか厳しくてね」

「あの人は自分にも他人にも厳しいよね。私も去年、ずいぶん怒られたっけ。人に振り回されるんじゃないって」

ニェットは困ったような笑みを浮かべた。

「でも彼は、君をとても心配しているんだよ。今ヴェンツェルともよく組んでいるんだろう？」

「李は心配しすぎ。それぐらい、去年の私が情けなかったってことなんだろうけど。本当に、あの時はどうかしていたとしか思えない。自分で手を切るなんてね」

人ごとのような口調だった。

「……手を？」

「ええ」

ニェットはジーンズのポケットから、茶色いものを取り出した。なんだろうと目をやった途端、ぱちんと音がして刃が飛び出す。僕は一瞬息を止めた。僕も鉛筆を削るために肥後守《ひごのかみ》を普段から持ち歩いているし、ほとんどの学生がナイフぐらいは携帯しているだろうが、ニェットの笑顔とナイフはひどく奇妙な組み合わせに見えた。

「これで手首を切ったらしいのよ」

「らしい？」

「あんまり覚えてなくて。でも、死のうと思ったわけじゃないと思うの。たぶん、手が駄目になったら帰国できるとか、そんなくだらない考えがひらめいて、衝動的にやったんじゃないかな」

馬鹿よねえ、とニェットは屈託なく笑うが、胸が痛かった。手が駄目になれば帰れる。悲しい言葉だ。

ニェットのナイフは、一目で丁寧に手入れされているものだとわかった。木に真鍮の縁がついた柄《つか》の部分も古びてはいるが、ものはいい。DDRではあまり見ない形なので、ベトナムから持ち込んだのだろう。彼女の幼少期は戦火に彩られていたことを、ふと思い出した。

「でも、血を見た瞬間に我に返ったというか……ピアノが弾けなくなっちゃうと思って叫んだの。それですぐに見つかった。傷もたいして深くなかった。だから自殺未遂じゃないと思うんだけど、まあしょうがないよね。しばらくは、刃物も全部遠ざけられちゃって。おかげで鉛筆も友人に削ってもらわなきゃならなくて、不便だった。これ、子供のころから使ってるし、お守りみたいなものだから、落ち着かなかったな」

ニェットは苦笑し、ナイフをポケットにしまった。視界から刃物が消えたことで、僕もようやく息をつけた。

「今は返してもらったんだね」

「うん、二月ぐらいだったかな。一時は全くピアノも弾けなかったんだけど、そのころにはだいぶ弾けるようになっていたし。今じゃ、なんであそこまで思い詰めていたのかわからない」

そこで彼女は、首を傾げるようにして僕の顔をのぞき込んだ。

「でもシュウは今、苦しんでいるよね」

「袋小路だね。よかったら、聞かせてくれないか？　君がどうして悩んで、どうやって復活したのか」

「私の話でよければもちろん」

ニェットは、腿《もも》の上に敷いたハンカチの上に、パンを置いた。

「よくヴェンツェルに破壊されたって言われるけど、もちろんそんなのじゃない。彼に太刀《たち》打《う》ちできなかったのは確かだけど、それ以前に私は、この国に溢れる音に酔っちゃったのよね」

大きな黒い目が、空をさまよう。そこかしこに、音が見えているかのように。

「子供のころは、防空壕でいつも紙の鍵盤で弾いてた。それでも……いえ、だからこそと言うべきかな、私の中はいつも音でいっぱいだった。もう爆発するかもしれないっていうところまで膨れあがったところで、やっと自由に本物のピアノを弾ける環境を手に入れて、ただ嬉しくてどんどん弾いてたら、気がつけば留学なんて話まで出てた。でもいざ来てみたら、ここには多種多様な音が満ちあふれている。何もしなくても音が入ってくるの。私は今まで、他人の生の音を聴いてから弾くということがあまりなかったから、音の洪水に混乱してしまったんだと思う」

ニェットは、かつては完成された世界を自分の中にもっていた。だがそれはあくまで箱庭で、最初はここでも新鮮だともてはやされたが、驚きが薄れれば、この重厚な音の世界では忘れ去られていくだろう。今後もピアノで生きていくには、自分の箱庭を解放し、この世界と繋げなければならない。そう知らしめてくれたのが、ヴェンツェルの圧倒的な音の奔流だったのだと、彼女は語った。

「僕と逆だ。僕は、自分の中に音をもっていなかった。その状態でここに来たから、飲み込まれたよ」

「音がないなんてことはない。シュウのピアノは、水のようね」

「水みたいって、つまらないってことじゃないか」

ニエットは目を瞬《また》いた。

「日本も水の国で、日本人は自然に対して感受性が強いと聞いていたのに。そんな認識なの？」

これには僕も少し驚いた。僕もニエットの音に対しては、ベトナムの香り高い雨を思い描いていたからだ。

「僕の場合は、ヴェンツェルに水みたいな音ってよく馬鹿にされていたからね」

「馬鹿にしたわけじゃないと思うけどな。ひとつひとつの音が繊細で、でもなめらかに調和して流れていく感じで、私ははじめて聴いた時、とてもほっとした。でも、ああこれはヴェンツェルも好きだろうなあ、これからきっと大変だろうなとも思ったかな」

悪戯っぽくニエットは笑う。

「その時に忠告してくれればよかったのに」

「李が言ったんじゃないの？　でも、私はチャンスがあるなら一度は組んでみたほうがいいと思ってるから。それに実際、組んでよかったじゃない。ヴェンツェルとのフランクは、予想以上だったもの。ソロとは別人みたいだし、彼とあんなに息が合うピアノも初めてじゃないかな。シュウと組んでいる時のヴェンツェルも、一人の時よりずっとよかったもの。すごく楽しそうだった。知ってる？　彼、一人で演奏するのは実はあんまり好きじゃないのよ。あれだけ目立ちたがりなのに不思議だけど、一人だと何も驚きがないからなんですって。贅沢な話よねえ」

僕が思っていた以上に、ニェットとヴェンツェルのつきあいは深いようだった。ヴェンツェルには友人らしきものはいないと聞いていたし、あの性格なら当然だろうと思っていたが、ニェットは僕が知らない彼の姿をいろいろと知っている。これでは、李が気を揉んで僕に無理難題を突きつけてきたのも、仕方がない。

「シュウは一度として同じ音を出さないから、彼も夢中だったんだと思う。水は変幻自在だものね。いくらでも、どんな音でも弾ける。だからどんどん見てみたくなって無茶を言って、最終的に喧嘩別れすることになっちゃったんでしょう」

どうにも面《おも》はゆくて、僕は手の中の石みたいなパンを見下ろした。ニェットは、教育者に向いているのではないかと思う。褒めて伸ばすタイプの。

「ずいぶん好意的にとらえてくれてありがたいけど、僕はただ、いつも彼に合わせていただけだよ」

「ヴェンツェルにぴったり合わせられるのが希有《けう》なことなのよ。だって、あの人も毎回違うんだから。シュウは、自分ひとりでピアノに向き合う時は、まだ無限の引き出しをどう開けるかわかっていないようだけど、ヴェンツェルとやるとごく自然に出来てたんじゃない？　彼の音は時に、本質を引き出すようなところがあるから」

ニェットは顔の前に手を掲げ、指をひろげた。その小ささに驚く。ピアノを弾くには、ぎりぎりだろう。これでどんな難曲もやすやすと御し、繊細華麗に仕立てあげるには、どれほどの鍛錬と工夫を重ねてきたのか。

彼女は小さな指をリズミカルに動かし、宙に並んだ鍵盤を弾いていく。

「ピアニストって、楽譜のどんな細かい箇所も正確に弾こうとするじゃない。でも、伴奏や協奏曲ではそれはあまり意味がない。相手の呼吸あってこそだもの、私たちはより歌うことを意識する。あえて言うなら、シュウの中に音はあるけど、歌がまだ見えない状態だったのかもしれないね」

「歌か……。君は、防空壕の中ではずっと頭の中で弾いていたって言ったね」

「うん。最終的には、紙の鍵盤もなし。頭の中で完全に曲を弾く時は、こうやって手を動かすのもなしよ」

ニェットは、それまで自在に動かしていた指をぎゅっと握りしめた。

「体で覚えるのは重要だけど、逆に動作に依存して覚えている箇所も意外に多いんだ。それじゃあ歌えない。頭の中だけで完璧に再現できるまで、何度も何度も楽譜と向きあって歌う。私は防空壕で、そうやって来た。爆撃の音も耳に入らなくなるまでね」

僕はじっと自分の指を見た。子供のころから身長のわりに手足は大きくて、指は長く、節が太い。自分で言うのもなんだが、ピアニストらしい指だと思う。

「なんてね。この程度のこと、私が言うまでもないよね。よけいな話だったかも」

「いいや、目が開いたような思いだよ」

「言い過ぎ」

「本当だ。イメージしろとは教授にもよく言われるけど、君の話はとてもわかりやすかった」

「そう？　嬉しいな」

ニェットは花が開くように笑った。

「シュウのピアノが歌うところを、楽しみにしているね。あ、でもヴェンツェルは返さないから」

「むこうがごめんだと思うよ。君はクライシャにも行った？」

「うん、なかなか刺激的な体験だった」

「リストを弾いたんだね」

ニェットの笑いが、苦笑に変わる。

「反応はまっぷたつだった」

「だろうね。君は勇気があるよ」

「ひとりじゃやろうとは思わない。でもヴェンツェルが一緒だったから」

丸い頰がほんのりと色づくのを見て、僕はここにはいない李に頭の中で話しかけた。

李、君まったく勝ち目がなさそうだぞ。

「でも、あの反応を見て思ったんだ。戦後と呼ばれる時代は、もう終わっていいって。

ハンガリーだって国境を開放すると言ったでしょう？　時代は変わった。忘れてはいけない記憶だけど、封印してしまうこととは違う。ヴェンツェルの言いたいことは、なんとなくわかる気がするの。私の国も最近まで戦争してたし、その傷はまだまだ深いけど」

ニェットはどこか夢見るように語ると、残ったパンを見やり、意を決したように口に放り込んだ。

石でも嚙み砕くような顔をしてなんとか飲み込むと、持参してきた水筒を口に運んだ。中身はコーヒーかと思ったが、お茶だった。漂う甘い香りに誘われるように見ていると、彼女は笑って一口くれた。あまり馴染みのない味だったが、美味しい。

「蓮の茶よ。私もともとコーヒーが苦手だし、絶対に切らさないようにしているんだ。山ほどあるから、お気に召したなら今度もってくる」

「ありがとう。じゃあ僕も今度、緑茶をもってくるよ」

「じゃあお茶会ね」

「仕方ないから李も誘ってやろうかな。朝鮮のお茶って何だっけ」

「前に菊のお茶を貰ったことがあるよ。いろいろあるんじゃない？」

話題はいつのまにか茶菓子に移り、昼休みはあっというまに終わった。

「じゃあ、また。私たちも、新しい時代を迎えられるといいね」

ニェットはとびきりの笑顔を残して、午後のレッスンに向かっていった。

白いシャツにジーンズという簡素な恰好だが、長い黒髪を揺らして姿勢よく歩いていく姿は、凛として目を惹いた。

水のような音。

今まで否定的な意味でしかとらえなかった言葉。しかしニェットは違った。

同じく水だから？　アジア人どうしだから？

ごく単純に一般化された国民性をそれぞれの個性にあてはめるのは馬鹿げているし、危険な行為だが、異文化の中に単身放り込まれれば、否応なく「お国柄」を意識することになる。個人をつくりあげる素地の、最も大きな面積を占める部分なのだから、思えば当然のことなのだ。

ニェットも、おそらく李も、同じ経験をしたはずだ。

僕らは欧州の外に生まれ、欧州の中でも超がつくほどの正統派の音を受け継ぐこの国にやって来て、そのあまりの厚みに茫然とした。

李はニェットの音に涙し、ニェットは僕の音に癒やされたという。そして僕はニェットに同じ水を感じた。李の方向性はまた違うが、彼は彼で今では欧州では古いとされている奏法を完全に個性にまで昇華している。途方もない苦労があったはずだ。

覚悟がない、と僕に言ったのも、李だった。帰れと繰り返した理由が、わかった気がする。さぞ、僕の姿は彼を苛立たせたことだろう。

僕らは必ず一度、ばらばらになる。そうしなければ見えないものを、ひとつずつ拾い上げて、再構成しなければならないのだ。その覚悟がなければ、ただ押しつぶされて消えるだけ。

僕は手を開き、空にむかって掲げてみた。

指の間から、初夏の陽光がきらきらと零れ落ちる。

ほんの少しだが、見えてきた気がする。

僕の音。

このDDRで、僕だけが生み出すことのできる、水の音が。

4

「スランプは抜けたかな？」

僕がピアノの蓋を閉めると、同じくちょうどヴァイオリンをケースにおさめたイェンツが笑って言った。

「そう聞こえた？」

「ああ、久しぶりに楽しそうに弾いてたね」

「まだ、遠くに出口が見えたかもってところだ。四ヶ月近く悩んでまだその程度だけど」

「俺の四年に比べればだいぶマシだよ。なんにせよ、よかった。俺と組んだからかな？」

「きっとそうだよ」

「もっと実感こめて言ってほしいなあ」

今度の学内演奏会では、僕はイェンツの伴奏をつとめることになっていた。前々回まで彼の伴奏を担当していたニェットが五月からヴェンツェルと組んだので、僕がこちらに来た形だ。

　イェンツとの練習は、明快だ。そして非常に効率的だった。ここはこう、と決めたら決して逸脱しない。イェンツの言う通り、彼の合理性に救われた部分は決して少なくはなかった。

「この間、ニェットと少し話したんだ。いいアドバイスを貰ったよ」

「それはよかった。ニェットはいい娘《こ》だよね」

「男の趣味が悪すぎるのが残念だ」

「へえ、君もニェットが気になってたのかい？　彼女は結構人気があるから大変だよ。この国じゃ絶滅危惧種の女性だから」

からかうように笑われて、むっとした。

「違う。いい娘だとは思うけど」

「ああそういえば、シュウの好みは背が高くて金髪で目の青い、冷たい印象の美人だったかな」

　不意打ちだった。表情を消そうとして、みごとに失敗したらしく、イェンツはおかしそうに笑った。

「わかりやすいなあ。そりゃあ、何度も遠いコンディトライに通うよな」

　そうだった。あそこの店主のゲルダは、ガビィの古い知り合いだった。真っ赤になった僕を見て、イェンツはますます笑った。

「そんなに照れることじゃないだろ。で、クリスタとはどうなった？」

「何もないよ、たまに会って話すだけ」

「本当にそれだけ？」

「それだけ。そもそも今それどころじゃないし。来月の学内演奏会には久しぶりに君の伴奏とソロの両方で出るんだから」

面倒なことにならないうちに、話を遮った。

あれからクリスタには会っていない。教会にもコンディトライにも行っていないのだから当然だ。僕と彼女の接点はそこだけだから、僕が足を向けずにいれば、このまま終わるのだろう。

「情けないな。じゃあ、夏休みにはどこかに誘えば。予定は決まってる？」

「音楽ゼミナールには行くつもりだよ」

イェンツは呆れた顔をした。

「休みにまで勉強するつもりなのか？　どこの？」

「ライプツィヒ音楽院か、ワイマールのフランツ・リスト音楽大学。どっちも評判がいいから」

「だからって、普段からピアノ漬けなんだから少しぐらい息抜きしないとパンクするぞ」

「今学期はあまりいい結果を残せなかったし、夏のうちに挽回したい。ああ、でも旅行もするよ。ハンガリーに行ければいいんだけど」

「へえ、バラトン湖あたり？　もちろん一人じゃないよね？」

「にやにやするなよ。そういうんじゃない。ライプツィヒのあの家族が、毎年バラトン湖のホテルで休暇を過ごすんだって」

イェンツの表情もさすがに神妙になった。ニナを襲った悲劇については、すでに話してある。

ライプツィヒからは、先週ようやく連絡が来た。差出人はヘルベルト・ダイメル。人柄そのままのかっちりとした字は、今までの不義理を詫び、さらにニナの家出の件を詫び、しばらく会えぬことを詫びていた。

――我々はこれからも、DDRの国民としてすべきことを全うする。君も君のすべきことだけを考えるように。君を送り出してくれた家族に恥じぬように。

最後に、そう書いてあった。

明らかに検閲を意識した内容だったが、要約すれば、しばらくは互いのために連絡はしないほうがよいということだろう。

「そうか。ぶじに西の家族と会えるといいな」

「そう願ってるよ」

「じゃあ俺たちもそれに合わせてそこに行こうじゃないか。今度こそソナタを披露しないと」

僕は驚いてイェンツを見た。

「君も予定があるんじゃないのか？」

「いつも気ままな旅だから。それにハンガリーなら、夏のうちに西への入り口が見られるかもしれないし」

ハンガリーが国境開放を宣言してから、半月が経つ。鉄条網が完全撤去されたというニュースはまだ聞かないが、年内には開放されるだろう。

そうなれば、自分たちも西に行ける。もう、国境の地雷や壁の警備兵の銃口に怯えることなく、亡命できる。そう思いこむ者は少なくないらしく、ハンガリーへと向かうトラバントの数は増えるばかりだ。西ドイツのパスポートでハンガリーに入国していないかぎり、ハンガリーから出国することはできないにもかかわらず。

「イェンツも、隙あらば西へ駆け込もうと思ってるのか？」

僕の問いに、イェンツは「いや」とあっさり答えた。

「……西に行きたくてシュタージカペレを狙っているって聞いたけど」

「ああ、まあそれはあるね。でもべつに亡命したいわけじゃない。時々行ければ充分だよ」

声量が少し落ちた。青い目が、扉のほうをうかがうように横に動く。

「西の魅力は、豊かな物資だけだからね。自由とは言わずとも、それなりに手に入れられる環境があれば、充分さ」

「もっと自由で豊かな生活を送りたいとは思わないのか」

「そりゃあこっちは窮屈だけど、工夫次第だよ。あっちは何もかも金がかかりすぎる。

せっかく四年を無駄にして定期士官にまでなったのに、それをフイにしてまで西に行くつもりはないな。正直言って、いまハンガリーに向かっている連中の気持ちがわからないね。西に渡れたとして、今より幸せになれるとはかぎらないのに」

彼の言葉に、先日会ったゾフィーの白い顔が思い浮かんだ。

DDRの市民運動グループが反旗を翻したあの記念すべき日、僕らは興奮ぎみに未来について語り合った。

しかし僕が、早くニナも移住して一緒に住めるようになるといい、と話すと、途端にゾフィーは顔を曇らせて言った。

『自由に会えるようになればいいとは思うわ。でも、ニナが西に来たほうがいいかと訊かれれば……簡単には頷けないわね。移住した私が言うことではないでしょうけど』

ゾフィーは目を伏せた。

『同じ国だったのは遠い昔のこと。今はもう、何もかもが違う。ここには東にはないものがあるけれど、東に当たり前のようにあったものがない。もちろん、あの子が来たら私は全力で助けるつもりよ。でも、私もしがない年金生活だもの。あの子たちの前では言えなかったけれど、生活は、こちらに来てからのほうがずっと苦しいの。近くに、兄や姉が住んでいるから、どうにかなっているけれど……』

恥ずかしそうに、彼女は言った。はじめて会った時には、その洗練された佇まいに、やはり西の人だと感じたが、内情は火の車らしい。

たしかにあの部屋は、隅々まで掃除が行き届き、居心地はいいが、堂々たるダイメル家に比べるとずいぶんとこぢんまりとしていた。一人で住むには充分だろうが、ＤＤＲでは地位が高かったであろうダイメル家の未亡人としては、少し寂しい。

「やっぱりイェンツは合理的だ」

僕は褒めたつもりだったが、イェンツは微妙な顔をした。

「なんだか皮肉に聞こえるな」

「そんなつもりはないよ。ミュンヘンに移住した人の実情を見ているからね。そうだ、ちょうどその時にあの選挙のことをテレビで見てたんだけど、君はあれ、どう思う？」

「不正なんて昔からわかりきってたことだろう。当局も下手だね、九十八パーセントはいくらなんでも嘘くさいよ。九十ぎりぎりぐらいにしておけばよかったのに、やりすぎるからすぐバレる」

イェンツは呆れたように笑った。

選挙の不正は、市民運動グループとそのバックについた西ドイツのテレビ局によって徹底的に追及され、結局ＳＥＤ側は、不正があったことを認めることとなった。当局が過ちを認めること自体が、凄いことらしい。

「ドイツ人ってのはいっつもそうさ。生真面目で野蛮、いつもやりすぎて自滅。引き際がわからない。当局も反政府もいい落としどころを見つけられればいいんだが、それができたためしは歴史上にない。どうなることやら」

人ごとのように、イェンツは言った。実際、人ごとなのだろう。彼は法律畑を捨ててわざわざ音楽に鞍替《くらが》えした人間だ。僕と同じように、この限られた環境の中で音楽が出来ればそれで充分。それ以上を望むのは、身を滅ぼしかねないと知っている。

しかし僕らがいかに、この箱庭にとどまろうとしても、一度燃え広がったものは止まらない。

焔に煽られた風は、今度はまったく意外な場所から吹いてきた。

はるか遠い東の地、中華人民共和国、首都北京。六月四日。

天安門広場では、学生をはじめ、民主化を求める市民が集まり、その数は五十万に達していたという。

武器を持たぬ彼らに対し、政府が選んだ解決策は、人民解放軍による容赦ない弾圧だった。

この事件に対し、各国から激しい非難や制裁が加えられる中、ＤＤＲ政府だけはいち早く中国共産党の行為を支持する声明を出した。

人々は驚き怒り、各地でデモが頻発する。

それまで、選挙の一件によって、これから政府との対話で事態を改善できるかもしれないと希望を抱いていた人々は、殺戮を支持する政府の声明を聞いて、思い知ったのだ。

ＳＥＤに、対話するつもりなど一切ないのだと。

第五章　砂塵の音

1

　不安が滲む、謎めいた短い序奏から、ショパンのスケルツォ三番は始まる。

　調性も謎、三拍子なのに四連符で始まるという序奏は、ショパンしかやらないだろう。

　あたりを窺うような序奏から一転、両手の力強いオクターヴが連続する。もともとこの曲は、ショパンがお気に入りの手の大きな弟子グートマンに捧げたものらしく、とにかくオクターヴの連続が多い。そこからきわめて速《プレスト》く、トッカータ。鍵盤を叩きつけるような激しい和音が続く。この嬰ハ短調の第一主題は、猛々《たけだけ》しい嵐だ。疾走し、唸《うな》りを上げて突き進む。雷鳴が轟き、大地が鳴動する世界が展開していく。

　暗く恐ろしい光景なのに、時に嵐は人を惹きつけてやまない。それは、僕らの中に、人知を超えた圧倒的なものに屈服せずにいられない本能が組み込まれているからだろうか。

心を鷲《わし》づかみにした嵐は突然、姿を変える。柔らかいコラール風の和音が響くと、垂れ込めていた灰色の雲は払われ、太陽の光が降り注ぐ。重々しい嵐の後の高音のきらめきは、まさに光の具現化だ。音を聴いただけでぱっと目の前が明るくなる。

変ニ長調のこの第二主題は、やさしいぬくもりに酔いしれ、戻った光を賛美する幸せな時間だ。しかし、ずっと続いてほしい穏やかな日々に、気づけば不穏な影が忍び寄り、またあの嵐がやって来る。それを抜けて再び第二主題、しかしさきほどのように神々しい光とはほど遠い。どこか諦めを含んだおぼろな明るさ。そのまま静かに消え入るのかと思いきや、再び嬰ハ短調の凄まじいコーダに突入する。

今までで最も激しく容赦の無い嵐が吹き荒れる。この難しいスケルツォの中でも特に速く難しい箇所だ。同じ嵐でも、無慈悲な略奪者ではなく、残り少ない命を全て燃やし、自ら死地へと駆け抜けていく野生の獣のような気高さを感じる。

二度と屈服はしない、この足で地平の果てまで駆けていく。自らが嵐となり、人は華々しく舞い踊り、一気に幕を下ろす。

一拍おいて、拍手が湧いた。

短い人生を駆け抜けた僕は、はっとして顔をあげる。僕の目の前では、歌い終えた鍵盤が満ち足りたように沈黙していた。

拍手に促されて立ち上がり、観客に一礼する。アルムホルト教授の満足そうな顔が目に入り、ようやく僕の心にも光が差した。

「シュウ、よかったよ！」

楽屋に戻ると、先に出番を終えていたニェットが真っ先に祝福してくれた。

「ありがとう。久しぶりだから緊張したよ」

「とてもそうは見えなかったけど。音がきらきらしてた」

「君の言うとおり、水になって素直に流れることにしたんだ」

色をつけずに、そのまま歌う。それは存外、難しい作業だった。

僕はおそらく、僕という存在が音に出ることを恐れていたのではないかと思う。空っぽであることをこれ以上露呈することが、怖かったのだ。ヴェンツェルのような感性も、イェンツのような緻密な理論も、ニェットのような情緒も、李のような個性もない。無の中で音を探すのは、とても骨の折れる作業だった。しかし、何もないことを悟られたくないあまりに、不毛の砂漠を掘り返すのはもっと疲れる。

「まず序奏を、今の君の不安をそのまま弾いてみたまえ。それが一番、ふさわしい」

このスケルツォのレッスンで教授に言われた時、僕は、全てを委ねることにした。ショパンのこの劇的な構成に、丸裸で飛び込んだ。

弾いていくうちに、視界が開けていく感覚は、久しぶりだった。僕には派手だと思った服が、徐々に馴染んでいくような。技術的には高度だが、とても演劇的で明快な構成にしてくれたショパンに感謝する。音を必死に追いかけていくうちに、僕は今までの苦痛を追体験し、そしていつしか嵐を抜けていたのだった。

まだまだ、僕の音とは言えない。だが久しぶりに、ピアノが僕と向き合ってくれた感覚はたしかにある。このスケルツォはバッハの影響が顕著で、弾いていくうちに、あんなにも遠かったバッハの光が見えてきた。まだとても、おぼろではあるけれど。

「ねえそうだシュウ、試験あけの土曜ってあいてる？」

ニェットは笑顔で僕の目をのぞきこんだ。

来週は入試で大学は休み、後は学生の試験期間だ。

「練習する予定だけど」

「本当に練習の虫ね。たまには息抜きしないと。その日、ブラーゼヴィッツに行かない？」

「ブラーゼヴィッツ……ああ、旧市街の東のほうの」

「そう。六番のトラムで行けばすぐ。教会でヴェンツェルが演奏するんだって」

久しぶりに聞いた名に、反射的に身構える。

「へえ。君は出ないの？」

「そこの教会、いいパイプオルガンらしいの。だからオルガンを使うんだって」

「なるほど。じゃオルガン科に新たな被害者誕生ってわけだ」

「もう、そういう言い方しないの」ニェットは呆れた様子で苦笑した。「行くよね？いい季節なのに、わだかまりを残しておくのはよくないよ」

大きな目にじっと見つめられては、頷くほかなかった。

その日はあいにくの雨だったが、僕とニェット、そしてなぜかついてきた李の三人は、意気揚々とドレスデン郊外へと出かけた。古い家が並ぶブラーゼヴィッツから、「青の奇跡」と呼ばれる古い橋を使い、昔から芸術家が多く住むというロシュヴィッツに渡る。そこには、世界最古とDDRが主張するケーブルカーがあって、僕らは観光客にまじって乗り込み、山の頂上へと向かった。ゆるやかに蛇行するエルベ河とドレスデンが一望できるのだ。今日は雨天ゆえに絶景とは言えなかったが、僕らは持ち寄った水筒で、遠いアジアの味を堪能した。

山を降りて橋を渡り、ブラーゼヴィッツに戻ると、ニェットは迷わず教会へと向かった。散歩中に立派な教会も見かけたが、そちらではなく、比較的新しい、こぢんまりとした教会だった。

教会の前の掲示板には、リサイタルの案内と一緒に、「嘆きの礼拝、七時より」という表示があった。興味を惹かれて顔を近づけてみると、天安門事件の犠牲者と、東ベルリン暴動の逮捕者たちの無事を祈って、と認《したた》められていた。

ニェットと李ものぞきこみ、苦い顔をした。

今月四日、中国の民主化運動は、武力発動により流血の事態を招くという最悪の結果となった。事件そのものへの怒りはもとより、DDRメディアの中国政府寄りの報道には、個人ばかりか企業体グループや労働組合まで抗議文を出し、全国の市民運動グループによる共同声明も発表され、各地では大規模なデモが頻発した。とくに今週の木曜に東ベルリンの中国大使館前で行われたデモは大きなもので、出動した警察との争いで多数の怪我人が出たという。それを受けて急遽、各地で嘆きの礼拝が行われたらしく、大勢の人が詰めかけた。

「死者は出なかったみたいだけど、いつかここでも、天安門みたいなことが起きるのかな」

不安そうにつぶやいたニエットに、李が「大丈夫だ」と妙に自信ありげに言った。

「ゴルバチョフになってから、ソ連は東欧の民主化運動にほとんど介入してこない。DDRよりよっぽど運動が激しいポーランドやハンガリーも無事だ。ソ連の援助がなければ、この国はそこまで大がかりなことは出来ないさ」

「だといいけど」

ニエットの顔は晴れなかったが、教会の中に入り、予想以上に人が集まっているのを見た途端、目を輝かせた。

「さすがヴェンツェルね。学生でこれだけ人を集めるなんて」

なんとも言えぬ顔をした李の肩を、つい励ますように叩いてしまい、ますます渋い顔をされた。

教会内には、近所の人々にまじって、見知った顔もある。前方の席を占めているのは、イェンツらヴァイオリン科の面々だ。

「やあシュウ、来たんだね」

さっそく僕を見つけたイェンツは、笑顔でやってきた。

「ニエットに誘われてね。君もいるとは意外だ」

ヴェンツェルがイェンツを嫌っているように、イェンツもまたヴェンツェルの音を品がないと言って嫌っている。

「珍しいことにラカトシュから声をかけられたんだ。都合つけて来てほしいって」

「へえ」

「実は、君も誘えって言われたんだけど、それなら自分が声をかけるってニェットが言うからさ」

僕は目を見開いた。

「僕のことも？ 本当に珍しいね」

「隠し球を用意しているらしいよ」

「何だそれ」

「さあ。ろくでもないことだろうけどね。しかしまあ、参ったよ。あそこにいるの、ライプツィヒの評論家だよ。たかが一人の学生のコンサートに来るとは、さすがだね」

イェンツは肩をすくめ、最前列のずんぐりした男を目で示した。その隣にいる人物も、どこかで見たことがある。たしかに、たかだか学生でここまで人を集めるのは、ドレスデンでも彼ぐらいなものだろう。

開演ぎりぎりにやってきた僕ら三人は、かろうじて空いていた一番後ろの席に腰を下ろした。すぐ前の席の男性が長身で、思うように舞台が見えない。これは立ったほうがよいかな、と腰を浮かしたところで、拍手が湧き起こった。

奥の扉が開き、ヴェンツェルが笑顔で入ってくるところだった。続いて姿を現した人物を見た途端、僕は小さく声をあげた。

すらりと高い背に、黒のパンツスーツ。おろしたままの長い髪。化粧っけのない白い顔。青い目が夢見るように揺れている。

クリスタだ。

なぜ彼女がここに？　どうしてヴェンツェルと一緒にいるんだ？

僕の混乱をよそに、ヴェンツェルとクリスタは、拍手で迎えた観客ににこやかに一礼した。

「……ニェット、あのオルガニスト知ってる？」

小声で隣のニェットに尋ねると、彼女は首を傾げた。

「いいえ。学生じゃないみたいね。李は？」

「知らん」

ここにいる誰も、クリスタのことは知らない。当然だ。彼女がオルガンを弾くのは、自宅と、あの小さな教会でだけなのだから。

拍手が一段落すると、待っていたかのように甘く静かな音色が流れ出す。

甘くメランコリックな旋律。人のもっとも感傷的でもろい部分を締めつけてくるもの。ラインベルガーだ。

恋い焦がれる切なさや苦しみを歌うヴァイオリンに、オルガンは寄り添って嘆き、時には華やかに愛を称え、そして時には荘厳な響きで神の啓示にも似た慰めを与える。

今の今まで、クリスタの登場に呼吸も忘れるほど驚いていたはずなのに、立ち現れた世界にたちまちわだかまりは吹き飛んでしまった。

馴染み深いあらゆる感情と、人が普段知覚できぬ領域に存在する大いなる意思が、絡みあい、深め合う。なんて不思議な光景だろう。過剰なほどのロマンチシズムと、決して妥協を許さず真実を追い求める冷徹な理性。いずれもドイツという国の特質として歴史の中で現れてきたものであり、相反するものなのに、この音の中ではなんの問題もなく溶け合っている。

だがこれこそが、あるべき姿なのではないか。これがドイツ、これが人なのだ。はたして音楽以外に、この真実をこれほど正しく表せるものはあるだろうか？

快いのに苦しい。これ以上はもう暴かないでほしい、いやもう少しこの世界に浸っていたい。正反対の思いに引き裂かれる痛みもまた心地よく、音にたゆたっているうちに、曲は終わった。

まだ一曲目だというのに、割れんばかりの拍手が湧き起こる。僕は、はっと我に返った。

改めてステージを見る。やはり、そこにはヴェンツェルとクリスタが立っていた。途端に、ぬるい靄《もや》に浸っていた頭が冷える。

なぜクリスタがここにいるのかはわからない。ただ、確実なのは、ヴェンツェルが僕を呼んだ理由はこれだということ。そして、彼らの演奏は、恐ろしいほど息が合っているということだ。

「隠し球か」

腹の底から、ふつふつと怒りがこみあげる。つまりヴェンツェルは、僕とクリスタが知り合いであることを知っていたことになる。僕は一度も、彼にクリスタのことを話したことはないから、クリスタが話したのだろう。

そもそもどうやってこの二人は知り合ったのだろう。いつから？　そういえば、クリスタはよく学内演奏会に来ていた。ヴァイオリン科の演奏会には必ず来ていたようだから、おそらくヴェンツェルのファンだったのだろう。ならば彼女から近づいたのか？　僕が声をかけた時は、外国人はお断りだと冷ややかに撥《は》ねのけたのに。

息が苦しい。僕は喉を押さえた。落ち着け、眞山柊史。怒る筋合いなんてない。ヴェンツェルは誰もが認める天才だ。クリスタが彼に惹かれていくのも当然じゃないか。なにしろ、この二人は同じくらい僕を揺さぶる音をもっているのだから。

自らに言い聞かせても、理不尽な怒りは止まらない。クリスタは、僕がヴェンツェルについて愚痴った時も、彼と知り合いだと一度も口にしなかった。隠していたのか？　もしくはあの時にはまだ知り合ってはいなかったのか？　ならばいつ？　僕はこの二月《ふたつき》近く、あの教会には行っていない。コンディトライにもだ。

国内の不正選挙に、天安門事件を受けて激化するデモ。僕の足はいよいよ避難所から遠ざかり、音楽に没頭してきた。その間の出来事だろうか？　だがこんな短い期間で、これほどのコンビネーションを築けるものか？

つまるところ、僕が最も苛立っているのは、そこだった。

彼らの世界は、完成されている。

最後は行き違いがあったとはいえ、僕とヴェンツェルのデュオは評価が高かった。ヴエンツェルが僕のよいところを引き出した以上に、僕はヴェンツェルの未知の部分を引きずりだしたと褒められもした。そしてそれは、ぼろぼろになっていた僕にとって、唯一の慰めでもあった。

しかし、ヴェンツェルのヴァイオリンと、クリスタのオルガンは、一分の隙なく調和していた。しかもそれをお互いに理解している。二人の顔を見れば明らかだ。

ヴェンツェルが頻繁に伴奏者を変えていたのは、自分と並び立てる人間を貪欲に探していたからだろう。実は一人で演奏をするのが嫌いなのだとニェットは言っていた。おそらくヴェンツェルは、自分の要求を完璧にこなす相手ではなく、それをかるがると凌駕し、思いもしなかった世界を見せてくれる者を探し求めていたのではないか。

途方もなく贅沢な話だ。ただでさえ飛び抜けた力をもつ彼のそんな欲求に適う者など、世界の一流アーティストを見回してもどれほどいるのだろう。

彼は欲求のまま、少しでも気になった相手を片端から試しては失望し、投げ捨ててきた。

そしてとうとう、出会ったのだ。運命の半身に。

クリスタも同じだ。彼女のオルガンはすでに完成されていたから、誰かと弾くところなど、僕は想像したこともなかった。しかしヴェンツェルのヴァイオリンに寄り添うと、彼女のオルガンはいっそう伸びやかに、艶やかに響く。美しい愛の情景を、見せつけられているようだった。

僕は唇を嚙みしめ、ステージを睨みつけた。椅子に座っているというよりも、もはや椅子を押さえつけることによって僕は自分を保っているといってよかった。

二曲目が始まると、すぐ隣のニェットが息を呑んだ。


ブロッホ『バール・シェム』より第二番「ニーグン」


今回の学内演奏会でヴェンツェルが弾いた曲だ。当然、伴奏はニェットだった。ヘブライ語で即興という意味をもつニーグンは、文字通りヘブライの旋法を用いた即興的な曲であり、奏者の音楽表現によってまるで異なる顔を見せる。ピアノもまた神秘的で、ニェットはヴェンツェルの奔放な音色を損なわず、より引き立てていた。即興的であるからこそ、自由と規律の共存が重要なのだ。

しかしクリスタのオルガンは、彼をより自由に歌わせていた。野放しにしているのではない。最初はむしろヴァイオリンも控えめだった。だがいつしかヴェンツェルの音色は闇を帯び、僕らを慣れ親しんだ世界から引き剝がし、ヘブライの世界へと連れていく。僕は、ユダヤ人に関しては通り一遍の知識しかない。彼らの精神性がどういうものか、よく知らない。ヴェンツェルが自分がユダヤ人であると言ったときも、それを実感するには至らなかった。

だがここで否応なく僕は知る。彼の根は、たしかにここにあるのだと。

ニェットは僕の音を水だと言った。ならばこれはなんだろう。風。砂。そうだ、砂塵の音だ。灼熱の昼、凍える夜。生と死の狭間から生まれるもの。ああ、だから彼の音はいつもあれほどに自由で輝かしいのか。自由であることは同時に孤独でもあるということ。わずかにでも気を抜けば死の淵に転がりおちる。ただひとり、その瞬間に命を懸けているからこそ、誰にも真似ができぬほどの狂おしさが溢れるのだ。

いつしか見知らぬ砂漠を漂っていた僕らは、次のオルガンソナタで、ただ厳しかった風が水気を含み、世界に緑が溢れていく様を見る。バッハの前奏曲を思わせる音型、付点音符を多用した行進曲風の明るい音。メンデルスゾーンのオルガンソナタ第四番だ。馴染み深い光景に、僕らはほっと息をつく。

しかしそれもつかの間、いつしかメンデルスゾーン独自の光景に飲み込まれ、押し流されていくのだ。

彼のオルガンソナタは、交響曲や協奏曲よりも、他のロマン派とは一線を画す個性が強くあらわれているような気がする。

バッハの対位法を駆使し、バロックの色合いを強く持ちながら、この華麗な歌い方はロマン派のものだ。軽快な中に底知れぬ深淵を予感させ、相反する要素は時に入れ替わり、混じり合い、途切れることなく疾走していき、やがて頂点のフーガへ到達する。

古典派とロマン派の狭間に生まれ、ユダヤの血を誇りに思いながらキリスト教に改宗した音楽家。バッハを愛し復活させた早熟の天才。いくつもの糸をクリスタは巧みに織り上げ、その音は銀の祝福となって惜しみなく人々のもとに降り注がれる。

オルガンの音色の特色もあるだろうが、ヴェンツェルの音がどこまでも人の業を描くものならば、クリスタの音はそれをも内包した、もっと大きな視点を感じさせる。

は、明白だ。ラインベルガーからブロッホ、そしてメンデルスゾーン。プログラムが意図するもの

「本日はようこそ、親愛なる紳士淑女の皆様。まだ途中ではありますが、ここでご挨拶と紹介を」

大きな拍手をもってオルガンソナタが迎えられると、ヴェンツェルは立ち上がり、大袈裟に礼をとった。

「たった今すばらしいメンデルスゾーンを披露してくれたのは、クリスタ・テートゲス。皆様お聴きの通り、実に才能溢れるオルガニストです。さあ、クリスタ」

彼はうやうやしく手を取り、クリスタを立たせた。彼女が優美な笑顔でお辞儀をすると、拍手はいっそう大きくなる。

ヴェンツェルは笑顔でその様を見守っていたが、拍手がおさまると、ふいに笑みを消して一同を見回した。

「まったく驚くべきことです。これほどの才能が今まで無名のままだったとは。私は驚きを通り越して、これはもはや罪だと感じました。DDRの、いや欧州音楽界の過失であると。彼女はライプツィヒ音楽院をきわめて優秀な成績で卒業しており、その前途は洋々たるものでした。ではなぜ彼女はかくも長い間、オルガンから遠ざかっていたのか、いや正確に言うと遠ざけられていたのか？　それはおそらく、賢明な皆様もおわかりのことでしょう。そう、彼女は、あなたがたより、ほんの少し勇気があったためです」

途端に空気が緊張する。クリスタが小声で「ヴェンツェル」とたしなめると、ヴェン

ツェルはいかにも「しまった」と言いたげに顔を歪《ゆが》めた。

「失礼、今の言葉は適当ではありませんでした」

うやうやしく頭を下げるが、そらぞらしい。

「クリスタ・テートゲスは戦う者です。底辺に落とされてもなお、安全な家畜であることよりも、自由な人間であることを選んだのです。自由とは必ずしも美しいものではありませんし、時に害悪ともなる代物です。ですが、知っておいていただきたいのです。音楽は自由な魂からしか生まれないということを。家畜となることを選んだ途端、その人間がつくる音楽は、ただの雑音になるのです。そして――」

ヴェンツェルは真摯《しんし》な表情のまま、クリスタを見た。クリスタも彼を見る。引き合うように、ごく自然に。

「彼女と会った時、ようやく探し求めていた音に出会えた――私は、そう確信しました」

ヴェンツェルの声は、低かった。それはとびきりの秘密を打ち明けるようでもあり、厳《おごそ》かな誓いを立てているようでもあった。

「音を手放していなかった彼女の勇気に感動し、同時にこの音を潰そうとする者に激しく怒りを抱きました。ですから私は決めたのです。彼女を自由にすると。この音色は、人を人として目ざめさせる命に満ちている。私が目指すところも、おそらく彼女と同じ。ですから私は、彼女を支えると誓ったのです！」

がたん、と隣で音がした。周囲の人間には聞こえなかっただろう。同時に、どよめきと拍手が起きていたからだ。

拍手？　なぜここで拍手なのか？

ヴェンツェルは明らかに聴衆を挑発している。きさまらは家畜だと嘲笑《あざわら》っている。それなのになぜ、熱っぽく祝福を？

隣の様子をうかがうと、ニェットは口を押さえていた。顔は青ざめ、小さく震えている。

「ニェット、出るかい？」

小声で尋ねると、彼女は力なく首を左右に振った。

「どうして？　まだプログラムは半分も終わってないはずよ」

微笑む顔が痛々しい。今日、彼女はヴェンツェルに誘われてここに来たはずだ。彼も残酷なことをする。ニェットの気持ちに全く気づいていないのだろう。いや、たとえ気づいていたとしても同じことだ。彼は、他人の心情を斟酌《しんしゃく》することなどいっさいないのだから。まして一度興味を失った相手なら。

拍手に彩られた茶番は、やがてクリスタがオルガン席に腰を下ろすのを合図に終わりを告げた。

「では前半最後の曲です。全くの新譜――ですが、戦う者たちにこそ相応しい、素晴らしい曲です。あなたがたの心にも焰が灯りますように」

ヴェンツェルは一礼し、弓を構えた。

一瞬の静寂が落ちる。

その直後、ヴァイオリンが優美に歌い始める。僕は弾かれたように立ち上がった。

感傷的なカデンツァ。

ハインツ・ダイメルの無題ヴァイオリンソナタだった。

2

拍手とブラボーの声が、鳴り止まない。観客の興奮を巻き込んだ嵐のような音は、教会を埋め尽くしている。

立ち上がった観客たちが顔を紅潮させ、息を弾ませて惜しみない称賛を送る中、僕は無言で立ち尽くしていた。

熱くて、息苦しくて、体は痺れているのにいきいきと体じゅうに血が巡っているような奇妙な感覚を、僕はよく知っている。この幸せな酩酊《めいてい》は、音楽と魂が触れ合った時に生まれるものだ。音が体の中に入り込み、背骨を溶かし、その人そのものと一体化した時に噴き上げてくる歓喜。

ハインツの嵐のような人生を描いたヴァイオリンソナタ。観客は彼とは縁もゆかりもない、さまざまな年代の人々だ。にもかかわらず、彼の音は、千差万別の人生に響いた。明るく照らしたのか、抉《えぐ》ったのか、憤激の雄叫《おたけ》びをあげたのか。確実に、なんらかの形で魂と向き合った。

そんな瞬間に出会えることは、人生にそうはない。その得がたいひとつに、ここにいる人々は皆、出会ったのだ。

それは、奏者も同じだろう。ヴェンツェルもクリスタも、惜しみない称賛に応えながらも、どこか放心しているように見えた。オルガンの前に立つクリスタのもとに、ヴェンツェルが足早に近づく。そして、彼と目が合い、微笑んだ彼女を抱擁した。

その瞬間、うるさいほどの拍手が消えた。いや、たぶん現実は逆だったのだろう。斜め前の席の婦人がいっそう激しく手を叩いているのが見えたから。ただ、僕の耳から音が消えた。

かわりに、彼らがつくりあげた曲だけが、反響していた。

あれほど僕を悩ませた複雑怪奇な曲は、ヴェンツェルとクリスタの前ではとても明快で、ずっと深みを増していた。

もし僕が、最初に彼らの演奏を聴いていたら、なんの迷いもなく、それに倣《なら》ったことだろう。それほど、完璧だった。このように演奏したいと思う理想そのものだ。

しかし、僕は何もないところから、ひとつずつ音を拾っていった。ピアノアレンジだけでは満足できず、イェンツと一緒にまたひとつずつ再構成していったのだ。大事に音をつくって、そしてハンガリーで再会するであろうあの家族に捧げるつもりだった。ハインツはここにいて君たちを見守っているのだと、伝えたかった。

それが、目の前で壊された。

ハインツのこともニナのことも何も知らない者たちに、思いごとたたき壊されてしまった。

そう思った途端に、僕は怒鳴っていた。

「待ってください」

鳴り止まぬ拍手に負けぬよう、腹の底から声を絞り出した。付近の観客がぎょっとした様子で僕を見る。

「すみません、拍手をやめてください」

さらに声を張り上げると、次第に拍手の音は小さくなった。

「ヘア・ラカトシュ、この曲についてご説明いただきたい」

痛いほどの視線を感じる中、僕はまっすぐヴェンツェルを睨みつけた。クリスタのほうは、あえて見なかった。

「やあマヤマ、そこにいたのか。もちろん、ちゃんと紹介するつもりだったさ。君から名乗りをあげてくれるとはね」

ヴェンツェルはにこやかに言った。

「お招き頂いたようだからね。この曲をなぜ知ったのか、教えて貰いたい。この曲は――」

「そう、このヴァイオリンソナタは、こちらのヘア・マヤマの古い友人が遺した曲なのです」

僕の声を遮り、ヴェンツェルは言った。

「途中で説明するのは不粋ですが、皆様、少しばかりご容赦を。彼は、日本からの留学生・シュウジ・マヤマ。技巧派のピアニストです。彼の父親と、このソナタの作曲者ハインツ・ダイメル氏は古くからの友人で、ダイメル氏は故人ですが、その息子からこの素晴らしい曲を贈られたそうです。時代と国境を越えた深い友誼《ゆうぎ》に、私も感銘を受け、その思いをこめて演奏いたしました」

こういう時のヴェンツェルの舌は、本当によく回る。猫背も多少ぴんと伸びて、顔には笑みがある。普段の彼を知る人間には薄ら寒いが、聴衆――ヴェンツェル曰く「雁首《がんくび》揃えてうまいものをくれと口を開けてただ待っている連中」――には、彼はとても愛想がいいのだ。気の利いたジョークもよく言う。はじめて見た時は普段の態度とあまりに違うことに驚いたものだが、いつだったか彼が「上を目指す」と言っていたのを思い出し、納得した。

観客は彼の説明に軽くどよめき、僕に向けられる目も変わった。最初は、不粋な無礼者を咎めるものでしかなかったが、感動のあまり席を立ってしまった若者に向ける好意的なものに変わっている。

僕は拳を握り締めた。ヴェンツェルは、僕の性格をよく知っている。こう言われたら、僕がこの場で彼の非道を詰《なじ》れないとわかっているのだ。

このまま、美談としてうやむやにする気か。冗談じゃない。しかし僕が勇気を振り絞って口を開きかけた時、

「そんな言葉でごまかされると思うのか、ラカトシュ・ヴェンツェル。君がここまで恥知らずだとは思わなかった」

冷たい声があたりに響いた。イェンツだ。

　彼の声は、怒りに震える僕のものよりずっと静かだったが、よく響いた。それまで、ややざわついていた観客席が、完全に沈黙するほどの迫力があった。

「君の言う通り、この楽譜はヘルベルト・ダイメル氏から、シュウジ・マヤマに贈られたものだ。楽譜と写しをもっているのは、シュウと、彼に協力した俺だけ。なぜ君がこの曲の楽譜をもっている？　断言するが、君はシュウにも、もちろんダイメル氏にも、この曲を演奏する許可を貰ってはいないはずだ」

「許可？　なぜ？　作曲者、曲の由来、そしてマヤマのことは紹介したじゃないか。盗作したわけじゃない。多少書きかえはしたが」

　イエンツは無言でヴェンツェルのそばに近寄ると、譜面台から無造作に楽譜をとった。

「ああ、君の字だね。やはり君が勝手に書いたものだ。俺たちの練習を聴いて写したのか？　暇だな」

　嘲笑に、ヴェンツェルは心外だと言いたげに肩をすくめた。

「君らが解釈に迷っているようだったから、こうあるべきだという解釈を示しただけだ。お気に召さなかったかな。喜んでくれると思ったのに」

　イエンツは振り向き、僕を見た。

「シュウ、帰ろう。どんなに美しかろうが、彼らの音楽など聴く価値はない」

「……ああ」

　促されるまま、僕はふらふらと出口に向かった。ニェットと李が僕を呼ぶ声がしたが、振り向かなかった。出口の扉だけを見ていなければ、クリスタの蒼白な顔も目に入ってしまいかねない。

　クリスタは、いっさい口を開かなかった。最後に一瞬だけ見た時は、ただ目を見開き、茫然と立ち尽くしていた。

　痛いほどの沈黙に支配されていた教会は、僕が扉を開き、早足で追いついたイェンツと共に出た途端に、蜂の巣をつついたような騒ぎになった。それも、扉を閉めれば遠くなる。

　僕らはしばらく、黙って歩いた。イェンツは、最初のうちは僕と並んで歩いていたが、どんどん足を速め、気がついた時にはずいぶん距離が離れてしまっていた。普段から、絶対的なコンパスの差はいかんともしがたく、話しながら歩いていると時々早足にならなければ追いつかないこともあるが、今日はあえて距離を縮めずに歩いた。

　顔をあげると、雨雲は去り、青い絵の具を薄めたような空が僕を見下ろしていた。最後に見たクリスタの目が、こんな色だった。かつては、夜の色あせた街灯の下でも、はっきりと青とわかる深い色をしていたはずなのに。

　ブラーゼヴィッツは、古く美しい街並みが特徴だが、今の僕には全て灰色がかって見える。

　つい先ほどまで、世界はもう少し美しかった。ニェットや李と飲んだお茶は美味しかった。今は、砂を嚙んだようだ。

　わざと足音をたてて歩いていても、耳から音が離れない。

　甘いラインベルガー。ハインツのソナタ。振り払おうと頭をふっても、ますます意固地に鳴り続ける。

僕は足を止め、大きく深呼吸をした。腹の底から吐き出す息にまじって、音も出て行ってくれないかと本気で思った。

何度か繰り返すうちに、少しずつ、気持ちが落ち着いてくる。音はやまなかったが、煮えたぎっていた怒りは多少は冷えた。

見れば、イェンツの背中はすでにずいぶん小さくなっていた。僕は慌てて走り出した。このまま別々に帰ってもよかったが、人を気遣うイェンツが、一度も僕を顧みずに進んでいるというのは、普通ではない。

「イェンツ」

トラムの駅近くまで来て、ようやく追いついた。イェンツはそれでもかまわず歩いていたが、三度続けて名を呼ぶと、急に立ち止まった。

「ああ、シュウ。落ち着いたかい？」

ぎこちなく振り向いた顔を見て、確信した。彼の中にも、まだあの音が鳴っていたのだろう。僕の呼びかけなど聞こえないぐらい、強烈に。

「少しは。君こそ」

「俺は落ち着いてるよ」

まったく信憑性《しんぴょうせい》のないことを言って、イェンツは笑った。トラムが遠くに見えて、僕らは走って駅に向かい、すんでのところで滑り込む。半端な時間だからか中はすいていて、僕らは一番後ろの席におさまった。

「参ったね」

トラムが動きはじめ、イェンツはつぶやいた。ブラーゼヴィッツが遠くなる。音が遠くなる。

「ああ。とんだ隠し球だった」

「ろくでもないとは思っていたが、予想外だったな」

イェンツは傍らの窓に頭を預けた。鈍い音がしたが、気にしてはいないようだった。

「ヴェンツェルの目的がわからない」

僕の言葉に、イェンツは苦笑した。

「たぶんラカトシュが言った通りだよ」

「解釈がどうこうってやつ？」

「そう、ご親切に」

「お節介どころじゃない。本当に親切なら、こんな騙《だま》し討ちのようなことはしない」

「いつものことさ。誰かが舞台で演奏した曲を、その直後に彼がずっと見事にやってのけて叩きのめすところなんて、何度も見たよ。ま、一番やられたのは俺だろうけど」

「……今まで彼が殺されていないことが不思議だよ」

「俺も不思議だよ。だが、悔しいことに俺たちも、わかるんだ。彼が弾いたほうが断然いいってことを。シュウも思っただろう？　俺たちはこれから、今日の演奏に縛られることになる」

僕は何も言えなかった。何度振り払おうと、あの音は消えない。僕らが大事にしてきた曲だからこそ、その破壊力は大きかった。

「だから皆、彼を忌《い》み嫌《きら》う。ラカトシュに壊されるってのは、こういうことなんだよ。しかしまあ、見事にやられたね。あれを聴かれていたとはなぁ」

「いつ聴かれていたんだろう。あのソナタ、大学で練習したことなんて数えるほどしかないのに」

「ラカトシュなら一度聴けば充分だよ。たとえ最後まで全部聴かなくてもね」

「……どういう意味？」

「以前にもあったんだ。曲を途中まで聴いただけで、知らないはずの後半も全て弾いてしまった。ほとんど合ってたね。それに加えて素晴らしい編曲もしてくれたものだから、作曲した学生は吐いてたよ」

　イェンツは疲れたように笑った。

「これなら、最初からラカトシュに頼んでいても同じだったな」

　僕は胸を衝かれ、何も返せなかった。イェンツの顔を見ていられない。ソナタの楽譜を見て最初に浮かんだのは、たしかにヴェンツェルのほうだった。そしてイェンツの助けを借りてピアノソナタにした後も、ヴェンツェルならばどのように弾くだろうかと何度も想像した。それでも僕は、彼にソナタの楽譜を見せることはしなかった。

　僕は、イェンツを利用したのだ。決して僕の世界を脅かさない、忠実な友を。イェンツはそれを知っていた。その上で、そしらぬ顔で協力してくれたのだ。

　ああ、あの時、あんなつまらないプライドに屈しさえしなければ。ヴェンツェルに頼んでいれば、少なくともイェンツはこんな形で傷つくことはなかったのに。

結局、僕はヴェンツェルを甘く見ていたのだ。傲慢な男ではあるが、意味もなく人を傷つけることはないと。いや、彼に傷つけるつもりなどないだろう。ただ彼は、見せたかっただけだ。あのソナタの、最高の形を。

僕は組んだ両手をかたく握り締め、イェンツの横顔を見た。彼は目を閉じていた。

「イェンツ、僕は君と一緒にあの曲を解き明かしていった時間を何より大切に思っている。僕らのやりかたは、間違ってないはずだ」

「まあ、ミステリーはいきなり解答を見てしまうより、ひとつずつ証拠をつかんで解き明かしていく過程を楽しむものだよね」

「ヴェンツェルとクリスタの演奏はたしかに素晴らしかったが、それはそれだ。僕らが飲み込まれることはない」

半ばは自分に言い聞かせるための言葉だった。イェンツは口元を緩め、目を開けた。

「まあ、そうだね。ただ、さすがに、クリスタを連れてくるとは予想しなかった。あれは君も堪えたんじゃないか。ヴェンツェルはいつも急所を突いてくるんだ」

「彼女に気づいていたのか」

「そりゃまあ。美人は忘れないさ。クリスタとラカトシュが知り合いだったとは驚きだし、そもそもラカトシュのあれはなんだ？ 俺のパートナーだから手を出すなって牽制《けんせい》しているようにしか見えなかったんだけど。彼、いつから宗旨替えしたの？ いつからのつきあい？」

矢継ぎ早の質問に、僕は「さあ」と力なく答えることしかできなかった。

「その様子だと、今日のことも全く知らなかった？」

僕は頷き、今までのことを話した。福音教会。避難所。僕のためにゴルトベルクとラインベルガーを弾いてくれたクリスタ。しかし安住の日は、あの不正選挙の後、ヴィックの登場によって失われたこと。できるだけ淡々と話したが、時々震えるような怒りがこみあげてくるのはどうしようもなかった。

「なるほどね。DDRの騒ぎが君を彼女から遠ざけていたわけか。運が悪い」

「その間にヴェンツェルと出会ったのかな」

「それは確認しないとなんとも言えないな。しかし、オルガンね。天才オルガニストっていうシュウの話は事実だったってわけか」

イェンツは再び目を閉じた。あの世界を反芻《はんすう》しているのだろう。

「オルガンにしたのは、よかったよ。あのソナタには合っている」

自分が傷つくのを承知で、イェンツが思っているであろうことを口にした。ピアノとはちがう、温かみのあるのびやかな音は、より近く人に寄り添い、彼らの生の声をすくい上げていた。

「オルガンもいいが、またそれは別ものだ」

イェンツならそう言うだろうな、と思った通りの返答だった。彼はやさしい。これがヴェンツェルや李だったら、圧倒的にオルガンが優れていると断言するだろう。

いいや、オルガンではない。クリスタが、だ。

「よけいなことを考えるな、シュウ。君の悪い癖だ。自虐も逃避の一種だよ。まず、事実を突き止めよう」

イェンツは、こんな時もイェンツだ。数少ない明白な部分から、真実を突き止めようとする。音楽以外でも、常にそうだ。

「尋問でもする？」

「それがてっとりばやい。まずはその福音教会に行こうじゃないか」

扉を開けたらちょうど週末の礼拝の時間らしく、大勢の人が詰めかけていた。百人はいる。以前、礼拝の時間に来た時はこの半分もいなかったと思う。扉の近くまで人がひしめいている状態で、僕らは奥から聞こえる朗々たるヘルマー牧師の声に背を押されるようにして、外に出た。

「ずいぶん人が多かったな。いつもこんな？」

イェンツは、自分が閉めた扉を見やり、不思議そうに言った。

「いや、前はこんなにいなかったよ。ここでも嘆きの礼拝かな」

「国が荒れると、神に救いを求める、か。いつの時代も変わらないね。昔は皆、党ににらまれないためにこぞって教会を捨てたんだろうに」

イェンツの冷ややかな目は、扉ごしに中にいる人々を見据えているようだった。

「教会は嫌いか？」

「あまり好きにはなれないね。避難所という表現は理解できるし、必要なものだと思う。

でもそこに神だのなんだのが絡んできて、皆で祈りましょうってなると気持ちが悪いと思ってしまうんだ」

「その気持ちはなんとなくわかる」

「でもシュウは洗礼を受けているんだろ?」

「赤ん坊の頃の話だ。ここに来るようになっても、結局礼拝に出たのは一回きりだったし」

「そういえば日本の宗教観ってどうなってるんだ?」

　僕が四苦八苦しながら日本の宗教状態を説明しているうちに、礼拝は終わった。夜の礼拝だが、空はまだ真昼のように明るい。六月末のこの時期は、九時ぐらいまで日が残る。

　信徒たちがぞろぞろと扉から出てくるのを見送り、中に入ると、まだ人はだいぶ残っていた。膝をつき熱心に祈っている者もいれば、明らかに聖書でもなんでもない本を読んでいる者もいる。ぱっと見たところ、タイトルはフランス語だった。

　ヘルマー牧師は、壮年の夫婦とおぼしき二人組と話していたが、僕らに気付くと微笑んで手をあげた。二人に会釈すると、こちらに近づいてくる。

「久しぶりだね、シュウ。もう来てくれないかと思っていたよ。そちらは?」

「同じ大学のイェンツ・シュトライヒです」

　僕が紹介すると、イェンツは微笑んで牧師と握手をした。

「お会いできて光栄です、ヘルマー牧師。ずいぶん盛況ですね」

「今日はドレスデン中の教会で、天安門の犠牲者への鎮魂と、東ベルリン暴動の逮捕者たちの安全を祈る礼拝が行われたんだよ」

「そうみたいですね。私たちはブラーゼヴィッツから戻ってきたところなんですが、そちらの教会でも七時から行われるようでした」

「おお、ブラーゼヴィッツか。では二人ともクリスタのオルガンを聴いてきたんだね。彼女とも久しぶりだろう？」

嬉しそうなヘルマー牧師の顔に、心が重くなる。

「ええ、まあ久しぶりでした。ラカトシュ・ヴェンツェルと一緒だったのは驚きでしたが。彼もここに来ていたんですよね？　いつからですか？」

思いがけず詰るような口調になってしまった。牧師は目を白黒させた。

「ヴェンツェルならたしかに来ていたが……いったいどうしたんだね？」

たしかに来ていたという答えに、僕の血は一気に沸騰し、「いいから答えてください」と呻くように言った。今度ははっきり、ヘルマー牧師の顔に不快の色が浮かぶ。

「シュウ、そんな尋問のような物言いはやめなさい。何があったかは知らないが、人と話をする態度ではない」

「申し訳ありません、ヘア・ヘルマー。彼が激昂するに足る事情があるのです」

イェンツは僕を押しとどめると、さきほど教会で起こった出来事を話した。苛立ちを全く見せず、要点をまとめてわかりやすく話すのは、さすがだった。

「ふむ、そんなことが」話を聞き終えたヘルマー牧師は、眉根を寄せた。「それはヴェンツェルがいけない。だがクリスタはおそらく知らなかったのではないかな。新曲はここでも練習していたが、ヴェンツェルは友人の作曲なのだと言っていたからね」

いくぶん、ほっとした。

「そうですか。彼はいつからここに？」

「五月の初めごろだったかな。そう、ちょうど君が来なくなったあたりだよ、シュウ」

「なぜ彼が？」

「オルガニストを探していたそうだ。それで、クリスタの評判をどこかで聞きつけたらしくて」

「そんなに評判になっていたんですか」

「彼女のオルガンのおかげで礼拝に参加する者は増えたよ。ヴェンツェルも、クリスタのオルガンを聴いて是非にと言ってきた」

僕らの目が、今は主を失ったオルガンに注がれた。

「じゃあ偶然なんですね。彼らは昔から知り合いだったわけじゃないんですね」

「ちがうのではないかな。クリスタは、大学の演奏会には行っていたから彼のことは知っていただろうけどね。しかしそうか、あの美しい曲は、君のお父さんの友人が……」

ヘルマー牧師は、嚙みしめるようにしみじみと頷いた。

「胸に迫る、素晴らしい曲だったよ。ぜひ今度、君たちの演奏も聴かせてほしい」

僕はとっさに目を伏せ、「ええ、いつか」と小さく答えることしかできなかった。

3

翌日、僕はほとんどの時間をベッドの中で過ごした。

ありがたいことに、甘美なヴァイオリンとオルガンの音色に悩まされることはなかった。かわりに、出来の悪い鐘がずっと頭の中で鳴り響いていたからだ。

福音教会を出た後、僕らはそのままディスコに向かった。いつもは断るイェンツの誘いを、昨日ばかりは受け入れた。とにかく、ヴァイオリンとオルガンの音を忘れたくて、騒音の洪水に飛び込むことにしたのだ。夜半まで浴びるほど酒を飲んでいたのは覚えているが、それからどうやって帰ってきたのかはわからない。こういう時は治安のよいお国柄に感謝だ。

一日呻いた後でどうにか復活し、翌日は大学に向かった。試験はもう終わったが、練習室は予約してある。もうすぐワイマールの音大でゼミも始まるし、少しでも練習しておきたい。いや、それだけではない。頭痛がおさまった途端にまた主張をはじめたあのソナタを、僕の中から追い出したかった。

自宅でも練習はできるが、存分に音を出せるのはやはり練習室だ。僕はそこで、とにかくバッハを弾き続けた。水のように。波立ち、停滞した心を再び流すように。

「マヤマ」

なんの前触れもなく、扉が開いた。李のいかつい顔が僕を見下ろしている。心なしか顔色が悪い。

「次、君の時間だったか？」

「ちがう。ラカトシュの糞野郎とはもう会ったか？」

「いや。ああそうだ、一昨日は先に帰ってしまって悪かったね」

「かまわない。あれはさすがに同情する」

李は珍しく、いたわるように言ったが、次の瞬間にはいっそう険しい顔になった。

「だがあの後はもっとひどかった。おかげで、ニェットとは今日約束があったんだが、来ていない」

「ひどかった？」

「何も聞いてないのか。ラカトシュと、あのクリスタとかいう女は結婚するそうだ」

あまりに予想外の言葉を聞くと、頭は字面だけしか受け取らないらしい。僕はしばらく、ぽかんとしていた。

「おい、聞いてるか？　休暇中にラカトシュの実家でとか……」

「えっと、今、結婚って言った？」

李は顔をしかめた。

「耳まで悪くなったのか。おまえだって、ラカトシュの戯言《ざれごと》は途中まで聞いていただろ。あの時点で出て行って正解だ。後半が終わった後で、いきなりの結婚宣言だ。あげく、魂を解放しろだの、戦う気概がある者はいつでも歓迎するだの、人権運動家みたいなスピーチでさんざん煽りやがった。急に何なんだ、あいつは」

「……それ、まずくないか？」

あの中にシュタージがいないとは限らない。いや、あれだけの人数がいれば、少なくとも監視員ぐらいはまじっているだろうに、密告でもされたらどうするのか。

「どうなろうと知ったことか。むしろよけいなことしかしないのならとっとと拘束されたほうがマシだ。そうすれば、ニェットが傷つくこともなかったろうに」

李の唇がかすかに震えた。

「拍手をしていたが、真っ青だった。帰りも、皆でお祝いしなきゃとはしゃいでいたが、昨日から連絡がとれないし、今日も来ていない」

「家は知っているのか？」

「知っている。隣室に住んでる学生が、返事はあったと言ってたから、生きてはいるんだろうが」

冗談にしてはたちが悪い、と言おうとしたが、李の顔は青かった。ニェットがいつか見せてくれた折りたたみナイフが脳裏をよぎる。

「……すぐ行ったほうがいいんじゃないか」

「これから行くつもりだ。その前にクリスタと話をしたい。あの女はマヤマの知り合いなんだろう？」

「僕もずっと会ってないけど、会って何を話すんだ。ヴェンツェルと別れろとでも？」

「急に結婚だの何だのっておかしいだろう。あいつは今まで浮いた噂ひとつなかった、ついでに自称ゲイだ。何かあると思うのが普通じゃないか」

「まあ、たしかに驚くけど……まとまる時ってそういうもんじゃないのか。君だって、彼らの演奏は聴いただろう」

「たしかにいいデュオだが、それとこれとは別だ」

苦々しげに吐き捨てる彼も、よくわかっているのだ。ニェットと組んでいた時のヴェンツェルより、一昨日の彼のほうがよほど充実していたと。

「まあ、そのへんは僕も確かめたいところではある。居場所はわからないけど、心あたりがあるところを捜してみよう」

「俺も行く」

「それより一刻も早くニェットのところに行くべきだと思うね」

李はむっとした様子だったが、結局黙って、そのまま出て行った。彼の足音が遠ざかると、たちまちハインツのソナタが聞こえてきて、僕は舌打ちしてピアノの蓋を閉めた。

ふらふらと歩いているうちに、僕はいつのまにか福音教会の前に来ていた。まったくの無意識だったので、目の前の扉を見た時には目を疑った。大学からここに来るには、トラムを二回乗り換えなくてはならない。ぼうっとしたままそれをこなしたとは我ながら驚きだ。

頭の中が限界に達した時、体は自動的にここを選んだ。なるほど、たしかに避難所なのだろう。

扉を開けると、中途半端な時間ということもあって、人はまばらだ。見回したが、クリスタの姿はない。ヘルマー牧師もいなかった。

「ヘルマー牧師は？」

近くで油絵を描いていた青年に声をかけると「事務室」と短く答えが返ってきた。礼を言って離れると、すぐ声が追ってきた。

「客がいるぞ」

「誰？」

「知らないけど、金髪の、たぶん男前」

僕はもう一度礼を述べ、ノックして事務室の扉を開けた。牧師と一緒にいたのは、イエンツだった。牧師は驚いた顔をしたが、イエンツは僕の顔を見て笑った。

「やはり来たね、シュウ。君もあの話を聞いたんだね？」

「聞いた」

「一昨日、短気を起こしたのは失敗だったね。一番の見せ場を見逃すなんて残念なことをした」

「まったくだ。ヘルマー牧師、僕らが帰った後、あの二人は来ましたか？」

「ヴェンツェルは来ていないが、クリスタはあの晩来たよ」

やや疲れた顔で、牧師は言った。

「どんな様子でしたか」

「真っ青な顔をしていた。彼女はやはり、曲については何も知らなかったようだった。今日も仕事のあと来るはずだが」

「クリスタとヴェンツェルが結婚するという話は？」

「ああ、驚いたね」

「二人は本気なんですか。出会ってまだ二ヶ月も経っていないのに」

「運命とはそういうものかもしれん。だが本人に訊くのが確実だろう。ああ、クリスタを待つだろう？　君にもコーヒーをいれよう」

　そう言われてはじめて、イェンツの前のテーブルにもコーヒーカップが置かれていることに気がついた。奥の簡易キッチンへと向かう牧師に礼を述べ、あいている椅子に腰を下ろす。

　はじめて足を踏み入れる事務室は、雑然としていた。イェンツが座っているソファはかなりの年代物で、茶色いカバーもあちこちすり切れている。そのまわりには雑誌やら本が山と積まれ、テーブルも同じ状況だった。本の山をむりやり端に寄せてあけたスペースに、コーヒーカップとクッキーの皿が置かれていた。

「君はいつ来たんだ？」

「一時間ぐらい前」

　イェンツは、膝の上に載せていた雑誌を手にとった。いや、雑誌というには製本が粗い。表紙も色紙に文字だけで、手作り感が溢れている。なんだろうと眺めていると、イェンツはにやりと笑った。

「こいつはサミズダートだよ」

「サミズダート？」

どこかで聞いたことがある。

「地下出版を意味するロシア語だ。発禁書だけじゃなく、これは市民運動グループが発行したものだね。大急ぎで作ったものらしくて、ずいぶん作りが雑だけど。ヘア・ヘルマーも、こんなところに置いておくなんて不用心だね」

すると、ヘルマー牧師が背を向けたまま答えた。

「誰かの落とし物だよ。教会は君たちの物置やごみ箱じゃないんだと言いたいのだがね」

「落とし物ねえ。てっきり、ここを根城にしているグループが作成したものかと」

「まあそういう人間も出入りはしているよ。教会は来る者は拒まない。だが、うちはご覧の通り、小さな教会だからね。ライプツィヒのニコライ教会のような反政府組織の牙城のようなものを想像されては、期待外れになること間違いなしだ」

ライプツィヒのニコライ教会と聞いて、思い出した。そうだ、ヴィックと初めて会った時だ。

ニコライ教会の月曜礼拝に合わせて、彼らはここに月曜に集まるのだと言っていた。そして後からやって来たクリスタが、サミズダートの準備はまだかと訊いていた。慌てて雑誌をめくる。先月の不正選挙、そして天安門事件のことが大きく取り上げられている。くわえて、六月に入り、ハンガリーに脱出する国民が激増していることを伝えていた。

彼らが目指すのは、主に国境付近のショプロンだ。街の三方がオーストリアに囲まれているという、亡命にはうってつけの街であるそうで、すでに例年の何倍ものドイツ人が滞在し、いっこうに動く様子がないという。彼らは、あの吹けば飛ぶような国民車《トラビ》に、家財道具を積み込んで、決死の覚悟でハンガリーに乗り込んだのだ。

それは僕もニュースで見て知っていた。DDR政府は、厳しく抑圧するのかと思いきや、「出て行きたい者は勝手に出て行けばよい」という態度で、そのかわりいっさいの保障を放棄する、西では地獄が待っていると繰り返した。

にもかかわらず、この冊子によると、増え続けているらしい。

これは自由への旅だ、誰にも止められない。我らは松明《たいまつ》を掲げ未来を切り開くものである――こちらが気恥ずかしくなるほど仰々しい言葉を連ねてある記事を読んですぐ、これはヴィックが書いたものだ、と悟った。

「そんなに多いんだね、ハンガリー」

「今年のハンガリーの名産はドイツ人になりそうだな。それにしても、ちょっと出来過ぎだと思わないか？」

「何が？」

「クリスタの評判を聞きつけてラカトシュがここにやってきたのが五月の上旬。国境開放と不正選挙を受けて国内が騒がしくなってきたころだ。そこでクリスタと偶然出会う。そして六月下旬、コンサート。唐突な結婚宣言。ハンガリー人と、移住申請を出して長年オルガンから遠ざかっていたオルガニストがだ。出来過ぎだろう？」

心臓が大きな音を立てた。

「……まさか、クリスタの亡命のため？」

「そう考えるのが自然だね。外国人との結婚は、女性にとっては使い古された亡命手段だ。まあ一番いいのは、西側の人間なんだろうけど、今ならハンガリー人でも問題ないだろう。西の人間と結婚するよりは手続きはずっと楽だ。ハンガリー人になってしまえば、今やオーストリアを通じて自由に西側にも行ける。ただハンガリーに逃げ込んで、いつ来るか知れない亡命のチャンスを待つより、ずっと効率的だ。どうです、間違ってないでしょう、ヘア・ヘルマー？」

コーヒーの香りとともにちょうどこちらに戻ってきた牧師に、イェンツは顔を向けた。

「さっきも答えたが、私にはなんとも言えないよ。彼ら二人の話だからね」

「あなたが引き合わせたのではないですか。ハンガリーはDDR以上に反政府運動が活発です。人権派グループは星の数ほどある。そしてこちらのグループとの接触も多いでしょう。その関係で、ラカトシュがここを訪れた。そうでしょう？」

ヘルマー牧師は僕にカップを手渡し、肩をすくめる。

「シュウの友人はシュタージかね？」

「気付きませんでした」

僕らの軽口に、イェンツは眉根を寄せた。

「やめてくれよ。ただ、これが擬装なら、少しはニェットも救われるかもしれない」

僕は弾かれたように彼を見た。

「ラカトシュとまたデュオをやると聞いてから、心配はしていたんだ。でも今度は二ヶ月以上続いていたし、大丈夫だと思っていたのに、思いがけないところで爆弾が落ちて来たよ」

イェンツはため息をつき、真摯な表情でヘルマー牧師に向き直った。

「ヘア・ヘルマー、我々の大事な友人が、今回の話に深刻なダメージを受けているんです。彼女の音楽人生を脅かすものになりかねない。彼女はとても才能溢れる学生ですが、昨年深刻なスランプに陥って、命を絶とうとしたこともあります」

「それは痛ましい話だね」

「原因がラカトシュとは言いませんが、きっかけとなったことは否定できません。にもかかわらず彼女はラカトシュの信奉者であり続け、二ヶ月ほど前から再びデュオを組むようになりました。彼は、相手の好意も承知していたでしょう。その上で先日のコンサートに彼女を呼び、クリスタを公私にわたるパートナーと紹介した。彼が誰を選ぼうと自由ではありますが、あまりに配慮がない」

ヘルマー牧師の視線が揺れる。

「それは、気の毒な話だ。だが……」

「せめて、あの宣言がクリスタを救うための擬装に過ぎないのだとわかれば、彼女の苦痛も少しは和らぎます。才能溢れる、とても素晴らしい学生なんです。彼女がまたラカトシュのせいで苦しむのを、僕は見たくない」

「それなら、安心して」

扉が開く音とともに第四の声が響き、僕は驚いて振り向いた。

クリスタが立っている。彼女はまっすぐイェンツを見て、唇をねじ曲げた。

「あなたの言う通り、擬装だから。そもそも、説明が必要？　私は女、彼はゲイ。明らかじゃないの」

イェンツはとくに驚いた様子もなく、「ずっとそこで聞いていたんですか」と言った。

「立ち聞きするつもりはなかったけど、入るに入れない話題だったから、様子を見ていたの。とにかく、大切なご友人に安心してって伝えて。ただし、男の趣味が悪すぎるともつけたしておいてくれる？」

「わかりました。でもラカトシュは、はじめて生涯を共にしたいと思うパートナーを得たと言っていたそうですが」

「シュタージのブラックリストに載っているオルガニストを亡命させるために結婚しますと正直に言えばよかったかしら？」

「それはそれで、憐れな王女を助ける勇敢な騎士という称賛は得たかも」

イェンツは立ち上がり、まだぽかんとしている僕を見下ろした。

「シュウ、後は頼む。ニェットのところに行ってくるよ」

「……あ、ああ。李もたぶん行ってるから、よろしく伝えてくれ」

「やれやれ、こちらも騎士付きか。まいったね。俺が入り込む隙がどこにもない」

「ガビィがいるくせに、なに言ってるんだ」

軽く小突くとイェンツは笑ったが、ふと表情を改め、クリスタに向き直った。

「フラウ・テートゲス、お節介かと思いますが、ラカトシュ・ヴェンツェルを数年見てきた人間からひとつ忠告を」

「なに？」

クリスタは冷ややかに彼を見返した。

「あなたは結婚は単に亡命の手段だと言った。それは結構。ですがもし、そこに感情が——ありていに言えば、特殊な結びつきによって彼に何がしかを期待する心が少しでもあるのならば、やめておくべきでしょう」

「問題ないわ、何もないもの。彼の才能は素晴らしいと思うし、共演できたのは幸運だと思うけどね」

「誰もが最初、彼に見いだされた時には、自分は幸運だと思うのです。今、ラカトシュはあなたのオルガンに夢中だ。それは間違いない。そうでなければ、いかに擬装でも結婚なんて言い出しはしないでしょう。しかし彼は、飽きるのも実に早い。あなたは多分、我々よりは長く彼の興味を惹くことができると思いますが、永遠ではない。あなたのオルガンに刺激を見いだせなくなれば、彼は必ず去る」

「ええ、そうでしょうね。でもそれが何か問題？　私が人事不省になるほど嘆くと思う？」

「いいえ。しかしフラウ・テートゲス、人の感情はしばしば予測を裏切ります。もし、今の時点で彼に惹かれているのだったら、結婚はやめておいたほうがいい。人は存外、形に影響を受けるものですから」

クリスタの顔が、さっと強ばった。

「ご忠告ありがとう。あなた、副専攻は心理学？」

「いいえ。今のはただの一般論です」

「そう、肝に銘じておくわ。でも今あなたがすべきことは、早くお姫様を助けに行くことじゃないかしら」

「その通りだ」

イェンツは笑い、今度こそ去って行った。

「理論派だとは聞いていたけど、予想以上上ね」

扉が閉じるなり、クリスタは苛立ったように髪をかきあげる。指の隙間からさらさらと光の糸が落ちるのを、僕はぼんやりと見ていた。

彼女をこうして見るのは、ずいぶん久しぶりだ。実際には一昨日に会ってはいるが、あの時の彼女は、クリスタであってクリスタではなかった。

「シュウ、一昨日はごめんなさい」

クリスタは、僕を見ないまま言った。

「……楽譜の件は君も知らなかったんだろう？　それなら別にいい」

「正直、ヴェンツェルが何を考えて、あんなことをしたのかはわからない。素晴らしい曲だから、気に入ってどうしてもやりたかっただけなのかもしれないけど、非常識なのは間違いないわ。あの曲を共に演奏したパートナーとして謝罪する」

パートナー、という言葉が胸に刺さった。

「ヴェンツェルが考えていることなんてわかる人間はいないさ」

「たしかにそうね。『ねえ、中庭って誰かいる？』」

クリスタが尋ねると、牧師は笑って「いないよ」と答えた。

「じゃあシュウ、そこで少し話さない？　ここにいると掃除を手伝わされるだろうから」

「それなら、行かざるを得ないね」

笑顔の牧師に見送られ、僕らはそろって部屋を出た。しかしクリスタは、中庭には向かわず、そのまま正面の扉から通りに出てしまった。

「少し歩きましょう。いい天気だもの」

目を白黒させている僕に、クリスタは固い顔で微笑んだ。

埃《ほこり》っぽい通りに出て、僕らはしばらく無言で歩いた。さりげなく周囲を窺うことにも、もうすっかり慣れた。不審な気配はない。

クリスタの歩調がゆるやかになるころには、僕らはエルベ河の畔《ほとり》に出ていた。

河のむこうには、バロック風の建物がちらほら見える。が、こちら側は画一的な高層住宅がずらりと並んでいる。時には氾濫するというエルベも、今日は青空を映してゆったりと流れているが、その右と左では違う国のようだ。しかも、バロックとDDR特有の現代建築という差がありながら、つくられた年代はほとんど同じなのだ。

どれだけ差があろうと、河岸はどちらも、草木が青々と萌えている。遊び回る子供の声が、夏の空気にいっそう華やいだ活気を与えていた。

「ずっと教会に来なかったわね」

クリスタは、僕を見ないまま言った。

「忙しくて」

「……ヴェンツェルとは」

「全く会ってないよ。一昨日の演奏会も、ニェット——ああ、さっきイェンツが言っていたピアノ科の学生だ。彼女に誘われて行ったんだ」

クリスタはわずかに表情を曇らせ、「そう」とつぶやいた。

「本当に彼と結婚するのかい？」

「……多分ね」

「亡命のためというのは本当？ 彼がよく承諾したね」

クリスタは肩をすくめた。

「利害が一致したというほうが正しいかしら。ヴェンツェルの家はおそろしく保守的でね。彼の個性とはことごとく相容れない。不思議よね、戦争中は地獄を見て、下らない偏見を憎んできたはずなのに、自分たちは平然と異分子を排除する」

『前奏曲』を見事に弾きこなすヴェンツェルが、脳裏に浮かんだ。あの時、彼は途方もない何かと戦い続けてきたのではないかと僕は感じた。

今や、多くのＤＤＲの人々が目指すハンガリー。自由への門。だがそこにも当然、闇はある。

彼がＤＤＲに留学した理由の一端も、そこにあるのかもしれない。

「彼にとって結婚なんて最もどうでもいいことだし、するなら擬装でしかないから、こういう形で消費できるのはいいことだって言ってた」

消費。ヴェンツェルらしい言いぐさだ。

「君はそれでいいのか？」

「ええ。何年も許可を待って、疲れちゃったし」

「だったら、もっと早く誰かと結婚すればよかったのに。君の恋人は西の人間だったんだろう？　その前はイタリア人だっけ？」

クリスタの口が自嘲の嗤《わら》いに歪む。

「夢見たこともあった。でも、時々スリルのある逢瀬を楽しむのと結婚はまったく違う話。とくに相手にとってはね」

「ごめん。今の言葉は無神経だった」

「いいえ。つまり、ヴェンツェルみたいな相手のほうが楽なの。わかるでしょ？」

「それはわからない」

「どうして」

僕は足を止め、苛立った様子のクリスタを見た。彼女もまた動きを止めて僕を見る。

「君はヴェンツェルを愛しているだろ。だから訊くんだよ、本当にそれでいいのか？」

クリスタの目が大きく見開かれた。が、すぐにそれは眇《すが》められ、一瞬かいま見えた動揺は、苦笑の中に溶けていった。

「シュウも、シュトライヒみたいなこと言うわけ」

「舞台での君の顔を見れば誰だってわかるよ」

笑いに似た表情は、すぐに消えた。クリスタはとうとう、下を向く。肩から流れ落ちる髪を見て、僕は胸の痛みをやりすごした。

「君とヴェンツェルの音楽的な相性は最高だと思っているし、そう簡単に彼が飽きるとは思っちゃいない。ただ、僕が言いたいことは、彼の心には」

「いいの。わかってる」

クリスタは強い口調で遮った。核心を突く言葉を聞きたくないのか、それとも目を逸らした自分を恥じたのか。彼女はゆっくり顔をあげ、僕を見た。

「シュウって、自分の考えはあまり読ませないのに、鋭いのよね」

青い目に、僕の顔が映っている。不思議な光景だった。

「そうでもないよ」

「じゃあ日本人はみんなそうなの？」

「顔色を読むのは、多少得意かもね」

クリスタは天を仰いだ。

「人の感情はしばしば予測を裏切る。本当にそうよね」

そのまましばらく、じっと空を見上げている。僕もつられて顔をあげた。筆先ですっと撫でたような薄い雲が、穏やかに流れていく。

「シュウ、聞いてくれる？　私が職を失った本当の理由」

クリスタは空を見上げたまま言った。

「移住申請じゃないのか？」

「ええ。つまらない話よ。少し長くなるから、部屋に来ない？」

今度は僕が目を見開く番だった。クリスタは僕を見て苦笑し、ゆっくりと歩き始める。

「盗聴器はないから安心して」

そういう意味ではないが、彼女もわかって言っているのだろう。僕は黙って頷き、彼女の傍らに並んだ。

4

クリスタのアパートは、街の外れにあった。

ゲルダのコンディトライから、歩いて五分ばかり。今にも崩れ落ちそうな、小さなアパートがあった。もとは黄色に塗られていたのだろう外壁はところどころ剝がれ落ち、無事な部分も黒ずんでいる。錆《さ》びた窓枠には水色のペンキを塗り直したようだが、夏の明るい日射しのもとでは、逆に建物からにじみ出る無残な影を引き立たせるものでしかなかった。

イェンツのアパートも古いと思ったが、あれはだいぶましな部類なのだ。これが日本だったら、震度三程度でもまちがいなく崩れている。

「ひどいでしょ。中も似たようなものなの。隙間風のない部屋に住みたいっていうのが、ここ数年の夢なのよ」

そう言って案内されたのは、一階の一番奥の部屋だった。単身用の部屋で、僕の部屋と同じ1DK。広さは僕の部屋のほうが上だが、それでもこちらのほうががらんとして見えるのは、家具が極端に少ないからだ。

ソファベッド、小さな折りたたみのテーブル。箪笥。そして古いオルガン。これで全てだ。

僕の部屋も家具が少ないほうだが、もっと少ない。とうてい女性の部屋とは思えなかった。カーテンもソファベッドのカバーも無地のベージュで、この部屋の色味といえば、オルガンに描かれた赤い花ぐらいだろうか。それもほとんど消えかかっている。

この国の住民は、なにかの強迫観念のように、窓辺をゼラニウムや何やらで飾りたがるが、それもない。そういえばクリスタ自身、いつも無地の服を着ていた。寒いうちは、黒かグレーのセーターに、キャメルのコート。下はたいていジーンズ。今は、色あせたダンガリーのシャツ。顔は化粧をしているところは見たことはなく、金の髪もいつも無造作におろしている。

だが、ここまで色のない世界に生きているとは思わなかった。

盗聴器はないから安心して、と彼女は笑った。生活の奥深くまで入り込んだ監視の目。安らぎなど存在しない日々。家族も友人も離れていった。その結果が、生きていくのに最低限のものだけを置いた部屋なのだ。いずれ捨てるのだからと、どんどんそぎ落としていったクリスタ・テートゲスという命の光景が、これだ。

僕は思わず、口を覆った。震えて、嗚咽《おえつ》が漏れそうだった。

クリスタは僕を見て苦笑し、ソファベッドのカバーを整えた。

「そんな顔しないでよ。掃除はしてるんだから、汚くないわ。どうぞ座って」

「……そうじゃないよ。あのオルガンは……」

「あれ、祖母のなの。空襲を生き延びたんですって。ポツダムから追われた時、いろいろ取り上げられたんだけど、これだけはどうしてもってお願いして残してもらったの。コーヒーでいい？」

「教会で貰ったからいいよ」

「私が落ち着きたいから淹れるわね。シュウはお酒？」

「水でいい」

今、アルコールはいれたくない。はっきりとした頭で、彼女の話を聞きたかった。

オルガンの蓋を開けると、古びた鍵盤が並んでいる。押してみると、ふぁん、と音がした。鍵盤の反応はよいし、音のばらつきもない。ペダルもよく動く。愛情深く手をかけている証《あかし》だ。この部屋で唯一、クリスタの意思を感じる。

開け放した窓から入る風が、カーテンを揺らす。洗剤の清潔な香りがした。カーテンのむこうは裏庭で、伸び放題の雑草だらけだった。

「シュウ、閉めてくれる」

コーヒーと水をもって戻ってきたクリスタが、窓辺に立つ僕を見て目を細めた。いい風が入るが、開け放しているということは、中の声も筒抜けになるということだ。僕は静かに窓を閉め、少し迷った後、カーテンも閉めた。

まだ日が高いが、室内はうっすらと暗くなる。それがかえって落ち着いた。

僕とクリスタは並んでソファに座り、しばらく無言でコーヒーと水を飲んだ。口の中では発泡水の炭酸が弾けているのに、すぐ傍らから苦みのある深い香りがするのは、奇妙な気分だった。

「私がまだライプツィヒ音楽院にいたころの話」

香りに包まれた沈黙に慣れかけたころ、クリスタは唐突に語りだした。僕は反射的に横を向きそうになったが、わずかに頷くだけに止めて、先を促した。

「ちょうどこの時期ね、バッハ音楽祭のために西から来たお客様のアテンドをすることになったの。ボンの大きな建設会社の役員で、仕事で来ていたんだけど、一日だけ音楽祭に行きたいってことで、食事とかの手配をね。それがきっかけで、親しくなった」

いつもより、ゆっくりとした口調だった。もともと喋り方は平坦だが、テンポが落ちると、感情が極限までそぎ落とされているように聞こえる。

「彼、会社では東の担当みたいで、よくこっちに来ていたの。彼も音楽がとても好きで、話も上手で、なにより余裕があって、小娘だった私はあっというまに夢中になった。もともと西に憧れていたしね。改めて食事に誘われた時には天にも昇る心地だった。その後、インターホテルに潜りこんで会いに行ったりしたものよ」

　ライプツィヒ駅前にあるインターホテルを思い浮かべ、なんともいえぬ気持ちになる。

「私はうまく隠れてやってたつもりだったけど、もちろん筒抜けだった。彼自身が、マークされていたから。翌日、こっそりホテルから出てきてすぐ、私はシュタージに捕まっちゃった。もう終わりだと思ったわ。でも彼らは、私に取引をもちかけたの。恋人をスパイしろってね」

僕は驚いて、体ごとクリスタに向き直った。

「スパイ？　君、学生だったんだろう」

「学生だから、むこうも間違っても疑わないってことじゃない？」

クリスタは力なく笑った。なるほど、どうりで僕は学生なのにいろいろと疑われたわけだ。

「彼は、仕事の関係でそれからもしばしばDDRに来ることになっていたの。だから、会うのはそんなに難しいことじゃなかった。しかも当局のお墨付きがあればね。笑っちゃうけど、私は彼の好みのど真ん中だったんですって。よく調べてるわよね」

昼の片端だけをねじるようにして、彼女は笑った。

「もちろん最初は、そんなことできないって断った。そしたら、じゃあ他の女をつけるから別れろって言われて、なんて国だろうって本気で絶望したわ。でも、私はポツダムの楽団に入ることが決まってたし、ここで断ったらそれも駄目になるのは明白だった。それに、もう二度と彼に会えないかもしれないと思うと、怖くなって。迷いを見せた私に彼らは、恋を存分に楽しめばいいだけじゃないかと背中を押した。私、どうかしてたと思う」

「承諾したんだね」

クリスタは表情を消して頷いた。

「それからは、夢中だった。シュタージが味方なんだもの、彼と会うのに障害なんてなかった。ただ、隙を見て荷物を探ったり……盗聴器をしかけたこともあった。彼と会った後は必ず担当官と会って報告したわ。誘導尋問の方法なんかもレクチャーされたっけ。うんざりしたけど、人間って慣れると麻痺するものなの。彼と会うためには仕方ない、私たちが幸せになるためには、って自分に言い訳してるうちに、良心もさして痛まなくなった。一年近く続いたかしら」

「よくバレなかったね」

「でもそれぐらいが限界。さすがシュタージよね、素人の限界がよくわかってる。前触れなくシュタージに引き離されたわ。私は泣いて抗議したけど、どうにもならなかった。絶対に彼に会わせてくれなかった。それだけじゃない。次のターゲットまで用意してた。何もかも厭になって、二度と協力しないと言ってやったわ。そして彼に堂々と会うために、移住申請を出したの」

疲れたように、クリスタは笑う。

「その結果は前に話した通り。楽団と教会から解雇されて、北の地に飛ばされた。友人や家族も離れていった。申請を出したからだけじゃない。彼のことは誰にも言ってなかったのに、いつのまにか職場や地元では知れ渡っていて、私はシュタージの工作員って言われるようになって、皆離れていった」

クリスタはコーヒーを口に運んだ。闇のようなブラックコーヒー。ドイツのコーヒーは酸味が強くて、僕はミルクをいれないと辛い。クリスタはいつもブラックだった。当たり前のように、闇を飲み込む。

「そんな状況だったから、むしろ遠いところに飛ばされたのはよかったの。新しい街で、一からやっていこうとしたけど、そううまくいくわけがなかった。親しい友人が出来たんだけど、結局そのうちの二人がシュタージの関係者だってことがわかって」

「そんなにシュタージって至るところにいるのか」

「ええ、でも彼らはシュタージって言うより、彼らに協力している一般市民てところ。一人はよく行く店の店員、もう一人は音楽教師。彼らは普段はまったく普通の生活をしていて、上から指示されたターゲットとなにげなく接触して、時には親しくなって、あますず上に報告する。そういう人、本当にたくさんいるのよ。シュウが思っているよりずっと」

この国には人間関係は二種類しかない。密告するか、しないか。最初に僕に教えてくれたのは、クリスタだった。

「それからはもう、出会う人全てが疑わしく見えて、誰も信用できなくなった。いくら待ったって、私には移住許可なんて下りないことにもいいかげん気付いていたし、思いきって賭けに出ることにした」

「賭け？」

するとクリスタは、悪戯っぽい顔で僕を見た。

「ベルリンの壁を越えること」

「無茶だ」

「でもそれしかなかった。もう私の将来はないも同然だもの。射殺されるか、越えられるか。拘束されたらされたで、うまくすれば西ドイツ政府が保釈金を払って西に行けるかもしれない。まあ拘束されたら、それっきりになる可能性のほうが断然高いけど」

「……君がここにいることに心の底から感謝するよ。つまり、行かなかったんだね？」

「近くまでは行った。でも、うろうろしている時に、ヴィックに声をかけられたの」

「彼、ベルリンにいたの？」

「当時はね。私みたいなことを考えて地方から出てきた人間は、見てすぐわかるって言ってた。おかげで私は死なずにすんだ。彼に連れられて教会に行って、そこでベルリンの市民運動グループの人たちと知り合ったの。私みたいな目に遭ってる人ばっかりだった。そこで私は、生き返ったの」

沈んでいた目の青が、途端に明度を増した。

「私たちが望んでいるのは贅沢なことじゃない、人が人であるために当たり前のことなんだって思い出したの。教会を手伝う傍ら、サミズダートをつくったり、同じ境遇の人を助けたり。たぶん教会の事務手伝いをしている人たちって、たいてい同じような境遇の人を助けたり。定職につけないから仕事がそれしかないんだけど、おかげで本当に助かったわ。新しい生きがいも見つけられた。紹介してくれたヴィックにも感謝してる」

「いい人なんだね、彼。避けてしまって、悪いことをした」

「いいえ、シュウはそれで正解よ。彼は根っからの民主活動家だもの。西への足がかりがあれば徹底的に利用する。もし彼と親しくなっていたら、シュウは今ごろ運び屋でもやらされて、当局によけいに目をつけられていたと思う」

　まんざら冗談でもなさそうな口調に、ぞっとする。

「クリスタが追い出してくれて、よかったよ。じゃあドレスデンに来たのも彼の？」

「そう。ドレスデンは、ベルリンやライプツィヒに比べると、反政府運動がまだ弱くて。無知の谷間だから仕方がないんだけど。それで、テコ入れのために来たの。ドレスデンに来てすぐ、福音教会を紹介されたわ」

「オルガニストが入院したってのは嘘か」

「ええ。福音教会は、当局にもまだマークされていなかったから、拠点としては最適だった。ヘルマー牧師にはちょっと気の毒だけれど、事情を話したら、受け入れてくださった。避難所だから、断ることはできないって」

　ヘルマー牧師の穏やかそうな笑顔が頭に浮かび、少し同情した。

「クリスタはずっと戦ってきたんだ。どうりで、納得したよ」

「そんなたいそうなものじゃない。そうするしかなかっただけ」

「いや。僕は初めて君の音を聴いた時、なにかとてつもないものに挑む音だと思ったんだ」

　僕がここで感銘を受けた音は、思えば皆、戦っている。僕自身は、平らかになりたいと願ってＤＤＲに来たのに、矛盾している。

　しかし、今はおおむね理解していた。

　人はいつか必ず、戦う。破壊せねばならない。その時を迎えたと、僕はおそらく知っていたのだ。戦わなければ、平穏は手に入らないのだから。

「挑む、ね。ヴェンツェルもそんなこと言ってたわ」

クリスタのつぶやきに、つい肩が揺れた。避けて通れないことはわかっていても、この部屋で、彼女の口からその名を聞きたくはない。

「彼と会ったのは、偶然なのか？　それともイェンツが言った通り？」

「シュトライヒが言った通りね。あの人、鋭くて怖い。ヴェンツェルは、ハンガリーの人権派グループの一員よ」

僕はつい、まじまじとクリスタを見てしまった。イェンツがそうではないかと指摘していたとはいえ、ヴェンツェルがおよそそうした活動に興味をもつとは思えなかったし、今の今までその可能性はほとんど見ていなかったからだ。

「今シュウが何を考えているか、よくわかる」クリスタは苦笑した。「実際、彼自身はあまり興味がないみたい。でもお父さんだかお兄さんだかが熱心な活動家で、内務省の革新派幹部とも繋がりがあるんですって。ここからは完全にヴィックのお節介なんだけど、ハンガリー国境開放の知らせを受けてすぐ、私をはじめ亡命希望者たちをそこから逃がせないかと、そのハンガリーの人権派グループに連絡したの。それで、ヴェンツェルが来たってわけ」

では、イェンツの推理はほとんど当たっていたということだ。

「ヴェンツェルは最初から、君を亡命させるつもりで教会に来たってことでいいのか」

「いいえ、彼は単なる連絡役だった。でも急に、自分のパートナーになればなんの問題もないって言い出したからびっくりした」

「わかりやすいね。ヴェンツェルが来た時、君、オルガン弾いていたんだろ?」

目に浮かぶようだ。僕が旧宮廷教会で味わったあの感動。銀の音。ヴェンツェルも全く同じ経験をしたにちがいなかった。

「結婚してしまえば、ハンガリーでも西ででも、いくらでも勉強し直すチャンスはあるし、舞台にだって自由に立てるって言われた。昔の私だったら、それはもういいと言ったと思うの。ここに残って、市民運動に身を捧げるんだって。でも、このドレスデンに来てすぐ、シュターツカペレの演奏を聴いて、もう忘れたと思ってた情熱が一気に甦《よみがえ》ってきて、倒れそうになった。それから熱に浮かされたように音を求めてドレスデン中をさまよって、ヴェンツェルのヴァイオリンを聴いて、ショックを受けた。その時に痛烈に、思ったの。私はやっぱり、またオルガンを弾きたい」

クリスタは右手を広げ、食い入るように見下ろした。

「それまでも練習は続けていたけど、あくまで生活の中心は市民運動だった。でもちがう、昔のようにとにかくオルガンに没頭したかった。自由に弾きたかった。もう消えたと思っていたはずの亡命の夢が、また燃えだしてしまったのよ。シュウまでどんどん煽るし、私、本当にどうしていいかわからなかった。そんな時に、ヴェンツェルが来たの。そして一緒にやろう、君が望むなら一生のパートナーでもいい、と言ったのよ。私、つい頷いちゃったわ」

「ドレスデンは正真正銘、音楽の都だ。灰燼《かいじん》から音とともに復活した街だ。埋もれた音を見つけて、夢を取り戻すのは、正しいと思うよ」

「ロマンチストね」

「受け売りだけどね」

「私も、正しいと思った。ヴィックも、もう自分のために生きていいって言ってくれた。ヘルマー牧師も。だから私、これでいいんだと思ってたのよ。一昨日までは」

クリスタは広げていた右手をゆっくりと持ち上げると、そのまま僕の頰に触れた。

「怒りに震えるあなたたちを見て、わからなくなった。このままでいいのかって。それに、さっきシュトライヒが言ってた――ニェットって、あのとても繊細なピアノを弾く人よね。私たちの打算で、ひどく傷つく人もいることすら考えてなくて、何やってるんだろうって……」

「ニェットのことは気の毒だが、君が気にする必要はない。イェンツはああ言っていたけど、亡命のための結婚だからと言って彼女が納得するとは思えないし、それがなくともヴェンツェルはニェットは選ばなかっただろうから」

冷たい指先が頰を辿る感触から意識を逸らそうと、僕はことさらはっきりした口調で言った。そうでもしなければ、背筋を走る震えに負けてしまいそうだった。

「ヴェンツェルだって、何も感じない相手に手を差し伸べはしない。彼が君に敬意をもっているのは確実だ。だから、君がいいのなら、なんの問題もない」

「ええ。戦友で割り切れるならそれでいい。でもわかってる、私は割り切れてない。私は、その人の一部に恋したら、どうしたって全てに恋してしまうのよ。アレックスの時もそうだった」

アレックス。どうやらそれが、かつての西の恋人の名前らしかった。今クリスタは、自分がその名を漏らしたことも気付いていない。動揺しているのは、僕だけではないらしかった。

僕の顔を辿るうちに、指先はいつしかほんのりと熱をもつようになっていた。僕に馴染んできた指が、縋るように僕に触れるのは、たまらなかった。

「若いころは、自分はもっと賢いと思ってた。どうして心ひとつ、自分でどうにかできないんだろう」

「どうにかできないと分かっていても、自由が欲しくて、西を目指すんだろう」

「そうね」

クリスタの指が、つい、と下に降りた。僕ののど仏が動いたのは、明らかに感じただろう。クリスタは薄く微笑む。

「ねえシュウ、私、ずるいとは思うんだけど」

「かまわない、僕も同じだから」

クリスタの手を掴み、今度はこちらから挑んだ。コーヒーが濃く香りたったのは一瞬で、たちまち熱く潤んだ粘膜に搦め取られる。

「ヴェンツェルとは？」

あがった息の中で尋ねたのは、ちょっとした好奇心と悪戯心だ。途端に鼻を摘ままれた。

「不粋な子」

「ごめん」

「……キスまではね。でもその先は無理」

「試そうとはしたんだ？」

「しなきゃよかった、ほんと。無残なものよ」

クリスタは笑った。どんな思いで臨んだのかと思うと、笑えない。ちらりと浮かんだ同情は、しかしたちまち押し寄せる波に押し流された。

僕らはこの日、同じぐらい卑怯で、同じぐらいみじめだった。だから、手を取り合うことができたのだと思う。抱き合えば、幸福だった。少なくとも、そう錯覚するぐらいには、このぬくもりを離したくないと願った。

僕らは互いに、満たされていた。

ラカトシュ・ヴェンツェルが襲われて意識不明という知らせを聞くまでは。

第六章　エクソダス

1

『汎ヨーロッパ・ピクニック』

そのポスターは、ブダペスト駅構内の、あまり目立たぬ場所にひっそり貼ってあった。トイレに行かなければ、僕も見落としていただろう。

どういうことのない地味なポスターだったが、夏のバカンスに浮き立つ周囲の空気につられてか、ピクニックというのどかな響きに目を惹かれて立ち止まる。

「八月十九日午後三時、ショプロンにて国境の門が開かれる。誰でも自由に国境の門を越える事ができる」

僕は小声で、ポスターの内容を読み上げた。

オーストリア領内につきだした形をしているショプロンは、街の三方が国境という特殊な街だ。スパイ小説などにはよく出てくるが、行ったことはない。

十九日──今日から十日後。ハンガリー・オーストリア両国の代表団が出席し、何十年も閉ざされたままだった門を開く記念式典が催されるという。代表団が自由に通行できることを証明し、一般参加者たちには食事と酒がふるまわれ、皆で自由を祝うのだそうだ。

参加資格はとくにない。国境を通れるのは代表団のみだそうだが、見に行くだけならば外国人でも問題ないらしい。

ということは、DDRの人間がいっそう集まるのだろう。現に、僕が離れてすぐ、ドイツ人の一団が、興味深そうにポスターに近づいた。

夏のハンガリーは、DDR国内よりもドイツ人の数が多い。冗談でそう言われるほど、DDRの人間はバカンスになると大量にハンガリーに押し寄せる。

東欧諸国の中でも旅行先としてとくに人気が高い理由は、最も西側諸国に近い空気があるからだろう。首都ブダペストは明るく瀟洒《しょうしゃ》な都市で、カフェひとつとってみても、何もかもがそっけなく陰鬱な東ベルリンとはまるで違う。道ゆく人々も洗練されているし、色が溢れている。

都市部だけではなく、北岸に温泉を抱えたバラトン湖もリゾート地として人気が高く、この時期はどこにいってもドイツ人だらけになる。

それは知っていたが、今年は冗談が冗談にならないぐらいの数だ。ブダペストの街を歩いていても、耳はドイツ語ばかりを拾う。時には垢抜けた旅行者もいるが、そういう人々はまちがいなく西ドイツの人間だ。同じドイツ人なのに、ハンガリーやチェコスロバキアの連中は、瞬時に西と東を見分けて差別をする。俺たちは虫みたいな扱いだよ、と大学の友人がぼやいていたことを思い出す。同じドイツ人でありながら、普段の生活では苦境を強いられ、外に出れば出たで同じ共産圏から見下される。彼らがこぞって西を目指そうとするのも、無理はない。

ピクニックのことはDDRでは話題になってはいなかったが、家財道具をトラビに詰め込んでハンガリーにやってきた人たちがこのポスターを見れば、一目散に駆けつけることだろう。

しかし今の僕は、彼らに同情する余裕はなかった。タクシーに乗って目的地である病院の名を告げた途端、ショプロンのことは頭から飛んだ。かわりに頭を占めるのは、これから会う人物のことだ。

六月の末、ラカトシュ・ヴェンツェルは、何者かに襲撃された。

現場は彼の自宅に近い、人通りのほとんどない路地裏で、深夜のデートを楽しんでいた若いカップルが発見したらしい。薄暗い路地裏の壁にもたれかかるようにして、ヴェンツェルは倒れていたという。腹部にナイフが刺さっており、他にも体を庇《かば》おうとしたからなのか、左腕を中心にいくつも細かい傷があり、とくに左手はひどい状態だったそうだ。出血がひどく、他にも殴られた痕があり、病院に運びこまれた時は危篤状態で、彼は長らく生死の境をさまよった。どうにか命の危機は脱したものの意識は戻らず、彼は家族の強い希望により、そのまま故郷ブダペストの病院に移ることとなった。

彼は事件の晩、ハンガリー人が集まる店で飲んでおり、午前零時近くにひとりで店を出たという。その後の目撃情報はなく、突き刺さったままのナイフもDDRで流通しているごく一般的なもので、指紋は検出されなかったらしい。近くにヴェンツェルの鞄が転がっており、中身が散乱していたが、財布は消えていたという。

このショッキングな出来事は、目前に迫ったバカンスに浮き足だっていた学生を凍りつかせたが、それはすぐに好奇心にとってかわられ、皆、寄ると触ると犯人について語り合った。

「まあいつか、こうなるとは思ってたよ」

僕は何度、この台詞を聞いただろう。

財布はとられているが、目的は金じゃない。使われたのがどこでも手に入るナイフ、さらに指紋がないことから、明らかに計画的な犯行だ、と誰もが言った。

当日、店でも他の客と口論になって出てきたそうだし、彼はとにかく敵が多かった。

しかし、動機として考えられるのは怨恨だけではない。

事件の二日前、彼はブラーゼヴィッツの教会で、挑発的なコンサートを行った。人間の尊厳としての自由と家畜について再三言及し、自由を求める者はみなハンガリーに来いとでも言いたげな口ぶりは、亡命や革命を示唆《しさ》しているととられても仕方がない。市民運動家との突然の結婚宣言といい、ハンガリーの最近の動向にぴりぴりしている当局への挑発以外のなにものでもない、だから消されたのだ——もっともらしく語る者もいた。実際、襲われた当日、店で口論になったのは、ヴェンツェルの挑発的な態度を他のハンガリー人から咎《とが》められたのが原因だったらしい。

数少ない信奉者や、彼の本質を知らないファンたちは純粋に嘆き悲しみ、なんとしても犯人を捕らえようと躍起になったが、彼らの意気込みをよそに、結局なにもわからぬまま時間ばかりが過ぎた。

ヴェンツェルが病院に運ばれてから、彼に会えた者は誰もいない。面会謝絶で、彼に目をかけていた担当教授や、「婚約者」クリスタですら、彼を一目見ることも許されなかった。DDRへの留学は、もともとヴェンツェルが家族の反対を押し切って敢行したものだったらしく、彼の両親はかつての親族に引き続き息子まで奪おうとしたドイツ人たちに激しい呪詛《じゆそ》を浴びせながら、去っていった。

クリスタの動揺と悲嘆は深かった。彼を思いがけない形で失ったことはもとより、ヴェンツェルが命の危機に瀕していたまさにその時、僕と過ごしていたという事実が、彼女の良心を叩きのめした。

ヴェンツェルが襲われた理由が怨恨ならばともかく、もし当局が関わっているならば、婚約者と喧伝されたクリスタも危険だ。僕は休暇の最初に計画していた小旅行をとりやめてドレスデンに残り、できるだけクリスタのそばにいるようにした。そして、無駄と知りつつ毎日病院に向かう彼女に付き添った。僕らは一緒にいても、もうほとんど口をきくことはなかったし、クリスタは二度と僕を部屋に呼ぶことはなかったが、それでもそばにいることまで拒絶することはなかった。

我を失うほど深い悲しみに沈んだのは、彼女だけではない。ニェットもだ。

気の毒な彼女は、一時は警察に疑われていたらしい。あの晩は自宅にいなかったことや、今までの経緯を考えればわからないでもないが、そもそも家にいなかったのは、他ならぬヴェンツェルに傷つけられた心を慰めようとしてイェンツたちが連れだしたからだ。

もちろんニェットのアリバイは、朝まで一緒にいたイェンツと李、そして隣室のベトナム人留学生が証明した。したたか飲んで踊り狂ったニェットは人事不省となり、アパートが遠かったために、店から近いイェンツの部屋に皆で泊まることになったのだそうだ。苦虫を嚙みつぶしたような顔で教えてくれた李も、悲しみに溺れて酔いつぶれる彼女を眺めているのは辛かっただろう。

しかし、友人たちとの馬鹿騒ぎで全て忘れようとしたのに、目を覚ました途端もっと衝撃的なニュースを聞き、しかも自分が疑われていると知った時のニェットの悲しみは、その比ではないだろう。疑いは晴れても、破壊された彼女の心は、もう戻らなかった。

結局、ヴェンツェルがブダペストに移った直後に、ニェットもベトナムに帰国した。東ベルリンに向かう彼女を皆で見送ったが、李は最後、大泣きしていた。

ドレスデンの一部を騒然とさせた事件も、二週間が過ぎるころには、すでに人々の記憶から消えかけていた。犯人は見つからず、ヴェンツェルはブダペスト、そして学生たちはバカンスで今やちりぢりだ。語られることがなくなれば、記憶は風化する。

僕も予定より少し遅れてワイマールのゼミに参加し、刺激に満ちた新しい日々を送っているうちに、ヴェンツェルのことを思い出す回数は徐々に減っていった。

しかしドレスデンに戻ってくる直前、クリスタから届いた手紙を見て、薄れかけていた事件の記憶が一気に甦ることになった。

消印は、ブダペスト。「婚約者」である彼女は、今ブダペストにいるらしい。

同じ東欧諸国とはいえ、ハンガリーに行くにも旅行の許可証は必要である。クリスタはもともと、八月にヴェンツェルとブダペストのラカトシュ家を訪れる予定だったらしく、すでに八月一日からの入国許可証を取得していた。その日まではどれほど頼みこんでも入国を許可されず、ドレスデンで苦悩の日々を送っていたが、八月になるや否やブダペストにとんでいき、そして衝撃の事実を知った。

彼女がどれほどショックを受けたかは、手紙を見ればよくわかる。字はひどく震え、時々インクが滲んでいる。とどめは、最後の一言。

『どうすればいいかわからない。シュウ、助けて』

ようやく目的の病院に着き、受付に駆け込みヴェンツェルの病室を尋ねると、美人の看護婦の目が警戒するように僕を眺めまわした。「お待ちください」と冷ややかな声音で告げられ立ち尽くしていると、やがて奥の階段から見知った人物が降りてきた。

「シュウ、来てくれたの」

窶《やつ》れた顔に、弱々しい笑みを浮かべるクリスタを、僕は衝動的に抱きしめた。記憶にあるより、体は一回りは小さくなった。

「君のほうが倒れそうじゃないか」

「倒れても大丈夫よ、病院だし」

クリスタは僕の腕からするりと逃れ、受付に向かってハンガリー語で何かを言った。

受付の看護婦は納得した様子で頷いた。

「入院した経緯が経緯だから、DDRからの見舞客は必ず確認することになってるの」

「当然だろうね。……彼の様子は？」

クリスタの顔から、薄く漂っていた微笑みが消えた。

「とにかく、会って」

ヴェンツェルの部屋は、五階にある個室だった。エレベーターからずいぶん離れた場所にある扉を叩くも、返事はない。クリスタは僕を見て黙って肩をすくめると、かまわず扉を開けた。

「ヴェンツェル、シュウが来たわ」

こぢんまりとした部屋は、扉を開ければ何もかもが見渡せた。奥の窓は開け放たれ、白いカーテンが揺れている。その手前に、こちらに背を向ける形で車椅子に座っている人間がいる。

窓からひときわ強い風が吹き、車椅子のむこうから白い紙がいくつも舞った。大きな舌打ちの音が聞こえ、部屋の主がようやく振り返る。

「シュウ？」

低い声音だった。もともと健康的とは言いがたい顔はさらに痩《こ》けている。が、その緑がかった褐色の目の強さは健在だった。むしろ痩せてしまったぶん、眼光の迫力が増して、僕は雷に打たれたように動きを止めた。

「ああ、マヤマのことか。何しに来た」

そっけない物言いに、我に返る。

「……意識が戻ったっていうから、見舞いに」

「戻ったのはもう八日も前だ」

「知らなかった」

「誰にも知らせてないからな。笑っちまうが、クリスタが見舞いに来た時に俺は目を覚ましたらしい」

舞い落ちた紙を拾うクリスタを、ヴェンツェルは穏やかな目で見やった。ちょうど僕の足下にも落ちていたので拾い上げると、書きかけの楽譜だった。

「これ、君が？」

「やることがないんでな」

楽譜を差し出すと、ヴェンツェルは右手で受け取った。そしてその楽譜を、クリスタに手渡す。空いた右手で車椅子を操作し、僕らに向き直った。その間、左腕はいっさい動いていない。力なく肘起きに置かれたままだ。

僕の視線に気付いたのだろう、ヴェンツェルは皮肉げに笑った。

「ああ、動かないのは手首から先だけだ。他は全く問題ない。この車椅子は、なんせ一ヶ月も寝てたもんだから、まだうまく歩けなくてな」

「……手首から先」

「神経が切れてる。リハビリ次第で日常生活はできるかもしれんが、ヴァイオリンは無理だ」

ことなげに、彼は言った。

体から、音をたてて血が引いていくのを感じた。

クリスタの手紙にも、同じことが認められていた。しかし、この目で見るまで、まさかという思いはあったのだ。

「こんな具合だ」

車椅子の肘掛けの上で、彼は左腕を何度か上下に動かした。言葉通り、腕は問題なく動くが、手首から先は、ぴくりともしない。包帯が巻いてあるにしても、指がまったく動かないのは不自然だった。

情けないことに、僕はその無残な光景によろめいた。壁に手をついた僕を、ヴェンツェルは呆れたように見やった。

「おまえら、大袈裟なんだよ。そろいもそろってこの世が終わったような顔しやがって。だいたい二人ともこんなところに来る暇があるなら練習すべきだろ。クリスタなんていったい何日オルガンを弾いていないんだ」

「何言ってるんだ！　君、もうヴァイオリンが弾けないんだぞ！」

叫んだ途端、僕は自分の言葉に震えたが、ヴェンツェルは今さら何だと言いたげに首を傾げた。

「だからそう言っただろ。どうってことはない」

「そんなわけあるか。君、頂点に駆け上がるって言ってたじゃないか！」

「駆け上がるさ。指揮者としてな」

まったく予想していなかった言葉に、僕はぽかんとした。

「指揮者？」

そういえば、さきほど拾った楽譜。あれはヴァイオリンでもピアノでもない、オーケストラの総譜ではなかったか。

「ああ。むしろ、手を潰した奴に感謝しなけりゃならんかもしれん」

ヴェンツェルは、包帯に包まれた左手を見下ろした。

「俺の中では常に音が鳴っている。だが俺が弾くと、しっくりこない。ずっとそうだった。こうじゃないと思い続けて、少しでもひっかかった音には何でも食いついてきた。もっと早く気づけばよかったんだ。それは俺が弾くものじゃないんだと」

「……指揮」

「まあその前にこのポンコツの体をどうにかしないとな。回復したら、ブダペストのリスト音大指揮科に編入するつもりだ」

「もうドレスデンには戻らないのか」

「さすがに戻れんだろ。親族の言うことなど今まで全て無視してきたが、まあ今回ばかりは聞かざるを得ない」

ヴェンツェルは、鬱陶《うっとう》しそうに左手を見下ろした。どんな音も無限につくりだしていた、奇跡の手。ここから生まれるものには、誰も彼もが魅了された。ラカトシュ・ヴェンツェルという人間を忌み嫌っている人間でも、その音楽にはひれ伏した。

「誰が、君をそうしたんだ」

僕の声は、かすれていた。

「わからん」

「そんな馬鹿な」

「事実だ。警察にも言ったんだが、なにしろ俺はその日、かなり飲んでてな。前後不覚になるほど酔っ払うのは久しぶりだったが、これに懲《こ》りてしばらくアルコールは控えるよ。しかしまあ、仕留め損ねるとは間抜けなやつだ。どうせなら心臓を狙えばいいものを」

ひとごとのような口調が、信じられなかった。

「なんで君はそんなに平然としてるんだ」

「嘆いたら何か変わるか？」

「君を傷つけた犯人だって報いを受けるべきだろう！」

「俺はむしろ感謝してると言っただろ」

「でも死んでたかもしれないんだぞ！　そうしたら何もかも終わりなんだ、そんなの許せるはずがないだろう！」

「だが、おまえらは言うだろう？　自業自得だと」

息が止まった。青ざめた僕を、ヴェンツェルはつまらなそうに見て続けた。

「これが、俺が今までしてきたことの結果ならば、受け入れよう。俺は、他人の気持ちなど考えたことはない。興味があるのは、そいつの音だけだ。いいと思えば、片端から食い散らかしてきた。いまさら改心するつもりもないが、まあ生きてるだけで御の字だろう」

「……君が他人に興味がないことは知ってるが、こういう形でも出るとは思わなかった」

「寛大と言ってほしいね。自分の音を貫くってのは、結局はこういうことだ」

僕は慄然《りつぜん》として、ヴェンツェルの左手を見た。それから彼の顔を見た。ヴェンツェルの表情は、穏やかだった。おそらく、出会ってから初めて見たというほどに。

「ところでマヤマ、ブダペストくんだりまで来たついでにひとつ頼まれてくれないか」

「なに」

「クリスタをショプロンに連れて行ってくれ」

僕はぎょっとしたが、クリスタはもっと驚いたらしく、「何言ってるの」と摑みかからんばかりの勢いでヴェンツェルに詰め寄った。

「作曲を手伝ってくれるのはありがたい、だがこれ以上ここにいても何もならない。あんたの献身は、あの頑固な親父も認めるところだ。あいつがドイツ人を認めたのは後にも先にもクリスタぐらいだろう。だが、結婚はさすがに無理だろうし、この手ではデュオも何もあったもんじゃない」

「そんなことはどうでもいいの、私は――」

「クリスタ。もうあんたがここにいる意味はない。わかるだろう」

反論を決して許さぬ厳しい声音が遮った。クリスタの目が激しく揺れる。ヴェンツェルは、あっけにとられている僕に向き直って言った。

「十九日、ショプロンで式典がある。国境が開くんだ。そこから、クリスタをオーストリアに逃がせ」

「式典のことはポスターで見たよ。でも、門を行き来できるのは代表団だけだろう。一般の参加者には食事と酒がふるまわれるぐらいだ」

「いや、行ける。その日、警備兵は見て見ぬふりをすることになっている。ショプロンに溢れているDDRの難民は、みなオーストリアに行けるんだ」

自信に満ちた口調だった。しかし言っている内容はとんでもない。

「嘘だろ。そんなこと、許されるはずがない」

「あいにく事実だ。内密の話だから、ショプロンに行くまでは他言はするな」

「なんで君がそんなこと……あ」

そういえばクリスタが言っていた。人権派グループの活動家である父だか兄だかが、内務省の革新派幹部とも繋がりがあるらしい、と。たいていそうした話は眉唾ものだが、ヴェンツェルの表情を見る限り、事実のようだった。

「……そんなことをして、ハンガリーは大丈夫なのか？」

「DDRとの関係が悪化するのを恐れるとでも？　いまさらか？」

ヴェンツェルは鼻を鳴らした。

「ハンガリーだけじゃない、チェコスロバキアも、ポーランドもとっくに、変革が進んでいる。何もしなかったのは、おまえたちだけだ。今さら、過去の遺物の報復を恐れると思うのか」

僕はまじまじとヴェンツェルを見つめた。

「君、本当に人権派グループの一員だったんだな」

「政治もイデオロギーも興味はない。ただ、考えることを放棄した奴隷が死ぬほど嫌いなだけだ」

「それなら私も、東に残って戦う。今までの地道な活動が実って、ようやく皆このままじゃいけないと気づいて立ち上がったところなんだから」

それまでうつむいていたクリスタが、意を決した様子で顔をあげた。しかしヴェンツェルはあっさりと否定する。

「あんたがやるべきことは、音楽だ」

「DDRにいたってオルガンは弾ける」

「地下活動のついでにか。わかっているだろうクリスタ、あんたがどれほど素晴らしいオルガンを弾いたって、あの国は絶対にあんたを認めない。職もない。そうしてこのままあの国で過ごして歳をとって、あんたには何が残る。そんな人生でいいのか」

クリスタは目を瞠り、とっさに言い返そうとして口を開いたが、結局なにも言えずに唇を噛みしめた。

「歳をとってからでは遅い。あんたはもう三年無駄にした。一刻も早く西に行くんだ。そしてすべきことをしろ。そのために戦ってきたんだろう」

「でも、ここで私だけ逃げるのは」

「あんたは充分戦ってきた。その結果勝ち取った人生を、生きるだけだ。一度は納得したはずじゃないか」

それでもクリスタの顔には迷いがある。ヴェンツェルは舌打ちし、いっそう険しい口調で続けた。

「安っぽいヒューマニズムで残られるなら、迷惑だ。俺のことを気遣う気持ちがあるなら、視界から消えてくれるのが一番ありがたいね」

「そういう言い方はないだろう！」

僕は思わず声を荒らげたが、目の前に、すっと白い手が現れた。

「いえ、いいの。その通りよ」

僕を押しとどめ、クリスタは微笑んだ。

「私は一度、行くと決めたんだもの。その時点でもう、ヴィックたちを裏切っている」

「裏切ったわけじゃないだろう。ヴィックだって君を亡命させるために、ハンガリーに連絡をとったんだから！」

「ええ、そうね。これはただ、私の馬鹿げた感傷なのよ。いつもこれで間違う」

クリスタは目を伏せ、自嘲をこめて笑った。

「長らく憎んではきたけれど、やっぱり生まれ育った国だから。いざ捨てるとなると、迷うものね。でも……そう、自分の音を貫くということは、こういうことなのよ」

彼女はヴェンツェルの傍らに膝をつき、力の入らぬ左手を両手でつつみこんだ。

「この手に誓うわ、ヴェンツェル。私は必ず西で成功する。狼煙を必ず、壁の向こうからあげてみせるわ」

忠誠を誓う騎士のような言葉に、ヴェンツェルは何も返さない。ただ静かに、クリスタの青い目を見下ろしていた。

無言で見つめ合う二人を見て、僕は確信した。

やはりヴェンツェルとクリスタは、運命の伴侶なのだ。男女として結びつくことはできないかもしれないが、同じ魂を分け合っていることにかわりはない。

彼らの間には、誰にも入り込めない絆《きずな》がある。それは、僕にとっては辛い認識のはずだった。だが僕は、嬉しかった。

僕が求めた音をもつ二人が、こうして手を取り合っていることが、奇跡のように思えたのだ。

2

ブダペストから南西に約百三十キロ、中央ヨーロッパ最大の面積を誇るバラトン湖は、じつに不思議な色をしている。うっすらとミルクがかったような、コバルトブルー。夏の陽光を浴びてきらめく様は、オパールのようだ。こんな色は、他では見ない。

彼方にはヨットの真っ白な帆が並び、浅瀬では水しぶきをあげてはしゃぐ子供たちの歓声が心地よく耳を打つ。湖畔にはカラフルなパラソルや敷物が並び、皆めいめい好きにくつろいでいる。家族連れ、恋人どうし、賑やかな友人たち。遊歩道には、黄色く塗られた小屋が建ち並び、揚げパン《ラーンゴシュ》の甘い香りが鼻腔をくすぐる。明るい光が降り注ぐ、人生の喜びの全てが詰まっているような場所で、僕はニナたちと再会した。

「シュウ！　久しぶり！」

勢いよく抱きついてきたニナは、数日前から滞在しているからだろう、すでに小麦色に灼けていた。かつてはくぼんでいた頬も今は健康的な丸みを取り戻し、四月に会った時とは別人のように活力に溢れている。

「ずっと連絡できなくてごめんね。本当はしたかったんだけど、すっごく我慢したんだから。シュタージのあの監視、本当に鬱陶しかった！」

「わかってる。また会えて嬉しいよ」

彼女の背後から、ヘルベルトが進み出る。はじめて会った時のように、彼は僕に右手を差しだした。

「シュウジ、君には本当に迷惑をかけた。君が再びこうして私たちに会いに来てくれたことを心から嬉しく思うよ」

こちらは、しばらく見ない間に白髪が一気に増え、ずいぶん老け込んでしまった。この数ヶ月、最も苦悩したのは、この人なのかもしれない。しかし今、顔には穏やかな笑みがある。眼鏡の奥の目にも、理知の光があった。

「僕もです、ヘルベルト。お招きありがとうございます。家族水入らずのところに呼んでいただいて」

「君はもう家族も同然だ。でも残念だな、息子にはなってもらえなそうだ」

ヘルベルトの目が、意味ありげに僕の隣に佇むクリスタを見やった。

「友人のクリスタです。ブダペストで偶然会ったので、誘ってしまいました。とても才能溢れるオルガニストなんですよ」

僕の言葉に、ヘルベルトの陰に隠れるようにして立っていたゾフィーが目を輝かせた。

「まあ、オルガン。ぜひ聴きたいわ。宿にオルガンがないのが残念ねえ。どこかで借りられないかしら？」

「僕がはじめて彼女を知ったのは、旧宮廷教会でバッハを弾いていた時です。見事でしたよ」

「素敵。あそこのオルガンはいいものねえ。あなたもドレスデン音大の方なの？」

「いいえ、私はライプツィヒ音楽院におりました」

「まあ、それじゃ、あなたのオルガンを聴いたことがあるかもしれないわ！　学内演奏会にはいつも夫と行ってましたもの。いつまでいらしたの？　名字は？　今はどこで弾いてるの？」

にわかに興奮したゾフィーが矢継ぎ早に質問し、クリスタを苦笑させた。音楽院時代のことをいくつか話しただけで、ゾフィーがいっそう顔を輝かせていたのには僕も驚いた。

「クリスタ・テートゲス！　ああ、あなたのラインベルガー、覚えていてよ！」

「母さん、よく覚えているな」

「だって本当にロマンチックで素敵だったのよ。ハインツも珍しく興奮していたからよく覚えているわ。彼女はきっと国を代表するオルガニストになるって言っていたのよ」

興奮気味に話してから、ゾフィーは、はっとしたように僕を見て、やや気まずそうに笑った。

クリスタが音楽院にいたころから、もう何年も経っている。しかしクリスタの名は全く聞かれず、僕とここにいる。それが何を意味するかは、明白だった。

「そんなに凄かったんだ。クリスタはシュウの恋人？」

いくぶんきつい目でクリスタを眺めていたニナの言葉に、僕は思わず咳き込んだが、クリスタは、「まあ、嬉しい誤解ね」と平然と微笑み返した。

「まったく……。彼女には婚約者がいるんだよ、ニナ」

もう婚約も何もない状態だが、国境を越えるまでは、僕にとってクリスタは、正真正銘、ヴェンツェルが選んだ伴侶だ。

「そうなの？　その人は何してるの？　なんでシュウといるの？」

「今、彼はとても忙しいんだ。婚約者も僕の友人でね。それより明日はもっと賑やかになるよ、僕の友人のヴァイオリニストとチェリストが来ることになってる。ちょっとした音楽会だ」

「ああ、ヴァイオリンとチェロの夫婦ね！　ヴァイオリンの人かっこいいんでしょう、楽しみ！」

僕の知らせにニナたちは大いに喜び、さっそくクリスタも巻き込んで、明日からの予定を練りはじめた。その光景はまったく普通の家族で、ここ数ヶ月のことが嘘のようだった。

あのまま家族が瓦解するのではないかと案じていたが、彼らは踏みとどまった。どれだけ深い疑念が横たわろうとも、彼らはそれを乗り越えたのだ。克服できたのは、今までそれに足るものを築いてきたからだろう。

翌日には、ポーランドを回っていたというイェンツとガビィの夫婦も合流し、一気に賑やかになった。毎日泳ぎ、遊び、キャンプをし、時々温泉に入り、僕はようやくバカンスらしいバカンスを満喫していたが、ショプロンへ行く日が刻一刻と近づいていると思うと、落ち着かなかった。

八月十九日。何十年と閉ざされたままだった、国境の門が開かれる。

——必ず、クリスタを逃がせ。

ヴェンツェルの声と、緑褐色の瞳は脳裏にくっきりと刻まれて、どんな瞬間にも消えることはない。彼の動かぬ左手、車椅子に頼りなげにおさまっていた体を思い出すと、泣きたくなる。

肝心のクリスタは、ニナたちといる時は明るく笑っているが、僕と二人きりになると途端に口数が減り、出会ったころによく見せたような、他人を寄せつけない鋭い顔つきになった。話しかければ普通に応じはするものの、いつも心ここにあらずといった状態だった。

だから、イェンツたちが合流してくれたのは、本当に助かった。クリスタは彼を苦手としているようだったが、話題が豊富で心遣いが細やかなイェンツと、良くも悪くもとことん開放的なガビィは、いつも場を盛り上げてくれた。

家族共に過ごす最後の日、宿のピアノを借りて、僕らは小さなコンサートを開いた。家族経営の小さなホテルは常連の客ばかりで、僕らの提案を快く受け入れてくれた。

この日のために僕はドレスデンから一張羅を持参してきたし、イェンツはもちろん、共演してくれることになったガビィもしっかり正装していた。ニナたちに最高のものを贈りたいという想いを、彼らはよく理解してくれていた。

最前列のニナやゾフィーも、リゾートに相応しい華やかな装いで、その隣に座るクリスタもロイヤルブルーのワンピースを着ていた。固辞するクリスタに、ゾフィーが半ば強引にプレゼントしたものだ。

「そんなにきれいなんだから、たまには装わなくちゃ。これから必要になるでしょうしね」

ゾフィーは深い意味もなく言ったのだろうが、まるでこれからクリスタが西に行くことを知っているように思えて、どきりとしたものだ。

瞳より濃いブルーの服を纏い、金髪を結い上げたクリスタは女神のように美しく、僕はできるだけ視界にいれないようにして演奏する必要があった。諸々割り切ったつもりではいても、やはり彼女のとびきり美しい姿を見れば、心は揺れる。もうすぐ彼女は、西に行ってしまう。もう今までのように、同じ街で過ごすことはできない。やはり、亡命なんて止めたい。想いは叶わなくてもいい、せめてそばにいたい。女々《めめ》しい思いが、どうしても湧いてしまうのだ。

ガビィを交え、夏の爽やかな夕暮れに相応しいハイドンのピアノ三重奏曲三十九番で、僕らのささやかな演奏会は幕を開けた。

プログラム二番は、ハインツ・ダイメル作曲、ピアノソナタ。楽譜の隅に小さく書かれたタイトルは、『小石』。ゾフィーが六十歳を迎えた時に贈られた曲で、小石って失礼じゃないかしらとか憤慨していたが、曲を聴けばそれは照れ隠しだとわかる。この曲は、どんな言葉よりも雄弁なラブレターだったからだ。二人だけが知る数々の思い出、ゆっくりと深化していく愛情。いくつもの諍《いさか》いもあったろう、互いを憎むこともあったかもしれない。しかし年を経るごとに、尖《とが》った小石が水の流れに削られ、いつかは川の底で仲間と寄り添い、眠りにつくように、全ては静かに、深く、降り積もり、調和する。繋いだ二人の手の中で、完結するのだ。

初めてこの曲を弾いた時、僕の頭に浮かんだのは、父の書斎にしまわれた大量のブルーの封筒だった。あそこには、無限に近いハインツの言葉がある。彼らはいったい何をそれほど書くことがあるのだろうと、疑問に思っていた。彼は自分の中にあるものを言葉にすることで、言葉にできないものをこそ探していたのではないか。最も深いところに存在する真実をすくい上げ、そして楽譜に認めていたのかもしれない。

僕の父も、そうだったのだろうか。口数が少なく、家族に対しては冷淡ですらあった父は、遠いドイツの友人だけに饒舌《じょうぜつ》に言葉を綴《つづ》ることで、誰にも語れぬことを静かに見つめていたのかもしれない。遠く離れているからこそ、二人はきっと、いつまでも友であれたのだ。

ならば僕とクリスタも――そしてヴェンツェルも、これから良き友となれるかもしれない。

五分程度の小品ではあるが、急流から穏やかに大河に至る想いが詰まった曲を弾き終えると、ゾフィーは泣いていた。彼女は何度も僕に、ありがとうと言った。

そして、明るく軽快なベートーヴェンのピアノ三重奏曲四番『街の歌』。イェンツが正確に弾きこなすクラリネットパートと、ガビィの艶やかな深い音色がよく溶け合う。彼らの音を聴くと、やはりこの二人もよきパートナーなのだと実感する。

ベートーヴェンの後は、イェンツが超絶技巧のパガニーニを見事に弾きこなし、一気に場を沸かせた。

情熱的なメンデルスゾーンのピアノトリオで周囲の温度をさらに引き上げたところ、今度は一転して、胸をかきむしられるほどに切ないラフマニノフ『ヴォカリーズ』。ガビィのチェロが奏でるヴォカリーズの美しさときたら、ピアノを弾いている僕ですら、涙が滲むほどだった。帰り来ぬ華やかな季節を懐かしむような音色は、ここまでのプログラムを全てやさしく包み込み、夜の帳《とばり》の中にしまいこもうとしていた。

しかし、これで終わりではない。ガビィがとんでもなくハードルをあげてくれたが、この次こそが本命。ハインツのヴァイオリンソナタだ。

イェンツがひとつ息をつき、甘美なカデンツァが流れ出した。とびきり美しい旋律を正確に、叙情的に彼は奏でていく。このソナタの冒頭を飾る長いカデンツァは、作曲者の夢そのものだ。時代の嵐に飲み込まれ、長らく封じ込まれていた少年時代の夢。本人さえ忘れていた記憶は、封じられていたことによって純化され、だからこそ旋律は現実離れして美しい。老人が回顧する青春の痛みは、いつだって甘美だ。

しかし少年の夢は、近づく軍靴の音に踏み荒らされ、飲み込まれる。僕のピアノは、最初はイェンツに迎合するように寄り添い、やがて牙を剝き出し、食らいつく。

衝突し、絡み合い、突き放し、疾走する。逃れようと叫び暴れるヴァイオリン、追いすがるピアノ。対立していたそれらはいつしか併走を始め、再びヴァイオリンが控えめに少年の夢を奏でだすと、不思議な調和が生まれた。そして、新しい世界が開けていく。

演奏の出来は、今までで一番よかった。

実際、長いハインツの人生を演じ終えた後、集まった観客からは大きな拍手が湧き起こった。儀礼的ではない、まごころのこもったものだったと思う。立ち上がってブラボーを叫ぶ人もいたし、ダイメル一家は感極まった様子で、僕らをかわるがわる抱擁した。反応は、僕らの予想以上だった。最上級の讃辞と言ってもいい。にもかかわらず、僕の気持ちは晴れなかった。おそらく、とびきりの笑顔で応対しているイェンツも同じだろう。

僕とイェンツ、そしてクリスタは気付いたはずだ。途中から、曲の質が変わったことを。

イェンツは慎重にカデンツァを弾いていた。楽譜から組み立てた通り、丁寧に。僕も同じように鍵盤に指を走らせた。しかしいつしかそれは、どこからともなく聞こえる音に飲み込まれてしまった。すでに僕らの日常から退場した、彼の音。

イェンツには、ヴェンツェルの意識が戻ったことは言っていない。いずれは知られるだろうが、今は誰にも言うなと本人から念を押されたからだ。彼の心はすでに、ドレスデンの日々と決別している。寂しいけれど、彼が前を向くには必要なことだ。そしてイェンツのほうも、僕に何も訊かなかった。クリスタと一緒にブダペストから来たと話した時、物問いたげな顔をしてはいたが、クリスタの強張った笑顔を見たからか、結局その口からヴェンツェルの名前が出ることはなかった。

演奏会の後はワインパーティが開かれ、余興でクリスタもピアノを演奏した。彼女はピアノの腕も相当なものだった。客たちは美貌のピアニストの登場に歓声をあげ、クリスタを取り囲んでしまった。彼らがクリスタと語らえるのは、今日が最初で最後だ。しばらくはそっとしておこうと、僕は夜風を浴びに外に出た。

湖から少し距離はあるが、吹く風はわずかに水気を含み、火照《ほて》った体に心地よい。炭酸水で割った白ワインをちびちびやりながら、僕は背を預けるのに最適な大木を見つけ、腰を下ろした。開け放たれたホールの窓からは、ピアノの音が聞こえてくる。ヴァイオリンやチェロの音もするから、囃し立てられイェンツたちも参加させられているのだろう。

体の中ではずっと、ハインツのソナタが鳴っている。僕らが今日演奏したものではない。クリスタとヴェンツェルのあの日の演奏だ。目を閉じると、鮮やかに光景が甦る。

もし僕がこの曲にタイトルをつけるなら、祝福とでも名付けようか。あの時、あの空間は祝福されていた。

「おや、誰かが歌っていると思ったらシュウジか」

音を追っていた僕は、突然わりこんできた声に驚いて目を開けた。

ヘルベルトが手をあげ、こちらに歩いてくるところだった。

「歌ってましたか、僕」

「気持ちよさそうにね。今日の主役がこんなところでどうした」

「今日の主役はあなたがたですよ。役目を終えたらほっとしてしまって」

「そうか。本当にすばらしい演奏だったよ。ありがとう。もっとお願いしたいところだが、明日はずいぶん早くに出発するんだったね」

「ええ、ちょっと遠くに向かうので」

ブダペストまでは列車の旅だったが、ブダペストからバラトン湖まではクリスタのトラビで来た。今でも申請して受け取るまで七年待ちという噂のあるトラビをクリスタが持っていたことにも驚きだったが、彼女のすばらしい運転技術にも驚いた。バラトン湖までのスリルに満ちた旅路を思い出し、明日のショプロンへの道行きに青ざめていると、

「どこへ行くのかな？」と尋ねられた。

「ああ、ええっと、北のほうへ行こうかと」

「もしやショプロンかな？」

僕はつい、息を吞んでしまった。ヘルベルトが納得したように頷くのを見て、血の気

が引く。

「やはりそうか。クリスタのためかな？」

「……ヘルベルト、あの」

「大丈夫だ。誰にも言わんよ。密告なんて一度で充分だ」

自嘲ぎみに笑って、彼は僕から少し離れた場所に腰を下ろした。火照りがおさまったせいか、湖から吹く風に身が竦《すく》む。しかしヘルベルトは何も感じていないらしく、風の行方を追うように、じっと虚空に目をこらしていた。

「シュウジ。君も、妻を密告した私を軽蔑するかい？」

風に溶けるような声で、ヘルベルトは訊いた。

君も、と彼は言った。いったい今までどれほどの悪意を受けてきたのだろう。

「いいえ。ニナを守るためになさったことだとわかっていますから」

「ありがとう。私は卑怯だな、君ならそう言ってくれるのではと期待して尋ねたよ」

ヘルベルトは僕を見て小さく笑い、再び前を向いた。

「ニナも最終的には、受け入れてくれた。他の人に密告されて、パパと私もばらばらになってしまうより、ずっとよかったと。母もずいぶん、手紙でニナを説得してくれた。おかげで今は、昔と変わらぬ生活をしているよ。周囲からの視線は、どうしようもないがね」

ニナが秋からロストックにある寄宿舎に入ることになったと、再会したその日のうちに聞いた。ロストックは海が近いし、暗くて汚いライプツィヒよりずっといいとニナははしゃいでいたが、もともとは近隣の、数学で有名な学校に進学する予定だったのだから、意味は明白だ。

「私は正しいことをしたと信じていた。国に忠実であることを示せば、今まで通りの生活が続けられる。ニナのためにもこの生活を失うわけにはいかない。我々を最初に捨てようとしたのは妻だ、なんの心が痛むものかと思ってシュタージに連絡をした。だがね……時間が経つにつれ、わからなくなった。娘に罵倒され、周囲に軽蔑されてでも守りたかった『今までの生活』とは果たしてなんの価値があるのか。私はもう人生の折り返し地点を過ぎているが、ニナはこれから何十年もこの国で生きていく。なのに、最愛の娘のために残すものがこれで本当によかったのかと」

ヘルベルトは、訥々《とつとつ》と語った。

「あれからニナはずっと、西に行きたいと泣いていた。次第に私も、娘のためにはそれが一番いいのではないかと思うようになってね。西に行けば、私がこの国で築いたキャリアも何もかも消え失せる。だが、ニナから笑顔を奪うことに比べれば、なんでもないではないか？　ニナはまだ若い。まだまだ豊かな未来が待っている。ならば一刻も早く、娘とともに出て行くべきではないのか？　私は悩み、とうとうニナにも打ち明けた。ニナは、最初は驚いて、次に大笑いしていたよ。それはそうだろう。亡命を図った母を密告した父が、今度は自分たちが亡命しようと言うのだから」

涙が出るほど笑った後のニナは、とても冷静だったという。

『パパ、ありがとう。私のために、辛い選択をしてくれたんだよね。それなのに私がこんなことでは駄目だね。もう大丈夫、私はパパの努力を無にしたりしない。この国で必ず、幸せになってみせる』

そう言って、ヘルベルトを抱きしめた。それからニナは泣かなくなった。外にも恐れず出るようになり、次第に笑顔を取り戻していったという。

以来、二度と亡命の話が出ることはなかったが、ハンガリーに来る直前、大学の事務員が、一家ごと忽然《こつぜん》と消えるという出来事があったそうだ。

「忽然と？　なんの前触れもなく？」

訊き返すと、ヘルベルトは憂鬱そうに頷いた。

「その五日後には、彼らもハンガリー旅行に行く予定だったんだが、いきなりシュタージに踏み込まれたらしくてね。家を荒らされ、なんのためにハンガリーに行くのかと何時間も訊かれたとぼやいていたが、彼らはその晩に荷物をまとめて出て行った」

つまり彼らは最初から、亡命目的でハンガリーに向かうつもりだったのだろう。かぎつけたシュタージにもう一度捕まれば、今度はまちがいなく拘束される。もう二度と自由になれるチャンスはない。それどころか、今以上の地獄が待っている。

もっとも、許可がなければ、ハンガリーには入れない。国境で通報され、追い返されてしまえば同じことだ。それでも彼らは、一縷《いちる》の望みをかけ、決行したのだろう。

「私は衝撃を受けたよ。もうこの国はそこまで追い込まれているのかと。逃げた事務員はまだ若くてね、三十代半ばだった。ハンガリーに逃げ出しているのは、ほとんどがそれぐらいの世代だそうだ。皮肉なものだと思わないか。彼らの世代は、DDRの建国以来、もっとも恵まれているんだ。戦後の苦労も知らず、政府との闘争も知らず、未来を担う大切な人材として無償で存分な教育を与えられ、なに不自由なく暮らしてきた。にもかかわらず彼らは、耐えられないと嘆く。年寄りは彼らがわがままだと言うがね、私にはそうは思えない。忍耐の権化《ごんげ》のような私の母だって、最後は西を選んだ。それほどに、この国はもう、追い詰められているのだと改めて思い知った」

ヘルベルトは一度、口を閉じた。いつのまにか、窓から流れる音楽はやんでいる。

「いざハンガリーに来てみれば、いたるところにショプロンのポスターがある。皆、もしかしたら我々も国境を越えられるんじゃないかと噂しているんだ。ニナは全く気にしていないが、まるで話題にしないというのも、かえって不自然じゃないか。だから、ニナに今、もし少しでも西を望む思いがあるのなら、ショプロンに行こうと思っていたんだ」

「……では、明日、一緒に行きますか？」

ヘルベルトは、ゆっくりと首を横に振った。

「いいや。これもニナに断られてしまった」

「そうだろうなと思いました」

「腹をくくると女性のほうが強いね。ニナは言ったよ。若い人間がどんどん出て行ったら、この国は本当に終わってしまう。自分みたいに有能な人間は残って、変革に尽力すべきだとね」

「頼もしい娘さんです」

「自尊心が強すぎるのが困りものだが。それでも、私は嬉しかった」

ヘルベルトは顔をあげ、夜空を見上げた。よく晴れ渡った空には、無数の星が浮かんでいる。

「この国に残って、この国を変えると言ってくれて。私たちの祖国を否定しないでくれて、嬉しかったんだよ……」

声がわずかに潤む。今ヘルベルトに目を向ければ、きっと目尻から星のかけらが零れ落ちるところが見えることだろう。

残る者、国を去る者。

どちらが正しく、どちらが卑劣かということはない。それでもやはり、選択をつきつけられた時、誰もが苦しみ、もう一方の道を選んだ者に複雑な思いを抱く。

明日、クリスタが去った後、残された者たちはどんな反応をするだろう。そして、去ったクリスタは、何を思うだろう。

3

ショプロンは、首都ブダペストより西に百八十五キロ。ウィーンから南に六十キロ。ウィーンのほうがはるかに近く、文化的にもハンガリーよりもオーストリアの影響が大きい街だという。それは街並みを見ていても、よくわかる。

第一次大戦が終わり、オーストリア＝ハンガリー二重帝国時代が瓦解すると、ショプロンはオーストリアとハンガリー、どちらに帰属するかという選択をつきつけられた。

本来はハンガリーの領土であるが、地理的にも文化的にも、なによりも商業的にオーストリアに下ったほうが益が多い。しかし、市民投票が示した結果は、ハンガリーだった。

三方をオーストリアに囲まれた、最もハンガリーに忠実な都市。それがショプロンだ。

この日、ショプロンは祝祭の場と化していた。街中ではチロルやハンガリーの舞踊が披露され、ビールと食事が振る舞われ、人々は祭りを楽しんだ。

もっとも、それは全て想像だ。なにしろ僕らは、式典が始まった二時になっても、ショプロンのはるか手前で足止めを喰らっていたのだから。

「冗談でしょう⁉　メンテ万全だったはずなのに！」

エンジン故障でウンともスンとも言わなくなった愛車に、クリスタは絶望の叫びをあげた。

僕らは――もっとも僕は全くの門外漢でなんの役にも立たなかったが――即座に修理に取り組んだが、時間ばかりが過ぎて行き、とうとう腕時計の針が午後二時を指したのを見て、諦めることにした。

「仕方ないわ。これはもう、神様が行くなって言ってるってことなんだと思うの」

「教会に行っても全然礼拝に参加しなかったのがまずかったのかな」

「ドレスデンに戻ったら、少しはまじめに参加しましょうか。その前に、ヴェンツェルになんて言おうかしらね」

僕らは、ただの青い箱でしかなくなったトラビに背を預け、ヴェンツェルへの言い訳をあれこれ考えていた。落胆は深かったが、同時にほっとしていたのも確かだ。これで、クリスタは出て行かない。まだ一緒にいられる。

しかし、さもしい思いも、神は許さないのだろう。すっかり諦めて野宿の計画を始めた僕らのもとに、一台のトラックが近づいた。

「おう、どうした。どこ行くんだ?」

運転席から顔を出したのは、気のよさそうなハンガリー人の壮年の男だった。

「ショプロンに行く予定だったんですが、この通りエンコしちゃって、もう間に合いそうにありません」

「ショプロン。ああ……ピクニックに行きたかったのか」

運転手は気の毒そうに、僕らとトラビを交互に見やった。それからしばらく考えこむように黙りこんでいたが、にやりと笑って、荷台を指し示した。

「今から飛ばせば、三時の開門にはぎりぎり間に合うかもしれん。車捨てて行く覚悟なら、乗せてってやるがどうする?」

「お願いします!」

間髪いれずにクリスタが返事をしたので、僕は驚いた。親切はありがたいが、見知らぬ相手に警戒心がなさすぎるのではないか。たしなめる前に、クリスタはすでに鞄ひとつもって、トラックに近づいていた。

トラビの中に残っているのは、僕のトランクだけだ。クリスタのボストンバッグには、彼女の自宅にあったほとんどのものが詰め込まれている。これだけでおさまってしまうのだ。オルガンだけはさすがにもってこられなかったのを惜しんでいたが、こればかりはどうしようもない。

僕は急いでトランクを抱え、彼女に続いた。運転手に礼を述べ、藁《わら》の束が山積みになった荷台に乗り込んだ。

「よし、それじゃ飛ばしていくから舌嚙むなよ！」

運転手は機嫌よく車を発進させた。それからの道中は、クリスタの運転が天国のように感じられるほどだった。

あまりの揺れに、僕らはほとんど口をきくことができなかった。喋ったら最後、まちがいなく舌を嚙む。ただこの嵐のような時間が早く過ぎ去ることを祈りながら、藁の束にしがみついていた。

ショプロンに着いた時には、すでに三時半を回っていた。藁まみれになった僕らは転がり落ちるようにして荷台から降りたが、そこは想像していた光景とはまるで違っていた。

ヴェンツェルの話では、ハンガリー・オーストリア両国の代表団が招かれ、華やかな式典が行われているはずだった。わざわざ特注の門もつくるという話もあったと聞いている。

しかし、何もない。門はおろか、人の気配もない。ただなだらかな丘陵地帯が続いている。

「あの、ここは……」

僕が尋ねると、遅れて降りてきたトラックの運転手が、近くの高台を指差した。

「一般車はこれ以上国境には近づけない。ここからは歩きだ」

先頭きって、男はさっさと歩き始める。僕とクリスタは顔を見合わせたが、ここまで来て迷っても仕方がない。早足で後に続いた。僕らが歩くたびに、藁がぱらぱらと地面に落ちる。

高台を越えたところで、僕は息を呑んだ。

一面に鉄条網が張り巡らされている。こちら側には、ハンガリー軍の警備兵。そして鉄条網のむこうには、オーストリア軍の兵士がいる。

いくつもの鋭い目に射貫《いぬ》かれ、思わず足が竦む。だが次の瞬間、僕は信じられないものを見た。

ハンガリー兵の一人が、ぐい、と鉄条網を押し上げたのだ。

「ほら、親切な警備兵が通してくれるってさ。早く行くんだ。ただしもちろん、あんたは駄目だぜ、東洋人。今日ビザなしで通れるのは、DDRの人間だけなんだ」

運転手は、大きな手でクリスタの背を押す。クリスタは茫然として、僕と運転手を交互に見やった。運転手は肩をすくめると、もう一度国境に親指を向けた。

「さあ早く行きな、フラウ・テートゲス。今だけのタイムサービスなんだから」

クリスタの顔に、さっと緊張が走る。

「なぜ私の名を？」

「そのへんは、ラカトシュに訊いてくれ。念のために後を追わせたあいつに感謝しな。さあ、もう行くんだ」

「……わかりました。ありがとうございます」

クリスタは運転手と固い抱擁を交わした。そして、彼女の腕が僕の体を包み込む。きつく抱き返した体からは、藁の香りがした。

「シュウ、ここまで来てくれてありがとう」

「ただついて来ただけだったけど」

「いいえ、あなたが一緒に来てくれなければ、私は途中で引き返してた。残る選択をしたと思う」

クリスタは顔を少し離し、かすかに笑うと、唇を寄せた。かさついた感触はすぐに離れていき、藁の香りも遠ざかる。

彼女はくるりと体を翻《ひるがえ》し、一目散に国境へと走り出した。そして鉄条網の目の前で、もう一度振り向いて声を張り上げた。

「西で待っているわ、シュウ！」

満面の笑みで彼女は叫んだ。

鉄条網のむこうから、オーストリア兵が手を差し伸べている。クリスタは迷いなくその手を取り、柵をくぐった。

数十年閉ざされた《鉄のカーテン》。

その隙間から、彼女は鮮やかに駆け抜けて行った。

4

八月十九日、ショプロンから二千人近いＤＤＲ難民が一気に国境を越えたことは、ニュースとなって瞬く間に欧州中を駆け抜けた。

ピクニックの式典会場からは六百人が、残りの千四百人はクリスタのように近くの国境線をくぐって亡命したという。

その結果、ハンガリーにはますますＤＤＲの国民が殺到することとなった。僕がピクニックの数日後にドレスデンのアパートに帰り着いた時には、ファイネンさんが連日のニュースに憤慨していた。

「信じられないわ！　今までさんざん恩恵を受けておいて、何が自由？　みんな西に唆《そそのか》されて、金に目が眩んで愚かなことを！」

帰るなり数時間にわたる愚痴を聞かされ、僕はとてもではないがショプロンに行ってきたとは言えなかった。

西に唆されて我が国を中傷している。これは、ＤＤＲのメディアのお得意の口実だ。決してショプロンの国境越えの映像は流さず、卑劣な裏切り者が逃亡したとだけ繰り返すのだ。

ファイネンさんの愚痴から解放されると、僕はすぐに福音教会に向かった。クリスタがぶじ国境を越えたこと、ヴェンツェルが最後まで協力してくれたことを伝えると、ヘルマー牧師は涙を浮かべて喜んだ。

「よかった、本当によかった。ようやくクリスタの苦労が報われた。彼女が国境を越えられたことは、ヴェンツェルにも救いになるだろう」

その後も何度も、彼は「よかった」と繰り返し、神に長い祈りを捧げた。僕も久しぶりに、真剣に神に祈った。クリスタの無事と、そしてヴェンツェルの未来が明るいものであるように。そして、残る決断をした人々にも、等しく祝福を。

この日を境に、僕は再び避難所に通うようになった。目的は、情報だ。

西ドイツの新聞によって「大脱出《エクソダス》」と名付けられた現象は、九月に入っても下火になるどころかますます激化し、難民はハンガリーだけではなくチェコスロバキアやポーランドにまで押し寄せた。各国の西ドイツ大使館には入国許可を求める人々が群れをなし、社会問題にもなっている。しかしどの国も、難民を送り返せというDDR政府の要求は、つっぱねているらしい。

これらは全て、避難所で手に入れた情報だ。DDRのテレビは、エクソダスについてはほとんど言及しない。ごくまれに難民に触れても、思考能力のない非識字者ども、と激しい侮蔑をもって断じて終わりだった。

僕は情報がほしかった。エクソダスそのものもだが、みごと脱出に成功した亡命者たちのその後の情報が何より欲しい。正しくは、僕が求めているのはクリスタ・テートゲスの情報だ。

教会には、日を追うごとに人が増えていった。今や、どこの教会も、亡命を望む人々にとっての避難所となっていた。ヴィックらは情報の収集に奔走し、各国大使館の状況などをどんどん更新して人々に配り、さらにこの歴史的大脱走を特集するサミズダートの執筆にも余念がなかった。彼らはまさに猫の手も借りたい状況で、実際にショプロンに行った僕は、亡命を望む人々の集まりに駆り出され、なぜかオリエンテーションのようなことまでさせられた。

人々に語るたびに、僕の脳裏には、あの光景がよみがえる。

《鉄のカーテン》をこじあけて、クリスタが軽やかに駆けていく姿。

ショプロンの、どこまでも続く広野の中、金の髪をきらめかせて走る姿は、映画のワンシーンのように印象的だった。

解放の光景。自由の象徴。

それは、褐色のドレスデンに戻っても薄れるどころかなおいっそう鮮やかによみがえり、僕を急き立てる。おまえも走れ。自由を目指せと。

そして九月十一日には、教会内が歓呼に包まれる出来事があった。ハンガリー政府が、国内にとどまっているDDR国民に対し、オーストリアへの国境を正式に開放したのである。

先月のピクニックによる通過は、あくまでハンガリー政府の黙認だった。しかしハンガリーはこの日とうとう兄弟であるDDRとの協定を破棄し、西ドイツの手を取ったのだ。教会の事務所のテレビで、二万もの難民が歓呼しながら国境を越えていく光景を見て、思わずそばにいたヘルマー牧師と握手を交わした。

クリスタたちがこじ開けた隙間は、今はそこに鉄条網などなかったかのように、自由な空間に生まれ変わった。

二万にのぼる難民が、自由へと駆けていくこの光景を、西ドイツのテレビ局は繰り返し放送した。DDRは兄弟国の裏切りに怒り狂い、ハンガリーと西ドイツを激しく弾劾し、西ドイツは人々を攫って、ナチスのような恐るべき帝国をつくろうとしているのだと訴えたが、人々はますます国境へと殺到した。

彼らの宿願が果たされたことは喜ばしい。しかし、何度も同じ映像を見ているうちに、僕はあるものが気にかかるようになった。胸が痛み、しまいにはそれが映ると反射的に目を逸らすようになってしまった。

国境付近に打ち捨てられた、トラビの群れだ。

ピクニックの日、クリスタもあっさりとトラビを捨てた。DDRの人々にとって、この国民車がどれほど大切なものか知っていただけに、迷いのなさに僕のほうが面食らった。

あの日のように、人々の人生から切り取られてしまったトラビが野ざらしになっている光景は、ひどく物寂しい。エクソダスを果たした人々にとって、そして迎え入れた西ドイツにとって、これは自由が勝利した光景に他ならない。しかし僕には、忘れ去られたトラビたちは、この国の遠くない未来を暗示しているように思えてならなかった。

「噂には聞いていたけど凄いな」

ライプツィヒの中央に位置するニコライ教会の広場は、人で埋め尽くされていた。それればかりか、教会に至る道にまで人が溢れ、周囲の交通網は完全に麻痺している。

「月曜が来るたび、増える一方なの。こんなに早く来ても、入れないなんて」

僕の隣を歩いていたニナは、残念そうにため息をついた。

先週、ライプツィヒに戻ってきたという知らせがヘルベルトから届いたので、有名な礼拝を一度見ようと月曜に合わせてやって来たが、どうやら僕は甘く見過ぎていたらしい。ダイメル家に立ち寄って、礼拝の一時間以上前に家を出たのに、教会どころか広場にまで人が溢れて、全く近づけなかった。

「先週も凄かったけど、ここまでじゃなかったよ。私とパパ、中に入れたもの。月曜ごとに膨れあがっていくみたい。千人はいるよね、これ」

ニナも呆れた様子で、道を塞いでいる人の群れを眺めていた。それでもどうにかじりじりと進み、礼拝が始まるころには広場には着いた。が、すでに教会の扉は閉ざされている。

行き場を失った熱は、広場で渦を巻いている。振り向けば、今来た道もやはり同じ黒山のひとだかりで、身動きがとれない。もしここに警察が雪崩れこんできたら、と思った途端、僕は無意識のうちに手を握りこみ、上着のポケットにつっこんでいた。何があっても、指だけは死守しなければならない。僕の動きに気づいて、ニナが笑う。

「大丈夫、静かにしていれば警察だって何もしないよ。先週は騒いだ人がいて、捕まっちゃったけど」

彼女は大きく伸び上がり、教会のファサードを指さした。ここから距離はあるが、闇の中、たくさんの蠟燭が灯っている。ほのかな焰に照らされた花々も見える。先週拘束された人たちの無事を祈り、捧げられたものだとニナが教えてくれた。よく見れば、広場にもちらほらと焰が見える。少なからぬ人が、蠟燭を掲げていた。

「捕まったところ、見たのか」

「ううん。礼拝が終わって出てきた時、広場は静かだったけど異様な雰囲気だった。警察が睨みをきかせてたし、私たちはすぐに帰ったんだけど、その後でまた広場に集まってアピールを始めた人たちがいて、警察が制圧して拘束されたみたい」

「気の毒に。何を言ったんだ」

「『我々は出たい！』って口々に叫んでいたって」

「我々は出たい、か」

声に複雑な思いが滲んでいたのか、ニナは肩をすくめた。

「出て行くことを責めるつもりはないけど、毎日のように、嬉しそうに脱走する人たちの映像を見てると、ちょっと複雑になってくるよね」

西へ行きたいと泣いていた少女は、この数ヶ月で一気に大人になってしまった。彼女も、あの映像を見るたびに僕と同じ痛みを感じているのだと思うと、少し嬉しかった。

違和感を覚えているのは、僕らだけではない。亡命支援のために奔走してきたヴィックたちですら、あまりに多くの人々が我も我もと西へと向かうこの状況に危機感を抱いていた。

「明らかに、逃げる必要のない人たちまで逃げているように思う。このままでは、改革の前に国が瓦解しかねない」

もともと、彼らのグループが掲げているのは、DDRの改革だ。人権を守るという目的の中で亡命も支援していたが、教会に押し寄せてくる人々は、気の長い改革よりも、てっとり早く自分が国から出ることを望んだ。

国境開放以来その数は増える一方だったが、ヴィックは最近、逆に国に留まるよう説得を試みている。もっともそれで思い止まる者は誰もいないようだったけれど。

やがて礼拝が終わり、教会の扉が開くと、それまで静かだった広場が熱気に包まれた。が、大半の者が期待していたような演説などはなかった。現れた牧師や市民運動のリーダーたちは、集まった群衆に静かに帰るよう呼びかけた。

失望のため息がそこここで聞こえたが、抗議の声があがることはなく、僕らはそのまま歩き出した。いくつもの蠟燭の焔が揺れながらゆっくりと動いていく様は、光る川を思わせた。

翌日ドレスデンに戻った僕は、まっすぐ避難所に向かった。ここも相変わらず人でごった返していて、どうにか事務所に入ると、ヴィックたちがサミズダートの編集作業の真っ最中だった。

「やあ、シュウ。ライプツィヒはどうだった？」

仲間の原稿に険しい顔で訂正を求めていたヴィックは、僕の姿を見るなり笑顔になり、両手を広げた。彼は会うたびにハグを要求してくるが、僕が応えることはあまりない。

「すごい人出だったよ。ニコライ教会の中には入れなかった」

「そいつは残念。昨日はフューラー牧師の話があったそうだ」

「さすがに情報が早いね。でも皆、中に入りたかっただろうに、静かだったよ。礼拝の後も騒ぐでもなく帰ったし。ああいうのは、凄いね」

「そりゃまあ、伊達にこの国の人間やってないさ」

ヴィックは明るく笑う。その背後では、タイプライターの音や、ペンを走らせる音、そして議論する人々の声が途切れなく続いている。

ゆうべ僕は、暗闇の中、言葉の代わりに焔を灯す人々を見た。ゆうべだけではない。今までに何度も見てきた。

そしてここには、抵抗の言葉が溢れている。

「ヴィック、改めて頼みたいんだ。その、夏休みの間だけでもよければだが——君たちの手伝いをさせてくれないか？」

勇気を振り絞って、僕は言った。ヴィックの目が丸くなる。

「そりゃありがたいが……いいのかい？　君は留学生だ。もし発覚したら……」

初対面の時にはいきなり僕を勧誘してきたくせに、僕から申し出れば躊躇《ためら》うとは、ひどいじゃないか。茶化してみたかったが、深い理知をたたえた目がまっすぐ僕を見つめていたのでやめた。

あの時と今では、状況が全く違う。怒濤の勢いで僕のまわりは、そしてこの国は揺れ動いている。一ヶ月後のことが、まるで想像できないほどに激しく。

「僕は、ここを避難所だと思ってた。なにより、クリスタとの接点を失いたくなかった。でも、今はそれだけじゃない。僕も、この流れを止めたいんだ」

僕は一度大きく息を吸い、目に力をこめてヴィックを見上げた。

「僕はずっと、DDRに憧れてた。いざ来てみて、理想と現実のギャップに失望したことも少なからずあった。でも帰ろうとは思わなかったし、皆がこの国を捨てていくのを見るのは辛い。彼らが戻りたいと思うような国になってほしいと心から願うよ。ドイツ人じゃない僕には、問題の本質を理解することはできないかもしれない。たいしたことはできないだろう。でも、このままにはしたくないんだ」

僕の拙い決意表明を、ヴィックは身じろぎもせずに聞いていた。いつもどこかしら動いている彼にしては、非常に珍しいことだった。

「シュウ、ありがとう」

ヴィックはもう一度両手を広げた。今度は僕も応えた。気がつけば周囲の人々も立ち上がり、僕らは次々とハグを交わした。百の言葉を尽くすより、親愛の動作が有効なこともある。彼らの中に渦巻く熱い想いの一端に、僕はようやく触れることができたような気がした。

「たいしたことができないなんて、とんでもない。僕らは、中からの視点は事足りてるが、外からの目が決定的に足りないんだ。前にも言ったが、同じ敗戦から全く違う道を辿った君たちの見方は、とくに興味深い」

疲れを知らぬようなヴィックだが、間近で見れば目の下の隈がひどい。ヘルマー牧師

ているらしい。

の話では、ここのところヴィックはろくに睡眠もとらず、タイプライターを叩きまくっていたらしい。

「我々はよりよき国家となるべく出発した。西に見習うところは多々あるが、西に同化するのでは意味がない。我々にはもっと、違う思考、違う言葉が必要なんだ。西と東の二択しか知らない者たちに、第三の道を示すために。西のお仕着せじゃない、僕らが望む自由を手に入れるためにね」

それから僕は、練習以外の時間はほとんど教会で過ごすようになった。市民運動グループ同士の会合にも参加したし、サミズダートの記事も任されるようになった。ドレスデン発行の冊子で西側留学生と書くとすぐに僕だとわかってしまうので、執筆者はあくまでただの留学生ということにしてもらったが、それ以前に記事を書くなど小学校時代の学級新聞以来で、ピアノのスランプ並みに苦しむはめになった。

おかげで僕の九月は、全く暇がなかった。予定していた旅行も講習もキャンセルして何をやっているのだと思うが、外に出かけるよりも、ドレスデンのそこかしこから立ち上る熱気のただ中にいるほうが、ずっと魅力的だったのだ。

やがて、国内で頻発するデモの内容も少しずつ変わってきた。今までは、ただ外に出たいと訴えるばかりだったのが、ハンガリーの国境開放で落ち着いたのか、デモを率いる市民運動グループは、国内の改革案を掲げるようになった。あえて残ることを選択した人々が、本気でこの国の未来に向き合い始めたのだ。

しかしどれほど言葉を尽くそうが、人の流れは止まらない。そして政府もまた、対話に応じようとはしなかった。彼らはただ、逃げ出した自国民がハンガリーの援助で西へ脱出するという不名誉きわまりない現実を、世界から覆い隠そうと必死だった。流れを止める努力はいっさいせず、体面を保つことしか考えていないようだった。

一朝一夕にどうにかなるものではない。国民の声がもっと大きくなれば、ＳＥＤも耳を傾けざるを得ないだろう。僕らはその日を迎えるために、文字を書き、演説し、ひたすら奔走した。

「しかしシュウ、君の働きには本当に助けられてはいるけども、もうじき冬学期が始まるってのに、このまま休みを終えるのはいささか寂しくないかい？」

九月も終わりにさしかかった日、いつものように教会でビラ刷りの手伝いをしていると、思い出したようにヴィックが言った。今の今まで、このドレスデンではとびきり貴重なタイプライターを、火が噴きそうな勢いで叩きまくっていた彼は、唐突に手を休めて僕を見た。何が「しかし」なのかわからないが、彼の頭の中では、文章が繋がっているのだろう。僕らの頭の中にいつも音があるように、彼の中にはいつも膨大な言葉が渦巻いているのだ。

「充実してるよ。旅行なら八月にとびきり刺激的なものをしたから充分だ」

「まあそれはそうだろうけどね。たまには息抜きも必要だよ」

「これが息抜きだよ。僕の本業はピアノだからね」

「ああ、すっかり忘れていたなぁ」

ヴィックは笑い、大きくのびをする。冬眠明けの熊に見えなくもない。

「ま、冗談はさておき。この夏、シュウは一度も西に行ってないだろう？　前は月に一度は行っていたはずなのに」

「ああ、でも別に今は」

「行ってこいって」

ヴィックはシャツの胸ポケットから何かを取り出すと、僕の手に押しつけた。何だろうと思って掲げてみれば、白い封筒だ。

「何？」

「招待状」

要領を得ない。首を傾げつつ封を破ると、一枚のメモが出てきた。便箋でもない、ただのメモ。書いてあることも簡潔だった。

「西ベルリン　プレトリウス教会」

読み上げて、ますます首を傾げた。この癖のある字。どこかで見たことがある。

「……誰から？」

「昨日、ブダペストから戻ってきた奴から預かった」

僕は勢いよく顔をあげ、ヴィックを見た。

「早く許可を貰ってくるといい。冬学期が始まったら、そうそう行く暇がないぞ。こっちも忙しいからね」

片目をつぶる仕草は全く彼に似合っていなかったが、この時ばかりはなかなか粋に見えた。

扉を開いた途端に僕を包んだのは、懐かしい銀の音。この数ヶ月、焦がれに焦がれたものだった。

教会というよりも、前衛芸術のできそこないのような奇妙な形の建物の中は、拍子抜けするほどシンプルだ。場所も、この教会の外観も、観光客が訪れるようなものではないので、広い堂内にはほとんど人はいない。見渡しても十名に満たなかった。

静かに祈りを捧げている者、座って瞑目している者。少なくともここには、発禁本を読んでいたり、絵を描いていたり、賑やかに政治批判を繰り返す者はいない。教会は、本来の目的でのみ使用されている。

だから僕は存分に、この銀の音を味わうことができた。

バッハ《神の時こそ、いと良き時》ＢＷＶ１０６　1.ソナティーナ

葬送用に作曲された、カンタータ。ああ、なんて偶然だろう。僕がドレスデンの旧宮廷教会に足を踏み入れた時も、この曲が鳴り響いていた。

オルガンは違うが、気高く、それでいて人に寄り添うようなこの音色は変わらない。死の悲しみの彼方を見つめた、明るいまなざしが僕を捕らえる。

ああ、バッハだ。音を吸い込むように、僕は目を閉じ、深く呼吸をした。

西ベルリンには、昨夜のうちに入った。途中でライプツィヒに立ち寄ったので、ベルリン到着は夕方になる予定だったが、出国審査で異常に時間がかかり、着いた時にはもう、空は真っ暗だった。ある程度覚悟していたものの、僕は別室に連れて行かれてまた隅々まで調べあげられ、くだらない質問を山ほど受けた。僕は、ただ古い友人に会うのだと繰り返すだけで、クリスタの名前は意地でも出さなかったが、シュタージが僕のことを知っていたとしたら、見当はついていただろう。

以前にも彼らにねちねちと尋問されたことがあったが、あれは入国審査だった。出国の時までやられるとは、いよいよ当局も切羽詰まっているのだなと思わざるを得ない。

その日は疲れきってホテルでぐっすり眠り、今日はすがすがしい心地でこの教会までやって来た。それでも教会に入る前は、はじめてピアノの発表会に出た時以上に緊張したが、バッハは僕に穏やかに笑いかけ、無駄な強ばりを解いていく。

曲が終わっても、あたりはしんと静まり返っている。僕は控えめに、拍手をした。

「ブラボー、クリスタ」

それほど大きい声を出したつもりではなかったが、僕の声は存外響いた。二階のオルガン席に座っていた奏者が勢いよく立ち上がる。長い金の髪が揺れ、白い顔があらわになった。

旧宮廷教会とは違い、この教会はオルガン席までの距離が近い。だからはっきりと、クリスタの顔が見えた。

「……シュウ？」

青い目があまりに大きく見開かれているので、下にいる僕のもとに落ちてくるのではないかとはらはらした。

彼女の顔は驚きのあまり青ざめ、欄干《らんかん》を握る手も震えていた。最後に会った時よりも、少し頬は丸くなっただろうか。

「やあ。久しぶり、クリスタ」

クリスタの姿が消えた。

その十秒後には、目の前に現れて、思い切り抱きつかれた。

「ええ、ヴェンツェルには近況を伝えたの。シュウにも伝えてくれたのね、よかった。さすがに、ドレスデンに連絡するのは怖くって」

カップを口に運び、クリスタは微笑んだ。

神聖な教会でいつまでも抱き合っているわけにはいかなかったので、僕らはクリスタがよく行くというカフェに移動した。赤い壁を基調とした、古き良きアメリカ映画に出てくるダイナーのような内装は、DDRではまず見かけないものだ。

アメリカナイズされた背景に、古びたグレーのセーターにジーンズを穿いて脚を組む彼女は、おそろしく馴染んでいる。ドレスデンでも何度も見た恰好だが、西ベルリンの中にあっても決してみすぼらしくは見えない。久しぶりにクリスタに会うからと気合いを入れて、クローゼットの中で一番高い紺のジャケットなど羽織ってきた僕のほうが、よっぽど滑稽に映るだろう。

「連絡と言っても、この紙切れ一枚だけど」

僕は、例のそっけないメモを取り出し、テーブルの上に置いた。クリスタが手にとり、苦笑する。

「相変わらずね」

「彼から返事は？」

「来るわけがないわ。元気なの？」

「退院して実家に戻っているようだけど、詳しくはわからない。ハンガリーに行きたいんだけど今は殺到しているからね、なかなか許可が下りないんだ。君はどうしてた？」

クリスタは、ぽつぽつとここまでの経緯を話した。

オーストリアの西ドイツ大使館に保護され、しばらくは他の難民と一緒に施設で生活し、その間に面接を受け、この教会のオルガニストとなることに決まったのだという。今は教会が運営する宿舎の一室を借りて、仕事をしながら、少しずつこちらの生活に慣れているところらしかった。

「すごいじゃないか」

亡命して一ヶ月で、ここまで順調に決まる人間もそういないだろう。

「ヴィックたちが、西ベルリンの市民運動グループに連絡を入れておいてくれたからよ。仲介に立ってくれたの。もちろん私もこちらから、彼らの仕事を手伝うことになる。できるかぎりのことは、するつもりよ」

クリスタは優雅にカップを手にとった。ＤＤＲではいつもコーヒーを飲んでいたが、今日は紅茶だ。そういえば、煙草も全く吸っていない。指摘をすると、「もともと煙草は好きじゃないから」と恥ずかしそうに言った。

「いつも吸ってたじゃないか」

「あれで栓をしてたの。よけいなことを言わないように」

クリスタは、自分の唇を指し示した。

「そうだったのか。ここではその必要、ないんだね」

「ええ。それって、すごく気が楽。もちろん、誰かに裏切られることもないかわりに、まだ信用できる人もいないけど」

「これからどんどん出来るよ。でも、安心した。前より顔色もいいし、これでヴィックたちにいい報告ができる」

「彼に頼まれて様子を見に来たの？」

「しょぼくれてる僕を見かねて、ベルリンへのお使いを頼んでくれたんだよ」

クリスタは笑ったが、ふいに真顔になると、両手を握りこむように組んで、顎に当てた。真剣な話を始める時の癖だ。

「こっちにいると、本当に何もかもがクリアに見えるわ。エクソダスは頻繁に特集が組まれているし、ライプツィヒの月曜デモもいつもニュースのトップ。ドレスデンは大丈夫？」

「小さいデモはいくつか起きてるけど、ライプツィヒのような騒ぎはまだない。でも、いつ起こるかわからないところまで来ている」

「シュウ、あまり関わってないでしょうね」

「……大丈夫だよ」

「今の間《ま》はなに？　駄目よ、あなたはよけいなことをしている暇なんてないんだから。ピアノのことだけ考えて」

「わかってるよ」

　だが今の僕の生活には、君もヴェンツェルもいない。指標となる音を一気に失って、寂しいんだ。

　喉まで出かけた言葉を、どうにか飲み込んだ。クリスタもヴェンツェルも、一人で新しい道に踏み出している。僕もそうせねばならないことはわかっているが、ただあまりにも、この夏はいろいろなことが起こりすぎた。まだ感情が追いついていないのだ。

　僕はこの一ヶ月の出来事を、危険なところを注意深くとりのぞいてクリスタに話した。彼女はDDRの情報に餓《う》えているらしく、食い入るように聞いていた。西ベルリンでは、どんな情報も自由に得られるはずなのに、本当に欲しいものはなかなか手に入らない。それはどこでも同じだ。

　クリスタの一ヶ月もあまさず聞きたかったが、自分のことを語ろうとすると、途端に彼女は口が重くなる。煙草で栓をしていた時の癖が抜けないのか、どう話していいのか、よくわからないようだった。だから思いきって、言ってみた。

「今の君の部屋に行ってもいい？　それか、僕の部屋に来ない？」

以前、彼女が長らく胸におさめていた秘密を打ち明けてくれたのは、彼女の部屋の中でのことだった。自分のテリトリー、それも決して監視がないと安心できる場所でなければ、語れないのだ。長年にわたって身についた癖は、西に来たところで簡単に変わるものではない。

クリスタは、僕の言葉に目を瞠《みは》った。ごくありふれた、直截的な誘い文句だとは思うが、僕がクリスタにここまではっきり口にするのはこれが初めてだ。

「そういうことも普通に言えるのね」

「だって君、はじめて話した時すごく怖かったじゃないか。そりゃなかなか言えないよ」

「そうだった？　ごめんなさい。答えはもちろん、はい《ヤー》、よ」

唇に甘い笑みを刷《は》き、クリスタは紅茶を飲み干した。

夜の礼拝にはオルガンを弾かなければならないから、ということで、僕らはひとまず教会に戻ることにした。

「さっきの店もまあまあ美味しいけれど、ゲルダの店が懐かしいわ。あの酸っぱいコーヒーと、ルバーブのシュトロイゼル。あの葉っぱを見るたびに思い出すの。似てない？」

すでに色づきはじめた街路樹を見上げ、クリスタはおおげさに嘆いた。この国では、夏は本当にあっというまに過ぎ去ってしまう。九月も終わりになれば、コートとマフラーが必要だ。

「似てるか？　コーヒーは難しいけど、シュトロイゼルは今度お土産にもってくるよ」

「本当？　嬉しい。似てるわよ、よく見て」

「ガビィは、世界で一番あれが美味しいと言って譲らないんだ。最初は褒めすぎだろうと思ったけど、あながち冗談ではないかもしれない」

葉っぱをシュトロイゼルに見立てるという難題に取り組んでいた僕は、クリスタからの返事がなかなか返ってこないことに気づくのに遅れた。

「クリスタ？」

ふと見ると、難しい顔でうつむき、何かを考えこんでいる。

「何？　今度は地面がシュトロイゼルに見える？」

「ちがうわよ。最近、ガビィに会った？」

「いや。九月は、ドレスデン・フィルが遠征に出ているんだ」

「ならシュトライヒは？」

「彼は一人旅を満喫中じゃないかな。バラトン湖で別れて以来、会ってない」

そう、と言って、クリスタはまた黙り込んだ。長い脚を黙々と動かし、進んでいく。

カフェから教会までは、のんびり歩いて三十分。カフェに来る時は近道をしてその半分程度で来たので、帰りは景色のよい大通りを通って行こうと話していたのに、いつのまにか往路と同じ小路に入っている。次第に細くなる路地を足早に歩いていく彼女に不安が募り、腕を引いた。

「待ってくれ、クリスタ。そんなに急いで帰ることないだろう」

僕が慌てて手を引くと、クリスタはようやく足を止め、たった今目が覚めたと言わんばかりにあたりを見回した。

「ごめんなさい。つい癖でこっちに来ちゃった」

「それはいいけど、どうかした？　何か気に障ること言った？」

「ちがうの。考えごとをしてたのよ」

「考えごと？」

クリスタは迷うようにまた目を下に向けたが、ひとつため息をつき、顔をあげた。

「ずっと、ひっかかってるの。あの日のこと」

「あの日？」

「バラトン湖での最後の日よ。出発する前日、結構遅くまで、私とガビィ、シュトライヒの三人は、ホールにいたの。覚えてる？」

「ああ」

そのころ僕は、庭で星を見ながらヘルベルトとロマンチックとはほど遠い話をしていたはずだ。

「朝早いから、私は一足先に引きあげたの。そしたら部屋に、シュトライヒがやって来て。明日どこへ行くのかってかなりしつこく訊かれた。はぐらかしてたんだけど、ショプロンに行くならやめたほうがいいって言われたの」

僕は息を呑んでクリスタを見たが、彼女は再び考えに没頭しはじめたのか、かまわず歩き出した。

「イェンツが？　まあ、彼ならそれぐらい予測してもおかしくはないけど……」

意外だった。彼は、僕の前では、そんなことはおくびにも出さなかった。これからのんびりハンガリー中を回ろうと思っているんだと言ったら、アメリカ人のように口笛を吹いて囃してきたぐらいだったのに。

「ええ、彼が鋭いのは知ってる。でも、急にやめろと言われたらぎょっとするじゃない。私が何も言えないうちに、畳みかけるようにいろいろ言ってきて……」

その中で一番ずっとした言葉がある。そう前置きしてクリスタが口にしたのは、

「自由は代償を要求する。罪には罰が必ず下る。それでも行くのか？」

自然と眉間に皺が寄った。

「罪には罰？　何だ？」

クリスタは小さく首を振った。

「わからない。ねえ、もしかしてシュウ、私の過去のこと、彼に話した？」

「話すわけないだろう」

「そうよね。あの人、前から鋭すぎて怖いと思っていたけど、何か知っているような気がしてならないの。それに……」

クリスタは唇を噛んでうつむいた。僕の友人を疑いたくはない、だがどうしても疑念が去らない。相反する感情に引き裂かれている様が、痛々しいほど見てとれた。

「気にかかることがあるなら、言ってくれ。大丈夫だから」

促すと、クリスタは意を決したように顔をあげた。

「病院を出る直前、ヴェンツェルにも言われたの。バラトン湖で、シュトライヒたちと合流するって話、したじゃない？　それで、ショプロンに行くまでは、シュトライヒとは二人で会わないように気をつけろって……」

「ヴェンツェルが？」

「理由を尋ねても、もともといけすかない奴だからとしか言わなかった。でも、おかしいでしょう？　それに、トラックに乗せてくれたあの人、ヴェンツェルの指示でついてきたって言ってたでしょう。念を入れすぎじゃない？　ひょっとしたらヴェンツェルは、私たちが彼の妨害を受ける可能性も考えていたんじゃないかと思うの。あの故障だって、案外シュトライヒの仕業かも」

「まさか」

思わず、声が大きくなった。

「故障はさすがに言いがかりかもしれない。でもやっぱり、不自然よ。ヴェンツェルは、何か知っていたんじゃないかと思う。彼を刺したのはもしかしたら――」

クリスタはそこで口を噤んだ。

「でもヴェンツェルは覚えてないと言っただろう。さすがに犯人を覚えていたら、言うはずだ。庇う理由もないし」

「そうとも限らないんじゃないかしら」

驚いてクリスタを見ると、クリスタは気まずげに目を逸らした。

「……まあ、そうよね。ちょっと飛躍しすぎかしら。でも、私が疑うのはそれだけじゃない。その……あの人、時々、厭な感じがするから」

「厭な感じ？」

「シュウにこんなこと言いたくないけど、人を問い詰める時の、逃げ道をひとつずつ潰していくところとか……。なにより普段からいつも笑顔なのに、目が笑ってない。昔、私に指示を出していたシュタージの少佐にそっくりなのよ」

背筋が凍りついた。

「まさか」

ほとんど反射的に、僕はつぶやいた。まさか。そんなことがあるものか。イェンツはいいやつだ。いつも僕に親切だった。一緒にいて不審に思ったことなど一度もない。目が笑っていない？　いや、あの青い目にはいつだって曇りない友情をたたえて――

『シュトライヒには気をつけろ』

突然、頭の中で雷鳴のような声がひらめいた。

『西から来たおまえはいいカモだ』

嘲笑う、ヴェンツェルの声。

ちがう。あれはそういう意味ではない。あの時の彼が、そんなことを知るはずがない。

「考えすぎだとは思うの。でも、どうしても厭な感じが」

クリスタの声に、瓶から栓を抜くような奇妙な音が重なった。

「え？」

クリスタは怪訝そうに、右腕に手を当てた。セーターがみるみるうちに血に染まっていく。

「クリスタ！」

とっさに彼女を引き寄せて振り向くと、誰もいないと思っていた小路に、影があった。影と見えたのは黒ずくめの服装のせいで、大柄な男が立っている。サングラスをかけていて顔はわからなかったが、突き出した両手に握られた拳銃を見れば、彼が何をしたのかは明白だった。

うっすらと硝煙を纏う銃口は、まだこちらを向いている。僕は、反射的に右手にもっていた鞄を振り上げた。

「シュウ、逃げて！」

背後のクリスタが叫んだ。かまわず僕は渾身の力で鞄を男に投げつける。あいにく僕には野球の才能はなかったが、男の動揺を誘うには充分だった。銃は再び、パシュン、と破裂するような音を立てたが、銃口は明後日の方向を向いていた。相手が体勢を立て直すころには、勢いよく地面を蹴っていた僕は懐に迫っていた。

銃を握る腕に、思いきり手刀を叩きつける。男は短い呻きをあげて、あっさりと銃を取り落とした。かたい音を立てて地面に落ちた銃を素早く蹴り飛ばし、男に殴りかかろうとした矢先、左の臑に激痛が走った。バランスが崩れ、あまりの痛みに吐きそうになったが、男が銃に手を伸ばすのを見た瞬間、僕は無事な右足に力をこめて跳び起き、頭から男に突っ込んだ。

銃に気をとられていた男はまともにタックルを喰らい、もろとも地面に倒れこむ。サングラスが吹き飛び、男の顔があらわになった。五十前後といったところで、痛みに激しく歪み、鼻血が出ていなければ、端正と言えるような造作かもしれない。だが、血走った目は、明らかに正気ではなかった。全身を打った衝撃に男が竦んだわずかな間に、右手を伸ばして男の頭を摑み、地面に叩きつけた。まだ足りない。男の顔に、立て続けに拳をたたきこむ。

「シュウ、駄目！」

クリスタの悲鳴が聞こえた。僕は振り向かなかった。この男を完全に落としてしまうまでは、目を離すことはできなかった。

「なんでだよ！　君を撃ったんだぞ！」

「ちがう、あなたの手を傷つけては駄目！」

かまわず殴り続ける僕の下で、抵抗がやんだ。手を止めると、男は目を剝いて失神していた。顔は血まみれで、僕の拳もずいぶんと汚れていた。それまで何も感じなかったが、動きを止めた瞬間、にぶい痛みが手を走った。折れてはいないが、力任せに殴ったために皮膚は破れ、もう腫れはじめている。

荒い息の中、近づく足音を聞いた。振り向くと、肩をおさえたクリスタが、よろめきながら近づいてくるところだった。彼女の右腕を覆うセーターは真っ赤に染まり、対照的に顔は真っ青で、脂汗が滲んでいた。僕は慌てて立ち上がり、彼女の体を支えた。

「動いちゃ駄目だ！　救急車を」

「出血がおおげさなだけよ。シュウ、あなたこそひどい怪我」

「こいつの血だよ」

クリスタは青ざめた顔で、仰向けになったままぴくりとも動かない男を見下ろした。目は大きく見開かれ、震えた唇の間から、歯がかちかちと鳴る音が聞こえた。

「知ってるやつ？」

僕の問いに、クリスタは目を瞑り、頷いた。

「アレックス」

聞き覚えがある。クリスタは再び目を開いた。冴え冴えとした青い瞳が、男を映す。

「アレックス・ボイマン。昔の、恋人よ」

第七章　革命前夜

1

列車からホームに降り立ち、僕は眉をひそめた。

やけに人が多い。もっとも、エクソダスが始まってからというもの、ハンガリーやチェコスロバキアへと向かう列車のホームはいつも大混雑で、満足に歩けないぐらいだが、今日はことにひどい。大荷物をもった何千という人々が、ホームにひしめいていて、今にもパンクしそうだ。

「何があったんですか」

近くにいた家族連れに尋ねてみると、母親とおぼしき中年女性が疲れた顔で答えてくれた。

「プラハに行ったのだけど、私たちみんな、国境で押し戻されてしまったの」

「国境で？」

「ええ、急にビザがないと入国できないって言われて。今までそんなことなかったのに！」

憤然と彼女は言った。どうやら、あまりに大量になだれ込む難民に、とうとうチェコスロバキア政府が悲鳴をあげたらしい。

プラハからの列車は難民を山積みにしてドレスデンに到着し、さらに駅には新たにプラハを目指す者が集まってきて、朝から人が増える一方なのだそうだ。

疲れて泣く子供をあやす母親に、健闘を祈りますと告げて、僕はその場を離れた。人の波を掻き分けて出口へと向かうさなか、大きな歓声があがったので目を向けると、業を煮やした一部の人々がホームから降りて、プラハへと延びる線路の上を歩き出したところだった。危険だと引き留める声もあったが、彼らは止まらない。むしろ、線路へ降りる人の数はどんどん増えていく。

長い時間をかけて改札を抜けた僕は、その時点で疲れきっていた。駅前の広場にも人がひしめいていて、タクシーが拾えない。トラム乗り場に向かうのも一苦労だ。

わずか五日離れていただけで、ドレスデンは別の街に変わってしまったようだ。九月の終わり、ここを出た時にも、ドレスデンに渦巻く熱気は限界近くまで高まっていたが、これほど殺気だってはいなかった。この空気は、ライプツィヒに近い。

トラムに乗り込み、夜の街の奥へ奥へと進んでいくと、気分が塞ぐ。なんて暗い街だろう。駅前にはあれほど人がいたというのに、少し離れると、途端に暗い穴蔵に迷い込んだような気分になる。

ようやく目的地に辿りつき、トラムを降りる。もう動きたくないとぐずる足を引きずり、辿りついた先は、僕のアパートではなく「避難所」だった。

「シュウ！」

扉を開けると、ヘルマー牧師が飛んできて、僕を抱きしめた。その厚みのあるぬくもりに、ほっとする。

「無事でよかった。ニュースを聞いた時は、卒倒するかと思ったよ。……その手は？」

ヘルマー牧師は、包帯を巻きつけた僕の右手を見て顔をしかめた。

「犯人を殴った時にちょっと。喧嘩慣れしてないもので」

「ピアニストの手なのに」

「ちょっと皮が剝けただけなんですよ。クリスタにも怒られました。自分は撃たれたっていうのに人の心配なんて、おかしいですよね」

クリスタの名を出した途端に泣きそうになった僕を、ヘルマー牧師はもう一度抱きしめてくれた。

「君は勇敢な男だ、シュウ。よくクリスタを守ったね。彼女は軽傷で済んだのだろう？」

「それは、犯人の腕が悪かったせいですよ。僕は何もしてません」

アレックス・ボイマンが放った銃弾は、クリスタの右上腕部の肉を五ミリほど抉っていた。医者から骨や神経は無事と聞いて、僕は全身の力が抜けて立てなくなるほど安堵した。ヴェンツェルに続いてクリスタの音まで失うことになったら、僕は、ボイマンの鼻の骨と前歯を何本かへし折っただけではとうてい気が済まなかっただろう。

ボイマンは、西ドイツを代表する建設会社カー&ミュラー社の役員だった。過去形なのは、二年前に辞任しているためだ。警察から伝え聞いた彼の凶行の動機は、じつに馬鹿げている。曰く、かつてDDRでの仕事に関わっていたころ、クリスタ・テートゲスに誘惑され、関係をもった。彼女の目的は西の男を籠絡して亡命することで、ボイマンにも妻と離婚して自分と結婚するよう迫ったが、拒否すると金品を奪ったあげくに姿をくらました。当時はボイマンも関係が露見することを恐れて警察にも届け出ることはなかったが、その後クリスタとの密会写真が届くようになって次第に追い詰められ、しまいには会社も辞めざるを得ないほど心身が消耗していたという。そこにクリスタがなにくわぬ顔をして移住してきたと聞いて、自分を追ってきたのではないかと恐慌状態に陥り、確かめるべく西ベルリンにやって来たのだそうだ。殺すつもりはなく、銃はあくまでクリスタが反撃してきた時のための牽制だったが、若い東洋人といる現場を見てしまい、また男を騙して寄生しているのかと逆上して引き金を引いてしまった——ということらしい。

話を聞いた時、僕は心から、前歯だけではなく奥歯も念入りに折っておくべきだったと悔やんだ。そうすれば、こんな馬鹿げた作り話を聞かずに済んだのに。実際にあの場に居合わせて二発も発砲された僕からすれば、あれは衝動の一言で片付けられるものではない。そもそも牽制のために、違法の銃にご丁寧にサイレンサーまで装着してくる人間がどこにいるというのか。

当然クリスタは、ボイマンの言い分を真っ向から否定した。関係をもったことは事実だが、結婚を迫ったことも、金品を奪った事実もない。むろん密会写真とやらも知らないし、そもそも自分はボイマンの自宅も知らないと反論した。

「ひどい話ですよ」

思い出すだけで、こみあげる怒りに目が眩む。声をみっともなく震わせる脆弱な喉に、僕は包帯を巻きつけた手を当てた。

「クリスタは被害者なのに、あんな男の言い訳のせいで、警察にしつこく尋問されて。僕はいくらでも証言すると言ったのに、まるで追い払うように帰されてしまって……」

「気持ちはわかるよ。だが真実は必ず明らかになる」

ヘルマー牧師は震える僕の肩を抱き、奥の事務所へと促した。あいかわらず生活感がありすぎる、雑然とした部屋が懐かしい。西にいる間ずっと、病院や警察に詰めていて、僕はひたすら孤独だった。クリスタとは病院で早々に引き離されてしまい、後は警察や日本大使館の人間やらに次々引き合わされて、気が触れそうだった。警察は僕には同情的で、クリスタの容態やボイマンのことをよく教えてくれたが、大使館員には無茶をするなとたいそう怒られた。

「今は君たちの無事を喜ぼう。君は、クリスタの今と未来を守ったんだ。誇るべきだよ。命が守られなければ、尊厳を守ることもできないのだからね。さあ、座って。コーヒーをいれよう」

勧められるままに、僕はソファに腰を下ろした。組んだ手が震えている。この数日、これがなくなったことがない。ボイマンに立ち向かった時、僕の中に恐怖はなかった。とにかくクリスタをこれ以上傷つけさせるものかという一心だった。だが後になって、こちらに向けられていた銃の虚ろな穴や、クリスタの腕を染め上げていた血を思い出すと震えが止まらなくなった。

人が目の前で撃たれる経験など、二度とごめんだ。包帯姿で「大丈夫よ」と笑うクリスタは痛々しくて、かなうことなら僕は時間の許すかぎり、病院に付き添っていたかった。

しかし、クリスタは今や西ドイツの国民であり、一方僕はDDRの住民だ。そして、この事件に関しては、本質的なところでは部外者にすぎない。今や事件の焦点は、クリスタとボイマンの過去に絞られつつある。いつまでも西ベルリンにとどまる理由はなかった。

結局、東の日本大使館からも書記官を名乗る人物がやって来て、僕は彼に付き添われる形で西ベルリンを後にした。

「しばらく西に行くのは控えたほうがいい。恋人が心配なのはわかるが、今、君が西と行き来するのはとても危険だ。わかるだろう?」

東ベルリンからドレスデン行きの列車に乗り込むまで、書記官は何度も僕に言い聞かせた。

「今回だって、私がついていたから、君はあっさり国境を越えられたのだよ。一人だったら、長時間の尋問は避けられない。亡命者と接触するのは、やめなさい」

彼の言葉は、大使館の人間としてはもっともだ。彼らの仕事は、この国の日本人を守ることなのだから。僕は表向きは神妙に反省してみせ、深々とお辞儀をしてから列車に乗った。そして五分後にはもう、言われたことを忘れてしまった。正直言って、それどころではなかった。

「どうぞ。甘すぎるかもしれないが、今の君にはたぶん必要だ」

ヘルマー牧師は、湯気をたてるコーヒーカップを僕の前に置いた。ミルクがたっぷり入っている。口をつけると甘い。不思議なことに、震えが徐々に収まってくる。

「すごいな。何をいれたんです」

「さてね。少しは落ち着いたかい？」

「はい。そういえば、ヴィックたちは？　今日はずいぶん静かだ」

今になって僕は、今日にかぎって避難所にヘルマー牧師の姿しかないことに気がついた。最近はいつ来ても、多くの人がひしめいていたというのに。

「駅だよ。会わなかったかい？」

「すごい人出だったので」

「そうだろうね。ヴィックは、力尽くでプラハに行こうとする人々を説得するために向かったんだ。無駄だろうけどね」

ヘルマー牧師は眼鏡を外し、鼻の付け根を強く揉んだ。理知的な灰色の目の下には、ひどい隈ができている。

「正直、世界の動きがあまりに速く激しくて、私にはついていけない。恐ろしくてならないよ。ヴェンツェルにクリスタ、そして君。皆、ひどい目に遭っている。私はもう友人たちが倒れるところは見たくないよ。ヴィックたちも、いつどうなるか……」

膝の上に組まれたヘルマー牧師の手も、よく見れば震えている。ここ数日で急激に老け込んでしまったヘルマー牧師の心労を思うと、胸が痛い。当局が踏み込んでくることこそないが、あれだけなりふりかまわぬ様子ならば、教会にも相当な圧力をかけてきているはずだ。

「シュウ、約束だ。明日は決して駅に近づかないでくれ」

縋るような目で、ヘルマー牧師は僕を見て言った。

「駅？　ヴィックたちは明日も何かするのですか？」

「出国希望者たちが今日なんとしてもプラハに向かいたいと願う理由は、明日のためだ。明日プラハから、難民を乗せた列車が出るんだよ。DDR国内を通過し、一気に西へ出国させる列車が」

大ニュースではないか。全く知らなかった自分が恥ずかしい。ここ数日、クリスタ以外のことは全く頭に入ってこなかった証だ。

「チェコ政府も思いきったことを」

「いや、DDR政府が手配した列車だよ。今夜ここからプラハ行きの空の列車が出る。政府は、あれは難民などでなく、あくまで国の規則に則ってDDRから出国する者たちだというポーズをとりたいんだよ」

僕は呆れて声も出なかった。この期に及んで、連中はまだ体面ばかり気にしているのか。国民との公開討論は、いっさい拒否しているくせに。

必死に戦っているヴィックたちには悪いが、僕はこの時、もうこの国は何もかも手遅れなのではないかと感じた。残ることを決めた人々がどれだけ説得を試みようが、どんどん出て行く若い力を国が引き留めようとしないのならば、どうしようもない。

「とくに今は、来週末に建国記念式典を控えているから、神経質になっているところもあるのだろう。式典が済めば、少しは進展すると信じよう」

僕は黙って頷いた。ヘルマー牧師の言葉は楽観的にすぎるが、彼だってそれはわかっているだろう。政府に期待して裏切られ続けることには、僕よりずっと慣れているはずなのだから。

「とにかく、君は明日は家にいてくれ。いや、明日だけではない。君は充分に戦った。充分すぎるほどだよ。君まで失うようなことになったら、それこそ我々は耐えられない。いいかい、君はこれからピアノに集中するんだ」

「はい、そうします。もう大学も始まりますし」

僕の返答に、ヘルマー牧師はようやく表情を緩ませる。

「おや、今日はずいぶんと聞き分けが良いな」

「クリスタとも約束したんです。この手のことで、ずいぶん怒られましたから」

僕は包帯を巻かれた右手を掲げ、苦笑した。クリスタは、自分が撃たれたことよりも僕のささやかな怪我のほうによほど心を痛めていた。ヴェンツェルの件があったから無理もないが、怒りと悲しみに青ざめた顔で延々説教をされるのは、殴られるよりもよほど堪えた。

そして、いよいよDDRに戻らねばならなくなった時、彼女は不安に曇る僕の顔にキスの雨を降らせて言った。

「もし私を心配してくれるなら、あなたは何より自分を大切にして。私は、あなたが助けてくれたこの命を何がなんでも守ってみせるから大丈夫。次に会う時までには、けりをつけておくわ。だからあなたもその時は、とびきり素敵なバッハを聴かせて。二人でお祝いするのよ」

私は私の戦いを、あなたはあなたの戦いを。クリスタの青い目は潤んでいたが、もはや孤独も恐れもなく、ただ燃え上がるような闘志があった。

僕らはクリスマスの再会をかたく誓って、それぞれの戦場へと戻った。約束を破るつもりはない。

しかし、僕らが互いにけりをつけて祝うには、ひとつ解決しなければならないことがあった。

――アレックス・ボイマンは、なぜ彼女の亡命を知っていた？　どうやってクリスタの居場所を知ったのだろう？

このプラッテンバウに来るのは、久しぶりだ。

毎日のように来ていた時には全く気にならなかったが、久しぶりに見ると外観はこんなに無残だったろうかと驚いた。

褐炭《かったん》でどす黒く汚れた外壁や基礎は風雨に浸食され、人の住まいというよりも、廃倉庫といった風体だ。そういえば、初めて訪れた時も、こんなふうに驚いたのだったか。

重い足取りで階段を上ると、柔らかい音色が降ってくる。足を進めるつどそれは近くなり、見慣れた316号室の前に来ると、美しい旋律がはっきりと聞こえた。

フォーレの『エレジー』だ。

深い憂愁と官能を漂わせるチェロの名曲だが、僕はあまり好きではない。嘆きようが大仰《おおぎょう》で、ひたすら悲しみに酔っているように感じるからだ。

しかし、このしんと冷えた秋の空気のもと、朽ちかけた家屋に響くフォーレは、深く僕の胸を抉った。重苦しい嘆きの旋律は、弔鐘《ちょうしょう》を思わせる。そう、正しくこれは葬送なのだ。死んだ恋を悼む歌。だから深い悲しみにあっても、そこにはえもいわれぬ艶が滲んでいる。こういう音色を聴くと、官能はやはり死に近いのだと思う。

地を這うような低音の響きが途切れ、僕は我に返った。気がつけば、扉の前で最後まで聴き入ってしまった。深呼吸をし、インターホンを押す。反応はなかったが、もう一度押すと、今度はすぐに扉が開いた。

「あら。久しぶり、シュウ。バラトン湖以来ね」

扉のむこうから現れたガビィは、僕を見上げて微笑んだ。以前と変わらぬ笑顔。だが、顔はひどくむくんでいる。訪れたのは昼過ぎだというのに、今起きたばかりのような顔色だった。

「久しぶり。素敵なフォーレだった」

「聴いてたの。恥ずかしい」

「聞き惚れたよ。イェンツはもう戻ってる？」

「いいえ」

「いつ戻る？」

「もうここには来ないわ」

天気の話でもするように、彼女は言った。顔には笑みが貼りついたままだった。

「どういうこと？」

「離婚したから」

僕は二の句が継げず、まじまじとガビィを見た。たしかに右手の薬指には、いつもはめていた金の結婚指輪がない。

DDRでは、日本に比べると結婚も離婚もずっと簡単だ。離婚しても、女性だろうと年金生活者だろうと、問題なく一人で生きていけるからだろうが、それにしてもこのあっさりとした態度はどうだろう。僕から見ても、ガビィとイェンツは仲のよい夫婦だったのに。

「理由を訊いても？」

「彼、違う街に行くことになったの。遠いところ。もうこっちには帰ってこられないと思う」

「……大学は？」

「退学届けは出してあるわよ。でも私はドレスデン・フィルから離れるつもりは毛頭ないし。一緒にいられないなら、結婚している意味ないもの。残念だけどね」

何かを読み上げるような口調だった。ようやく僕は気がついた。この扉を開いてから、ガビィの表情が、いっさい変わっていないことに。

「バラトン湖で会った時はいつもと変わらなかったじゃないか」

「別に嫌いになって別れるわけじゃないし。よくよく話し合って、お互いにとって最善の道を選んだつもりよ。だからハンガリー旅行は思いきり楽しむつもりだったの」

「じゃあ、旅に出る前にはもう離婚は決まってたってことか」

「そうなるわね」

ひとごとのように言って、ガビィは肩をすくめた。彼女が今日初めて見せた、人間らしい仕草だった。

「こんなところで立ち話もなんだし。入ったら？」

大きく開かれた扉に一瞬警戒したが、顔には出さず、中に入った。

以前は居心地がよいと感じていた部屋は、薄ら寒かった。壁紙もところどころ剝がれ、家具もなにもかもがちぐはぐ。彼らのいびつさがそのまま表れているのに、なぜ僕はこれを心地よいと感じていたのだろう。

僕をリビングに押しやり、そのままキッチンに向かう小さな背中に単刀直入に訊いた。

「クリスタ？　クリスタのことは知ってるか？」

「とぼけるなよ」

「クリスタ？　あのまま亡命したって聞いたけど」

ガビィはむっとした顔で振り向いた。

「私、演奏旅行から帰ってきたばかりなんだけど。西に行っちゃった人のことなんて知るわけないでしょ。何かあったの？」

表情を見るに、嘘をついている様子はなさそうだった。

「撃たれたんだ。僕の目の前で」

ガビィの顔が凍りつく。

「クリスタは昔、シュタージの命令で、西の男と関係をもっていた。そいつに撃たれたんだ」

「……本当に？」

「こんなことで嘘をつく理由がないだろう。彼女は、難民を収容していた施設から出て、今の住居に移ったばかりだったんだ。なぜこんなに早く居場所が知られたのか不思議でね。イエンツから何か聞いてない？」

ガビィは眉をひそめた。

「なんでここにイエンツの名前が出てくるの？」

「僕らがショプロンに向かう前日、イェンツはクリスタに言ったそうだよ。自由は代償を要求する。罪には罰が必ず下る。まるで、この事態を予期していたようじゃないか？」

僕は瞬きも惜しんでガビィを見つめた。わずかな変化も見逃さないつもりだった。しかしガビィは、茫然と僕を見た後で、力なく首を振っただけだった。

「初めて聞いた」

「そうか」

「嘘じゃない」

「じゃあ訊き方を変えるよ。イェンツは、シュタージの関係者？」

僕の言葉に、ガビィはきつく眉根を寄せた。

「本気で言ってるの？」

「もちろん」

ボイマンがクリスタの移住を知った理由。目下のところ、それが一番の謎だった。ボイマンはDDRにいたころ、移住支援の人権団体にも関係していたらしく、そのルートで偶然知ったと言っていたそうだが、胡散臭い。警察も信じていないようだった。

クリスタが頻繁に警察に呼ばれている理由も、そこだろう。彼らは、ある組織の存在を疑っている。その疑問は、おそらく正しい。

ボイマンの証言は僕から見れば嘘だらけ、そしてクリスタも嘘は言っていないが、全てを明かしているわけではない。

二人が等しく、存在を隠しているもの。シュタージだ。

シュタージに脅迫されていたことを西の警察に打ち明けてしまえばどうかと勧めた僕に、クリスタは頑なに首を振った。今ならただの醜聞で済むが、シュタージの差し金で会社の情報まで漏洩していたことが露見すれば、ボイマンの家族の生活まで追い詰められることになる。それは避けたいのだと彼女は言った。その点は奇しくも、過去の恋人たちの意見は一致しているようだった。

しかし、二人を結びつけたものがシュタージならば、今また彼らを引き合わせたのも、そうではないのか？　シュタージ以外に、誰がボイマンにクリスタのことを教えられる？

「シュウの口から、そんな言葉を聞くとは思わなかったわ」

僕を睨みつけたまま、ガビィは言った。

「悪いが、僕はほとんど確信している。だが君が気分を害するのも当然だ。今日はこれで退散するよ」

僕は踵を返し、玄関へと向かった。反応から見て、ガビィが蚊帳の外に置かれていたのは事実のようだ。夫婦の間には秘密などいくらでもある。僕やニナの両親のように。ならば、これ以上ここにいる理由はない。

「待って」

扉に手をかけたところで、腕を引かれた。

「クリスタは無事なの？」

「ああ」

ガビィはほっと息をつき、手を離した。

「せっかく来たんだもの。コーヒーぐらい飲んで行ってよ。旅行先でいい豆が手に入ったから」

「せっかくだけど」

「クリスタについては知らない。でも、イェンツのことなら少し話せるわ。知りたいんでしょう？」

「なら、今話してくれ」

「私も少し混乱してる。落ち着いて話せる状況をつくりたいの。わかるでしょ」

その言葉は、僕の胸をかき乱した。以前、クリスタが僕に過去を打ち明けてくれた時も同じことを言った。結局僕は言われるままソファにおさまった。今まで幾度となくここに腰を下ろしてきたはずなのに、ひどく座り心地が悪かった。

ガビィがキッチンに消え、僕はじっと待った。わずか数分のはずが、ひどく長く感じられる。ことさら時間をかけているのではないかと苛立ったが、時計を見るといつも通りだ。頭を掻き、息をつく。落ち着け。

やがてガビィは、見慣れたマグカップにコーヒーを淹れて戻ってきた。青いマグカップになみなみと注がれたコーヒーからは、たしかにいつもより良い香りがした。僕は一口だけ口をつけると、スツールに腰を下ろしたガビィに目を向けた。

「話って？」

「せっかちね」

「これ以上ゆっくりする気はないよ」

「一口ぐらい飲ませてよ」

ガビィは苦笑し、コーヒーを口に運んだ。ふう、と声をつけて息を吐き出すとカップを置き、今度は煙草をくわえる。忙《せわ》しない。

「シュウは、ＩＭってわかる？」

煙を吐き出し、ガビィは言った。

「ＩＭ？」

「シュタージの、非公式の協力者（Inoffizieller Mitarbeiter）――そこら中に転がってる民間の情報提供者。要は、密告者のこと」

クリスタの話を思い出した。彼女がポツダムを追われた先で出会った友人のうち、二人が監視員だったと。

「聞いたことはある」

「なら話は早いわ。私はＩＭ。そしてイェンツは、このあたりのＩＭの元締めみたいなものね」

僕はじっとガビィの顔を見た。彼女は黙って、煙草を吸っている。

「いいのか？　僕にそんなことを話して」

「殺人も辞さないような顔をして乗り込んできておいて、今さらじゃない？　ＩＭになる時には、宣誓書を書かされるの。自分がＩＭであることを誰にも打ち明けてはならない。もちろん家族にもね。それを家族でもないシュウに打ち明けるってことは、あなたが誰かれかまわず触れ回って私がシュタージに拘束されても、仕方がないって思ってるってことよ」

「そういう言い方はずるいだろう」

ガビィは意地悪く笑った。

「シュウはやっぱり、人が好いのね。あっさりコーヒーも飲んじゃうし」

　僕はぎょっとしてカップを見た。黒い液体が、突然おどろおどろしいものに変容したように見えた。

「安心して、何もいれてない。私は、あなたの敵じゃない。もっとも、今までだって、誰の敵にもなったつもりはないけれど」

　ガビィは力なく笑い、目を伏せた。

「少し私の話をしていい？　この国ってね、一度目をつけられたら終わりなの。十代のころに、ボーイフレンドに頼まれて、彼や友達が書いたビラをポストにいれる手伝いをした、たったそれだけでもね」

　それから彼女は、すらすらと喋りはじめた。そのボーイフレンドたちは戻ってこなかったこと、自分は校長から厳重注意を受けただけで済んだが、その後は音大の受験にはことごとく失敗し、目の前が真っ暗になったこと。事前のレッスンではどの教授も太鼓判を押してくれていただけに信じられず、荒んだ生活を送っていたら、親切な女性が現れて、助言をしてくれたこと――

「助言？」

「ええ。あなたがどんなに能力があっても今のままじゃ受からないわよって忠告してくれたの。少し年上の、優しい笑顔の人で、カーラって名前。本名じゃないだろうけど。私に任せてくれればうまくいくかもって言われて。彼女のおかげで次は無事に受かって、それからずっと順調。月に一度、カーラとお茶を飲んでお喋りするだけでね」

「……月に一度のおしゃべりで」

「ええそう。学校生活のことを二時間ほど喋ればいいだけ」

ガビィの目が、懐かしむように細められた。

「カーラはやさしくて、とても聞き上手だった。シュタージだなんて考えられないぐらい、すごく感じのいい人。私のつまんない悩みも親身になって聞いてくれて、アドバイスも的確だった。今ならそれも手なんだってわかるけど、当時は受験に失敗して恋にも破れてぼろぼろで、家族ともあまりうまくいってなかったから、いつもやさしく話を聞いてくれる彼女が大好きだったわ。だからカーラに、これは国のためにとても大切なことだと言われて信じて、友人や教授を観察しては報告書を書いた。罪の意識なんて、ほとんどなかった。みんな国に文句を言ったり、西に行きたいと言ったりしてたけど、誰だって愚痴るぐらいはするでしょ？　それを女どうしの他愛ないお喋りで面白おかしく話すぐらいで、どうにかなるなんて考えもしなかった」

それは、考えないようにしていたの間違いじゃないのか。そう言いかけて、口を噤む。ただ、何かに憑《つ》かれたように喋るガビィから目は離さなかった。

「ある日、私が監視してた友人が一人、拘束されたの。その前のお喋りで私、彼がエーリッヒのことずいぶん茶化してたって、カーラに話したばかりだったから、とてもショックだった。落ちこむ私を、彼女は慰めてくれた。その学生には何人もＩＭがついていて、私の報告で彼が捕まったわけじゃないんだって。総合的に見て彼は危険だと判断されただけなのだから気にする必要はないと言われたの。でも、どう言われたって、自分がしてきたことはとても卑怯で恐ろしいことだって気付いてしまえば、どうしようもなかった。私はカーラと会うのがだんだん怖くなって、会ってもいつも適当に切り上げるようになって……イェンツに出会ったのは、そういう時期だった」

同じ音大の後輩だったイェンツは、当初から猛烈にアピールしてきて、すぐに自分の寮からガビィの部屋に転がりこんできたという。そのまま半同棲状態が続き、ガビィがめでたくドレスデン・フィルに入団が決まって部屋を移る際に、名実ともに夫婦になった。

「一緒に住むようになって、一年ぐらい経ったころかしらね。彼は、自分はＩＭなんだって打ち明けてきた。私を監視するように言われた、でも黙っているのがあまりに辛いって泣いたの。ショックだったけど、それ以上に感激したわ。それを打ち明けるのってとても勇気がいることだもの。私は密告しないって信じてくれた証。だから私も打ち明けたの。今だと不自然なのはわかるけど、恋ってそんなもの全部吹き飛ばすのよ。これは運命だとすら思ってた」

ガビィは自嘲ぎみに笑った。

「その時に彼の過去も教えてくれた。彼は東ベルリンで生まれ育って、父親はシュタージの対外諜報の幹部だったらしいの。でも彼が九歳の時に亡命してしまってね。残された家族は、それは地獄だったらしいわ」

「……本当に？」

「さあね。嘘か本当かなんて考えるだけ無駄よ。ともかく彼は、そういう状況だったと言ったわ。夢は、シュタープカペレに入って有名になること。そうすれば、西で新しい家庭を築いているであろう父も気づく。そして父親が会いにきたら左右の頰に五発ずつ拳をいれたいんだと」

もし事実なら、いたましい話だ。

母親の亡命未遂ですら、ニナたちをひどく痛めつけた。ならば、シュタージの幹部の亡命となったら——しかも九歳の子供。ぞっとする。

「私は彼に心から同情した。それに、共犯者が出来るって心強いのよ。私は、さぼりがちだった監視をまた熱心にやるようになったわ。今度はドレスデン・フィルでね。そのころは、イェンツは私よりもＩＭになって日が浅いと思ってたから逆に励ましたりしてたの。馬鹿みたい」

「実際は彼のほうがずっと経験は長いわけか」

「ＥＯＳ（ＤＤＲにおけるギムナジウムに相当する学校）時代から、貢献していたんじゃないかしらね。一時はポツダムの法律高等学院に行く予定だったそうだし」

「ああ、法律やるか迷ったって言ってたっけ」

「ポツダムの法律高等学院って、要はシュタージ大学よ。幹部候補はそこに行く。あと兵役もね、なにもＮＶＡとは限らない。シュタージだって含まれるのよ」

「……予想以上に筋金入りだ」

「ええ。私もすぐに、イェンツは自分とは違うと気がついたわ。私のお喋りの相手は、そのころからカーラからイェンツに変わったし。その上、あの人、ほとんど家にいないでしょ？　毎晩遊び歩いて」

「他のＩＭと会っていたってこと？」

ガビィは頷いた。

「彼自身が監視につくことはあまりなかったけど、学内とその近辺の対象は全て把握してたでしょうね」

「僕も監視対象か」

「当たり前じゃない」

「その監視対象をわざわざここに呼んで、くだらない茶番をしていたわけだ」

「だってあなた、資本主義側の人間だもの。うまく使えば、地下に潜っているグループや、標的外の亡命希望者も釣れるかもしれないでしょう？　仲良くしておいて損はないわ。でも、すぐにイェンツに懐いたシュウを見て、ちょっとかわいそうになっちゃった。昔の私にそっくりで」

憐れむように言われて、僕は拳を握り締めた。この部屋で、まさにこのソファに座って、どれほどの時間を過ごしたか。この国に来て、最初に安らげる場所を得たと思ったのは、ここだったのに。

「ヴェンツエルが言ってたな。僕はイェンツのカモにされるだけってね。当時は反発したけど、慧眼《けいがん》だったってわけだ」

こみあげる怒りを飲み込んで吐き捨てると、ガビィは物憂げに僕を見た。

「へえ、ヴェンツェルがそんなこと言ってたの。何か感じてたのかもね。彼も、監視対象だったから」

「だろうね。僕よりずっとたくさんの監視員がついてそうだ」

「でもヴェンツェルはああ見えて全く隙を見せないのよ。ＤＤＲに来てから、本当に音楽しかやってなかった。それ以外の人間関係なんてないし、誰かとデュオを組んでもご存じの通りすぐ壊れる。このまま何もないかと思ってたけど、ハンガリー国境開放からは怒濤《どとう》だったわね」

ひとごとのような口調だった。今この瞬間も、映画か何かを見て感想をつぶやいているような、遠い目をしている。

「まさかクリスタと結婚なんて言い出すとは思わなかったわ。でも結局死にかけてハンガリーに送還。クリスタは亡命。あげく負傷。たしかに、奇妙な符号よね」

「正直、僕はどちらもイェンツがやったんじゃないかと疑っている」

最初、クリスタからヴェンツェル襲撃の犯人はイェンツではないかと聞いた時は、まさかと思った。しかしその直後、今度はクリスタが襲われた。イェンツがもう戻ってこないと知った今は、推測はほとんど確信に変わっている。

「いくら彼でも、さすがに西には行けないわよ」

「アレックス・ボイマンにクリスタの居場所を知らせるぐらいはできるんじゃないか？」

「さあ。彼は、自分の仕事の話はほとんど私にしなかったから」

「なら、ヴェンツェルのほうは？　彼が襲われた晩、イェンツはどこにいた？」

勢いこんで尋ねる僕を一瞥し、ガビィは煙草を口許に運んだ。

「警察に言った証言、聞いたでしょ？　日付が変わる直前に、李とスレイニェット、あと名前は忘れたけどもう一人ベトナムの女の子を連れて帰宅したわ。酒臭いったらなかった」

「その時間は確かなのか」

僕は念を押した。ヴェンツェルが店を出たのが十二時直前。店と自宅の距離を考えると、襲われたのはだいたい十二時半から一時の間だろうと言われている。

イェンツと李もやはり日付が変わる直前に帰ってきたと言っているが、ニェットともう一人の女学生は酔っ払っていて時間をほとんど覚えていない。

「たしかよ。近所の人だって証言してくれたんだから。だいたい、イェンツが犯人なら、李たちも全員口裏あわせてるってことになるけど？」

ガビィが呆れ顔で煙を吐き出した。

「たとえば、ニェットたちが全員寝入った後でこっそり出て行けば問題ないじゃないか。彼らを奥の部屋に寝かせてしまえば、出て行くところなんてわからないし。君はもちろん気づくだろうが」

「呆れた。何がなんでもイェンツを犯人にしたいのね」

「じゃあなんで、イェンツは帰ってこない。なぜ離婚した。なぜ大学をやめた？」

ガビィは何も答えない。テーブルに置かれたコーヒーは、ほとんど口をつけられることなく、冷たくなっていく。

「旅行に行く前にはもう、離婚も決めて、退学届けも出していたんだろう？　それは、すでにシュタージが逃がす手筈を整えていたってことじゃないのか」

「……知らないわ」

「答えろよ」

ガビィは無言で立ち上がった。そのまま足早に奥の寝室へ入っていく。おい、と声をかけても返事はない。苛立って立ち上がったところに扉が開き、再びガビィが出てきた。

「はい」

右手に、細長い紙片が握られている。不審もあらわに受け取ると、シュターツカペレのチケットだった。

日付は十月七日。会場はゼンパーオーパー。演目は――

「『フィデリオ』」

傑作の呼び声高い、ベートヴェンのオペラだ。ハッピーエンドの明るい作品なので、式典にはよく使われる。

「DDR建国四十周年記念の催しだから、今回はとくに気合いが入っているみたいよ。新しい演出もあるんですって」

知っている。よくチケットがとれたものだと思う。シュターツカペレのチケットはいつも競争率が高いが、このフィデリオ初日は発売と同時に売り切れた。なんのコネももたない僕は、もちろん手に入れることはできなかったから、こんな状況だというのに、この小さな紙切れが羨ましくてならなかった。

「あげるわ、それ」

僕はぎょっとして顔をあげた。

「何？」

「あげるって言ったの。イエンツがとってくれたのよ。当日は彼も来るはず」

「もう戻ってこないんじゃなかったのか？」

「チケットをとったのは、ずっと前だから。イエンツもフィデリオは楽しみにしていたし、一緒に行こうって約束してたの。建国記念日はね、私たちの結婚記念日でもあるの」

僕はしばらく逡巡した末にチケットを彼女に差しだした。

「貰えないよ」

ガビィは目を見開き、声をあげて笑い出した。

「さっきまでシュタージ顔負けの尋問してたくせに、本当に人が好いのね」

「それとこれとは別だ」

「馬鹿ね、シュウ。これを逃せば、あなたはもうイエンツに会うことはないわ。真実を知りたいなら、彼に直接訊きなさい。まあ、来るかはわからないけど」

「それはそうだが、君にとってもこれが最後……」

途中で言葉を飲み込んだ。

ガビィは相変わらず、はりついたような笑みを浮かべていた。笑ったまま、その両目はぼろぼろと涙を零し始めた。

「私はもともと行かないつもりだったから」

笑顔に見合う明るい声で、彼女は言った。自分が泣いていることも、ひょっとしたら気付いていないのかもしれない。

「……本当にいいのか？」

ガビィは頷いた。

「私は行く資格がないから」

「資格なんて……」

ガビィは泣きながら、首を振った。

「私はイェンツより、チェロを選んでしまった。だからもう、行けないの」

＊

その日の夜、ヘルマー牧師が言っていた通りの事件が起きた。

チェコスロバキア国内に滞在していた出国希望者六千人を乗せた特別列車が近づいてくると、DDR国内の出国希望者たちは、列車への同乗を求め、中央駅に殺到した。警官に追い払われても何度も突撃を繰り返し、やがてデモ隊も加わり、最終的には二万に及ぶ人々が駅を取り囲んだ。

旅行の自由、政治的要求を突きつけるデモ隊と警官隊は真っ向から衝突した。小石や火炎瓶を投げるデモ隊に、警察は催涙弾と放水で応戦し、動けなくなった人々を片っ端から逮捕しはじめた。

僕は、ヘルマー牧師との約束を破り、駅の近くまで来ていた。騒ぎに巻き込まれぬよう、ある程度距離は保っていたが、どうしてもこの目で見たかったのだ。

僕は瞬きも惜しみ、見つめ続けた。この国の人々が、どれほど自由を求めているのか。そのためにどれほどの犠牲を払おうとするのか。そして当局はどれほどの暴力をもって押さえつけるのか。

自由の代償。僕は見た。

怒号と悲鳴、そして炎が燃え上がるドレスデン中央駅の中に見いだした。

この国の民を奴隷と評したのは、ヴェンツェルだった。この光景を彼が見たら、なんというだろうか。

そして――もしクリスタがここにいたら。

彼女はおそらく、率先して警察に向かって行っただろう。あの日、国境を駆け抜けて行った時のように、軽やかに。そして傷つけられるかもしれない。それもまた自由の代償か？

いいや、ちがう。

やはりイェンツは、間違っている。

2

一九八九年十月七日。

この日は歴史的な一日となるだろう。少なくとも、この場にいる人々の半分ぐらいは、そう思っているはずだ。

DDR政府から見れば、この日は建国四十周年記念日で、首都ベルリンはじめDDRの各地で国家主導の大規模な式典が行われている。ベルリンの式典には、ゴルバチョフ書記長も出席しているという。

そしてここドレスデンでは、猛烈にデモが行われていた。数万に及ぶデモ隊が、旅行の自由と人権保護を訴え、練り歩く。大規模なデモはこの街だけではなく、ライプツィヒなどの主要都市、そして首都ベルリンでも行われているはずだ。

今や、全国の反政府勢力は完全に連帯している。そして国民の多くもそれに賛同している。

亡命し損ねた人々、あえて国に残ることを選んだ人々、自由を求める全ての人々が今、巨大な意思の塊となって、権力に押し迫ろうとしていた。

街中には警官隊が出動し、一触即発の状態が続いているが、威容を誇るゼンパーオーパーの中に一歩足を踏み入れれば、そこは別世界だ。外の喧噪《けんそう》も殺気も、ここには届かない。ドレスデンの誇る音楽の大伽藍《だいがらん》は、この日超満員だった。赤いカーペットの階段も、ギリシア神殿のような回廊にも、党の高官や軍の幹部たちがひしめいている。彼らの放つ威圧感にむかつく胃を押さえ、僕は自分の席へと向かった。一階席の右側後方。まあまあだ。席についている人はまばらで、ほとんどの人がホワイエで開演前のシャンパンを楽しんでいるのだろう。僕はとてもそんな気にはなれなかったので、おとなしく席につき、プログラムをめくっていた。

「おや」

開演直前に、ずっと空席だった隣から声がした。途端に全身に鳥肌が立った。顔をあげると、果たしてそこにはイェンツが立っていた。

「おかしいな、ガビィを誘ったはずなんだけど」

「そのガビィがくれたんだよ。君には会いたくないってさ」

意地悪く言ってみたが、イェンツの笑顔はいささかも崩れなかった。彼の裏の顔を知った今でも、イェンツは爽やかな、美しい青年にしか見えない。そう、あまりに瑕瑾《かきん》がない。そこに、もっと早く気づけばよかったのだ。

「残念。それで君が代理で来たってわけか。ガビィは元気だった？」

「エレジーを弾いてたよ。いろいろ話した。君のこともね」

「俺の話なんてつまらないだろうに」

「とんでもない、興味深かったよ。これ以上知りたければ、君に訊けってさ」

「ふうん」イェンツの笑顔が、わずかに質を変えた。「いい面構えになってきたじゃないか。やっぱり目の前で愛する人が撃たれるような修羅場を経験すると、甘ちゃんも変わるか」

僕は思わず腰を浮かした。

「おっと、ここではやめよう。ひとまず、フィデリオを楽しもうじゃないか。話は後でゆっくりできるよ」

「なら、挑発するようなことを言うな」

「挑発したつもりはないよ。それじゃ今日はよろしく」

僕が腰を下ろしたのを見て、イェンツも隣におさまった。

ほどなく照明が落ち、華やかな序曲が始まる。

『フィデリオ』は、政治犯として拘留されている夫を救出するため、主人公レオノーレが男性に変装し、フィデリオと名乗って監獄に潜入する物語だ。その堂々たる曲調から、よくオペラハウスのこけら落としにも使われる名曲である。

別名、自由を勝ち取る「解放のオペラ」。

『フィデリオ』はそもそも、圧政に立ち向かった政治犯を解放し、自由の勝利を宣言するというストーリーだ。そうした物語性ゆえに、かつてナチスドイツに併合され、戦後は連合軍に占領されたオーストリアで、戦後十年経ってようやく連合軍から解放された記念に、再建された国立歌劇場のこけら落としとしてこの『フィデリオ』が上演されたという経緯がある。

ゼンパーオーパーの外では、自由を求める何万もの人々が群れをなしているというのに、なんとも皮肉な話だ。その点が気になって、最初はいまいち集中できなかったが、磨き抜かれたシュターツカペレの音が流れると、たちまちのうちに外界を忘れた。

記念式典に相応しい、壮大華麗な序曲が終わり、いよいよ赤い緞帳《どんちょう》が開く。

序曲の素晴らしい出来にますます胸を高鳴らせていた僕は、その瞬間、凍りついた。

『フィデリオ』の舞台は、ほとんどが刑務所である。舞台は十六世紀のスペイン。しかし、僕らの前に現れたのは、高圧電流の流れる、灰色の高い壁。囚人たちは現代の僕らと何ら変わらぬ恰好で、看守たちも威圧的な黒いコートを着ている。明らかに、今のDDRの政治犯とシュタージを模していた。

「へえ」

隣で低い声がした。横目でうかがうと、イェンツが目を細めて舞台を見ていた。その彫刻のような横顔からは、何も読みとることはできない。

会場の空気は一気に緊迫し、ざわめきが起きた。党幹部が占める席のあたりからは、咳払いが聞こえる。しかしそれも、一瞬のこと。シュターツカペレの音、そしてこの日のために選ばれた歌手たちの歌は、あっというまに動揺を彼方に押し流した。

そして第一幕のクライマックス「囚人の合唱」では、魂をわしづかみにされた。

ここは、長く牢に閉じ込められていた囚人たちが中庭に出ることを許され、つかのまの自由を謳歌する場面だ。薄汚れた政治犯たちは、久しぶりに見る太陽を見上げ、「なんと嬉しいことか」と歌い出す。しかし彼らの喜びは、途中で悲しく萎んでいく。この自由はしょせん一時的なもの。冷たい壁は、再び囚人たちを暗い現実へと押し戻すのだ。太陽を振り仰いでいた顔は失意にうなだれ、彼らはひとり、またひとりと牢の中へと戻っていく。

心臓が引き絞られるように痛み、僕はたまらず胸をおさえた。この、切々たる囚人の合唱は、もともと『フィデリオ』でもっとも有名な曲だが、これほどに胸に迫ったことがあるだろうか？　未だかつて、観客席から嗚咽が漏れるほどの感動を、この合唱が与えたことがあっただろうか。明らかに、一人一人の声に明白な意思があった。これは我々の歌であると、彼らは声高に訴えていた。

不思議なものだ。外では体制側と反体制側が睨み合っているというのに、ここではどちらも一緒になって拍手を送る。

これこそが、音楽の力だ。人々の渇望が、音楽に底知れぬ力を与える。あるいは、音楽こそが、渇望を普遍的な感動に変えるのだ。

至福の時間は、あっというまに過ぎていく。舞台が進むごとに、オケも、歌手も、合唱隊も、いっそう凄みを増し、観客の興奮もいや増していく。二幕に入ってから、僕も鳥肌が立ちっぱなしだった。

今、僕は、世紀の名演に居合わせている。予感は確信に変わった。オケと歌と観客の幸福な三位一体が、ここでは完成されている。ここにいる全ての人が、最高のフィナーレに向けてひた走る。

ああ、もう終わってしまう。終わってほしくない。だが、早くフィナーレを見たい。この奇跡が完成する瞬間を見たい。

そしてとうとうレオノーレは、夫フロレスタンを見事に牢獄から解き放つ。夫婦は互いに忠節を称え、解放された囚人たちも愛と正義を歌いあげる。鉄条網のむこうから、彼らは自由を求め続け、ついに勝ち取った。喜び溢れる大合唱が響き、幕がおりると、観客はいっせいに立ちあがり、ブラボーを叫んだ。

嵐のような声の中、僕も手がちぎれるのではないかというぐらい、拍手を送った。DDRに来て、いや僕の人生の中で、もっとも素晴らしいオペラだった。僕はこれから何度も、この舞台を思い出すだろう。戦うものたちの、高らかな凱歌を。

「馬鹿馬鹿しい」

僕の感動に水を差したのは、冷淡なつぶやきだった。嵐のような歓声のなかでも、すぐ隣にいた僕にははっきりと聞こえた。そのまま、イェンツはアンコールに沸く会場からさっさと出て行ってしまったので、僕も急いで後を追う。

二階のロビーに出ると、イェンツはもう中央の階段を降りていくところだった。こういう時、脚の長さの違いが憎い。

「待て、イェンツ」

彼は、足を止めた。階段の中ほどで振り向く様は、厭になるほど決まっている。

「何だい、シュウ。アンコールはいいの？」

「君こそずいぶん急いで帰るじゃないか」

「つきあってられないよ。子供だましだ。音楽にこんな露骨な社会批判を持ち込むとは興ざめじゃないか」

「建国記念日に、党幹部もいる前でこれをやりきった勇気を称えるべきだと思うね」

「その党幹部も大喜びで拍手をしているわけだからね。やってられないよ」

「彼我《ひが》を越えて同じものに感動するなんて素晴らしいじゃないか。音楽にしかできない奇跡だ」

「だったら今すぐ、外で上演してくれればいいさ。デモも終わるんじゃないか？　君の友達もたくさんいるんだろ？」

イェンツは、出口に向かって顎をしゃくると、再び階段を降りていく。僕は黙って続き、降りきったところで単刀直入に尋ねた。

「クリスタを襲ったのは君か？」

「君、一緒にいたんだろう？　俺がその場にいたかい？」

「はぐらかすな。なぜアレックス・ボイマンがあそこにいたって話だよ」

「ボイマンねえ」髪をかき上げ、イェンツは眉を顰《ひそ》めた。「仕事じゃそれなりの傑物だったらしいが、疑わしいね。クリスタ一人の時を狙えば、露見もせずに仕留められたろうに。頭に血が昇って二人とも処分しようだなんて無謀もいいところだ」

とっさに、僕は彼の胸ぐらを摑んだ。

「やっぱりきさま！」

「言っておくけど、彼にクリスタの居場所を知らせたのは俺じゃないよ」

「じゃあ誰だ」

イェンツは芝居がかった仕草で、右手の人差し指を天に向け、それをゆっくり僕に向けた。

「君だよ、シュウ」

僕は、ぽかんとして彼を見た。

「機密をもって逃げたような奴ならともかく、なんの価値もない亡命者の居場所なんていちいち追わない。ただ君がいきなり西に向かったから、クリスタから連絡が来たことぐらいはわかる。それをおせっかいな誰かがボイマンに流しただけさ」

「……僕がつけられてたのか」

「少しは警戒したほうがいい。クリスタも昔はあんなに用心深かったのに、西に行ったらずいぶんふぬけたもんだ」

イェンツは僕の鼻先につきたてていた指を曲げると、思い切り鼻を弾いた。鋭い痛みに、イェンツを摑んでいた手で思わず鼻を押さえる。イェンツはすばやく距離を置くと、冷ややかに笑った。

「西は安全？　自由？　そんなことはない。壁のこっちもむこうも同じなんだよ、シュウ。国のせいにするな。西に行ったのはクリスタの意思、そして君もそれを後押ししただろう。まるでそれが正義だと言わんばかりに。その結果がこれだ。君自身が、クリスタのもとに過去を呼び寄せた」

「話をすり替えるなよ。自由には代償、そう言ったんだっけな？　君は祖国を捨てた全員に同じように報復するわけか」

「俺が手を下さずとも、皆報いは受けるさ。あんなに大量の難民が西に流れこんでいって、まともな生活ができると思うかい？」

「だったらなぜクリスタだけにあんなことをした！」

「間違えないでくれ、やったのはボイマンだ。あくまでクリスタは、自分の過去の報いを受けただけだ」

「そんな言いぐさがあるか！　もとはと言えば、スパイ行為はきさまらシュタージが彼女に強制したことじゃないか！」

「彼女は我々の後押しで、ボイマンとの恋愛を充分楽しんでいたはずだけどね。あの手の人間は、皆同じだ。自分の良心に言い訳してしっかりいい目を見ておきながら、不利になったら、断れなかったただの被害者ぶって逃げ出す。我々のせいにすれば自分はマシな人間だと思えるのだから、気楽なものさ。それでも最後に忠告はしてやったんだ。罪には罰が下ると。構わず出て行ったのは、クリスタだ」

イェンツは相変わらず笑っていたが、声は冷えていた。

「だが別れた時点で、ボイマンはクリスタがスパイだと気付いてなかったはずだ。それなら彼が自分を捜し出して消そうとしているなんて、クリスタは知るはずがない。罪には罰なんて言われたって、何のことかわからないじゃないか」

「ああそうか、クリスタは別れた後のことは知らないんだったか」

いかにも失念していたと言いたげに、イェンツはため息をついた。

「アレックス・ボイマンからはろくな情報が採れないと判断して監視は中止したんだが、彼は半狂乱になって彼女を捜し回ってね。まったく、いい歳した親父が若い娘に溺れて嘆かわしい。さらに嘆かわしいのが、シュタージの中に私的にボイマンに接触した奴がいたってことだ。クリスタは移住申請を出しているから、早々に出られるよう便宜をはかってやろうというわけだ。もちろん、そんなのは口実で、目的は単純に金。クリスタにつけた監視員からあがってくる情報を適当に流しながら、出国許可をちらつかせてボイマンから金をむしり取っていたわけだ。だがさすがに半年もすればボイマンも目が覚める。私腹を肥やしていた奴もバレて罷免《ひめん》された。さて、会社の情報と金を横流しして目が覚めたみじめな中年男に残るものとはなんだ？　恐怖だ」

イエンツはいっそう鮮やかに笑った。

「しかし、シュタージもクリスタも、壁のむこう。壁があるかぎり、発覚することはない。だがもしクリスタが西に来たら？　あの手の小心者は逆上すると最悪の手段を迷わず使う。クリスタの移住許可がなかなか下りなかったのは、そういう事情もあるのさ」

「やっぱりおまえたちが悪いんじゃないか！　なぜその話を最初からクリスタにしなかった？」

「西に行ったら、あんたを逆恨みしているクソ親父に殺されるかもって？」

さも愉快そうにイエンツは肩を揺らした。

「俺たちは、そんなに親切じゃない。ただ彼女が頭を冷やして移住申請をとりさげれば済んだことさ。そうすればすぐに彼女は、どこかの楽団に雇ってもらえただろう。安全で、安定した生活が手に入った。だがこちらの庇護などいっさいいらないと拒絶して、自由とやらを求めたのは彼女だ。全ては、クリスタ自身が招いたことだ」

「なるほど、シュタージの論法がわかったよ」

こみあげる怒りで、体が震える。僕は拳を強く握り締めた。

「君を一時は友人だと思っていた自分を恥じるよ。どう言おうと、君は人殺しだ。クリスタだけじゃない、ヴェンツェルを殺そうとしたのも君だろう。下手すれば君は、二人も殺していたことになる」

「ラカトシュを？　なんで俺が？」

「とぼけたって無駄だ。あのあとすぐ君がドレスデンから消えたのが何よりの証拠だろ。なぜ彼を殺そうとした」

「彼が襲われた時間、俺は家にいたよ。知ってるだろう」

「信じてない」

強い語調で言い切ると、イェンツは目を瞠った。

「ヴェンツェルにはＩＭがたくさんついていたんだろ？　とくにあのころなんか強化してたんじゃないか？」

「へえ、ガビィはそんなことまで喋ったのか。ＩＭの誓約、すっかり忘れているみたいだね」

「忘れてないさ。僕が脅して吐かせたんだ。彼女を処罰するのはやめろよ」

「君が脅して！」

イェンツは、とびきりの冗談を聞いたとでもいうように、天を仰いで笑った。頭にきて、僕は右腕を振り上げた。避けられると思ったのに、彼はそのまま突っ立っていた。まともに頰に拳が入る。だが思い切り殴ったつもりだったのに、彼はわずかによろめいただけだった。

「やっぱり。これじゃ脅しなんてたかが知れてるな」

顔をしかめて唾を吐くと、イェンツは殴られた頬に触れもせず、にやりと笑った。

「君が何を言ったかは、関係ないね。ガビィが君に喋ったということは、君が来たら喋ると最初から決めてたってことさ。処罰を受けるのなんか、はなから覚悟だろうよ」

「……受けるのか？」

「さあね。ただ、俺は申告するつもりはない。もうここの管轄じゃないし、ガビィとは無関係だ」

「なら僕も言わない。彼女は、良心の呵責に耐えかねて告白してくれたのだと思うから」

また馬鹿にされるかと思ったが、イェンツは白けたように息をついただけだった。

「なるほど。どうぞ続けて」

「君は、たとえ離れていても、ヴェンツェルの動向を常に把握していたはずだ。あの日も、彼が店で喧嘩をして出てきたこと、道ばたで酔いつぶれていることも報告が来た。ヴェンツェルが襲われた現場は、君の家から歩いて三十分ぐらいだな。知らせを受けて抜け出して行けば、誰にも見られずにことを行うことは可能だろう」

イェンツがさも愉快そうに口許を歪める。

「その根拠は？」

「僕とクリスタの直感だ」

「何だい、それ」

「君がシュタージで、仕事としてヴェンツェルを襲ったのであれば、証拠なんて探しても無駄だからな。直感で充分さ」

「すごい開き直りだね。推理作家が聞いたら発狂するよ」

彼はあきれ顔で、きっちりと整えていた金髪を左手でかき乱した。

「まあいいか。今日がドレスデン最後の夜だ。餞別《せんべつ》代わりに話しておこうか。正解だよ、シュウ」

イェンツは笑顔で手を叩いた。

「たしかにあの夜俺は、ＩＭの知らせを受けてラカトシュのもとに向かった。あんな好機はそうそうあるもんじゃない。ガビィに協力して貰って、ニェットたちに気づかれぬよう抜け出したんだ。すごいな、よくわかったね！」

あからさまに馬鹿にした口調に、また体が震えた。こんなにあっさり明かすのは、絶対に捕まらない自信があるからだ。たしかに僕には、彼を捕まえられないだろう。しかし、真実は明らかにしなければならない。

「動機は？」

僕はつとめて冷静に訊いた。イェンツは、今さらそれを訊くのかと言いたげに片眉をあげた。

「目障りだからに決まってるだろ？　君、あいつが前々日に何したかもう忘れた？　あの日だけじゃないよ、ハンガリーが国境を開放してから急に調子づいて参ったよ。留学生の分際で、人の国で何やってるんだって話さ。だから、強制的にお帰りいただこうと思ったのさ」

「殺すことはないだろう！」

「殺すつもりはなかったよ。ただ、弾けないほどの怪我をすれば帰らざるを得ないだろ？」

「ふざけるな。生きているのが不思議なぐらいの怪我だったんだぞ！　どう見たって殺す気だったろう」

「それは不運が重なったとしか言いようがないね。報告では、裏通りで寝てるって話だったんだけど、いざ向かってみたらちょうど起きるところでさ。最初に昏倒させようと思って殴ったら、俺も酔っていたし、あいつも意外に俊敏に避けてね。顔を見られたら、もう消すしかないだろ」

　イエンツは、じっと左手を見つめた。ヴェンツェルが失ったのも、左だった。

「発覚を恐れて殺すことに切り替えたのか。君もボイマンを笑えない、小心者じゃないか」

「俺としてはどっちでもよかったからね。個人的に思うところがないでもないし。利き腕を念入りに潰しておけば、いかにも恨みの犯行らしいだろう？　動機がある人間なんて山ほどいる。絞れるはずがないさ」

　イエンツは顔をあげると、皮肉に笑った。

「それにしても、俺もツイてない。あそこは昼でもめったに人が通らないような場所なんだ。まさかあの日に限って馬鹿なカップルが通るなんて思わないだろう？　あと五分も遅ければ確実に彼は死んでいたのに。最後の最後まで彼には厄介をかけられっぱなしだよ」

「彼はミューズに守護されてるんだろうよ。クリスタも」

「そうかもね」

イェンツは笑って、左手を握りこんだ。

「君みたいに音楽をただの手段としか思ってない奴は、ミューズに嫌われて当然だ。とっととシュタージ大学にでも行ってればよかったんだよ」

「おや、シュタージは音楽を愛しちゃいけないのか？」

「君の目的はシュターツカペレに確実に入ることだろ。ヴェンツェルが昔言ってた。シュトライヒはただ、シュターツカペレに入って西に行きたいだけだ。それ以外なにも感じられないって」

シュターツカペレは、DDR最高峰のオーケストラだ。西へ遠征する機会も多く、繋がりも多い。当局からすれば最も危険な楽団だ。かといって、入団試験をパスするのはきわめて難しい。

シュターツカペレやゲヴァントハウスぐらいのレベルになると、いかにシュタージでも、団員に圧力をかけてIMに仕立てあげることは難しい。当然だ、彼らの音には国の威信がかかっているのだから。

おそらくイェンツは、最初からスパイとして潜りこむ目的で音大に入学してきたのだろう。

「なにも感じられない、か」

イェンツはおおげさに肩をすくめた。

「まあ俺もこれでシュターツカペレ行きはなくなっちまったわけだ。しばらくおとなしく本業に勤《いそ》しむことにするよ。痛み分けってことで納得してくれないかな」

「何が痛み分けだ！　おまえは何も失ってないだろう。ヴェンツェルは二度とヴァイオリンが弾けないんだぞ。ニェットだって、せっかく一度立ち直ったのにもう戻ってこない。おまえのせいだ。ガビィだって泣いてた。そしてクリスタも――」

流れる血、蒼白になっていく顔。

甦った記憶を振り払うように、僕は頭を振った。その拍子に、何かが顔のまわりに散った。僕はいつのまにか、泣いていた。途切れた言葉をもっとぶつけてやりたいのに、舌が震えてうまくいかない。体に渦巻くものがあまりに巨大で、怒りなのか、悲しみなのか、自分でもわからない。

「そうだな、俺のせいだ」

言葉もなく、悔し涙に暮れる僕に、イェンツは言った。口許には笑みがある。が、目は全く笑っていなかった。

クリスタは、いつも目が笑っていなかったと言った。僕は、今日この日まで、イェンツの笑顔を見てそう思ったことはなかった。それほど僕が鈍いのか、彼が巧妙だったのかはわからない。

しかし、今僕の目の前にあるのは、たしかにクリスタが言うとおりの、気味の悪い笑顔だった。

「たった一人で、何人もの運命を一気に変える。たまらないね。やっぱり俺には、カビの生えた音楽よりこっちのほうが合ってるよ」

「おまえ……！」

怒りにまかせて再び殴りかかるが、今度はあっさり避けられた。

「悪いね、シュウ。時間切れだ。もう行くよ」

イェンツは顎をしゃくって、階段の上を示す。アンコールの熱狂も一段落ついたのだろう、観客がぞろぞろとホールから出てくるところだった。

「まだ話は終わってない！」

「俺の親切でここまでつきあってあげたことを忘れないでくれよ。あと忠告だ、シュウジ・マヤマ。学生の本分を忘れるなよ。これ以上何かやらかしたら、強制送還だ。それじゃ」

僕に背を向け、イェンツは正面扉へと向かった。迷いのない足取りだったが、いざ外に出ようとする段になって途端に動きが鈍くなる。

「驚いたね、第三幕は広場で上演か」

軽口を叩いてはいたが、扉越しに伝わる熱気に怯んだのは明らかだった。扉の向こうは、広場になっている。今やそこは、数千の群衆で埋め尽くされていた。それだけではない。彼らは口々に叫んでいた。

自由を。解放を。我々こそが、人民である。

ゼンパーオーパーの中で何が起きていたのか知るはずもない彼らが、舞台の囚人たちそのままに、狂おしく自由を求めていた。広場に満ち、空気を揺さぶる声は、もはや音楽である。

かつて、ファイネンさんは、ゼンパーオーパーの舞台を指さして言った。この国で最上のものは、ここから生まれるのだと。

「ここを突っ切らなきゃならないのはうんざりするね。どうするシュウ？　いっそ君が、彼らの前に俺を突き出してみるか？」

感動に身を震わせている僕に、イェンツは挑発するように言った。

「君を？　なんのために？」

「彼らは興奮している。そして俺はシュタージで、友人を裏切り、音楽を冒瀆した極悪人だろう？　君が望む制裁が俺に下されるかもしれないよ」

僕は彼を見やり、「そんなことはしない」と鼻で嗤った。

「へえ。なぜ？」

「意味がないからだ。仮に僕がここで君を告発しても、彼らは何もしないだろう。彼らは暴力を用いない」

開かれた扉から、僕は思い切って外に出た。途端に体を包むのは、身を切るように冷たい夜風と、火傷しそうな熱い想い。この国に来て間もないころ、僕がはじめてこの広場で見たデモは、沈黙の中にあった。しかし今や同じ場所で、人々はなんのためらいも

そして知ってしまった。だから君は、二人を始末しなければならなかったんだ」

本物の音楽は必ず、人々の中に眠る言葉をよみがえらせる。君はそれを思い知ったはずだ。今日だけじゃない、ヴェンツェルとクリスタのあの演奏の日に誰よりも身をもって知ってしまった。だから君は、二人を始末しなければならなかったんだ」

答えはない。振り向くと、イェンツはまだシャンデリアの光の下にいた。

「君はすでに制裁を受けたよ、イェンツ。クリスタとヴェンツェルは生き続け、ガビィは君ではなく音楽を選んだ。だから君は尻尾を巻いてドレスデンから逃げるしかない。充分だよ」

「言ってくれるね」

「最後に訊きたい。効率を重視する君が、わざわざ今日戻ってきたのはなぜだ？　フィデリオを聴きたかった？　ガビィへの未練？　それとも、僕らに断罪されたかったのか」

イェンツはやはり何も答えない。身じろぎもせず、ただ優美な微笑みを浮かべた姿は、よくできた人形のように絢爛たるホワイエに溶けこんでいた。

「さよなら、イェンツ」

動かぬ彼を置いて、僕は再び前を向いた。大きく息を吸いこみ、足を踏み出す。クリスタルの光輝く宮殿から、無数の焔が燃える街へ。新しい音楽の中へと。

3

冬学期はなにごともなく始まり、なにごともなく進んでいった。

大学の外は、デモだの何だのと騒がしかったが、大学の中は以前と変わらない。いや、変わったと言えば、変わっただろうか。学生の数が、明らかに減っていたのだから。

エクソダスに加わった者も、いるかもしれない。しかしそれよりも、ピアノ科からニエットが消え、ヴァイオリン科からはヴェンツェルとイェンツの双璧が任意退学となったことが人々の好奇心を刺激した。

さまざまな憶測が乱れとび、僕のもとにも事情を訊きに来る者が現れたが、僕は「何も知らない」で通した。仮に言ったところで、何も変わらないだろう。もう、事件の役者たちは消えてしまった。彼らに関わっていた人々の生活までを、壊すことはない。

授業は以前にも増して忙しく、またアパートと大学を往復するだけの生活が復活した。そして一ヶ月が経つころには、ヴェンツェルたちのこともほとんど噂にのぼらなくなった。かわりに、この音大の中ですら、デモについてや政府批判の声がはっきりと聞こえるようになってきた。

衝突はもはや日常茶飯事で、珍しいことではなくなった。ＤＤＲ中でデモに参加する人数は膨れあがり、最近ではデモに参加する際には、遺書を家族に託して家を出る者も珍しくないという。

僕は参加こそしなかったが、外を出歩けばデモに遭うことは多くなった。十月はずっとすばらしい秋晴れが続いていたのに、十一月になった途端に天気は崩れて、毎日のように冷たい雨が降った。デモに参加する人々は、雨に打たれたまま、何時間も外に立っていた。一九五三年六月の、おそらくDDRの歴史における唯一の反乱であろう東ベルリン暴動が頓挫したのは、ソ連軍の介入のせいではなく、連日の豪雨が原因だったという説もある。あの時よりもはるかに冷たい雨が、容赦なく人々の上に降り注いでいるというのに、彼らは決して動こうとしなかった。冷えて固まってしまった指を蠟燭で温めて、さらに大きな嵐を呼び寄せようと毅然と立っていた。

デモに加わるかわりに、僕は音を紡いだ。数え切れぬほど出会った美しい焰を今度こそ形にしようと、ひたすらピアノに向かった。

最高のバッハ。僕がかつてクリスタから受け取った喜びを、何倍にもして返したい。DDRで、僕は十ヶ月を過ごした。今ならきっと、できるはずだった。

十一月九日も、僕はいつも通りレッスンを終え、練習室で自主練をしていた。外は灰色の風が吹き荒れていたが、部屋の中は暖房が効いており、夢中でバッハに取り組んでいた僕は汗だくになった。

「悪くない」

曲が終わると同時に扉が開き、拍手とともに称賛された。立っていたのは、李だった。

「一時はどうなることかと思ったが、ずいぶんマシになったじゃないか」

彼にしては最大限の賛辞だろう。そもそも、李に演奏を褒められたのは、これが初めてだ。

だが喜びよりも、戸惑いが先に立つ。李は薄く笑っていたが、その顔にはまるで生気がなかった。厚みがあった体も、ひとまわり小さくなったような気がする。

「どうも。……ニェットのおかげだよ」

その名を口にしていいものかどうか迷ったが、思いきって言った。案の定、李の顔が曇る。

スレイニェットは結局、冬学期になっても戻っては来なかった。今のところは休学扱いのようだが、なんの連絡もない。

「そうか。彼女は、マヤマを高く買っていたからな」

「ニェットと連絡は？」

李は首を横に振った。

「もう帰ってくることはないと思う」

「そうなのか」

「ラカトシュの野郎は、もう退院したんだろ。かなうことなら今からこの手で殺してやりたい」

僕はぎょっとして、李を見た。

「物騒なことを言うな。そりゃたしかに彼の事件はニェットには衝撃だったと思うし、ヴェンツェルに配慮が足りなかったと思うけど、それとこれとは」

「いや。ニェットを壊したのはラカトシュだ」

李は荒々しく吐き捨てた。

「あの日、なぜとどめを刺さなかったのか。ずっと後悔している。俺がやればよかったんだ。なのに俺は、自分のキャリアを惜しんだ。ニェットとシュトライヒに、罪を背負わせてしまった」

「……何を言っている？」

それには答えず、李は壁にたてかけられていたパイプ椅子を手にとると、勝手に広げて腰を下ろした。ひとつ息をつくと、改めて僕に向き直った。

「記念式典の日、おまえ、シュトライヒとゼンパーオーパーに行ったそうだな」

「あれは……彼の妻に、いや元妻か。チケットを譲って貰ったんだ。それでたまたま」

「シュトライヒはとっくに大学をやめてる。ドレスデンで目撃されたのは、あの日が最後だ。マヤマ、ラカトシュについて何か聞いたんじゃないか？」

鋭い目に、僕は一瞬飲まれてしまった。その一瞬の変化で、李には充分だったんだろう。やはりな、とため息をつく姿は、老人のようだった。

「つまりあいつは、自分がやったと言ったんだろう」

「……ああ」

「全て違うとは言わん。だが事実は違う」

李は膝の上に手を置き、指をきつく組み合わせた。この時はじめて、彼の手が細かく震えていることに気がついた。

「事件の日、シュトライヒと俺はニェットのアパートで鉢合わせた。ふさいでいる彼女をニェットの友人ともども連れ出して、シュトライヒがよく行くというディスコに行った。ニェットは相当飲んで、あっというまに酔いつぶれた。仕方がないから、アパートまで送り届けようと店を出た」

「ちょっと待て」

途中まで黙って聞いていた僕は、違和感に声をあげた。

「イェンツの部屋に行ったんじゃないのか？」

「最終的にはそうなった。だが店を出た時は、ニェットたちのアパートに送るつもりだった。予定が変わったのは、途中で偶然、ラカトシュを見かけたからだ」

息を呑んだ。

「ヴェンツェルを？　ニェットも見たのか？」

「ああ。俺たちは声をかけずに離れようとしたんだが、止める間もなくニェットが奴を呼び止めて、近寄って行ったんだ」

李の顔に浮かんでいた憂いの影がひときわ濃くなった。

「店にいる間は楽しそうに笑っていたんだが、ラカトシュと会ってからは箍《たが》が外れたように泣きだして、質問攻めだ。まあ、ニェットの立場なら恨み言のひとつやふたつは当然だろう。俺たちもすぐに止めなかった。それがまずかった」

彼の顔が後悔に歪んだと思った次の瞬間、どす黒く染まった。目がたちまち殺気立ち、僕は思わず身を引いた。

「ラカトシュは、ひどく酔ってた。自制心がまるでない状態だった。普段からそんなもんがあるとは思えなかったが、素面《しらふ》の時はまだ多少は人間としてマシなんだなとあの時に思い知ったよ。あの糞野郎は、泣いて縋るニェットを罵った。絶対に言ってはならないことを言いやがったんだ」

「……なんて言ったんだ？」

李は口を開いたが、そのまま動きを止めた。しばしの沈黙のあと、絞り出すように出てきたのは「あいつはニェットの尊厳を叩き潰したんだ。音楽家としても、女性としてもな」という言葉だった。

「あまりのことに俺は頭が真っ白になって、ラカトシュを思いきり殴りつけた。あの糞野郎は吹っ飛んで、壁に頭をぶつけて昏倒したよ。それでも怒りがおさまらずさらに殴りつけようとしたら、ニェットが庇うようにラカトシュの懐に飛び込んだんだ。よけいに頭にきて、なんでそんな奴を庇うんだ、と引き剝がしたら――」

李の喉仏が大きく上下する。この次に彼がなんと言うか、僕はわかってしまった。

「ラカトシュの腹に、ニェットのナイフが刺さってた」

地を這うような声に、僕は天を仰いだ。予想通りだった。

「ニェットは茫然としていた。自分が何をしたか、わかっていないみたいだった。俺もどうしていいかわからなかったし、ニェットの友人は腰を抜かしていた。俺たちの中でただひとり冷静だったのが、シュトライヒだ。彼は、これは事故だと言って、動揺する俺たちを自分の部屋に連れて行った。それから、後始末は自分に任せてほしいと言って、一人で出て行ったんだ」

「何時頃？」

「十二時半。帰ってきてすぐだ」

時間は合っている。僕は唾を飲み込んだ。

「一時間ほどで戻ってきたが、今夜のことは絶対に口外してはならないと念を押された。自分に任せておけば間違っても追及の手が伸びることはない、逆にもし誰かひとりでも口外すればおまえたちは即刻強制送還だと脅された。口裏合わせも指示されて、俺たちはその通りにした」

「そのベトナムの留学生もか」

「ああ。彼女は完全にとばっちりだったな。気の毒に。シュトライヒにひどく怯えていた」

李は一度目を閉じると、大きく息をついた。

「始末というから息の根を止めたのかと思ったのに……ラカトシュは生きていた。俺は驚いて、どういうことかとシュトライヒに詰め寄ったよ。ラカトシュの口から事件が漏れれば全てが終わりだ。だがシュトライヒは、大丈夫だと笑うばかりだった。シュトライヒが現場に戻った時、ラカトシュは意識が戻っていたそうだ。腹の傷は浅くて、逆にラカトシュの酔いも覚めて、ずいぶん抵抗されてよけいな傷を結構つくってしまったが、最初の傷に別のナイフをねじ込んだし、まちがってもニェットに疑いは及ばないから安心しろと。とにかく自分に任せてくれればいいと繰り返すばかりで、俺たちは生きた心地がしなかった。ラカトシュの意識が戻らず、そのままハンガリーに移送されると聞いた時には、ほっとしたよ。だが……あいつは目を覚ました」

「何も覚えてないみたいだけどね」

李は、震えている両手をきつく握りしめた。

「幸運だった。だがいつ甦るかわからない」

いなどと言ったら、どうなるだろう。興味はあったが、口には出さなかった。もしここで、記憶喪失はふりかもしれな
「ニェットは耐えられずに、国に戻った。彼女は悪くないんだ。忠誠を誓っていた相手にあんなことを言われて逆上しない人間なんていない。俺だってナイフをもっていれば刺していたかもしれん。シュトライヒも、ニェットが刺していなければ俺がやっていたかもしれないと憤っていた」

「……イェンツが」

「シュトライヒがあの後すぐ退学したことを、俺は冬学期が始まるまで知らなかったんだ。夏休みの間じゅうずっと、いつかバレるんじゃないかと怯えていた。だがシュトライヒが大学をやめたと知って、本当にあいつが何とかしてくれたんだと気がついた。なあ、あいつ、ただの学生じゃなかったろう？」

「わからない」

李は窺うように僕を見た。

「知ってるんだろう。シュタージでなくとも、それに類するものでなければ、どうにかなんてできるはずがないんだ。だから、出て行ったんだろう」

「僕がイェンツから聞いた話はだいぶ違う。彼は、君たちのことはいっさい口にしてい

なかった。全て一人でやったと言っていたよ」

「ああ。やはりな」

李は瞑目した。痛みをこらえるような顔だった。

「シュトライヒは言ったんだ。これは誰がやったという話ではない。罪には罰が下る。ラカトシュは、罰を受けただけだと。輝かしい未来が開けている留学生が、あいつのために将来を棒に振る必要はない。そういう荷を背負うにふさわしい人間は他にいるのだと。あの時は、誰かに罪をなすりつけるつもりかと思ったが……自分のことを言っていたんだな」

「……どういうことだ？」

僕はすっかり混乱していた。

李が語るのは、僕がよく知っていたかつてのイェンツとなんら矛盾するものではない。皆に、あいつはいいやつだよ、と言われる理論派のヴァイオリニスト。友人のことを心から心配し、手を差し伸べる、気のいい男。

それらは全て、嘘だった。そのはずだった。だがそれならば、今の話は？　李の話を聞いていると、イェンツが自分のキャリア、そしてヴェンツェル自身の命と引き替えに、ニェットと李を守ろうとしたとしか思えない。

「わからん。だから俺も混乱している」

李の眉間には、深い皺が寄っていた。

「僕に話してよかったのか？」

「もうニェットも、シュトライヒもいない。かまわんさ。マヤマが最後にシュトライヒと会ったというから、あいつの居場所を知らないかと思ってな」

「そんなの知ってどうするんだ」

「本当のことを聞きたい」

「……君が話したことが真実なんじゃないのか」

「そうだ。だが、シュトライヒがなぜとどめをささなかったのかはわからない。シュトライヒはそれほど酔っているようには見えなかった。その気になれば確実に息の根を止められたはずだ。なのに息のある状態でとどめたのはなぜだ？　それと……」

言い淀んだ彼に、「それと？」と促す。李は青ざめた顔で言葉を継いだ。

「なぜ、左手がとくに傷ついていたのか」

ああ、と僕は嘆息した。

「恨みによる犯行に見せるためだと言っていたけど」

「だが、きき手を潰す余裕があるなら、まずとどめを刺すはずだろう」

自分の左手をじっと見つめていたイェンツの姿が、思い浮かんだ。苛立ったような、不思議なものを見るような顔をしていた彼。

あの日、なぜ彼は戻ってきたのか。その理由が、今この瞬間、わかったような気がした。

シュターツカペレにスパイとして潜りこむつもりなのだろうと、僕は思っていた。もしかしたら本当に四年の兵役で音楽に飢えて、戻ってきただけだったのではないか。自分を捨てた父親に気づいてほしいと願うのも、事実なのかもしれない。ＩＭの元締めとして働きながら音楽の世界で生きることが、彼の義務と願いのぎりぎりの妥協点だったのではないだろうか。

だとしたら、酔いつぶれたヴェンツェルの左手にナイフを突き立てた時、彼の中の焔もかき消えてしまったのかもしれない。

効率を愛するイェンツが、ただ衝動のままに、ヴァイオリニストの手を破壊した。彼を突き動かしたものがなんだったのかは、陳腐な推測ならいくらでもできるだろうが、それは彼にしかわからないことだ。ただ、ニェットが一瞬我を忘れたように、彼の頭の中がたった一色に染まってしまうほどに強いものだったのは確かだ。

ヴェンツェルのヴァイオリニストとしての生命が絶たれた瞬間、我に返ったイェンツは、もう二度と音楽はやらないと――やってはならないと決めたのではないだろうか。ガビィも、今までの生活も全て捨て去って、ただ国家のためだけに生きる。一人の天才に狂わされた留学生たちの罪を抱えて、イェンツ・シュトライヒという「人間」を永遠に消滅させる。

音楽は、彼に復讐した。

罪には罰を。それが彼が自分に科した罰なのだろう。

「彼はもういない。どこにいるかも、知らないんだ」

僕の言葉に、李は「そうか」とつぶやいた。きっと彼も、わかっているのだろう。イェンツの罰も、そして自分に科せられた罰が、沈黙を貫き、ピアニストとして必ず成功することだということも。

『だが、おまえらは言うだろう？　自業自得だと』

動かぬ左手を見て、ヴェンツェルは笑っていた。

ああ、やはり彼は忘れてなどいなかったのだ。何があったか、明確に覚えていた上で、何も知らないと言っていたのだろう。これが罰だと、彼は誰より知っていた。

それを与えたのが、他ならぬニエットとイェンツだから。

そして——沈黙を貫くことが、イェンツへの最大の罰となると、知っていたから。

帰宅したのは、夜の十一時近かった。あの後、なぜか李と飲みに行ってしまい、うっかり遅くなってしまったのだ。

鉛のような足と腰を引きずってどうにかアパートに帰り着き、自室の鍵を開けていると、隣からファイネンさんが顔を出した。

「ずいぶん遅いお帰りねえ、シュウジ。もう十時半よ」

「こんばんは、ファイネンさん。まだ起きていたんですか」

彼女はいつも十時には眠ってしまう。そして五時に起きる。見習おうとは思わないが、実に健康的な生活サイクルだ。

「そうよ、あなたに渡さなきゃいけないものがあるから起きていたのよ！　ちょっと待ってなさい」

ファイネンさんは一度部屋にひっこみ、それから大きな茶封筒を抱えて戻ってきた。

「あなたに荷物よ。いないから私が預かってたの」

「そうでしたか。ありがとうございます」

大きさから言って、楽譜だろうと見当はついた。ライプツィヒからか、ミュンヘンからか。

が、差出人を見た瞬間、僕は呼吸も忘れて立ちすくんだ。

「それじゃおやすみなさい。夜更かしするんじゃないわよ」

ファイネンさんに肩を叩かれ、我に返る。おやすみなさい、と返して急いで部屋に入った。

心臓がうるさい。僕はコートもマフラーもつけたまま、封筒を開けた。検閲の跡があるが、今はそんなことはどうでもいい。

中から現れたのは、二重奏の楽譜だ。

楽器はピアノとオルガン。この二つのデュオは珍しい。

何度も表紙を見る。まちがいない。ピアノとオルガンだ。

震える手でページをめくる。一瞥してわかる、大変な難曲だ。そして、とびきり美しい。

眺めているだけで、怒濤のように頭の中でピアノが歌い出す。甘美なオルガンが響き渡る。

ふいに、見覚えのある旋律が現れた。燃え立つ焔のような、激しく自由な音。どこで見たか、僕はすぐに思い出した。あれはたしか、オーケストラの総譜だった。これは、デュオに書き直したものなのだろう。

オケだからこそ可能な、無限の広がりをもつ音の世界を、ピアノとオルガンで表現してみろ。おまえに出来るか？　挑発するように笑う声が、聞こえた気がした。

次の光景が早く見たくて、歌いながらどんどんページをめくっていると、扉が大きな音を立てた。

「ねえちょっと、シュウジ！　大変よ！」

さきほどおやすみを言ったはずのファイネンさんだった。しかし僕は、返事をしなかった。できなかったのだ。気がつけば僕は、夢中で声に出して歌っていたのだから。

「歌ってる場合じゃないわ、テレビ！　テレビ見なさい。ああでもあなたの部屋のじゃアンテナないから駄目ね、すぐこっちに来なさい！」

ファイネンさんは興奮した様子で扉を叩き続けている。こんな夜中に、厳格な彼女が大きな音を立てているのが不思議だったが、それどころではない。どれほど扉を叩かれようが、怒鳴られようが、身のうちから湧き出る音の奔流にはかなわない。

「いい、よく聞きなさい、シュウジ。壁よ。たったいま、ベルリンの壁が崩れたわ！」

音をたてて、楽譜が落ちる。

慌てて拾い上げると、黒いインクで書かれた表紙の文字が、真上から降り注ぐ蛍光灯の光を浴びて、いっそう鮮やかに浮かび上がった。

ピアノ・オルガンデュオ
《革命前夜》
――我が親愛なる戦友たちへ捧ぐ
ラカトシュ・ヴェンツェル

［主要参考文献］

・『東欧革命1989　ソ連帝国の崩壊』ヴィクター・セベスチェン／三浦元博・山崎博康（訳）　白水社

・『われらが革命　1989年から90年　ライプチッヒ、ベルリン、そしてドイツの統一』

　エールハルト・ノイベルト／山木一之（訳）　彩流社

・『ヨーロッパに架ける橋　東西冷戦とドイツ外交　上・下』

　ティモシー・ガートン・アッシュ／杉浦茂樹（訳）　みすず書房

・『ファイル　秘密警察とぼくの同時代史』　ティモシー・ガートン・アッシュ／今枝麻子（訳）　みすず書房

・『監視国家　東ドイツ秘密警察に引き裂かれた絆』

　アナ・ファンダー／伊達淳（訳）／船橋洋一（解説）　白水社

・『私は東ドイツに生まれた　壁の向こうの日常生活』

　フランク・リースナー／清野智昭（監修）／生田幸子（訳）　東洋書店

・『東ドイツのひとびと　失われた国の地誌学』ヴォルフガング・エングラー／岩崎稔・山本裕子（訳）　未來社

・『ドレスデンの落日と復活　精神科医が見た東ドイツ終焉前夜』船津邦比古　三修社

解説

朝井リョウ

この人、〝書けないものない系〟の書き手だ。読後、私は嚙みしめるようにそう思った。

今作で遅ればせながら須賀作品デビューを果たした私は、突然出会ってしまった傑作を前にしばし放心状態となった。私が〝書けるもの少ない系〟の書き手だからこそ、読後に抱いた敗北感のようなものは、今でも手に取るように思い出せる。

小説家には、〝書けないものない系〟の書き手と、〝書けるもの少ない系〟の書き手がいる、ような気がする。

前者は、自分自身が存在しない世界を舞台に物語を作り上げることができる。この作品の舞台である、ベルリンの壁崩壊直前の東ドイツに、須賀さんはいない。取材のために赴くこともできない。ピアニストを目指す主人公のように、ドレスデンにある音楽大学に留学したこともないはずだ。だけど書けるのだ。須賀さんの文章は、対象への巨大な好奇心、興味関心、そして圧倒的な想像力と構成力に基づいている。自分が見聞きした、自分が経験した事柄からどうにか小説をひり出している私からすると、どうすればそんな文章を書けるのか、見当もつかない。「神の棘」（新潮文庫）で描いたナチス政権下の世界に、須賀さんは足を踏み入れたことがない。そこに出てくる修道士とナチスの親衛隊というキャラクターのどこにも、須賀さんは重ならない。明治期に大陸に渡った「芙蓉千里」（角川文庫）の主人公の造形から須賀さんを探し出すことはできないし、「また、桜の国で」（祥伝社）で描かれた第二次世界大戦下のポーランドから須賀さんの姿を見つけることもできない。〝書けないものない系〟の書き手は、書かれた舞台や人物から著者の存在が一切漂ってこないのだ。須賀しのぶ作品の中には、須賀しのぶがいない。これは、書き手として、本当にすごいことだと思う。

かと思えば、「雲は湧き、光あふれて」「エースナンバー」「夏は終わらない」（集英社オレンジ文庫）などの高校野球小説を読んでもわかるように、現代を生きる私たちが存在する世界を書いても、須賀さんは抜群にうまい。「キル・ゾーン」シリーズや「流血女神伝」シリーズなど、主に若い読者を強く惹きつける大長編を書いていたことも大きいのだろう、痒いところに手が届くというか、そこ！　そこ！　と気持ちよく読者の脳が反応してしまうツボの押し方を心得ているのだ。骨太な歴史小説でも、瑞々しい青春を描く現代小説でも、それは変わらない。

つまり須賀さんは、書き手が存在しない世界も存在する世界も書ける人、つまり何でも書ける人なのだ。書き手が存在する世界ばかり書き続けている私には、須賀さんの姿は、豊かな物語の海を内包した魔法使いのように見える。テーマ、年代、国、どんな設定条件を与えられても、須賀さんだけが使える技で、極上の小説を編み上げてしまう魔法使い。それほど安心感のある書き手に、私もいつかなりたい。

と、ひとの作品の解説で自分の話をするというよろしくない展開に陥りそうだったので、そろそろ「革命前夜」自体について詳しく述べたい。

この作品の舞台は、西暦一九八九年、ベルリンの壁崩壊直前の東ドイツ。主人公は、ピアニストを目指しドレスデンの音大に留学する日本人青年、眞山柊史。眞山は昭和から平成に元号が変わったまさにその日に渡独するのだが、そのころの日本といえばバブルと呼ばれる時期であり、冷戦末期の東ドイツの空気は母国のそれとは全く異なっていた。日本にいるときは当たり前のように享受していた自由が制限される監視社会の中、眞山は同世代の音楽家たちと出会う。激しい気性で周囲を振り回すが、その才能は申し分ないハンガリー出身のヴァイオリニスト・ヴェンツェル。そんな彼とは対照的に、正確無比の演奏をする容姿端麗なヴァイオリニスト・イェンツ（この、同じフィールド内のトップ二人が、月と太陽、天才と秀才というように対をなしている辺り、もうエンタメ脳がビンビン刺激されてしまう）。北朝鮮からの留学生・李や、ヴェトナムからの留学生・スレイニェットなど、ピアノ科の仲間とも距離を縮めていく中、眞山は、町の教会で圧倒的な演奏を披露する美しきオルガニスト・クリスタと出会う。心を開こうとしないクリスタには絶対に明かせない秘密があり――ここからは本編で確認いただきたいのだが、民主化運動が激化していく中、自由を望む仲間たちの葛藤、自分だけの音を見つけ出そうと模索する眞山の成長、表現豊かな音楽描写と意表を突く展開が連なる人間ドラマ、ベルリンの壁が崩壊するまさにその瞬間まで、様々な要素をがぶがぶと飲み込みながら物語は突き進む。

まず、須賀さんの知識と、興味関心に基づく取材力が素晴らしいため、読み進めているだけで知的好奇心をガリガリと刺激される。一九八九年生まれの私にとって、ベルリンの壁崩壊というのは教科書に載っている出来事の一つに過ぎなかった。ナチスのゲシュタポを思わせる東ドイツのシュタージ(国家保安省)、家族や友人との信頼関係さえ覆しかねない密告者の存在、実は女性の社会進出や福祉については優れた点もあったという社会主義的思想。一行読むたび、自分は何も知らないのだという失望と、これから何でも知ることができるのだという幸福が満ちていく。須賀さんの丁寧な筆致は、ベルリンの壁が壊されるあの映像に行き着くまでに、壁の両側では私たちと同じように一人一人の人間が生きていたのだという当たり前の事実を眼前に差し出してくれる。そのたび、自分はこれまで、歴史というものを、単なる結果の連なりとしてしか捉えられていなかったことに気づかされた。すべての歴史的事象には原因があり、過程があり、そこには民衆の言葉、心、思いが確かに存在するのだ。そちらに目を凝らし、耳を澄ませることの大切さを、読後、再確認させられた。

私は、小説を読む歓びの一つに、世界を見つめる視点が増えること、があると思う。性別、国籍、世代、文化、様々なものが異なる舞台に生きる主人公の人生に触れることで、自分の体にもその主人公の視点が搭載され、複雑な立体物である世界を多角的に見つめられるようになる。対岸の火事だと思っていた光景を、自分が立っている場所と地続きの場所で起きている事象なのだと気づけるようになる。そんな力を持った本に出会えたときの歓びは、解説という場所を借りたとしても語り足りないほどだ。

そしてこの作品の魅力は、知的好奇心が満たされるだけでは、勿論ない。東欧圏の民主化運動について学びを得つつ、そのうえでエンターテインメントとしての興奮に包まれるのだ。特に中盤以降はミステリ的な展開が続き、物語としての面白みがぐんと増す。今この文章を読んでいるあなたがもし、冒頭、馴染みのない世界観に面食らい、「解説読んでから買うかどうか決めようかな……」みたいな状態だとするならば、ぜひ購入を推奨するし、支払う額や、読み終えるまでに注いだ時間以上の興奮を得られることを、この場で私が保証する。

須賀さんはのちに、「革命前夜」執筆時はスランプであり、眞山が自分の音を見つけられない描写は自身と重なっていたと話しているが、その発言は書き手としての私を再び絶望の底に叩き落してくれた。なぜなら、文章化することがとても難しい音楽という分野を、これだけ表現豊かに書いているからである。想像力ですべてを補うことができる小説はどのメディアにも勝ると思っているが、音楽の描写だけは、どうしたって映像のほうが優れている気がしてしまう。私自身、幼少期ピアノを習っていたこともあり、何度かピアノ演奏の描写に挑戦したことがあるが、ワンパターンになってしまい、挫折してきた。スランプどころかピアノを弾くことすらできないと話す須賀さんの筆力を、ぜひ味わってほしい。

最後に一つ。本作の単行本出版後、「作家と90分」というインタビューで須賀さんが、

『最後、ベルリンの壁の崩壊を眞山に伝えた女性が「あなたの部屋のアンテナでは見えないので私の部屋に来なさい」と言っているのは、ドレスデンでも西側の放送が見られるアンテナを持っている人がいたということでしょうか。眞山に対してデモや亡命を批判的に言っていた彼女でも西側からの情報を得ていたということは、国内改革を求める気持ちを持っていたということでしょうか？』という質問に対し、こう回答していた。

実は彼女もこっそりとアンテナを持っていたというオチです。客人がいる時は隠して「私は東の模範市民よ」という顔をしておいて、やっぱり西の情報は気になっていたという。（中略）でも、彼女は国内改革を求める気持ちまではなかったと思います。まあ、明らかにする必要もないんですけれど、実をいうと彼女はシュタージの監視員なのです。西のことは気になるけれど、西のようになりたくないという、アンビバレントな感覚が東の人にはあったと思うんですよね。彼女のような戦争を経験している世代だと、やっぱり資本主義の矛盾がナチを生んだという思いも強いでしょうから、本当に東であることに誇りを持っている人も多かったと思います。でも兄弟として西のことをそれはそれで認めてもいる。そういう彼女の心理も書きたかったんです。

私は最近、対象について「考え切る」「思考し尽くす」ことが、小説を書くことにおいて何よりも大切だと感じている。〝書く〟というと、パソコンに向かってカタカタとキーボードを打っている映像を思い浮かべるかもしれないが、対象について「考え切る」「思考し尽くす」ことがまさに〝書く〟行為なのだと思う。私は、先ほどの回答から垣間見える、須賀さんの〝書く〟を徹底する姿勢に胸打たれた。須賀さんは、書くと決めたことに関して、考え切り、思考し尽くすことに決して妥協しない。重要な登場人物ではないにしても、そのキャラクターの背景を、心情を、行動原理を細やかに把握しているのだ。それこそが〝書く〟ということなのだと思う。

スランプを脱したこの作品で大藪春彦賞受賞。翌年、「また、桜の国で」で高校生直木賞受賞。さらに、「夏の祈りは」で「本の雑誌が選ぶ2017年度文庫ベストテン」1位、「2017年オリジナル文庫大賞」受賞。なんとたくましく、頼もしい書き手なのだろう。個人的には、趣味の一つだというフラメンコの物語に期待している。音楽の文章化に成功した須賀さんが、身体をフルに活用するダンスを描いたらどうなるのか。想像しただけで読者としての興奮と書き手としての絶望が同時に襲ってきて、もうたまらない。

（小説家）

初出「別册文藝春秋」２０１３年5月号～２０１４年7月号
単行本化にあたり大幅に加筆・修正しました。
単行本　２０１５年3月　文藝春秋刊

文春文庫

革《かく》命《めい》前《ぜん》夜《や》

定価はカバーに表示してあります

2018年3月10日　第1刷
2020年4月10日　第7刷

著　者　須《す》賀《が》しのぶ
発行者　花田朋子
発行所　株式会社　文藝春秋

東京都千代田区紀尾井町3-23　〒102-8008
TEL 03・3265・1211㈹
文藝春秋ホームページ　http://www.bunshun.co.jp

落丁、乱丁本は、お手数ですが小社製作部宛お送り下さい。送料小社負担でお取替致します。

印刷・萩原印刷　製本・加藤製本

Printed in Japan
ISBN978-4-16-791031-0

（　）内は解説者。品切の節はご容赦下さい。

阿佐田哲也
麻雀放浪記1　青春篇

戦後まもなく、上野のドヤ街を舞台に、坊や哲、ドサ健、上州虎、出目徳ら博打打ちが、人生を博打に賭けてイカサマの限りを尽くして闘う「阿佐田哲也麻雀小説」の最高傑作。（先崎　学）

あ-7-3

阿佐田哲也
麻雀放浪記2　風雲篇

イカサマ麻雀がばれた私こと坊や哲は関西へ逃げた。だが、そこには東京より過激な「ブウ麻雀」のプロ達が待っており、京都の坊主達と博打寺での死闘が繰り広げられた。（立川談志）

あ-7-4

阿佐田哲也
麻雀放浪記3　激闘篇

右腕を痛めイカサマが出来なくなった私こと坊や哲は新聞社に勤めたが……。戦後の混乱期を乗り越えたイカサマ博打打ちたちの運命は。痛快ピカレスクロマン第三弾！（小沢昭一）

あ-7-5

阿佐田哲也
麻雀放浪記4　番外篇

黒手袋をはずすと親指以外すべてがツメられている博打打ち、李億春との出会いと、ドサ健との再会を機に堅気の生活から足を洗った私……。麻雀小説の傑作、感動の最終巻！（柳　美里）

あ-7-6

浅田次郎
月のしずく

きつい労働と酒にあけくれる男の日常に舞い込んだ美しい女。出会うはずのない二人が出会う時、癒しのドラマが始まる――表題作ほか「銀色の雨」「ピエタ」など全七篇収録。（三浦哲郎）

あ-39-1

浅田次郎
草原からの使者　沙髙樓綺譚

総裁選の内幕、莫大な遺産を受け継いだ御曹司が体験するカジノの一夜、競馬場の老人が握る幾多の人生。富と権力を持つ人間たちの虚無と幸福を浅田次郎が自在に映し出す。（有川　浩）

あ-39-11

浅田次郎
降霊会の夜

生者と死者が語り合う降霊会に招かれた作家の〝私〟は、思いもかけない人たちと再会する……。青春時代に置き忘れたもの、戦後という時代に取り残されたものへの鎮魂歌。（森　絵都）

あ-39-18

（　）内は解説者。品切の節はご容赦下さい。

浅田次郎
獅子《しし》吼《く》
戦争・高度成長・大学紛争――いつの時代、どう生きても、過酷な運命は降りかかる。激しい感情を抑え進む、名も無き人々の姿を描きだした、華も涙もある王道の短編集。（吉川晃司）
あ-39-19

あさのあつこ
スポットライトをぼくらに
「僕はどんな大人になりたいんだろう」地方都市の小さな町に住む中学二年の秋庭樹には、思い描ける将来がない。幼馴染みの達彦・美鈴と共に悩み成長する姿を描いた傑作青春小説。
あ-43-19

あさのあつこ
透き通った風が吹いて
野球部を引退した高三の渓哉は将来が思い描けず焦燥感にさいなまれている。ある日道に迷う里香という女性と出会うが……書き下ろし短篇「もう一つの風」を収録した直球青春小説。
あ-43-20

阿部智里
烏《からす》に単《ひとえ》は似合わない
八咫烏の一族が支配する世界「山内」。世継ぎの后選びを巡る有力貴族の姫君たちの争いに絡み様々な事件が……。史上最年少松本清張賞受賞作となった和製ファンタジー。（東　えりか）
あ-65-1

阿部智里
烏《からす》は主《あるじ》を選ばない
優秀な兄宮を退け日嗣の御子の座に就いた若宮に仕えることになった雪哉。だが周囲は敵だらけ、若宮の命を狙う輩も次々に現れる。彼らは朝廷権力闘争に勝てるのか？（大矢博子）
あ-65-2

阿部智里
黄金《きん》の烏《からす》
八咫烏の世界で危険な薬の被害が次々と報告される。その行方を追って旅に出た若宮と雪哉は、最北の地で村人を襲い喰らい尽くす大猿に遭遇する。シリーズ第三弾。（吉田伸子）
あ-65-3

阿部智里
空棺《くうかん》の烏《からす》
人間にかわり八咫烏が支配する世界「山内」。山内のエリート武官を養成する学校で切磋琢磨する少年たちの青春の日々を彩る、冒険、謀略そして友情。大人気シリーズ第四弾。（大森　望）
あ-65-4

（　）内は解説者。品切の節はご容赦下さい。

阿部智里
玉依姫《たまよりひめ》
八咫烏シリーズはここから始まった――。女子高生・志帆が、母の故郷の山奥で遭遇したおぞましきものとは。ついに明らかになる異世界「山内」の秘密。八咫烏たちの命運はどうなるのか。
あ-65-5

朝井リョウ
武道館
【正しい選択】なんて、この世にない。「武道館ライブ」という合言葉のもとに活動する少女たちが最終的に〝自分の頭で〟選んだ道とは――。大きな夢に向かう姿を描く。（つんく♂）
あ-68-2

安東能明
夜の署長
新米刑事の野上は、日本一のマンモス警察署・新宿署に配属される。そこには〝夜の署長〟の異名を持つベテラン刑事・下妻がいた。警察小説のニューヒーロー登場。（村上貴史）
あ-74-1

明石家さんま 原作
Ｊｉｍｍｙ
一九八〇年代の大阪。幼い頃から失敗ばかりの大西秀明は、高校卒業後なんば花月の舞台進行見習いに。人気絶頂の明石家さんまに出会い、孤独や劣等感を抱きながら芸人として成長していく。
あ-75-1

伊集院　静
星月夜
東京湾で発見された若い女性と老人の遺体。事件の鍵を握るのは、老人の孫娘、黄金色の銅鐸、そして星月夜の哀しい記憶……。かくも美しく、せつない、感動の長編小説。（池上冬樹）
い-26-21

石田衣良
池袋ウエストゲートパーク
刺す少年、消える少女、潰し合うギャング団……命がけのストリートを軽やかに疾走する若者たちの現在を、クールに鮮烈に描いた人気シリーズ第一弾。表題作など全四篇収録。（池上冬樹）
い-47-1

石田衣良
ＰＲＩＤＥ――プライド
池袋ウエストゲートパークⅩ
四人組の暴行魔を探してほしい――ちぎれたネックレスを下げた美女の依頼で、マコトはあるホームレス自立支援組織を調べ始める。ＩＷＧＰシリーズ第１期完結10巻目！（杉江松恋）
い-47-18

（　）内は解説者。品切の節はご容赦下さい。

石田衣良
憎悪のパレード
池袋ウエストゲートパークⅪ
ＩＷＧＰ第二シーズン開幕！　変容していく池袋、でもあの男たちは変わらない。脱法ドラッグ、ヘイトスピーチ……続発するトラブルを巡り、マコトやタカシが躍動する。（安田浩一）
い-47-21

石田衣良
西一番街ブラックバイト
池袋ウエストゲートパークⅫ
勤め先の店で無能扱いされた若者が池袋の雑居ビルで飛びおり自殺を図る。耳触りのいい言葉で若者を洗脳し、つかい潰すブラック企業の闇に、マコトとタカシが斬りこむ！（今野晴貴）
い-47-22

石田衣良
ＩＷＧＰコンプリートガイド
創作秘話から、全エピソード解題、キャラクター紹介まで、ＩＷＧＰの世界を堪能出来るガイドブック決定版。短篇『北口アンダードッグス』を所収。文庫オリジナル特典付き！
い-47-19

石田衣良
ＭＩＬＫ
切実な欲望を抱きながらも、どこかチャーミングなおとなの男女たちを描く10篇を収録。切なさとあたたかさを秘めた、心と身体をざわつかせる刺激的な恋愛短篇集。（いしいのりえ）
い-47-35

池井戸　潤
ロスジェネの逆襲
半沢直樹、出向！　子会社の証券会社で着手した買収案件が汚い手段で横取りされた。若き部下とともに半沢は反撃の策を練る。ＩＴ業界を舞台とする大人気シリーズ第3弾。（村上貴史）
い-64-7

池井戸　潤
銀翼のイカロス
出向先から銀行に復帰した半沢直樹は破綻寸前の帝国航空を担当するも、女性の国交大臣から巨額の債権放棄の要求が。さらに行内にも敵が現れ、半沢に史上最大の危機！（村上貴史）
い-64-8

池井戸　潤
シャイロックの子供たち
現金紛失事件の後、行員が失踪!?　上がらない成績、叩き上げの誇り、社内恋愛、家族への思い……事件の裏に透ける行員たちの葛藤。圧巻の金融クライム・ノベル！（霜月　蒼）
い-64-3

（　）内は解説者。品切の節はご容赦下さい。

池井戸　潤
かばん屋の相続
「妻の元カレ」「手形の行方」「芥のごとく」他。銀行に勤める男たちが、長いサラリーマン人生の中で出会う、さまざまな困難と悲哀。六つの短篇で綴る、文春文庫オリジナル作品。（村上貴史）
い-64-5

池井戸　潤
民王
夢かうつつか、新手のテロか？　総理とその息子に非常事態が発生！　漢字の読めない政治家、酔っぱらい大臣、バカ学生らが入り乱れる痛快政治エンタメ決定版。（村上貴史）
い-64-6

井上荒野
ママがやった
七十九歳の母が七十二歳の父を殺した。「ママはいいわよべつに、刑務所に入ったって」――男女とは、家族とは何か？　ある家族の半世紀を描いた、愛を巡る八つの物語。（池上冬樹）
い-67-5

伊坂幸太郎
死神の精度
俺が仕事をするといつも降るんだ――七日間の調査の後その人間の生死を決める死神たちは音楽を愛し大抵は死を選ぶ。クールでちょっとズレてる死神が見た六つの人生。（沼野充義）
い-70-1

伊坂幸太郎
死神の浮力
娘を殺された山野辺夫妻は、無罪判決を受けた犯人への復讐を計画していた。そこへ人間の死の可否を判定する〝死神〟の千葉がやってきて、彼らと共に犯人を追うが――。（円堂都司昭）
い-70-2

阿部和重・伊坂幸太郎
キャプテンサンダーボルト（上下）
大陰謀に巻き込まれた小学校以来の友人コンビ。不死身のテロリストと警察から逃げきり、世界を救え！　人気作家二人がタッグを組んで生まれた徹夜必至のエンタメ大作。（佐々木　敦）
い-70-51

乾　ルカ
カレーなる逆襲！
ポンコツ部員のスパイス戦記
廃部寸前の樽大野球部。部存続の条件は名門・道大とのカレー作り対決!?　ヤル気も希望もゼロの残党部員4人は一念発起するのか否か？　読めば腹ペコな青春小説！　文庫オリジナル。
い-78-4

（　）内は解説者。品切の節はご容赦下さい。

伊吹有喜
ミッドナイト・バス
故郷に戻り、深夜バスの運転手として二人の子供を育ててきた利一。ある夜、乗客に十六年前に別れた妻の姿が。乗客たちの人間模様を絡めながら家族の再出発を描く感動長篇。（吉田伸子）
い-102-1

岩井俊二
リップヴァンウィンクルの花嫁
「この世界はさ、本当は幸せだらけなんだよ」秘密を抱えながらも愛情を抱きあう女性二人の関係を描き、黒木華、Ｃｏｃｃｏ共演で映画化された、岩井美学が凝縮された渾身の一作。
い-103-1

歌野晶午
ずっとあなたが好きでした
バイト先の女子高生との淡い恋、美少女の転校生へのときめき、人生の夕暮れ時の穏やかな想い……。サプライズ・ミステリーの名手が綴る恋愛小説集は、一筋縄でいくはずがない!?（大矢博子）
う-20-3

上田早夕里
薫香のカナピウム
生態系が一変した未来の地球、その熱帯雨林で少女は暮らす。ある日現われた〈巡りの者〉と、森に与えられた試練。立ち向かうことを決めた彼女たちの姿を瑞々しく描く。（池澤春菜）
う-35-1

冲方　丁
十二人の死にたい子どもたち
安楽死をするために集まった十二人の少年少女。全員一致で決を採り実行に移されるはずのところへ、謎の十三人目の死体が!?　彼らは推理と議論を重ねて実行を目指すが。（吉田伸子）
う-36-1

逢坂　剛
禿鷹《はげたか》の夜
ヤクザにたかり、弱きはくじく史上最悪の刑事・禿富鷹秋《とくとみたかあき》——通称ハゲタカは神宮署の放し飼い。だが、恋人を奪った南米マフィアだけは許さない。本邦初の警察暗黒小説。（西上心太）
お-13-6

大沢在昌
魔女の笑窪
闇のコンサルタントとして裏社会を生きる女・水原。男を一瞬で見抜くその能力は、誰にも言えない壮絶な経験から得た代償だった。美しいヒロインが、迫りくる過去と戦う。（青木千恵）
お-32-7

（　）内は解説者。品切の節はご容赦下さい。

大沢在昌
魔女の盟約
自らの過去である地獄島を破壊した「全てを見通す女」水原は、家族を殺された女捜査官・白理《バイリー》とともに帰国。自らをはめた「組織」への報復を計画する。『魔女の笑窪』続篇。（富坂　聰）
お-32-8

大沢在昌
魔女の封印（上下）
裏のコンサルタント水原が接触した男は、人間のエネルギーを摂取し命を奪う新種の〝頂点捕食者〟だった！　女性主人公・水原の魅力が全開の人気シリーズ第3弾。（内藤麻里子）
お-32-10

大沢在昌
極悪専用
やんちゃが少し過ぎた俺は、闇のフィクサーである祖父《じい》ちゃんの差し金でマンションの管理人見習いに。だがそこは悪人専用住居だった！　ノワール×コメディの怪作。（薩田博之）
お-32-9

奥田英朗
イン・ザ・プール
プール依存症、陰茎強直症、妄想癖など、様々な病気で悩む患者が病院を訪れるも、精神科医・伊良部の暴走治療ぶりに呆れるばかり。こいつは名医か、ヤブ医者か？　シリーズ第一作。
お-38-1

奥田英朗
空中ブランコ
跳べなくなったサーカスの空中ブランコ乗り、尖端恐怖症で刃物が怖いやくざ……。おかしな症状に悩める人々を、トンデモ精神科医・伊良部一郎が救います！　爆笑必至の直木賞受賞作。
お-38-2

奥田英朗
町長選挙
都下の離れ小島に赴任することになった、トンデモ精神科医の伊良部。住民の勢力を二分する町長選挙の真っ最中で、巻き込まれた伊良部は何とひきこもりに！　絶好調シリーズ第三弾。
お-38-3

奥田英朗
無理（上下）
壊れかけた地方都市・ゆめのに暮らす訳アリの五人。それぞれの人生がひょんなことから交錯し、猛スピードで崩壊してゆく様を描いた傑作群像劇。一気読み必至の話題作！
お-38-5

（　）内は解説者。品切の節はご容赦下さい。

荻原　浩
幸せになる百通りの方法
自己啓発書を読み漁って空回る青年、オレオレ詐欺の片棒担ぎ、リストラを言い出せないベンチマン……今を懸命に生きる人々を描いたユーモラス＆ビターな七つの短篇。（温水ゆかり）
お-56-3

荻原　浩
ギブ・ミー・ア・チャンス
漫才芸人を夢見てネタ作りと相方探しに励むフリーターを描く表題作ほか、何者かになろうと挑み続ける、不器用で諦めの悪い八人の短篇集。著者入魂の「あと描き」（イラスト）収録。
お-56-4

大崎　梢
夏のくじら
大学進学で高知にやって来た篤史はよさこい祭りに誘われる。初恋の人を探すために参加するも、個性的なチームの面々や踊りの練習に戸惑うばかり。憧れの彼女はどこに!?（大森　望）
お-58-1

大崎　梢
プリティが多すぎる
文芸志望なのに少女ファッション誌に配属された南吉くんこと新見佳孝・26歳。くせ者揃いのスタッフや10代のモデル達のプロ精神に触れながら変わってゆくお仕事成長物語。（大矢博子）
お-58-2

大崎　梢
スクープのたまご
週刊誌編集部に異動になった信田日向子24歳。「絶対無理！」怯える気持ちを押し隠し、未解決の殺人事件にアイドルのスキャンダル写真等、日本の最前線をかけめぐる！（大矢博子）
お-58-3

大山誠一郎
赤い博物館
警視庁付属犯罪資料館の美人館長・緋色冴子が部下の寺田聡と共に、過去の事件の遺留品や資料を元に難事件に挑む。超ハイレベルで予測不能なトリック駆使のミステリー！（飯城勇三）
お-68-2

太田紫織
あしたはれたら死のう
自殺未遂の結果、数年分の記憶と感情の一部を失った遠子。その時に亡くなった同級生の少年・志信と自分はなぜ死を選んだのか——遠子はＳＮＳの日記を唯一の手がかりに謎に迫るが。
お-69-1

（　）内は解説者。品切の節はご容赦下さい。

太田紫織
銀河の森、オーロラの合唱
地球へとやってきた、慈愛あふれる宇宙人モーンガータ（見た目はほぼ地球人）。オーロラが名物の北海道陸別町で宇宙人と暮らす日本の子どもたちが出会うちょっとだけ不思議な日常の謎。
お-69-2

勝目　梓
あしあと
記憶の封印が解かれる時、妖しく危うい官能の扉が開く。この世に起こり得ない不思議。倒錯の愛。夢とも現実ともつかぬ時空を往来しながら描く、円熟の傑作短篇十篇。（逢坂　剛）
か-11-4

角田光代
ツリーハウス
じいさんが死んだ夏、孫の良嗣は自らのルーツを探るべく、祖父母が出会った満州へ旅に出る。昭和と平成の世相を背景に描く、一家三代のクロニクル。伊藤整文学賞受賞作。（野崎　歓）
か-32-9

角田光代
かなたの子
生まれなかった子に名前などつけてはいけない――人々の間に昔から伝わる残酷で不気味な物語が形を変えて現代に甦る。時空を超え女たちを描く泉鏡花賞受賞の傑作短編集。（安藤礼二）
か-32-10

角田光代
拳の先
ボクシング専門誌から文芸編集者となった那波田空也は、一度は離れたボクシングの世界へ近づく。ボクシングを通して本気で生きるとは何かを問う青春エンタテインメント！（中村　航）
か-32-15

加納朋子
モノレールねこ
デブねこを介して始まった「タカキ」との文通。しかし、そのネコが車に轢かれ、交流は途絶えるが……表題作「モノレールねこ」ほか、普段は気づかない大切な人との絆を描く八篇。（吉田伸子）
か-33-3

加納朋子
少年少女飛行倶楽部
中学一年生の海月が入部した「飛行クラブ」。二年生の変人部長・神《じん》ことカミサマをはじめとするワケあり部員たちは果たして空に舞い上がれるのか？　空とぶ傑作青春小説！（金原瑞人）
か-33-4

（　）内は解説者。品切の節はご容赦下さい。

加納朋子
螺旋階段のアリス
憧れの私立探偵に転身を果たしたものの依頼は皆無、事務所で暇をもてあます仁木順平の前に、白い猫を抱いた美少女・安梨沙が迷いこんでくる。心温まる7つの優しい物語。（藤田香織）
か-33-6

加納朋子
虹の家のアリス
心優しき新米探偵・仁木順平と聡明な美少女・安梨沙。『不思議の国のアリス』を愛する二人が営む小さな事務所に持ちこまれる6つの奇妙な事件。そして安梨沙の決意とは。（大矢博子）
か-33-7

加納朋子
トオリヌケ キンシ
外に出られないヒキコモリのオレが自由を満喫できるのはただ夢の世界だけ――。不平等で不合理な世界だけど、出口はある。かならず、どこかに。6つの奇跡の物語。（東　えりか）
か-33-8

川村元気
億男
宝くじが当選し、突如大金を手にした一男だが、三億円と共に親友の九十九が失踪。「お金と幸せの答え」を求めて、一男の旅がはじまる！　本屋大賞ノミネート、映画化作品。（高橋一生）
か-75-1

北方謙三
杖下《じょうか》に死す
剣豪・光武利之が、私塾を主宰する大塩平八郎の息子、格之助と出会ったとき、物語は動き始める。幕末前夜の商都・大坂を舞台に至高の剣と男の友情を描ききった歴史小説。（末國善己）
き-7-10

北村　薫
中野のお父さん
若き体育会系文芸編集者の娘と、定年間近の高校国語教師の父。娘が相談してくる出版界で起きた「日常の謎」を、父は抜群の知的推理で解き明かす！　新名探偵コンビ誕生。（佐藤夕子）
き-17-10

桐野夏生
グロテスク（上下）
あたしは仕事ができるだけじゃない。光り輝く夜のあたしを見てくれ――。名門女子高から一流企業に就職し、娼婦になった女の魂の彷徨。泉鏡花文学賞受賞の傑作長篇。（斎藤美奈子）
き-19-9